ullstein

Das Buch

Die junge Großstädterin Myra begibt sich zurück ins Dorf ihrer Kindheit in den kanadischen Rocky Mountains und begegnet dort dem Indianer Chad Blue Knife. Zu genau diesem Zeitpunkt erwacht eine alte indianische Legende zum Leben: Ein Talisman, der magische Kräfte besitzt, ist in Gefahr, weil dunkle Mächte ihn in ihren Besitz bringen wollen. Myra wird durch unvorhergesehene Umstände in das geheimnisvolle Geschehen verwickelt. Es muss ihr und Chad gelingen, Vergangenheit und Zukunft zusammenzubringen, um die Gegenwart zu retten, bevor die Gegenspieler zu stark werden.

Sie taucht ein in eine Welt voller Magie und Mythologie und begibt sich auf eine abenteuerliche Reise, die vom urzeitlichen Eurasien bis in die unberührte Wildnis des heutigen West-Kanada führt. Myra spürt von Anfang an, dass eine besondere Verbindung zwischen ihr und Chad besteht. Ihre Liebe wird stärker, aber sie darf ihre wahren Gefühle nicht offenbaren. Sie muss ihre Aufgabe erfüllen. Nur dann kann ihre Liebe zu Chad eine Zukunft haben.

Die Autorin

Sanna Seven Deers ist 1974 in Hamburg geboren. Nach ihrer Heirat mit dem kanadischen Indianer David Seven Deers zog sie 1997 mit ihm in die Wildnis der Rocky Mountains. Dort leben sie jetzt auf ihrer Ranch ohne Strom und fernab jeglicher Zivilisation mit ihren vier Kindern und vielen Tieren. Zurzeit schreibt sie an ihrem nächsten Roman.

Von der Autorin sind außerdem in unserem Hause erschienen:

Das Windlied des Bären
Das Geheimnis des Felskojoten
Auf den Schwingen der Sterneule

Sanna Seven Deers

Der Ruf des weißen Raben

Roman

Ullstein

Besuchen Sie uns im Internet:
www.ullstein-taschenbuch.de

Der Verlag dankt David Seven Deers für die freundliche Genehmigung, seine Illustration für die Covergestaltung zu verwenden.

MIX
Papier aus verantwortungsvollen Quellen
FSC® C083411
FSC www.fsc.org

Originalausgabe im Ullstein Taschenbuch
1. Auflage August 2011
4. Auflage 2017

Umschlaggestaltung: HildenDesign, München
Titelabbildung: © Artwork HildenDesign
unter Verwendung von Motiven von Shutterstock
(Landschaft: © LaiQuocAnh, Steg: © Wilhelm Dijkstra,
Tribal: © David Seven Deers)
Satz: Pinkuin Satz und Datentechnik, Berlin
Gesetzt aus der Sabon
Druck und Bindearbeiten: CPI books GmbH, Leck
ISBN 978-3-548-28295-4

Anmerkung der Autorin

Das in der Geschichte immer wieder auftauchende Wort *Geisterwelt* ist eine wörtliche Übersetzung des im Englischen gebräuchlichen Begriffs *spirit world,* für den es im Deutschen keine gleichwertige Bedeutung gibt. Der Begriff *spirit world* entstammt der indianischen Kultur und wird in diesem Zusammenhang als *Reich der Ahnen* oder *Reich der Geistwesen* verstanden. Er soll in der folgenden Geschichte auf gleiche Weise verstanden werden.

Der Gottheit zu gehorchen, ist Freiheit.

Lucius Annaeus Seneca

To the Spirits

Begegnung

Wie ein Schleier umhüllte die Dämmerung das große Zeremonienhaus. Die mächtigen Zedern, die das aus massiven Holzplanken errichtete Gebäude umgaben, waren nur noch als dunkle Schatten zu erkennen, und die ersten Sterne zeigten sich am mondlosen Himmel. Stille legte sich über die Wildnis und auch über das nahe am Highway gelegene Zeremonienhaus der Elk Creek First Nation.

Im Inneren des Hauses hingegen herrschte große Anspannung. In der Mitte des Zeremonienplatzes, der das Zentrum des Gebäudes bildete, brannten in einigem Abstand zueinander zwei große Feuer unter runden Öffnungen im Dach, und auf den Sitzbänken aus breiten Zedernplanken, die den oval geformten Platz wie eine Tribüne umgaben, bereiteten sich die Mitglieder des Stammes auf eine wichtige Zeremonie vor.

Chad Blue Knife betrat den Zeremonienplatz durch einen der vier engen Gänge, die die Tribüne auf jeder Seite durchschnitten. Jeder dieser Gänge war einer Himmelsrichtung zugeordnet und mit einem aus Zedernholz geschnitzten sechzig Zentimeter großen, runden Tiersymbol versehen.

Chad ließ seine Finger sachte über den sorgfältig geschnitzten Raben gleiten, der den Gang schmückte, durch den er den Zeremonienplatz betrat. Er hatte für den heutigen Abend alle beruflichen Verpflichtungen beiseitegeschoben, um seine Familie bei dieser Zeremonie zu unterstützen. Es war Heather gewesen, seine Großtante, die ihn gebeten hatte, am heutigen Abend anwesend zu sein. Heather zählte zu den angesehensten Ältesten des Stammes, und ihre Bitte durfte man nicht ablehnen.

Chad Blue Knife strich sich eine lange schwarze Haarsträhne aus dem Gesicht und schüttelte unmerklich den Kopf, als er sich daran erinnerte, wie viel Zeit verstrichen war, seit er zum letzten Mal einer Zeremonie beigewohnt hatte. In den Tagen seiner Jugend hatte er an vielen Zeremonien teilgenommen, aber seit seinem Studium hatte er weniger Zeit im Kreise seiner Familie verbracht, als ihm lieb gewesen war. Jetzt, mit Anfang dreißig, war er endlich in der Lage, wieder ganz in der Gemeinschaft seines Stammes zu leben. Und so hatte er an diesem Abend nicht gezögert, dem Aufruf seiner Großtante zu folgen und an der geplanten Zeremonie teilzunehmen. Worum es dabei ging, lag für ihn und die anderen Stammesmitglieder noch im Verborgenen, aber auch er spürte, dass etwas Wichtiges vorgefallen sein musste.

Chad beobachtete gespannt, wie sich die Ältesten in der Mitte des Zeremonienplatzes versammelten. Sofort breitete sich respektvolle Stille im Inneren des Hauses aus. Jeder wartete darauf, dass einer der Ältesten das Wort ergriff, und fragte sich im Stillen nach dem Grund für die Zeremonie. Eigentlich fanden Zeremonien dieser Art während der Wintermonate statt. Heute hingegen war Sommersonnenwende.

Chad richtete seinen Blick auf Joseph Rock Horse, einen Mann, den er schon seit seiner Kindheit kannte. Joseph war Anfang sechzig. Sein schulterlanges Haar war schon silbergrau, aber er war noch immer eine stattliche Erscheinung. An diesem Abend hatte er sich in eine schwarz-rote Decke gehüllt, die mit verschiedenen Tiermotiven verziert war. Er gehörte zu den Ältesten, und er würde an diesem Abend die Zeremonie leiten.

Endlich wandte Joseph Rock Horse sich in der wohlklingenden Sprache des Stammes an die versammelte Menge. »Wir sind heute Abend hier zusammengekommen, um die Geistwesen um Rat zu bitten. Unser Volk steht vor einer schweren Aufgabe. Die Welt, in der unsere Kinder heute aufwachsen müssen, ist nicht mehr die Welt, in der unsere Ahnen Tausende von Jahren gelebt haben. Das Gleichgewicht ist gestört. Unserem Volk wurde alles genommen und die indianische Lebensweise beinahe vernichtet. Eisenbahn, Städte, moderne Wissenschaft – sie nennen es *Fortschritt*. Uns hat dieser *Fortschritt* Tränen und Tod gebracht. Nun wappnen sich die dunklen Mächte der Gegenwart erneut für einen Angriff. Zerstörung und Verwüstung drohen unserer Welt. Unsere Kinder werden weinen, sie werden aufschreien aus Verzweiflung. Ihnen wird nichts bleiben. Das müssen wir verhindern.«

Im Zeremonienhaus herrschte Stille. Allen stockte der Atem. Die Ältesten nahmen ihre Aufgabe sehr ernst, und ihre Worte zweifelte man nicht an, aber ... So etwas hatte bisher noch niemand aus ihrem Munde gehört!

Joseph Rock Horse blickte finster in die Runde. »Es ist nicht nur die Natur, die von den dunklen Mächten zerstört zu werden droht. Wir selbst sind die Opfer. Seit Jahren verschwinden Angehörige unseres Volkes, ohne eine Spur zu hinterlassen, und keiner der *Weißen* kümmert sich darum. Vor ein paar Tagen ist nun auch die Tochter von Susie Standing Bear auf dem Weg nach Fort Duffey spurlos verschwunden. Die Freundin, die mit ihr unterwegs war, sagt aus, dass sie kurz an einer Raststätte angehalten hätten. Susies Tochter hätte die Toilette aufgesucht. Danach wurde sie nie wiedergesehen. Die Polizei rührt keinen Finger. Susie hat den Rat der Ältesten um Hilfe gebeten. Wir sind erschüttert, doch die Zeichen sind eindeutig. Alle Ältesten haben sie gesehen … Uns bleibt nichts anderes übrig, als dem Vorbild unserer Ahnen zu folgen und in heiliger Zeremonie unsere Bitte um Rat und Beistand an den *Großen Geist* zu übergeben, den Schöpfer aller Dinge.«

Er räusperte sich und fuhr dann fort: »Der Rat der Ältesten hat mich zum Sprecher für den heutigen Abend bestimmt. Und so hört den Beschluss und die Weisheit von allen Ältesten: Wir werden heute nicht nur den Großen Geist um seinen großzügigen Rat bitten, sondern auch all diejenigen, die diese Erde vor uns durchwandert haben.«

Ein Raunen durchzog die Stille.

Chad Blue Knife hörte, wie jemand neben ihm *Ahnenzeremonie* flüsterte. Ein Schauer lief ihm über den Rücken. Diese Zeremonie war eine der ältesten und kraftvollsten. Sie hatte ihren Ursprung in längst vergangenen Zeiten, und ihr Ablauf war ein streng gehütetes Geheimnis. Nur wenige der Anwesenden hatten eine solche Zeremonie jemals erlebt.

Chad wusste, dass die Ältesten nicht über ihre Entscheidung diskutieren würden. Sie hatten einen Beschluss gefasst, und dieser würde ausgeführt werden.

Der Stamm würde im Reich der Toten um Beistand bitten …

✧

Die achtundzwanzigjährige Myra Morgenstern strich sich energisch über die Stirn. Sie durfte nicht einschlafen! Es war schon sehr spät, die Nacht brach herein, und sie hatte noch eine weite Strecke zu fahren, aber sie wollte Boulder Landing unbedingt heute noch erreichen. Zu lange war sie fort gewesen, zu heftig hatten die Ereignisse des vergangenen Tages sie erschüttert. In dieser für sie sehr schweren Zeit gab es für Myra nur einen Gedanken: Sie musste in die Berge zurückkehren, wo sie ihre glückliche Kindheit verbracht hatte, um sich Klarheit über ihre Situation und über ihre Gefühle zu verschaffen!

Über zwei Jahre waren vergangen, seit Myra dem Dorf Boulder Landing im Westen von British Columbia, in das sie als Dreijährige mit ihren aus Deutschland eingewanderten Eltern gezogen war, zum letzten Mal einen Besuch abgestattet hatte. Vieles hatte sich seitdem verändert. Ihre Eltern waren aus Boulder Landing weggezogen. Myras Vater litt seit jeher an einem Lungenleiden, das er sich noch vor der Auswanderung nach Kanada als Arbeiter im Bergwerk in Goslar zugezogen hatte. Als er älter geworden war, hatte sich das Leiden verschlimmert, und in der Großstadt war die ärztliche Versorgung einfach besser. Schweren Herzens hatten Myras Eltern sich daher entschlossen, ihr kleines Holzhaus in der Wildnis der kanadischen Berge zu verkaufen und nach Vancouver zu ziehen.

Myra hatte sich vorgenommen, in der Nähe von Boulder Landing ein paar ruhige Tage zu verbringen und beim Bergsteigen ihre Gedanken zu ordnen.

Sie blickte angestrengt in die von den Scheinwerfern angestrahlte Nacht hinaus. Sogar die Straßen schienen anders zu sein, als sie es in Erinnerung hatte. Wieder rieb sie sich über die Stirn. Auf dem unbeleuchteten nächtlichen Highway zu fahren war anstrengender, als sie angenommen hatte. Vielleicht hätte sie doch lieber irgendwo einkehren und bis zum Morgen warten sollen. Sie kurbelte das Seitenfenster ihres alten Autos hinunter und ließ die kühle Abendluft herein. Sie atmete tief durch und lächelte. Heimatluft!

Plötzlich tauchte ein imposantes Holzgebäude neben dem Highway auf. Zu dieser späten Stunde schien es noch gut besucht zu sein, denn der Parkplatz war voller Autos. Myra konnte sich nicht erinnern, das Gebäude jemals zuvor gesehen zu haben. Es machte einen sehr gepflegten Eindruck, und sie beschloss, anzuhalten und zu sehen, ob sie dort vielleicht einen starken schwarzen Tee bekommen könnte.

Sie parkte ihren Wagen nahe den großen, massiven Eingangstoren, über denen *Elk Creek First Nation Spiritual Centre* geschrieben stand. Sie stieg aus, und durch die kühle Abendluft fühlte sie sich sofort munterer. Trotzdem musste sie ein Gähnen unterdrücken. Als sie die gläserne Eingangstür erreichte, entdeckte sie ihr Spiegelbild und sog entsetzt die Luft ein. So konnte sie nicht unter Leute gehen! Sie schob die Schultern zurück, richtete sich auf und strich sich das lange hellbraune Haar zurecht. Sie war nie eine klassische Schönheit gewesen, aber sie hatte eine schlanke Gestalt, ein hübsches ovales Gesicht und ein offenes, fröhliches Wesen. Entschlossen öffnete sie die große Eingangstür und betrat den hell erleuchteten Vorraum.

Sie hatte gehofft, einen Getränkestand oder etwas Ähnliches vorzufinden, doch zu ihrer Enttäuschung war der große Vorraum leer. Verwundert blickte Myra sich um. Wo waren die Gäste? Es standen doch so viele Autos auf dem Parkplatz. Unentschlossen sah sie sich um. Ihr Blick blieb an den mit indianischen Schnitzereien reichverzierten Pfählen hängen, die die Dachkonstruktion zu tragen schienen. Sie entdeckte Lachse, Bären, Wölfe und viele andere Tiere. Wie schön und wie ausdrucksstark die Schnitzereien waren! Sie konnte den Blick kaum davon losreißen.

Schließlich beschloss sie, die Toilette aufzusuchen, bevor sie weiterfuhr, und blickte sich suchend um. Sie entdeckte ein paar Türen, an denen jedoch keine Schilder angebracht waren. Vorsichtig drückte sie die Klinke der ersten Tür, einer massiven Zederntür, hinunter und öffnete sie einen kleinen Spalt.

✧

Chad, der an diesem Abend zu den Tänzern gehören würde, wartete gespannt auf seinen Einsatz. Er beobachtete, wie die beiden *Hüter der Feuer* ihre Position neben den lodernden Flammen einnahmen. Wie immer handelte es sich bei den Hütern um einen Mann und um eine Frau, die – wie die beiden Feuer, die in der Mitte des Zeremonienplatzes brannten – die gegensätzlichen Kräfte aller Dinge verkörperten. Beide waren in einen Umhang aus weichen Zedernrindenfasern gehüllt, der ihnen fast bis zu den Knien reichte. Ihre langen schwarzen Haare trugen sie offen. Als Hüter der Feuer war es ihre Aufgabe, während der Zeremonie die Feuer zu schüren und ihnen ausgewählte Kräuter beizugeben. So wurde der Gegensatz der Feuer, nämlich weiblich und männlich, Licht und Dunkelheit, Leben und Tod, nicht nur dem unmittelbaren Betrachter durch die unterschiedlichen Farben, die die Kräuter den Flammen verliehen, erkenntlich gemacht, sondern auch den Geistwesen, denn die unterschiedlichen Kräuter verliehen dem Rauch der Feuer gegensätzliche Aromen, süß und herb. Der Rauch der Feuer würde den Ältesten helfen, die Geistwesen zu erreichen und ihre Bitte vorzutragen.

Die wohlriechenden Kräuter zeigten den Geistwesen nicht nur die Wichtigkeit der Zeremonie an, sie sorgten auch dafür, dass die *richtigen* Geistwesen angesprochen wurden. Denn die Anwesenheit von Geistwesen machte sich oft durch Gerüche bemerkbar, nicht durch sichtbare Formen. Unangenehme Gerüche wurden mit negativen Geistwesen in Verbindung gebracht, wohlriechende Gerüche mit positiven. Bei Zeremonien wiederum wurden die Aromen der Kräuter dazu benutzt, mit den *richtigen* Geistwesen in Verbindung zu treten.

Chad warf einen Blick über die aus dicken Zedernplanken gezimmerten Sitzbänke, wo die übrigen Stammesmitglieder ihre Plätze eingenommen hatten. Jedes Stammesmitglied durfte der heutigen Zeremonie als Zeuge beiwohnen, und so waren viele Familien anwesend. Zeugen spielten bei den Stammeszeremonien eine wichtige Rolle. Denn was vor Zeugen gesagt und getan wurde, war bindend, dem durfte nicht zuwidergehandelt werden. Es waren jedoch nur die Ältesten und einige auserwählte Tänzer, die auf dem Zeremonienplatz an der Zeremonie selbst teilnehmen würden.

Die obersten Tribünenreihen waren in Dunkelheit gehüllt. Nur die vorderen Reihen wurden vom Schein der Feuer erleuchtet. Ein gleichmäßiges Stampfen von Hunderten Füßen setzte ein, begleitet von einem lauten Klicken, das vom Aufeinanderschlagen unzähliger kleiner geschnitzter Zedernpaddeln herrührte, die jeder Zuschauer in der Hand hielt.

In der Mitte des Zeremonienplatzes stimmten die Ältesten ihren feierlichen Gesang an und begannen, in rhythmischem Takt auf ihre Trommeln aus Zedernholz und Elchhäuten zu schlagen. Joseph Rock Horse, der die heutige Zeremonie leitete, hielt statt einer Trommel ein großes Paddel in den Händen. Es war ein wichtiger Bestandteil der Zeremonie, denn laut Stammesglauben trat ein Mensch seine letzte Reise in das Reich der Toten in einem Kanu an, in dem sich seine engsten Freunde befanden. Das Paddel stand stellvertretend für diese letzte Reise und würde es Joseph Rock Horse, zusammen mit dem Rauch der Feuer und dem rhythmischen Trommeln, erleichtern, die Verbindung mit der Geisterwelt herzustellen.

Nun traten Chad Blue Knife und die anderen Tänzer auf den Zeremonienplatz. Es waren Männer und Frauen verschiedenen Alters, die aufgrund ihrer spirituellen Fähigkeiten ausgewählt worden waren. Sie alle hatten sich für diese feierliche Zeremonie mit den traditionellen, aus weichen Zedernrindenfasern angefertigten knielangen rotbraun schimmernden Umhängen geschmückt. Dazu trugen sie aus Zedernholz geschnitzte, mit langen Streifen aus Zedernrinde verzierte und in den traditionellen Farben Weiß, Rot und Schwarz bemalte Tiermasken. Chad fiel auf, dass eine der Frauen an diesem Abend eine besonders schön gearbeitete Maske trug. Sie stellte eines seiner Lieblingstiere dar, einen Bären.

Begleitet vom Rhythmus der Trommeln und der kleinen Paddel und vom Gesang der Ältesten, setzten sich die Tänzer in Bewegung. Gegen den Uhrzeigersinn zogen sie in wogenden Kreisen um die Ältesten und die beiden rot und grün lodernden Feuer herum und ahmten dabei die Bewegungen und Laute der Tiere nach, die ihre Masken darstellten. Bären, Otter, Lachse, Hirsche und viele andere, durch die Tänzer zum Leben erweckt, zogen langsam ihre Kreise um die hell glühenden Feuer.

Der farbige Rauch stieg nicht sofort durch die Öffnungen im Dach in den nächtlichen Himmel empor, sondern wirbelte durch das Zeremonienhaus, wand sich in Schwaden und schien während der gesamten Zeremonie wie ein lebendiges Wesen über den Köpfen der Tänzer zu schweben.

Der ruhige, gleichmäßige Takt und die monotonen Gesänge der Ältesten versetzten alle im Saal innerhalb kürzester Zeit in eine Art Bann, und schon bald konnte niemand mehr sagen, wie lange die Zeremonie bereits andauerte.

Chad Blue Knife, einen traditionellen Umhang aus Zedernrinde um seine breiten Schultern geschlungen und eine handgeschnitzte Wolfsmaske auf seinem markanten Gesicht, konzentrierte sich auf jeden seiner tänzerischen Schritte.

Wie die anderen Tänzer war auch er nicht mit der ganzen Zeremonie vertraut, er wusste aber, dass sie erst dann beendet sein würde, wenn die Ältesten ein Zeichen aus dem Reich der Toten erhalten hatten, dass man ihre Bitte erhört habe. Niemand vermochte zu sagen, wie lange sie auf eine Antwort würden warten müssen, und Chad hatte sich innerlich auf eine lange Nacht vorbereitet.

✧

Hinter der Tür war es finster. Gedämpfte Stimmen, Trommelschläge und ein helles hölzernes Klopfen drangen an Myras Ohr. In der Luft lag der würzige Geruch eines offenen Holzfeuers, und dünne Rauchschwaden zogen über ihr hinweg. Von den Stimmen und den seltsamen Klängen wie in einen Bann gezogen, schlüpfte Myra durch den Türspalt und ertastete sich vorsichtig ihren Weg. Ihre Hand glitt über eine Erhebung an der Wand des Ganges, und ihr Herz machte einen Sprung. Die Erhebung war rund und glatt und hatte hier und da Vertiefungen. Erleichtert erkannte Myra, dass es sich um eine Schnitzerei handeln musste. Was sie darstellte, konnte Myra in der Dunkelheit jedoch nicht erkennen.

Erst jetzt bemerkte sie, dass der dunkle Raum, in dem sie sich befand, in Wirklichkeit ein schmaler Gang zwischen tribünenartig aufgebauten Sitzreihen war, an deren Ende sich ein großer, vom Schein zweier Feuer erleuchteter offener Platz befand. Vorsichtig ging sie weiter. Der Gesang, das Trommeln und die hölzernen Klickgeräusche wurden lauter und lauter. Im tanzenden Licht von hohen Flammen konnte Myra die schattenhaften Gestalten von Tänzern erkennen, und sie spürte, dass viele Menschen in dem großen Raum waren … und noch mehr. Ein Schauer lief ihr über den Rücken, und sie bekam eine Gänsehaut.

Sie wusste sofort, dass ihre Anwesenheit hier fehl am Platz war.

✧

Plötzlich hallte ein lauter Schrei, fast ein Wehklagen, über den Zeremonienplatz. Chad fuhr erschrocken zusammen. Die Trommeln und der Gesang der Ältesten verstummten, die Tänzer, jäh aus ihrem Bann gerissen, stießen gegeneinander, und auf den Tribünen stockte das Stampfen und Klicken.

Chad blickte sich verwirrt um. War ihre Bitte schon erhört worden?

Er sah zu den Ältesten hinüber und wusste sofort: Joseph Rock Horse war aus der Welt der Ahnen zurückgekehrt.

Irgendetwas hatte die Aufmerksamkeit der Ältesten auf sich gezogen. Chad folgte ihren Blicken und beobachtete, wie die Rauchschleier, die eben noch den Schritten der Tänzer gefolgt waren, nun in Richtung eines der Gänge zogen, plötzlich anzuhalten schienen und in einem letzten großen Wirbel zurück zur Mitte strömten, von wo aus sie nach oben stiegen und durch die Öffnungen im Dach in den Nachthimmel verschwanden.

✧

In dem Augenblick, als das laute Wehklagen ertönte und die Trommeln und Stimmen verstummten, fühlte Myra, wie sich unzählige unsichtbare Augenpaare auf sie richteten.

Rauchschleier umhüllten sie.

Ihr Herz pochte wie wild, und ein unbehagliches Gefühl breitete sich in ihrem Bauch aus.

Rasch wandte sie sich um und hastete zurück in den Vorraum. Sie verließ das Gebäude, ohne sich noch einmal umzublicken, und lief zu ihrem Wagen. Sie konnte den Rauch noch immer deutlich vernehmen. Es war, als sei er Teil ihrer selbst geworden.

Sie ließ sich auf den Fahrersitz fallen, zog die Tür hinter sich zu und atmete tief durch. Wo, um alles in der Welt, war sie da nur hineingeraten?

✧

Die Ältesten flüsterten miteinander, und schließlich war es Joseph Rock Horse, der sich an die versammelte Menge wandte. Chad lauschte seinen Worten voller Ehrfurcht.

»Unsere Bitte um Rat und Beistand ist erhört worden. Die Ahnen sprachen von einer uralten Legende, und sie versicherten, dass wir auf Hilfe hoffen können.« Er machte eine kurze Pause. »Ich weiß, dass meine Worte vielen von euch zu ungenau sind. Doch mehr vermag ich nicht zu sagen. Seid versichert: Die Antwort, die wir erhalten haben, war lauter und sehr viel deutlicher, als wir erhofft hatten. Beistand wird kommen. Haltet eure Augen und Ohren offen – und eure Herzen. Nehmt die gesandte Hilfe an und unterstützt sie nach Kräften.« Dann fügte er wie zu sich selbst hinzu: »Es ist vielleicht die einzige Chance, die uns und unseren Mitmenschen bleibt … Möge der Große Geist uns beschützen.«

Chad lief ein Schauer über den Rücken, als ihm die Bedeutung dieser Worte deutlich wurde. Alles hing jetzt von ihnen ab, von den anderen Stammesmitgliedern – auch von ihm selbst.

Sie mussten auf ein Zeichen hoffen und ihm mutig Folge leisten. Sonst würde die Welt, so wie Chad sie kannte, unweigerlich zerbrechen.

Kapitel 1

Felssäulen

Myra stellte ihren Wagen auf dem Parkplatz neben der Tankstelle ab und stieg aus. Sie streckte ihren müden Körper in der kühlen Morgenluft und atmete tief durch. Es dämmerte gerade. Die Stimmen der Nachtvögel waren verstummt, und der Himmel färbte sich rosarot. Es würde ein herrlicher Tag werden!

Myra hatte die Nacht im Auto verbracht, auf einem Rastplatz am Highway, und ihren Weg nach Boulder Landing fortgesetzt, nachdem sie aus ihrem kurzen und unruhigen Schlaf erwacht war. Jetzt befand sie sich an der einzigen Tankstelle im weiten Umkreis und wollte sich den lang ersehnten Tee und ein Frühstück besorgen.

Boulder Landing! Der Name klang wie Musik in Myras Ohren. Es war der Ort, an dem sie aufgewachsen war und mit dem sie all ihre Kindheitserinnerungen verband. Von dort aus würde sie zum Fuß des Thunder Mountain weiterfahren, wo sie schon als junges Mädchen so gern und oft gewandert war. Es war nur noch eine kurze Strecke, und Myra konnte es kaum erwarten, bis sie die wilde Schönheit der Berge und die reine, ungestörte Natur wieder um sich haben würde.

Es war die Natur, und es waren insbesondere die Berge ihrer Heimat, die Myras Herz, seit sie ein Kind war, wieder ruhig schlagen ließen, sobald etwas sie bedrückte. Und im Augenblick lag ihr eine sehr große Last auf dem Herzen. Ihr Freund Jerry hatte ihr einen Heiratsantrag gemacht, aber der hatte, ganz und gar unerwartet, nicht den Freudenschauer in ihr ausgelöst, von dem sie ihr Leben lang geträumt hatte. Ganz im Gegenteil. Der Antrag hatte Myra so sehr verunsichert, dass sie erst wieder ihrer Gefühle Herr werden musste, bevor sie Jerry die richtige Antwort geben konnte. Genau das versprach sie sich von dem Trip in ihre geliebten Berge.

Mit diesen Gedanken betrat Myra den kleinen Laden, der zu der Tankstelle gehörte. Erstaunlicherweise war sie nicht die einzige Kundin. Ein junger Indianer, vielleicht Anfang dreißig, mit langen schwarzen Haaren, die ihm bis weit über den Rücken fielen und die er zu einem Zopf geflochten hatte, lehnte an dem Tresen neben der Kasse und sprach mit dem älteren Tankwart. Beide Männer grüßten Myra höflich und setzten ihr Gespräch fort.

Myra musterte den jungen Indianer, während sie heißes Wasser für ihren Tee in einen Einwegbecher goss und sich einen Muffin zum Frühstück aussuchte. Sie wusste nicht, was es war, aber irgendetwas an dem jungen Mann zog sie unwillkürlich an. Etwas, das nichts zu tun hatte mit seiner gutgebauten Gestalt und den breiten Schultern oder mit seinen feinen, aber markanten Gesichtszügen und dem bronzenen Teint.

Myra lauschte der Unterhaltung der Männer und verbrachte mehr Zeit als notwendig mit der Zubereitung ihres Tees. Gerade sagte der junge Indianer mit tiefer Stimme: »Du weißt, wie gern ich hier wohne, Tom. Nach einem Abend wie dem gestrigen innerhalb weniger Minuten in die Bergwelt, in die Wildnis eintauchen zu können und wieder zu sich selbst zu finden, das ist etwas ganz Besonderes!«

»Du bist eben ein echter Naturbursche, Chad«, erwiderte der Tankwart lachend.

Myra wunderte sich über den wohligen Schauer, den die Stimme dieses Chad in ihr auslöste.

Als sie wieder einen unauffälligen Blick zu dem jungen Mann hinüberwerfen wollte, stellte sie enttäuscht fest, dass er verschwunden war. Erleichtert und verwirrt zugleich nahm sie ihren Teebecher und den Muffin und drehte sich zur Kasse um. Sie war so sehr in Gedanken versunken, dass sie die Person, die sich neben sie gestellt hatte und die sich auch etwas Heißes eingoss, gar nicht bemerkte und mit ihr zusammenstieß. Es war der junge Mann, dieser Chad, der sich eben mit dem Tankwart unterhalten hatte!

»Es tut mir sehr leid«, sagte Myra verlegen und errötete leicht.

»Schon gut, es ist ja nichts passiert«, erwiderte er.

Chad wollte den Blick schon abwenden, als ihn etwas im Gesicht der unbekannten jungen Frau zwang, genauer hinzusehen. Ihr kleines, ovales Gesicht war umgeben von langen hellbraunen Haaren, die ihr offen über die Schultern fielen. Sie war hübsch, so viel stand fest. Doch es war der Glanz in ihren Augen, der ihn mehr als alles andere in Bann zog.

Ihre Blicke trafen sich, und einen kurzen Augenblick lang sah Chad nur noch Myras Augen, deren warme braungrüne Farbe ihn an das weiche Moos des Waldbodens erinnerte.

Myra verlor sich in der Tiefe von Chads Blick, so dass sie beinahe vergaß, wo sie sich befand. Sie errötete noch mehr, löste sich aber schließlich mit all ihrer Willenskraft von dem Blick des jungen Mannes und wandte sich zur Kasse.

Was war nur los mit ihr? Hätte sie es nicht besser

gewusst, hätte sie leicht glauben können, dass sie diesen Chad schon seit ewigen Zeiten kannte.

Myra bezahlte hastig, ging zu ihrem Wagen zurück und machte sich auf den Weg zum Thunder Mountain.

✧

Einige Stunden später hielt Myra am Hang des Thunder Mountain an, um Atem zu schöpfen, und ließ ihren Blick in die Ferne schweifen. Vor ihr lagen die unzähligen Bergspitzen der Coast Mountains – eine Landschaft frei von jeglicher Zivilisation. Die späte Junisonne nahm dem Wind sogar hier oben, mehr als zweitausend Meter über dem Meeresspiegel, die Kühle und blies Myra den zarten Duft der kleinen Bergblumen, die zu dieser Jahreszeit die Hänge schmückten, ins Gesicht. Dieser Blütenzauber würde nicht lange dauern, denn die Jahreszeiten wechselten hier oben nicht so regelmäßig wie anderswo. Frühling, Sommer und Herbst blieb nur eine kurze Zeitspanne, die aus wenigen Monaten bestand, dann eroberte der Winter sich sein Reich zurück.

Jetzt aber lag die Berglandschaft in ihrer ganzen vorsommerlichen Pracht vor ihr und brachte Myras Herz zum Singen. Wie sehr hatte sie das alles vermisst!

Liebevoll betrachtete sie jeden kargen Felsen, jeden knorrigen Busch und jede kleine Blume, die sich ihr zeigten. Hier und da richtete sich auf einem der zahllosen Steine ein Murmeltier auf und ließ seinen ulkigen Pfiff hören. Vom Himmel ertönte der verlorene Schrei eines Raubvogels, und ein Schwarm winziger blauer Schmetterlinge tanzte über den Blüten.

Es war richtig gewesen, hierherzukommen! Myras Herz schlug noch immer für die wilden Berge ihrer Heimat, die sie vor einigen Jahren hatte verlassen müssen, weil sie sich in der Großstadt Victoria ihren Lebensunterhalt als Journalistin verdienen musste.

Vor ein paar Tagen hatte sie zufällig das Foto einer Skulptur gesehen. Es handelte sich um die Darstellung eines kleinen Mädchens, das, oberflächlich betrachtet, hübsch und glücklich aussah, das sich in Wirklichkeit aber in einem schrecklichen Gefängnis befand. Der Künstler hatte die obere Hälfte des Körpers lebendig und schön gestaltet, der untere Teil jedoch, der unter einer Platte aus Granit versteckt war, sah verkrampft und abgemagert aus und ließ den Betrachter erschauern. Myra hatte lange darüber nachdenken müssen, und irgendwann war ihr klargeworden, dass es ihr selbst ähnlich erging wie dem kleinen Mädchen. Oberflächlich war ihre Welt in Ordnung, aber die harte Wirklichkeit sah anders aus.

Myra hatte seit längerer Zeit Ärger mit ihrem Chef gehabt, weil ihre Suche nach der Wahrheit die Verkaufszahlen nicht in die Höhe schnellen ließ, hatte aber nie den Mut aufbringen können, zu kündigen. Vor zwei Tagen hatte sie es endlich getan. Am selben Tag hatte Jerry ihr den Heiratsantrag gemacht, der ihre Gefühlswelt vollkommen durcheinandergewirbelt hatte. Liebte sie ihn wirklich?

Zugegeben, Jerry war ein netter Kerl, der sehr gut aussah. Außerdem war er ein renommierter Arzt. Er besaß ein eigenes Haus im nobelsten Stadtteil, ein großes Auto, und er war hoch angesehen unter seinen Kollegen. Aber irgendetwas fehlte ihm. Myra hatte nie benennen können, was es war, aber sie konnte es an vielen Beispielen ablesen.

Als sie vorgestern, nachdem sie gekündigt hatte, nach Hause gekommen war, hatte ein einziger Blick zu ihrem

Freund genügt, um ihr zu zeigen, dass es höchste Zeit war, ihr Leben auch in dieser Hinsicht zu ändern. Zum ersten Mal war ihr der süße Geruch des üppigen Lebens bewusst geworden, das Jerry führte. Und dieser Geruch gefiel ihr ganz und gar nicht. Er würde ihr immer fremd bleiben! Myras Eltern waren nie reich gewesen. Sie stammten aus Deutschland, aus einer kleinen Stadt namens Goslar, wo ihr Vater im Bergbau gearbeitet hatte. Mit drei Jahren war Myra mit ihren Eltern nach Kanada ausgewandert und hatte in der Wildnis von British Columbia eine überaus glückliche Kindheit verlebt. Sie liebte die Natur, dort fühlte sie sich sicher, geborgen und vollkommen. Jerry hingegen saß lieber an seinem Laptop, beschäftigte sich mit seinen Geldanlagen und empfand die Natur als *dreckig*.

All das hatte Myra deutlich gemacht, dass sie sich nach dem kleinen, einfachen Haus ihrer Kindheit sehnte und nach allem, was sie damit in Verbindung brachte. Sie musste raus aus der Großstadt und eine neue Perspektive finden. Wo könnte ihr das besser gelingen als beim Wandern in ihren geliebten Bergen, mitten in der unberührten Natur, fernab von allen Menschen?

Myra beschloss, nicht länger darüber nachzudenken. Wenn sie den Aussichtspunkt oben am Gipfel, wo sie schon als Jugendliche oft und gern gewesen war, noch vor Mittag erreichen wollte, dann musste sie sich beeilen.

Myra war noch nicht weit gekommen und bückte sich gerade, um sich eine kleine, bunte Eidechse mit merkwürdiger Färbung genauer anzusehen, als sich plötzlich Steine unter ihren Füßen lösten, so dass sie ausrutschte. Erschrocken stieß sie einen Schrei aus, der von den Felsen widerhallte.

Noch mehr Steine lösten sich, doch Myra konnte sich

nirgends festhalten. Mitten in einer kleinen Lawine aus Steinen und Felsbrocken rutschte sie schreiend den Abhang hinunter, umgeben von einer dichten Staubwolke, die ihr die Orientierung nahm.

Sie wusste aus Erfahrung, wie gefährlich solche Situationen waren, und sie versuchte, die Arme schützend über den Kopf zu legen. Aber es war schon zu spät. Ein kleiner Stein prallte wie ein Gummiball von einem Felsbrocken ab und traf sie mit solcher Wucht am Kopf, dass sich vor ihren Augen alles zu drehen begann.

Myra wusste, was sie erwartete. Es gab keine Rettung. Sie gab den Kampf mit dem Gestein willenlos auf und fühlte, wie sich ihr Körper in Erwartung des Unwiderruflichen entspannte.

Doch dann fiel sie plötzlich in eine kleine Vertiefung im Boden, und ihre Lebensgeister erwachten aufs Neue. Sie machte sich so klein wie möglich, so dass die Gerölllawine über sie hinwegschoss und den Hang hinunterbrauste bis ins Tal. Wenige Augenblicke später lag wieder friedliche Stille über der Landschaft.

✧

Chad Blue Knife war erst vor kurzem in die Berge seiner Vorfahren zurückgekehrt. Er hatte sein Jurastudium in Toronto abgeschlossen und sich entschieden, seine Kanzlei dort zu eröffnen, wo er seinem Volk mit seinem erworbenen Wissen am besten dienen konnte. Mitmenschen zu helfen machte ihn glücklich, und er fühlte, dass er gerade in Boulder Landing, wo er in der Nähe aufgewachsen war, gute Dienste würde leisten können.

Wie die meisten Bewohner dieser Region war auch Chad tief mit den Traditionen und Wurzeln seines indianischen Volkes verbunden. Er befolgte die alten Sitten, trug sein Haar lang und geflochten, und er suchte oft den Rat und die Hilfe seiner Ahnen und der Geistwesen, die in der Natur zu Hause waren.

Die Zeremonie, der er am Vorabend beigewohnt hatte, hatte ihn tief berührt und gleichzeitig so sehr in Unruhe versetzt, dass er hoffte, in den ungezähmten Bergen seines Stammeslandes sein inneres Gleichgewicht wiederzufinden.

Er war so sehr in Gedanken versunken, dass er die junge Frau, die nicht weit vor ihm den schmalen Pfad erklomm, erst in dem Augenblick wahrnahm, als sich das Geröll unter ihren Füßen löste und mit ohrenbetäubendem Getöse den Berg hinunterdonnerte, die Frau hilflos mittendrin.

Chad sprang geistesgegenwärtig zur Seite, um sich selbst vor der Steinlawine zu retten. Doch ein kalter Schauer überkam ihm, als er sich vorstellte, was mit der Frau geschehen sein musste.

Die Lawine hatte eine riesige Staubwolke ausgelöst. Kaum hatte sie sich gelegt, begann Chad, sich einen Weg zu der Stelle zu bahnen, wo er die Frau hatte verschwinden sehen. Er musste versuchen, ihr zu helfen!

✧

Myras Kopf schmerzte, und ihr Körper fühlte sich an, als sei er übersät von Prellungen. Vorsichtig tastete sie ihren Kopf ab und stellte erleichtert fest, dass sie nur eine große Beule an der Stirn hatte. Die Haut war aufgeplatzt, so dass Blut über ihr Gesicht lief, aber Myra wusste, dass Platzwunden am Kopf immer stark bluteten. Sie zog ein Stofftaschentuch aus ihrer Hosentasche und drückte es fest auf die Wunde. Es hätte schlimmer sein können. Sie musste versuchen, zum Parkplatz zurückzukehren. Ihr Handy funktionierte in den Bergen nicht, und sie hatte beim Aufstieg niemanden getroffen. Sie war verletzt und ganz auf sich allein gestellt.

Langsam richtete sie ihren schmerzenden Körper auf. Koste es, was es wolle, sie musste den Parkplatz erreichen. Sie durfte nicht aufgeben.

In diesem Moment fiel ihr Blick auf etwas, das sie alle Schmerzen vergessen ließ: Unweit der Stelle, an der sie sich befand, ragten zwei riesige massive Felssäulen aus dem Hang hervor. Wie ein steinernes Tor.

Myra blinzelte. Unzählige Male war sie auf diesem Berg gewesen, und nie hatte sie diese phantastischen Säulen gesehen. Es musste sich um ein Trugbild handeln. Vielleicht war ihre Verletzung am Kopf doch schlimmer, als sie angenommen hatte, und sie halluzinierte.

Und doch, die tiefschwarzen, an Basalt erinnernden Säulen waren eindeutig zu sehen! Die warmen Strahlen der Sonne ließen sie in den wunderbaren Farben des Regenbogens schimmern und noch mächtiger wirken. Geradezu majestätisch ragten sie in den blauen Himmel auf.

Myra fiel auf, dass zwischen den Spitzen der Felssäulen keine Wolken am Himmel standen. Das reine Azurblau schien Myra anzulocken. Gleichzeitig wirkte der Anblick seltsam leblos. Kein Busch, kein Tier war im Umkreis der Säulen zu sehen.

Myra fühlte sich auf unerklärliche Weise von den Säulen angezogen. In ihrem Kopf begann es zu kribbeln, und ihre Stimmung wandelte sich. Alles Negative der vergangenen Tage wich aus ihrem Bewusstsein. Gleichzeitig stellte sich ein befriedigendes Gefühl von Glück ein, wie Myra es sonst nur an Tagen verspürte, an denen alles glatt und besser als erwartet verlief. Sie hielt den Atem an. Hier geschah etwas Außergewöhnliches! Ein Hauch von Zauberei umhüllte das vor ihr liegende Bild.

Myra spürte, wie ihr eine Gänsehaut über den Rücken lief, als sie begriff, dass nicht nur Zauberei, sondern ein Gemisch aus Gefahr, Warnung und Vorahnung in der Luft lag. Energisch versuchte sie, das Gefühl zu unterdrücken, aber es gelang ihr nicht.

Schließlich konnte sie ihrem Verlangen nicht länger widerstehen. Zögernd machte sie einen Schritt auf die Felssäulen zu. Erst jetzt bemerkte sie einen schmalen Pfad, der sich vor ihr öffnete und mitten durch die Säulen führte.

Langsam folgte Myra diesem Pfad, und zum ersten Mal blickte sie auf die Landschaft zwischen den Felssäulen. Zu ihrem Erstaunen konnte sie keine scharfen Konturen ausmachen, sondern nur ein starkes Flimmern, wie das Flimmern der Luft über dem Boden an sehr heißen Tagen.

Plötzlich setzte ein Rauschen in der Luft ein, und ein großer Vogel glitt an Myra vorbei über den Pfad und durch das Felsentor. Sie spürte den Luftstrom von seinem Flügelschlag auf ihrem Gesicht.

Ohne zu zögern, folgte Myra dem Tier bis zu den Felsensäulen. Dort hielt sie einen Augenblick lang inne und bewunderte die raue Schönheit des Gesteins. Dann vermeinte sie, hinter dem merkwürdigen Flimmern der Luft die Umrisse des Vogels auszumachen. Sie schaute genauer hin, und die Umrisse wurden deutlicher. Myra entdeckte, dass das Tier sich in der Krone eines riesigen Baumes niedergelassen hatte.

Einen Augenblick wunderte sie sich über die Größe des Baumes. *Wie ungewöhnlich,* dachte sie, *so weit oben, schon fast an der Baumgrenze.* Dann aber tat sie einen mutigen Schritt vorwärts und schritt zwischen den Säulen hindurch.

✧

Chad beobachtete gebannt, was sich unweit vor ihm auf dem Berghang abspielte.

Ehrfurchtsvoll starrte er auf die Felssäulen, die wie aus dem Nichts aufgetaucht waren. Nie hatte er etwas Vergleichbares gesehen!

Chads Gedanken begannen sich zu überschlagen, denn mit einem Mal glaubte er zu wissen, was dort so friedlich und majestätisch vor ihm lag. Unzählige Sagen seines Volkes rankten sich darum … ein Tor zur Geisterwelt!

Solche Tore waren, wenn man den Erzählungen Glauben schenkte, nur zu bestimmten Zeiten oder für bestimmte Personen sichtbar und zugänglich, und nie hätte er sich träumen lassen, einmal Zeuge eines solchen Ereignisses zu werden.

Er beobachtete, wie die Frau, um die er gerade eben noch so sehr besorgt gewesen war, sich aufrichtete und auf die Felssäulen zuging.

»Hallo, sehen Sie sich vor!«, rief er ihr zu, aber sie schien ihn weder zu sehen noch zu hören.

Chad versuchte, schneller zu gehen, aber über das Geröll kam er nur langsam voran. Er musste die Frau warnen. Wenn es sich bei den Säulen wirklich um ein Tor zur Geisterwelt handelte, dann barg es viele Gefahren. Nur wenige Älteste wussten genau, was einen Menschen auf der anderen Seite erwartete. Chad selbst wusste nur so viel: Hatte man das Tor erst einmal durchschritten, so war es nicht gewiss, dass man in diese Welt zurückkehrte. In den Erzählungen seiner Kindheit waren es daher immer nur besonders geschulte Medizinmänner oder -frauen gewesen, die eine solche Reise gewagt hatten.

Chad hatte die Frau fast erreicht, als ihn ein seltsames Gefühl von Vertrautheit überkam. Das ovale Gesicht, die schlanke Figur, die langen hellbraunen Haare – das alles kam ihm irgendwie bekannt vor. Die Tankstelle … Chads Puls schlug schneller, als er sie erkannte.

»Nein, warten Sie! Bleiben Sie stehen!«, rief er und sprang dabei, so schnell es ging, über die Felsbrocken und auf die junge Frau zu.

Vergeblich. Sie schritt durch die Felssäulen, ohne zu zögern, ohne sich umzusehen!

Kurz überlegte er, ob er ihr folgen sollte. Noch war das Tor sichtbar. Vielleicht war es seine Aufgabe, der jungen Frau zur Seite zu stehen.

Sollte er das wirklich tun? Chad blickte sich um. Ein seltsames Drängen, eine unbestimmte Wichtigkeit und zugleich eine unabdingbare Dringlichkeit breiteten sich in seinem Kopf aus und strömten in jede Faser seines Körpers. Einen Augenblick lang vermeinte Chad, den würzigen Duft von Lagerfeuerrauch zu riechen, und unwillkürlich musste er an die Zeremonie vom gestrigen Abend denken. Konnten die beiden Ereignisse miteinander verbunden sein? Eine innere Stimme sagte ihm, dass es so war.

Plötzlich waren die Felssäulen verschwunden.

Chad verstand. Er würde an dieser Stelle auf die junge Frau warten. Er wusste nicht, wie lange er würde ausharren müssen, er spürte nur, dass er für sie da sein musste, wenn sie von ihrer Reise zurückkehrte.

Kapitel 2

Welt der Ahnen

Myras Augen weiteten sich, als sie sah, was auf der anderen Seite der Felssäulen auf sie wartete: Riesige Laubbäume und Koniferen mit Stämmen, so stark, dass zwei Menschen sie nicht zu umfassen vermochten, breiteten sich, in warmes Sonnenlicht getaucht, wie ein gigantischer Wald vor ihr aus.

Myra blinzelte. Konnte es wahr sein? Ein unbehagliches Gefühl breitete sich in ihrem Magen aus, als sie feststellte, dass die Berge verschwunden waren. Es wehte zwar immer noch ein leichter Wind, aber der fühlte sich auf unerklärliche Weise irgendwie anders an. Und die Luft! Es roch nach Waldboden und nicht mehr nach felsiger Berglandschaft. Doch da war noch ein anderer Geruch ... Myra konnte es nicht in Worte fassen. Was immer es für ein Duft war – er war herrlich!

Fasziniert bückte Myra sich und streckte die Hand nach einer kleinen Blume aus, die wie ein Gänseblümchen aussah. Als ihr Blick auf ihre Hand fiel, fuhr sie erschrocken zusammen: Das war nicht *ihre* Hand! Natürlich war es ihre Hand, es war ja auch ihr Arm, an dem sie hing, aber es war nicht *wirklich* ihre Hand.

Verunsichert blickte Myra an sich herunter. Langes und sehr helles blondes Haar hatte ihr ursprüngliches braunes Haar ersetzt und fiel lose über ihre Schultern, und ihr Körper steckte in einer sehr ungewöhnlichen Kleidung. An ihren Füßen steckten einfache, schmucklose Lederschuhe, die an indianische Mokassins erinnerten. Dazu trug sie einen nicht einmal knielangen Rock aus einem grobgewebten kratzigen Material und ein Hemd mit Ärmeln, das aussah, als sei es aus kleinen gewebten Vierecken zusammengesetzt. Um ihre Taille war ein gewebter Gürtel geschlungen, an dem ein kurzes Flintmesser und ein Kamm aus Horn befestigt waren. An den Enden war er mit runden Scheiben verziert. Das Material erinnerte Myra stark an Knochen, aber darüber wollte sie jetzt lieber nicht nachdenken. Stattdessen betrachtete sie ihre Handgelenke, an denen Armreifen hingen, die aus Elfenbein gearbeitet zu sein schienen.

»Wo bin ich?«, fragte sie leise. »Was ist geschehen?« Sie schaute sich um. Sonnenlicht fiel durch die Baumkronen und ließ goldene Lichter auf dem Waldboden tanzen, auf dem lange Gräser, niedrige Büsche und unzählige Wildblumen wuchsen. Die untersten Äste der Bäume waren so hoch, dass Myra aufrecht darunter zu stehen vermochte. Die Landschaft, obwohl rau und urzeitlich, glich einem weitläufigen Park. Das konnte nicht wahr sein! Sie musste sich das alles einbilden. Myra drehte sich zu der Stelle um, wo sie eben gerade die Felssäulen durchschritten hatte.

Sie erstarrte. Die Säulen waren verschwunden! Und mehr noch – der urzeitliche Wald hatte sich um sie herum geschlossen. Wie sollte sie dorthin zurückgelangen, woher sie gekommen war?

Myra spürte, wie plötzlich ein eigenartiges Gefühl ihren Körper durchflutete, so als trenne sie sich von ihrem ursprünglichen Selbst.

Sie zwang sich, ruhig zu bleiben.

Durch die Bäume hindurch erspähte sie eine kleine Lichtung mit einem Tümpel. Zielstrebig ging sie darauf zu.

Das Wasser war unbewegt und glatt. Myra kniete am Ufer nieder und beugte sich zögernd über das Wasser. Sie musste herausfinden, was geschehen war.

Augenblicklich fuhr sie zusammen. Das Gesicht, das ihr aus dem vom Sonnenlicht erleuchteten Wasser entgegenblickte, war nicht sie selbst, sondern jemand anders. Jemand, der wunderschön war – atemberaubend schön!

Sie sah eine kleine, zierliche junge Frau mit klassischen ebenmäßigen Gesichtszügen, makelloser, sehr weiblicher Figur und langem weißblonden Haar. Die Person war so anders als das, was Myra normalerweise sah, wenn sie in den Spiegel blickte, dass es ihr die Sprache verschlug! Dieser Körper gehörte ganz offensichtlich *nicht* ihr. Aber irgendwie war sie in ihn hineingeraten! Es war nicht so, dass sie das als unangenehm empfand. An jedem anderen Tag, an jeder anderen Stelle hätte Myra einer solchen Wandlung nur zu gern zugestimmt, war ihr eigenes Erscheinungsbild doch viel gewöhnlicher und nichtssagender im Vergleich zu dieser Frau! Aber in diesem Augenblick war ihr alles unheimlich, und sie wollte nichts lieber als zurück auf den Berghang, zurück zu ihrem Allerwelts-Ich!

Plötzlich erschien ein zweites Spiegelbild auf der stillen Wasserfläche des Tümpels, und eine Hand legte sich sanft auf ihre Schulter. Gleich darauf fragte eine helle Frauenstimme: »Hörst du nicht zu, Runa? Wieder und wieder habe ich deinen Namen gerufen!«

Myra erschrak. Wer war *Runa*? Und wer war die andere Frau? Warum verstand sie, Myra, die Sprache der anderen Frau, die nicht Englisch gewesen war?

»Runa, geht es dir gut?«, fragte die andere Frau besorgt.

Myra wusste nicht, was sie tun sollte. Was würde geschehen, wenn die Frau herausfand, dass sie nicht *Runa* war?

Sie war entschlossen, sich nicht zu verraten, und so erhob sie sich langsam und nickte zögernd. Dabei musterte sie die Fremde: Die Frau war ähnlich gekleidet wie sie selbst oder, besser gesagt, wie *Runa* und hielt einen Weidenkorb in der Hand, der gefüllt war mit allerlei Pflanzen und Kräutern. Sie hatte langes leuchtend rotes Haar, das im Nacken zusammengebunden war, freundliche graue Augen und ein elegantes Gesicht mit edlen Zügen. Sie war hochgewachsen und schlank. Eindringlich sah sie Myra an.

»Lass uns unsere Arbeit beenden«, sagte die andere Frau schließlich. »Halvar braucht diese Kräuter für die Bestattungszeremonie, und wir müssen noch Algen sammeln.«

Als Myra das Wort *Bestattungszeremonie* hörte, wurde ihr beinahe übel. Was sollte sie tun? Wie lange würde sie ihre wahre Identität noch verheimlichen können? Sie hatte keine Ahnung, wovon die andere Frau sprach.

Und doch – etwas begann sich in Myra zu verändern, und eine beunruhigende Gewissheit stellte sich ein: So wie sie auf einmal wusste, welchen Weg sie einschlagen musste, um zum Dorf zurückzugelangen, so wusste sie nun auch, dass Halvar der Schamane des Dorfes war und dass sie schon oft zum Sammeln von Algen am Meer gewesen war, das sich unweit vom Dorf an ein Moor anschloss.

Plötzlich war es nicht mehr das Gefühl, als sei sie im Körper eines anderen Menschen eingesperrt, auf einmal begann sie, die Welt durch *Runas* Augen zu sehen, Runa zu *sein*!

Sie spürte, wie die *Myra* in ihr zu verblassen begann und mit ihr die englische Sprache, die sie gesprochen hatte. Stattdessen durchströmten Runas Gedanken sie, in deren Sprache.

Myra wurde bewusst, dass sie sich in einer Zeit und an einem Ort befand, die lange, lange vergessen waren. In einer Zeit, als die Menschen noch nicht einmal Metalle kannten. *Wie* sie dorthin gekommen war? Sie wusste es nicht. Sie fühlte nur, dass es etwas mit den beiden Felssäulen zu tun hatte, zwischen denen sie hindurchgeschritten war.

Krampfhaft versuchte Myra, die Verbindung zu ihrer eigenen Welt zu bewahren. Doch es war vergebens! Je mehr sie mit der anderen Frau in deren Sprache redete, die auch Runas Sprache war, und je weiter sie ging, desto mehr *wurde* sie Runa. Es gab keinen Platz mehr in ihrem Kopf für ihre frühere Identität! Aus Myra wurde Runa mit all ihren Gedanken, ihren Vorlieben und Abneigungen und mit ihrem Wissen um die Umgebung, die Dorfgemeinschaft, die alltäglichen Aufgaben und Pflichten und die Sprache.

Myra sah sich erneut um, und was sie sah, erblickte sie nun mit Runas Augen. Und so sahen die Dinge um sie herum plötzlich ganz anders aus, denn Runa war nicht ängstlich, sondern fühlte sich behaglich und beschützt. Sie war ganz und gar zu Hause hier.

Wie selbstverständlich unterhielt sie sich mit der schlanken Frau, während sie neben ihr herging, und als die beiden Frauen sich bald darauf dem kleinen Dorf näherten, das ihr Zuhause war, gab es nur noch Runa.

Der Rauch des Feuers an den Kochstellen stieg ihr in die Nase, und sie hörte das Lachen der Kinder, die zwischen den Hütten spielten. Ein Lächeln legte sich auf ihr Gesicht.

Die beiden Frauen traten aus dem Wald, und das Dorf lag in seiner regen Geschäftigkeit vor ihnen. Den Platz, auf dem das Dorf errichtet worden war, hatten die Ältesten gut gewählt. Die Hütten standen auf einer großen Wiese, die durch den Wald vor den Nordwinden geschützt war, die aber von Süden her das Sonnenlicht hereinließ. Am Rand des Dorfes floss ein kleiner Bach, und das Moor trennte die Hütten vom Meeresstrand.

Runa begrüßte die Menschen, die ihr begegneten, mit freundlichen Gesten und blickte liebevoll auf die Dinge, die sie so sehr liebte: die Hütten, die, aus Stangen und Tierhäuten gebaut, wie riesige Pilzköpfe aus dem Boden sprossen. Die Frauen, die wie jeden Sommer am offenen Feuer kochten. Die vielen Beeren, Pilze und anderen Wildfrüchte, die für den Wintervorrat zum Trocknen zwischen den Hütten aufgehängt waren. Die Kinder, die ihre unbeschwerten Spiele spielten und überall herumtollten. Die Männer, die in kleinen Gruppen zusammensaßen und redeten und dabei Bögen aus Ästen und Sehnen herstellten und Speerspitzen, Messer und Werkzeuge aus Flint. Und die Rentiere, die die Dorfgemeinschaft als Nutztiere hielt und die Runa besonders ins Herz geschlossen hatte.

Gerade als sie sich daran erinnerte, wie sie selbst vor nicht allzu langer Zeit genauso wie die Kinder, die sie nun beobachtete, unbeschwert zwischen den Hütten herumgetollt war, blieben sie und die andere Frau vor einer der Hütten stehen. Ohne zu zögern, traten sie ein.

Im Inneren war es dunkel, denn während der Sommermonate brannte hier kein Feuer, und es dauerte eine

Weile, bis Runas Augen sich an das schwache Licht gewöhnt hatten.

Was sie erblickte, war ihr vertraut. Von den Holzstangen, die der Hütte ihre runde, buckelartige Form gaben, hingen unzählige Pflanzenbündel zum Trocknen. Sie würden im kommenden Winter gebraucht werden. Auf dem Boden befand sich ein einfaches Schlaflager aus Ästen, immergrünen Zweigen und Rentierfellen.

Draußen wurden Frauenstimmen laut.

»Erdis, kannst du dir unsere Arbeit ansehen?«

»Erdis, wir sind beinahe fertig!«

Erdis. Die Frau, mit der sie vom Wald hergekommen war.

Die anderen Frauen kamen herein. Sie arbeiteten an einer Decke aus Blumen und baten Erdis um Hilfe. Runa wusste, dass die Decke für den alten Agin bestimmt war, der letzte Nacht gestorben war. Agin war einer der Ältesten des Dorfes gewesen, alle hatten ihn sehr geachtet. Die Bestattungszeremonie würde am Nachmittag stattfinden. Die Männer hatten seine Grabstätte schon vorbereitet. Wie üblich hatten sie dafür zwei große Felsbrocken auf den vorbestimmten Platz außerhalb des Dorfes gewälzt, sie aufgestellt und mit einer Steinplatte bedeckt.

»Warum legst du dich nicht eine Weile hin?«, schlug Erdis vor und warf Runa einen besorgten Blick zu.

Die sanfte Stimme ließ Runa zusammenschrecken.

»Ja«, antwortete sie.

Als sie sich dem Schlaflager zu ihren Füßen zuwandte, fragte Erdis verwundert: »Warum legst du dich nicht in deiner eigenen Hütte hin?«

Runa lächelte verlegen und machte sich auf den Weg.

Während sie hinausging, hörte sie noch, was Erdis zu den anderen Frauen sagte: »Ein besonderer Geist weilt heute bei Runa. Sie braucht Zeit, um sich ihm zu öffnen und ihn anzunehmen.«

Dann stand Runa auch schon im hellen Sonnenlicht. Eine ungewohnte Erschöpfung überkam sie, als sei sie auf einer langen Wanderung gewesen. Sie erspähte ihre eigene Hütte, die ganz in der Nähe stand, und wankte hinein. Die Einrichtung glich der in der Hütte von Erdis. Auch hier hingen viele getrocknete Kräuterbündel. Runa lächelte. Natürlich war das so, schließlich lernte sie von Erdis, der Kräuterfrau des Dorfes. Die Kräuterfrauen des Stammes heirateten nicht, sondern nahmen, wenn sie älter wurden, ein Mädchen des Dorfes wie eine Tochter zu sich, um sie in der Kunst der Kräuterheilung auszubilden. Manchmal war der Altersunterschied zwischen der Kräuterfrau und dem Mädchen nicht so groß und die beiden waren nicht wie Mutter und Tochter, sondern eher wie Schwestern miteinander verbunden. So war es auch bei Erdis und Runa. Und ebenso wie Erdis würde auch Runa unverheiratet bleiben.

Überwältigt von der ungewöhnlichen mittäglichen Erschöpfung, ließ Runa sich auf ihr Lager aus Rentierfellen sinken. Augenblicklich glitt sie in einen tiefen Schlaf, und sie verspürte gleichzeitig ein sonderbares Gefühl, das sie weiter und weiter fortzuziehen schien – fort von ihrem Selbst.

Kapitel 3

Welt von morgen

Als sie erwachte, blickte sie sich verwirrt um. Ein dumpfes Dröhnen drang an ihr Ohr. Wieder durchflutete das seltsame Ziehen, das sie schon in dem urzeitlichen Wald gespürt hatte, ihren Körper.

Vorsichtig wandte sie den Kopf und entdeckte ihr Spiegelbild in einem Fenster neben sich. Gespannt und gleichzeitig verwirrt studierte sie das Gesicht, das ihr entgegenblickte. Es war Myra! Sie war nicht länger Runa, die in ihrer Hütte auf einem Felllager ruhte, sie saß vielmehr auf dem Beifahrersitz eines Autos, das mit mäßiger Geschwindigkeit über einen wenig befahrenen Highway fuhr. Sie war wieder sie selbst!

Gerade wollte sich ein Lächeln der Erleichterung auf Myras Gesicht stehlen, als ihr kleine Veränderungen auffielen. Sie streckte die Hand aus und klappte die Sonnenblende herunter: Das Gesicht, das ihr aus dem kleinen Spiegel entgegenblickte, gehörte zwar zu Myra, aber nicht zu der Myra, die sie hätte sein sollen.

Die Myra, die hier im Auto saß und über den Highway fuhr, hatte zwar dasselbe ovale Gesicht und dieselben braungrünen Augen, sie trug die hellbraunen Haare jedoch auf Kinnlänge gekürzt und war ungefähr zwanzig Jahre älter als die Myra, die beim Bergsteigen gewesen war!

Fasziniert betrachtete Myra ihr Ebenbild. Ein paar

Fältchen um Mund und Augen hatten sich eingestellt, und die Haut an Kinn und Wangen hatte ein wenig von ihrer jugendlichen Spannkraft verloren, gleichzeitig jedoch strahlte ihr Gesicht eine ungekannte Weichheit aus, die ihm in jüngeren Jahren gefehlt hatte. Diese Weichheit verlieh der älteren Myra eine besondere Art von Schönheit und Wärme.

Myra fiel ein Anhänger ins Auge, auf dem ein Rabe zu sehen war. Er gehörte zu einer Kette, die um ihren Hals hing. Eine solche indianische Handarbeit hatte sie sich schon lange gewünscht. Irgendwann musste sie sich ihren Wunsch erfüllt haben. Bewundernd ließ sie ihre Finger über das kühle Silber des Anhängers gleiten.

Myra war so vertieft in ihr ungewohntes Aussehen, dass sie gar nicht merkte, wie der Himmel draußen immer grauer und dunkler wurde, weil ein Unwetter aufzog. Ein krachender Donner ließ sie hochschrecken, und sie besah sich ihre Umgebung ein wenig genauer. Auf den Bergen, die draußen vorbeizogen, wuchsen Zedern und Fichten, und auch die Büsche und Pflanzen am Straßenrand standen in sattem Grün. Es musste Sommer sein.

Myra blickte die Straße entlang. Plötzlich erkannte sie, wo sie war. Dies war der Highway, der aus Boulder Landing, aus dem Ort, in dem sie aufgewachsen war, Richtung Westen hinausführte!

»Myra, hörst du mir zu?«, sagte eine Stimme neben ihr.

Myra fuhr zusammen. Erst jetzt wurde ihr bewusst, dass das Auto nicht von allein fuhr. Ein Mann saß am Steuer. Verwirrt blickte sie ihn an.

»Wir sollten Emma kurz anrufen und fragen, ob alles in Ordnung ist«, fuhr der Mann neben ihr fort.

Emma? Wer war das? »Wen?«, fragte Myra zaghaft, um Zeit zu gewinnen.

»Emma. Unsere Tochter«, erwiderte der Mann und schenkte ihr ein nachsichtiges Lächeln. Dieses Lächeln löste in Myra ein Gefühl von Geborgenheit aus, das sie sich nicht zu erklären vermochte. Sie war sich sicher, dass sie diesen gutaussehenden Mann mit den schulterlangen schwarzen und von silbergrauen Strähnen durchzogenen Haaren, den hohen Wangenknochen und der bronzefarbenen Haut nie zuvor gesehen hatte. Sie schätze ihn auf Ende vierzig. Doch es waren seine bernsteinfarbenen Augen, die Myra in den Bann zogen. Diese Augen sahen sie immer wieder liebevoll an. Sie kamen ihr auf seltsame Weise vertraut vor.

»Oh … ja«, antwortete Myra vorsichtig, um keinen Verdacht zu erregen. »Es sollte ihr gutgehen.«

»Es *sollte*«, entgegnete der Mann. »Aber sie ist erst sechzehn, und sie ist in einer Kleinstadt aufgewachsen. Heute übernachtet sie zum ersten Mal bei ihrer Freundin, die in einer ziemlich großen Stadt lebt – mit all ihren Vor- und Nachteilen.«

Sechzehn! Eine sechzehn Jahre alte Tochter? Myra rieb sich ungläubig über die Stirn.

Der Mann streckte seine Hand aus und strich ihr beruhigend über den Arm.

»Mach dir keine Sorgen, mein Schatz.« Dann fügte er hinzu: »Es dauert noch ein paar Minuten, bis wir bei Heathers Haus sind. Warum ruhst du dich nicht ein bisschen aus?«

Myra schloss, erleichtert, dass sie im Augenblick nichts weiter sagen musste, die Augen und versuchte, ihre Gedanken zu ordnen. Sie fühlte sich irgendwie zweigeteilt und unvollständig. Als sei sie gleichzeitig jung und zwanzig Jahre älter. Und von beiden Leben fehlten ihr die Einzelheiten. Ihre Erinnerung war seltsam verschwommen.

Sie hatte eine Tochter. Und der Mann neben ihr war offenbar ihr Ehemann – obwohl sie ihn noch nie zuvor gesehen hatte. Sie spürte einen seltsamen Stich im Herzen. Oder war sie ihm doch schon einmal begegnet?

Ein weiteres seltsames Ziehen durchlief ihren Körper, und genau wie zuvor bei Runa war sie nun ganz und gar in die Person der älteren Myra hineingeschlüpft. Sie erinnerte nichts mehr von ihrem eigentlichen Selbst. Dafür wusste sie nun alles, was die ältere Myra wusste. Sie wusste, welcher Tag heute war, sie wusste, dass sie im Auto unterwegs waren, um Heather einen Besuch abzustatten, sie wusste, dass der Mann neben ihr ihr Ehemann Chad Blue Knife war und dass er ihr die schöne Halskette mit dem Rabenanhänger zu ihrer Hochzeit geschenkt hatte.

Myra hatte Chad vor fast zwanzig Jahren ganz in der Nähe von Boulder Landing kennengelernt, beim Wandern am Thunder Mountain. Sie war an den Ort ihrer Kindheit zurückgekehrt, um sich über ihre Gefühle zu ihrem damaligen Freund Jerry klarzuwerden, um wieder mit sich selbst in Einklang zu kommen. Jerry ... Das war vor Ewigkeiten gewesen. Myra hatte sich noch am selben Tag endgültig von ihm getrennt, und seitdem hatte es nur einen Mann in ihrem Leben gegeben: Chad Blue Knife.

Chad war in der Nähe von Boulder Landing aufgewachsen und nach Ende seines Studiums dorthin zurückgekehrt, um sich als Anwalt niederzulassen und seinen Stammesmitgliedern zu helfen. Das war seine große Aufgabe im Leben: Menschen zu helfen.

Myra hatte lange Zeit in Victoria gelebt. Da sie damals ohnehin gerade ihren Job verloren hatte, war sie, nachdem sie Chads Bekanntschaft gemacht hatte, kurz entschlossen wieder nach Boulder Landing zurückgezogen und hatte angefangen, für wenig Geld, aber mit gutem Gewissen als freischaffende Journalistin zu arbeiten. Zwei Jahre später hatten sie geheiratet. Dann war Emma zur Welt gekommen.

Jetzt war Emma zu einem gutaussehenden, sportlichen und fleißigen Mädchen von sechzehn Jahren herangewachsen. Sie übernachtete bei ihrer Freundin, die in Fort Duffey lebte, der nächstgelegenen Stadt.

Myra warf ihrem Ehemann einen liebevollen Blick zu, lehnte den Kopf an seine Schulter und seufzte tief.

Chad gab ihr einen Kuss auf die Stirn.

Sie hatten Emma bei ihrer Freundin abgeliefert und wollten auf dem Nachhauseweg kurz bei Heather, Chads Großtante, anhalten, um zu sehen, wie sie sich in ihrem neuen Haus eingelebt hatte. Chad hatte Heather vor einem Monat von Fort Duffey näher zu ihnen geholt, um ihr besser unter die Arme greifen zu können. Myra kannte Heather nun schon seit vielen Jahren. Und obwohl sie seit ihrer ersten Begegnung eine tiefe Verbundenheit zu der älteren Dame verspürt hatte, hatten sie sich nur selten gesehen. Die Entfernung war einfach zu groß gewesen und Myras Leben zu voll mit den täglichen Geschäften. Erst in den letzten Wochen hatten sie sich öfter gesehen.

Myra musste lächeln. Es war komisch, wie das Leben manchmal spielte. Sie war ohne Großeltern aufgewachsen und hatte sich immer welche gewünscht. Nun, nachdem sie schon lange erwachsen war, hatte sich ihr Wunsch endlich erfüllt, denn Heather hatte längst diesen Platz in ihrem Leben eingenommen.

Sie bogen in die Einfahrt des kleinen Grundstückes von Heather Blue Knife ein. Der Kies knirschte unter den Autoreifen und ließ Myra aus ihren Gedanken aufschrecken. Chad parkte das Auto.

Es war früh am Abend, und die Gewitterwolken, die sich drohend über Boulder Landing aufgetürmt hatten, waren vorübergezogen. Die Luft war klar und kühl, wie so oft an Frühsommerabenden. Myra schlug nach ein paar Mücken, die zu dieser Jahreszeit unvermeidlich waren. Der Vorgarten war übersät von ersten Sommerblumen, deren Duft auf einer leichten Brise zu ihnen herüberschwebte. Myra dachte daran, wie viel Glück sie gehabt hatten, dass das Haus gerade jetzt zum Verkauf gestanden hatte. Es war wie geschaffen für Heather, die sich am liebsten in der freien Natur aufhielt. Das Haus hatte einen wunderschönen Blick auf die umliegenden Berge und Wälder, und vom hinteren Teil des Gartens aus konnte man direkt zum Wandern aufbrechen, was Heather auch fast jeden Tag tat. Das Haus an sich war klein, aber groß genug für eine alleinstehende Person, die nicht viel im Sinn hatte mit Hauswirtschaften und Reparieren. Myra schmunzelte. Heather war zwar keine perfekte Hausfrau, und sie war auch alles andere als eine gute Köchin, aber sie war sehr klug und aufmerksam und bemühte sich jedes Mal so sehr um ihre Besucher, dass man sie einfach gernhaben musste.

Myras Blick fiel auf einen schwarzen Chrysler, der vor dem Haus parkte.

»Wem gehört das Auto?«, fragte sie verwundert.

Chad zuckte mit den Schultern. Seine Tante war eine der angesehensten Ältesten seines Volkes. Sie wusste viel zu erzählen. Sie war bei ihrer Großmutter und ihrer Urgroßmutter aufgewachsen, die sich noch an Zeiten hatten erinnern können, als es keine Weißen an der kanadischen Westküste gegeben hatte. Sie hatten ihre indianische Sprache und die Mythen und Legenden ihrer Vorfahren an Heather weitergegeben. Als Kind hatte Heather sie so tief in sich aufgenommen, dass sie ein Teil von ihr geworden waren. Und so war sie heute eine reiche Quelle des Wissens für die jungen Menschen ihres Volkes, denn sowohl ihre indianische Sprache als auch die ursprünglichen Mythen und Legenden drohten in Vergessenheit zu geraten, weil die nachfolgenden Generationen sich viel zu intensiv um eine Anpassung an die Kultur der Europäer bemüht hatten. Die Alten waren inzwischen längst gestorben, und das Interesse der Jungen an der Sprache, an den alten Sitten und Gebräuchen war erst wieder erwacht, als es schon fast zu spät gewesen war. Nun gab es nur noch wenige Alte, die die Sprache ihrer Vorfahren sprachen und die sich an längst vergangene Tage erinnern konnten. Heather war eine von ihnen. Leider war es neuerdings um ihre Erinnerung immer schlechter bestellt, und so kamen oft Menschen, Indianer und Weiße, die Heather darum baten, die Gespräche aufzeichnen zu dürfen, damit wenigstens einige Teile ihres reichen Wissens für kommende Generationen bewahrt werden konnten.

✧

Sie betraten das Haus. Heather saß im Wohnzimmer, vertieft in ein Gespräch mit einem unbekannten Mann. Chad schüttelte missbilligend den Kopf. Mancher Wissbegierige fand selbst zu solch später Stunde kein Ende und nahm keine Rücksicht auf das fortgeschrittene Alter seiner Großtante. Sie dachten nur an sich selbst.

Myra musterte die alte Frau liebevoll. Sie kannte die kleine zierliche Frau nun schon fast zwanzig Jahre, aber irgendwie hatte Heather es geschafft, neunzig Jahre alt zu werden, ohne dass es Myra aufgefallen war. Natürlich war Heathers Gesicht viel runzeliger, ihr langes Haar war schütter und schneeweiß geworden, und auch ihr Rücken war nicht mehr ganz so gerade wie früher, aber Heather erfreute sich noch immer ausgezeichneter Gesundheit. Ihre dunklen weisen Augen sprühten noch immer vor Lebenslust, und dieses Funkeln ließ ihr Gesicht aufblühen.

Myras Blick schweifte hinüber zu dem Besucher. Der Mann saß steif und mit finsterem Gesichtsausdruck auf Heathers alter Couch und schenkte den beiden Besuchern keine Beachtung. Seine große, kräftige Gestalt schien in Heathers kleinem Wohnzimmer irgendwie fehl am Platz zu sein. Zu diesem Eindruck trugen auch sein eleganter schwarzer Anzug und seine kurzen schwarzen, glatt nach hinten gekämmten und mit viel Gel in Form gebrachten Haare bei, die im schwachen Licht der alten Stehlampe speckig glänzten.

Myra und Chad beobachteten ihn einen Augenblick lang, ohne seinen Redefluss zu unterbrechen. Es entsprach dem Höflichkeitsgesetz des Stammes, keinem Redner ins Wort zu fallen, sondern so lange zu warten, bis dieser geendet hatte und das Wort an die Hinzugekommenen richtete. Myra und Chad mussten grinsen, als sie bemerkten, dass der Besucher mit allen Mitteln versuchte, Heather dazu zu bewegen, schneller zu erzählen. Aber eine Stammesälteste ließ sich nicht hetzen!

Nach wenigen Sätzen legte Heather eine Pause ein und stand auf, um ihre Gäste zu begrüßen.

»Schön, dass ihr gekommen seid, Kinder. Aber wie ihr seht, hättet ihr euch heute keine Gedanken um mich zu machen brauchen, denn ich habe schon seit geraumer Zeit einen Besucher.« Die alte Dame machte eine Handbewegung in Richtung Couch. »Das ist Simon Morris«, erklärte sie. »Mr Morris, das sind mein Großneffe Chad Blue Knife und seine Frau Myra. Sie leben ganz in der Nähe und kümmern sich sehr liebevoll um mich.« Dann wandte sie sich wieder Myra und Chad zu. »Mr Morris ist Historiker. Er schreibt ein Buch über die Mythen und Legenden der First Nations People in dieser Region, und man hat ihn an mich verwiesen. Ich habe ihm schon eine ganze Reihe Geschichten erzählt, aber es scheint ihm nicht langweilig zu werden ...«

»Es freut mich, Sie kennenzulernen«, fiel Simon Morris der alten Frau ins Wort. Er war nur widerwillig aufgestanden und nickte Chad und Myra kurz zu. Er schien durch ihr Kommen in irgendeiner Weise verärgert zu sein. Dann wandte er sich in dringlichem Ton an Heather. »Wir sollten jetzt wirklich weitermachen. Es ist schon spät.«

»Das denke ich auch«, merkte Chad an. »Meinen Sie nicht, dass es an der Zeit wäre, meiner Tante ihre wohlverdiente Nachtruhe zu gönnen?«

Morris lächelte dünn. »Natürlich. Nur noch eine Geschichte, Mrs Blue Knife, dann verabschiede ich mich.«

»Bitte entschuldigen Sie mich einen Augenblick, Mr Morris. Ich möchte Tassen für Chad und Myra holen.«

Chad und Myra setzten sich zu Morris auf die Couch. Wenig später rümpfte Myra die Nase.

»Riechst du etwas?«, flüsterte sie Chad zu.

»Irgendetwas riecht sehr streng«, antwortete er leise. »Aber ich weiß nicht, was es sein könnte.«

Ohne zu zögern, stand Myra auf und ging zu dem großen Fenster hinter dem Sofa und öffnete es.

Morris rückte an den äußersten Rand der Couch, und sein Gesicht verfinsterte sich noch mehr. Myra fand, dass beinahe schon Feindseligkeit in seinem Blick lag. Warum? Sie konnte es sich nicht erklären.

Heather kam mit zwei neuen Tassen zurück ins Wohnzimmer, schenkte Myra und Chad Tee ein und setzte sich wieder.

»Ich könnte Ihnen die Geschichte von dem Raben erzählen ...«, begann sie.

»Ich habe schon mehrere Geschichten über Raben«, fiel Morris ihr unhöflich ins Wort. »Vielleicht etwas anderes?«

»Es gibt eine sehr schöne Legende über einen Mann, der ...«

»Wie wäre es mit einer Geschichte über eine Frau? So etwas fehlt noch für mein Buch.«

Chad öffnete den Mund, um Morris wegen seiner schlechten Manieren zurechtzuweisen, fing aber einen warnenden Blick von Myra auf und schwieg. Eine unangenehme Spannung lag in der Luft.

Bevor Heather etwas sagen konnte, wandte Morris sich an Chad und Myra.

»Warum warten Sie nicht einen Augenblick draußen? Die Geschichten müssen für Sie recht langweilig sein, Sie kennen sie ja wahrscheinlich in- und auswendig, und Mrs Blue Knife könnte sich dann sicher auch viel besser konzentrieren.«

»Danke, aber wir ziehen es vor, zu bleiben, Mr Morris«, antwortete Chad kühl. »Und wenn Sie genau wissen, welche Geschichte Sie interessiert, warum fragen Sie meine Tante nicht einfach danach? Das würde die Sache viel einfacher machen, und es würde auch schneller gehen. Oder wollen Sie mir sagen, dass Sie mit Ihrer Fragerei keine bestimmte Geschichte im Kopf hatten?«

Heather lächelte ihren Großneffen liebevoll an und legte ihre dünne, runzlige Hand beruhigend auf seinen Arm.

»Sie sind ein guter Menschenkenner«, sagte Morris

aalglatt und wandte sich wieder an Heather. »Es stimmt. Es gibt eine Geschichte oder – besser vielleicht – eine Legende, die mich besonders interessiert, und man hat mir gesagt, dass Sie sie am besten kennen, besser als alle anderen Ältesten. Es handelt sich um die *Legende vom Lachen der Kinder*.« Er sah die alte Frau erwartungsvoll an.

Chad und Myra warfen sich einen erstaunten Blick zu. Von allen Mythen und Legenden, die es in dieser Gegend gab, hatte er ausgerechnet diese ausgewählt. Wie war er darauf gekommen? Es war eine der Legenden, die eigentlich nicht an Außenstehende weitergegeben wurden, weil sie für den Stamm von großer mythischer Bedeutung waren. Umso erstaunter waren die beiden, als Heather, ohne zu zögern, wohl aber mit einem weisen Lächeln auf den Lippen, gutmütig mit dem Kopf nickte und mit leiser, ruhiger Stimme sagte:

»Ich glaube, ich weiß, von welcher Legende Sie sprechen. Es handelt sich um eine sehr, sehr alte Geschichte aus längst vergessenen Tagen.« Sie machte eine Pause, um ihre Gedanken zu sammeln. Schließlich begann sie, bedächtig zu erzählen.

»Vor langer, sehr langer Zeit lebte eine junge Frau mit wunderschönem langen weißblonden Haar in einem fernen, fernen Land. Ihr Leben verlief gleichförmig, bis sie eines Nachts im Traum eine Botschaft erhielt.« Heather legte eine kurze Pause ein.

Myra lauschte gebannt Heathers Worten. Obwohl sie die Geschichte schon kannte, war es jedes Mal spannend, sie aus Heathers Mund zu hören. Sie hatte eine besondere Gabe, Geschichten zu erzählen.

»Die junge Frau konnte die Bedeutung der Worte, die ihr als Botschaft im Traum überbracht worden waren, jedoch nicht verstehen«, fuhr Heather fort, »denn die

Worte entstammten nicht ihrer eigenen Sprache. Deshalb vertraute sie sich dem weisen Medizinmann ihres Dorfes an. Er half ihr, ihren Traum zu verstehen, und bereitete sie in einer Zeremonie auf die lange und gefährliche Reise vor, die ihr bevorstand. Denn«, betonte Heather mit geheimnisvoller Stimme, »es war dem Medizinmann offenbart worden, dass es die Aufgabe der jungen Frau sein sollte, die Traumbotschaft dorthin zu überbringen, wo ihre Worte verstanden würden.« Wieder hielt die alte Dame inne. Ihr Blick hatte sich auf einen unbestimmten Punkt an der gegenüberliegenden Wand gerichtet, und sie schien tief in ihrer Erinnerung versunken zu sein. Schließlich sprach sie weiter. »Die abenteuerliche Reise der Frau dauerte mehrere Jahre und führte sie weiter von ihrem Zuhause fort, als sie es sich je hätte ausmalen können. Sie durchquerte den nordeuropäischen Kontinent und Eurasien. Immer wieder wurden ihr Vertrauen in die Geister und ihr Mut auf eine harte Probe gestellt. Sie musste viele gefährliche Abenteuer bestehen.« Heather schüttelte den Kopf. »Was für ein Erlebnis!«

Myra hing wie gebannt an ihren Lippen und rührte sich nicht. Jedes Mal wenn Heather eine der alten Geschichten erzählte, vergaß sie alles um sich herum.

»Schließlich gelangte die junge Frau an den Pazifischen Ozean, und sie dachte, ihre Reise sei zu Ende. Doch das war sie noch lange nicht! Es ging weiter, noch viel weiter.« Heather blickte zum Fenster hinaus und schwieg. Doch Myra und Chad wussten, dass sie mit ihrer Erzählung noch nicht am Ende war. Wenig später begann Heather dann auch wieder zu sprechen.

»Es bedurfte der Hilfe eines tüchtigen Seefahrervolkes, und es dauerte viele Monde, aber schließlich überquerte die junge Frau den Ozean und erreichte unsere schöne Nordwestküste … Ja, man mag es kaum glauben, aber es ist wahr. Hier in Kanada … Die Geister waren ihr wohlgesonnen.«

Morris rutschte ungeduldig auf dem Sofa hin und her und trommelte mit den Fingern auf seinem Knie. Chad konnte ein solch respektloses Verhalten kaum fassen. Aber Heather ließ sich nicht hetzen. Nach einer weiteren Pause fuhr sie fort, ein entrücktes Lächeln auf ihrem Gesicht.

»Als die junge Frau das Dorf unserer Vorfahren erreichte, stellte sie fest, dass sie am Ziel ihrer Reise angelangt war. Die Mitglieder des Stammes staunten über ihre weißblonde Haarpracht und ihre Schönheit, und sie verehrten sie wegen ihrer Weisheit und ihrer außergewöhnlichen magischen Fähigkeiten. Unsere Vorfahren haben die Worte, die der jungen Frau Jahre zuvor im Traum übermittelt worden waren, verstanden, denn sie entstammten unserer Sprache. Die Botschaft war für *uns* bestimmt gewesen. Die Worte der Botschaft lauteten: *Mahmele Leeyem*. Das Lachen der Kinder.«

Heathers Blick kehrte langsam zu ihren Besuchern zurück, und es schien eine Weile zu dauern, bis ihre Gedanken wieder in der Gegenwart des kleinen Wohnzimmers angekommen waren.

Myra und Chad lächelten sie dankbar an. Es war jedes Mal eine Ehre für sie, einer von Heathers Geschichten zu lauschen.

Aber Morris war noch immer nicht zufrieden. »Gibt es zu der Legende nicht noch mehr Einzelheiten, die Sie vergessen haben zu erzählen? Einen besonderen Talisman zum Beispiel?«

Heather überlegte einen Augenblick. »Jetzt, wo Sie es erwähnen, ja, ich glaube, da war so etwas. Ein Talisman mit magischen Kräften, den die junge Frau – vielleicht zu ihrem Schutz – bei sich trug. Ich kann mich nicht genau erinnern.«

Morris fuhr sich aufgeregt durchs Haar.

»Wie sah der Talisman aus? Was ist mit ihm geschehen?«, drängte er weiter.

Chad und Myra waren empört über das unmögliche Verhalten des Besuchers. Nur ein *Weißer* würde das feinfühlige indianische Protokoll über Benehmen und Respekt gegenüber den Ältesten derart missachten! Da Heather selbst jedoch noch immer gutmütig zu sein schien, hielten sie sich zurück.

»Ich bin schon alt«, erklärte Heather ruhig, ohne dem Verhalten des Mannes Beachtung zu schenken. »Meine Erinnerung lässt nach. Hätten Sie mich vor zwanzig Jahren gefragt, hätte ich mich vielleicht an solche Kleinigkeiten erinnert. Aber heute …« Sie lachte leise. »Myra, erinnerst du dich genauer an den Talisman oder was es damit auf sich hatte? Ich habe dir die Geschichte vor langer, langer Zeit das erste Mal erzählt, als ich vielleicht noch mehr Einzelheiten im Kopf hatte. Dein Gedächtnis ist immer so ausgezeichnet.«

Morris wandte sich Myra zu und warf ihr einen scheinbar interessierten Blick zu. Aber sein Schweigen und etwas in seinem Gesicht jagten einen Kälteschauer durch Myras Körper, und ihr Kopf begann zu schmerzen.

Es stimmte, Heather hatte ihr die Geschichte tatsächlich vor vielen Jahren das erste Mal erzählt. Myra rieb sich die pochenden Schläfen und versuchte, sich zu erinnern. Es musste bei einem der ersten Treffen mit Heather gewesen sein, kurz nachdem Myra sich mit Chad angefreundet hatte. Myra war damals frisch verliebt gewesen und hatte den Worten der *alten Tante* nicht immer konzentriert gelauscht. Ja, Heather hatte damals etwas von einem Talisman erwähnt. Aber Einzelheiten? Je mehr sie versuchte, sich zu erinnern, desto weniger gelang es ihr. Alles, was sie vor ihrem inneren Auge sah, waren Rauch- oder Nebelschwaden, die wild durcheinanderwirbelten.

Ihre Kopfschmerzen wurden immer stärker. Hinzu kamen der kalte Ausdruck in Morris' Gesicht und seine schlechten Manieren.

»Nein, an einen Talisman kann ich mich nicht erinnern«, sagte sie leise.

Umso erstaunter war sie, als Morris gleich darauf mit unerwartetem Schwung aufstand, sich auf freundlichste Weise und mit übertrieben kräftigem Händeschütteln von ihnen verabschiedete und in größter Eile das Haus verließ.

Auch Chad und Heather waren sehr erstaunt über das seltsame Verhalten des Besuchers. Eine Zeitlang saßen sie schweigend da, und jeder hing seinen Gedanken nach.

Irgendwann unterbrach Heather die Stille.

»Das war ein langes Gespräch. Es hat mich mehr angestrengt, als ich zuerst angenommen hatte. Ich fürchte, ich bin heute Abend zu müde, um euren lieben Besuch schätzen zu können. Aber kommt, trinken wir noch eine Tasse Tee, bevor ihr euch auf den Weg macht.« Sie schenkte nach. Bevor sie sich wieder setzte, fiel ihr ein, dass sie in der Aufregung etwas vergessen hatte.

»Myra, ich habe etwas für Emma. Nimmst du es ihr bitte mit?« Sie stand auf und ging zu einer Kommode und begann, in einer Schublade zu kramen. »Wo habe ich es nur?«

Myra ging zu Heather.

»Was ist es denn?«

Heather lächelte erleichtert, zog eine mit indianischer

Perlenstickerei reichverzierte Haarspange hervor und gab sie Myra.

»Hier. Gestern bin ich fertig geworden.«

»Heather, was für eine feine Arbeit! Chad, schau dir an, was Heather für Emma gemacht hat!« Sie wies auf die Spange, dann wandte sie sich wieder an Heather.

»Danke. Emma wird sie sicher jeden Tag tragen. Sie liebt alles, was du für sie machst.«

Myra nahm die Haarspange entgegen. Sie wollte etwas sagen, aber sie zögerte. Es gab etwas, das sie Heather fragen wollte, etwas, das ihr seit dem Besuch von Morris nicht aus dem Sinn ging.

»Heather«, begann sie schließlich doch und sah die alte Frau forschend an. »Konntest du dich vorhin im Gespräch wirklich nicht an das genaue Ende der Legende und die Einzelheiten über den Talisman erinnern? Du hast mich danach gefragt, dabei bist du es, die die alten Geschichten und Legenden wie keine Zweite kennt.«

»Du weißt, mein Kind«, antwortete Heather eindringlich und legte Myra eine Hand auf den Arm, »dass manche der alten Geschichten nicht für jedermanns Ohren bestimmt sind. Und ab und zu kommt es sehr gelegen, dass man im Alter manches vergisst. Seit Morris heute dieses Haus betreten hat, habe ich ein ungutes Gefühl. Ich …«

Myra strengte sich an, aber sosehr sie es auch versuchte, es gelang ihr nicht, Heathers Worte zu verstehen. Die Stimme der alten Frau wurde immer leiser und undeutlicher, als würde sie sich mehr und mehr entfernen. Myra war, als ziehe etwas an ihr, als versuche etwas, sie aus ihrem eigenen Körper herauszuziehen.

KAPITEL 4

Legende

Das seltsame Ziehen, begleitet von den gegensätzlichen Gefühlen des Unbehagens und des Wohlbefindens, durchströmte ihren Körper und leitete den Wechsel ein …

Wieder erblickte Myra das bekannte Flimmern zwischen den Felssäulen, und wieder fühlte sie diese unwiderstehliche Anziehungskraft.

Abermals schritt sie mit wild pochendem Herz zwischen die Felssäulen und trat, ehe sie sichs versah, als ihr junges, ursprüngliches Selbst auf der anderen Seite heraus. Zu ihrer großen Erleichterung befand sie sich diesmal an genau der Stelle, wo sie ihre abenteuerliche Reise begonnen hatte: auf dem kargen Berghang nahe des Gipfels, den sie hatte erklimmen wollen.

Wieder spürte sie die starken Schmerzen am Kopf, wo der Stein sie getroffen hatte. Unwillkürlich legte Myra ihre Hand auf die mit getrocknetem Blut verklebte Wunde und drehte sich zu der Stelle um, wo sie kurz zuvor zwischen den Felssäulen hindurchgeschritten war. Sie waren verschwunden!

Verwirrt und außer Atem setzte sie sich.

Myra wusste, dass der Verstand einem Menschen alles Mögliche vortäuschen konnte. Aber war es tatsächlich möglich, dass sie sich die gerade eben erlebten Dinge eingebildet hatte? Sie konnte sich an alle Einzelheiten erinnern. Sie waren so wirklich wie das struppige Gras, auf dem sie saß, oder wie der harte Felsbrocken, an dem sie lehnte. Aber das war nicht alles. Sie konnte sich an alle Gedanken, an alle Gefühle von Runa und ihrem eigenen älteren Ich erinnern. Und ihr war, als könne sie die verschiedenen Gerüche der anderen Welt noch immer wahrnehmen: das erdige Aroma des riesigen Waldes, den würzigen Duft der Lagerfeuer in Runas Dorf, Chads Aftershave. Chad ... Myra spürte noch immer die Berührung seiner Hand, fühlte seinen liebevollen Blick auf ihr ruhen und die tiefe Liebe, die sie für ihn empfunden hatte.

Ungläubig schüttelte sie den Kopf. Sie verstand sich selbst nicht mehr. Es war, als wohnten außer ihrem Selbst plötzlich noch zwei andere Menschen in ihr, als drängelten sich drei Seelen um einen Platz in ihrem Kopf und ihrem Körper! Sie wusste nicht viel über Psychologie, aber den Zustand ihrer Gefühle empfand sie inzwischen als alarmierend.

Sie musste fort von hier!

Suchend sah Myra sich nach dem einfachsten Weg bergab um, als ihr Blick auf den Himmel fiel. Sie stutzte. Kurz bevor sie sich die Kopfverletzung zugezogen hatte, war es ein sonniger Vormittag gewesen. Jetzt war der Himmel wolkenverhangen, und das Licht verriet ihr, dass es bald Abend werden würde!

Myra wurde immer unheimlicher zumute. Was, in aller Welt, war mit ihr geschehen?

Sie musste sich Gewissheit verschaffen. Sollte es jetzt tatsächlich Abend sein, würde sie vielleicht mit etwas Glück noch ein oder zwei andere Wanderer finden, die die Gegend gut genug kannten, um zu der späten Stunde noch so weit oben am Berg unterwegs zu sein.

Ihre Blicke streiften über den Hang. Welch ein Glück!

Eine kurze Wegstrecke weiter unten sah sie jemanden stehen. Die Person hatte ihr den Rücken zugekehrt und schien den Ausblick zu genießen.

Wenig später hatte Myra sich so weit genähert, dass sie deutlich die Gestalt eines Mannes erkennen konnte. Schon von weitem rief sie ihm zu: »Entschuldigen Sie! Können Sie mir sagen, welcher Tag heute ist und wie spät wir es haben?«

Sie erreichte den Mann genau in dem Augenblick, als er sich zu ihr umdrehte und sie erstaunt ansah.

Myra blieb das Herz stehen. Es war, obwohl zwanzig Jahre jünger, unverkennbar der Mann, dem sie sich nur Minuten zuvor so nahe gefühlt hatte, mit dem sie verheiratet gewesen war, der aber in dieser Welt ein völlig Fremder für sie war: Chad Blue Knife!

Myra starrte den jungen Mann verwirrt an, und sie erkannte noch im selben Augenblick, dass sie sich täuschte. Sie war Chad auch in dieser Welt schon einmal begegnet, am Morgen, im Laden der Tankstelle!

Ihre Knie begannen zu zittern. Wie konnte sie so tun, als kenne sie ihn nur flüchtig?

Chad überkam das seltsame Gefühl, als sollte er die junge Frau besser kennen. Etwas an ihr zog ihn auf magische Weise an. Er konnte es sich nicht erklären.

Chad war sich nicht sicher, ob er verstand, was hier geschah und warum er die ganze Zeit auf die Rückkehr dieser jungen Frau gewartet hatte. Er konnte ihre Verwirrung verstehen. Er verspürte den Wunsch, ihr zu helfen. Aber es gab nichts, was er in diesem Augenblick hätte tun können.

Daher sagte er nur: »Heute ist Freitag, der 22. Juni, und es ist genau«, er blickte kurz auf seine Armbanduhr, »neunzehn Uhr fünf.«

»Freitag, neunzehn Uhr fünf!«, entfuhr es Myra. »Sind Sie sich ganz sicher?«

Chad zog schweigend sein Handy heraus, schaltete es ein und zeigte der jungen Frau das Display.

Ungläubig schüttelte Myra den Kopf und ließ sich auf einen großen Felsbrocken sinken.

»Geht es Ihnen gut?«, fragte Chad vorsichtig nach. Offensichtlich begriff sie langsam, das etwas Außergewöhnliches mit ihr geschehen war.

»Ja, es geht mir gut«, antwortete sie. »Ich dachte nur, es wäre Vormittag.«

»Es war Vormittag, als die Lawine niederging«, bemerkte Chad beiläufig.

Myra sah ihn forschend an. »Sie ... *Du* hast mich gesehen? Wo?«

Chad sah ihr tief in die Augen. An jedem anderen Tag hätte ihr dieser Blick das Herz geraubt. Aber nicht heute. Jetzt gab es Wichtigeres.

»Bei den Felssäulen.«

»Du hast sie auch gesehen?«, hauchte Myra. »Also waren sie tatsächlich da!«

Chad nickte. Dann fügte er kopfschüttelnd hinzu: »Wo warst ... *du*?«

Myra nahm ihren ganzen Mut zusammen. »Mein Name ist Myra Morgenstern, und ich muss dringend deine Großtante Heather sprechen.« Sie sah ihn eindringlich an.

Chad spürte, dass die Geistwesen aktiv waren. Außerdem empfand er eine tiefe Verbundenheit mit der jungen Frau. Woher dieses Gefühl kam, wusste er nicht. Er wusste nur, dass es innerhalb der letzten Stunden entstanden und seitdem immer stärker geworden war.

»Weißt du, wie ich heiße?«, fragte er leise.

»Chad. Chad Blue Knife«, antwortete Myra ebenso leise.

»Haben wir uns vor dem heutigen Tag schon einmal getroffen?«

»Nicht in dieser Welt«, entgegnete sie und blickte ihn dabei fest an.

Chad sah sie eine Weile schweigend an, als suche er etwas in ihrem Gesicht, und sagte dann entschlossen: »Komm, Heather wohnt nicht hier, sondern in Fort Duffey. Ich werde dich zu ihr bringen … Falls du dich gut genug fühlst.«

Myra nickte abwesend. »Danke. Ich muss nur vorher jemanden anrufen.«

Schweigend machten sie sich an den Abstieg. Die Sonne war längst untergegangen, als sie endlich den Parkplatz erreichten. Wegen ihrer Kopfverletzung ließ Myra ihren eigenen Wagen stehen und stieg in Chads Auto, einen älteren roten Ford Explorer. Ihre Schläfe pochte heftig, und sie war froh, dass sie nicht selbst fahren musste. Es gab aber etwas, das nicht warten konnte. Als sie schließlich den Highway erreichten und endlich Netzempfang hatten, rief Myra entschlossen Jerry an.

Was sie sagte, ließ Chad hellhörig werden.

»Jerry, ich bin es, Myra … Nein, hör zu: Mein Gefühl hat sich noch verstärkt. Meine Entscheidung war absolut richtig … Natürlich weiß ich, wovon ich spreche … Ich hole meine Sachen bei dir ab, sobald es geht … Es tut mir leid, Jerry, aber es muss sein.«

Chad war alarmiert. Es musste etwas Gewaltiges gewesen sein, das sie gesehen oder erlebt hatte, während sie fort gewesen war. Nur so ließ sich ihre heftige Reaktion verstehen!

Sie schwiegen eine Weile, dann fragte er vorsichtig: »Kannst du mir erklären, was hier vor sich geht?«

Myra zögerte. »Ich weiß es selbst nicht genau. Diese Felssäulen … Sie haben mich in andere Welten gebracht.« Sie zuckte mit den Schultern. »Du bist Indianer«, fügte sie hinzu. »Du weißt sicherlich mehr über diese Dinge als ich.«

Chad antwortete nicht, aber er wusste in diesem Augenblick, dass es wichtig und richtig war, Myra zu Heather zu bringen.

Die Fahrt dauerte ungefähr eine Stunde. Myra und Chad sprachen wenig. Jeder hing seinen Gedanken nach.

Ab und zu warf Chad Myra einen kurzen Seitenblick zu, und jedes Mal errötete sie. Chad war erstaunt über die starke Anziehung, die Myra auf ihn ausübte, und seine Gefühle verwirrten ihn.

Auch Myra beobachtete Chad so unauffällig wie möglich. Es war wie verhext. Noch nie in ihrem Leben hatte Myra sich so seltsam gefühlt. Was machte sie hier, allein mit einem fremden Mann in dessen Auto, auf dem Weg zu einem unbekannten Ziel in dunkler Nacht? Sie verbesserte sich sofort. Sie kannte Chad ja schon, wenn auch nicht aus dieser Welt, und er war in gewisser Weise kein Fremder für sie. Und auch Heather, zu der sie jetzt unterwegs waren, kannte sie in ihrem Herzen wie eine Großmutter. Aber die Geschehnisse kamen ihr in diesem Augenblick unwirklich und unbegreiflich vor. Konnte das wirklich alles wahr sein?

Myra hatte keine Zeit, länger darüber nachzugrübeln, weil sie ihr Ziel erreicht hatten. Chad hielt vor einem Mehrfamilienhaus an, in dem Heather Blue Knife wohnte. Es war weiß angestrichen und besaß drei Stockwerke. Die Fenster waren zu dieser späten Stunde fast alle dunkel. Eine Straßenlaterne warf ihr Licht auf die Rasenfläche und die Blumenbeete vor dem Haus. Myra musste an Heathers kleines Haus denken, das sie auf ihrer Reise durch die Zeit gesehen hatte. Wie viel schöner hatte Heather es dort gehabt, mitten in der Natur.

Chad musste zweimal klingeln, bevor Heather antwortete.

»Wer ist da?«, erklang die freundliche Stimme seiner Großtante durch die Gegensprechanlage.

»Ich bin es, Chad«, erwiderte er.

Sofort ertönte der Summer, und Chad öffnete die Tür. Myra folgte ihm die Treppe hinauf in den ersten Stock zu einer Wohnungstür, wo Heather schon auf sie wartete.

»Kommt rein, kommt rein, Kinder!«, rief sie herzlich, als sie die beiden jungen Leute sah. »Was für eine schöne Überraschung!«

Sie umarmte Chad herzlich und wandte sich dann an Myra. Sie schien sich nicht daran zu stören, dass sie sich schon fürs Bett zurechtgemacht hatte und die jungen Leute in Nachthemd und Bademantel empfing.

»Wen haben wir denn hier?«, fragte sie und warf ihrem Großneffen einen vielsagenden Seitenblick zu. Dann entdeckte sie die Wunde an Myras Schläfe.

»Kind, was ist denn mit dir passiert?«, entfuhr es ihr entsetzt.

Myra legte unwillkürlich die Hand auf die Platzwunde. Sie wusste nicht, was sie sagen sollte. Chad half ihr.

»Dies ist Myra Morgenstern, Tante. Ich habe sie beim Bergsteigen am Thunder Mountain getroffen. Es gab eine Steinlawine. Aber das ist eine längere Geschichte. Myra, dies ist meine Großtante Heather Blue Knife.«

Heather schüttelte Myras Hand und blickte besorgt von einem zum anderen.

»Kommt ins Wohnzimmer und setzt euch. Ich werde

uns einen Tee kochen, und dann könnt ihr mir ausführlich berichten.«

»Es tut mir wirklich leid, dass wir so spät am Abend stören«, begann Myra, aber Heather wehrte ab.

»Setzt euch, Kinder. Ich bin gleich wieder da.«

Myra und Chad nahmen in Heathers kleinem Wohnzimmer auf einem gemütlichen braunen Sofa Platz. Während sie darauf warteten, dass Heather mit dem Tee aus der Küche zurückkam, versuchte Myra, ihre Gedanken zu ordnen. Die ältere Heather, die sie auf ihrer Reise in die Zukunft kennengelernt hatte, war ihr noch so lebhaft vor Augen, dass es ihr schwergefallen war, sie nun nicht anzustarren. Eine zwanzig Jahre jüngere Heather! Ihr Haar war zwar auch jetzt schon mehr weiß als silbergrau, und auch ihre weisen dunklen Augen strahlten in unverändertem Glanz, aber ihr Gesicht war glatter und voller, und ihre zierliche kleine Gestalt ging aufrechter. Sie musste Anfang siebzig sein, und sie sprühte vor Lebenskraft und Energie. Ein unerklärliches Gefühl von Vertrautheit breitete sich in Myra aus, und ihre innere Anspannung begann zu weichen.

Heather kam mit dem Tee und drei Tassen aus der Küche zurück, schenkte ein und setzte sich zu ihnen. Dann blickte sie die jungen Leute erwartungsvoll an. Nach den Traditionen ihres Volkes war es unhöflich, von sich aus Fragen zu stellen, wenn man nicht derjenige war, der um ein Gespräch gebeten hatte.

»Es ist etwas geschehen, das von größter Wichtigkeit ist«, begann Chad zu berichten. »Myra ist beim Bergsteigen am Thunder Mountain beinahe von einer Steinlawine überrollt worden. Ein Stein hat sie, wie wir schon erwähnt haben, am Kopf getroffen.« Er wandte sich an Myra. »Vielleicht möchtest du selbst weitererzählen.«

Myra räusperte sich. »Kurz darauf sind zwei gewaltige Felssäulen vor mir erschienen. Irgendetwas hat mich so stark zu ihnen hingezogen, dass ich nicht anders konnte, als zwischen ihnen hindurchzugehen. Ich habe eine bemerkenswerte Reise hinter mir.«

Heathers Augen leuchteten auf. Aber ihre Stimme blieb ruhig und sachlich.

»Und wie kann ich helfen?«

»Auf der anderen Seite der Säulen habe ich Sie getroffen, Heather.« Myra zögerte. »Oder darf ich *du* sagen?«

Heather lächelte. »Natürlich darfst du das.«

Myra nickte. »Wir beide waren ungefähr zwanzig Jahre älter. Du hast eine der alten Geschichten erzählt, konntest dich aber nicht an alle Einzelheiten erinnern. Du hast *mich* danach gefragt und gemeint, du hättest mir die Geschichte vor vielen, vielen Jahren schon einmal erzählt. Ich wusste in dem Moment, dass ich damals nicht richtig zugehört hatte. Das war ein Fehler, und den möchte ich jetzt berichtigen. Bitte, es ist sehr wichtig, kannst du mir die Geschichte erzählen?«

Heather stellte keine Fragen. Ein Blick in Myras Augen hatte ihr verraten, dass die junge Frau die Wahrheit sprach. Dass sie Dinge gesehen und erlebt hatte, die nicht von dieser Welt waren.

»Um welche Geschichte geht es?«, wollte sie daher nur wissen.

»Um die *Legende vom Lachen der Kinder*«, antwortete Myra.

Heathers Augen weiteten sich, doch sie fasste sich schnell wieder.

»Nicht alle unsere Geschichten sind für jedermanns Ohren bestimmt. Viele von ihnen sind so bedeutsam, dass sie beinahe so streng gehütet werden wie ein Schatz. Die *Legende vom Lachen der Kinder* gehört dazu.« Sie machte eine Pause und musterte Myra. »Ich werde dir alles erzählen, was ich weiß«, fuhr sie schließlich fort. »Denn ich spüre, es ist von großer Wichtigkeit, dass du die Geschichte kennst.«

Und dann erzählte Heather die Legende von der weißblonden Frau, die vor langer, sehr langer Zeit mit ihrer verschlüsselten Botschaft über den Ozean gereist war, wortwörtlich so, wie Myra sie in der Zukunft schon gehört hatte. Diesmal aber erwähnte sie ganz zum Schluss den Talisman.

»Die junge Frau trug einen wunderschönen zauberkräftigen Talisman aus blaugrünem polierten Stein bei sich, der ihr zum Schutz anvertraut worden war. Er soll wie zwei Vogelköpfe gestaltet gewesen sein, die in entgegengesetzte Richtungen blickten. Und wie gesagt soll er voller magischer Kräfte gewesen sein. Dem Talisman wird nachgesagt, dass er die Fähigkeit in sich trug, Leben zu geben und zu nehmen. In ihm sollen vollkommenes Gleichgewicht und höchste magische Kraft vereint gewesen sein. Nach dem Tod der weißblonden Frau soll er – den alten Geschichten zufolge – an einen besonderen Platz gebracht worden sein, damit er vor bösen Mächten geschützt war. Dort soll er auch heute noch versteckt liegen. Wer immer den Talisman in seinen Besitz bringt und herausfindet, wie man seine magischen Kräfte nutzen kann, der wird über unbegrenzte Macht verfügen – Macht über die ganze Menschheit. Doch mit dieser Macht kann nicht nur Gutes bewirkt werden, sondern auch Schlechtes.«

Heather beendete ihre Erzählung. Myra hatte die Augen geschlossen. Sie zitterte und konnte kein Wort herausbringen.

»Willst du darüber sprechen, Kind?«, fragte Heather behutsam.

Myra schüttelte den Kopf.

Chad stand auf. »Danke für deine Hilfe, Tante. Ich bringe Myra jetzt besser nach Hause.«

An der Tür drehte Myra sich noch einmal um, umarmte Heather und sagte leise: »Bitte erzähle niemandem etwas über unser Gespräch, bis ich Genaueres in Erfahrung bringen kann.«

Heather nickte.

»Das halte ich auch für das Beste. Und noch etwas: Bis die Sache sich geklärt hat, solltest du dein Leben, wie soll ich sagen … frei von Komplikationen halten.« Sie warf einen Seitenblick auf Chad, der schon im Treppenhaus stand. »Bei Dingen von solch ungewöhnlicher Art ist es oft von großem Nutzen, wenn man den Kopf frei hat.«

Myra sah Heather an. Sie hatte ihren Rat verstanden. Wie schwer es ihr fallen würde, ihn zu befolgen, konnte die alte Dame nicht wissen. Tief in ihrem Innersten spürte Myra aber, dass Heather recht hatte. Etwas Außergewöhnliches ging vor sich, und es war noch nicht vorüber.

»Es ist sehr wahrscheinlich, dass all dies mit der Zeremonie gestern Abend zu tun hat«, wandte Chad sich leise an seine Tante, bevor er sich endgültig verabschiedete. »Halte die Augen offen. Wir können nicht wissen, was noch kommt, und ich möchte nicht, dass dir etwas passiert.«

✧

Myra und Chad ahnten nicht, dass sie beobachtet wurden, als sie das Haus verließen und wieder in Chads Wagen stiegen. Ein schwarzgekleideter Mann tauchte aus dem Dunkeln auf und ließ die beiden jungen Leute so lange nicht aus den Augen, bis sie davongefahren waren. Dann ging er langsam zur Eingangstür des Wohnhauses und studierte die Namen an den Klingelschildern.

Als er kurz darauf wieder im Dunkeln der Nacht verschwand, wusste er nicht, dass auch er beobachtet worden war. Heathers scharfe Augen hatten ihn vom Küchenfenster aus erspäht.

✧

Myra und Chad verließen Fort Duffey auf dem Highway. Einige Kilometer außerhalb der Stadt hielt Chad an einer Raststätte an.

»Du erzählst mir besser alles, was du weißt«, forderte er sie mit sanfter Stimme auf und sah sie erwartungsvoll an.

»Wirst du mich auslachen?«, fragte sie unsicher.

Chad sah sie ernst an und schüttelte den Kopf.

Also fing Myra an zu erzählen. Sie begann ganz am Anfang, bei dem Heiratsantrag von Jerry und bei ihrem Job, denn diese Vorfälle waren die Gründe für ihre Bergtour gewesen. Sie versuchte, sich an jede Einzelheit zu erinnern, nachdem sie am Morgen die Tankstelle verlassen und zum Thunder Mountain aufgebrochen war, besonders aber an die Zeit, in der sie auf der anderen Seite der Säulen gewesen war. Sie berichtete ausführlich von Runa, aber es fiel ihr schwer, über die Dinge zu sprechen, die sie als ihr älteres Ich erlebt hatte, insbesondere über ihre Gefühle zu ihrem Ehemann, hatte es sich dabei doch um Chad gehandelt. Während sie erzählte, sah sie immer wieder unsicher zu ihm hinüber und fragte sich, wie er reagieren würde.

Aber Chad schien in keinster Weise erstaunt zu sein. Er wusste zu viel über die Geisterwelt seines indianischen Volkes. Nie würde er das, was Myra ihm erzählte, ins Lächerliche ziehen. Im Gegenteil: Es war von größter Wichtigkeit, das spürte er. Er wusste nicht, *wie* er ihr helfen konnte, er wusste nur, dass er in die Vorkommnisse verwickelt war. Das galt auch für Heather.

Besonders nach der Zeremonie gestern wagte er es nicht, irgendetwas von den sonderbaren Geschehnissen in Frage zu stellen. Er wusste nicht, warum und auf welche Art Myra mit alldem verbunden war. Er wusste nur, dass er dem dringlichen Rat der Ältesten folgen musste: Er musste helfen, so gut er konnte.

Chad überlegte auf die für ihn typische sachliche Art und stellte dann ruhig fest: »Einiges scheint klar zu sein: Runa ist die Frau aus der Legende. Die Felssäulen sind ein Tor in andere Welten, in andere Zeiten oder Wirklichkeiten, wie immer man es nennen möchte. Und die Zeit, die du in den anderen *Welten* verbracht hast, ist auch hier, in unserer Realität, verstrichen. Nicht mehr und nicht weniger.«

»Wie oft habe ich mich in den letzten Stunden gefragt«, sagte Myra, »ob ich verrückt geworden bin, einfach übergeschnappt. Aber als ich dich auf dem Berg getroffen und wiedererkannt habe, wusste ich, dass alles wahr ist.«

Kapitel 5

Thunder Mountain

Es war früh am Morgen, und dichte Nebelschleier hingen zwischen den Bäumen. Myra und Chad hatten im Auto auf der Raststätte geschlafen. Chad meinte, es sei am sichersten, *unsichtbar* zu bleiben, bis sie genauer wussten, worum es bei den Ereignissen des vergangenen Tages wirklich ging.

Myra hatte nur zu gern zugestimmt. Da sie gestern Nachmittag mit Jerry endgültig Schluss gemacht hatte, gab es für sie im Augenblick keinen Platz mehr, den sie ihr Eigen nennen konnte. Und es war ihr lieber, nach den Geschehnissen der vergangenen Stunden nicht allein zu sein.

Chad kam von dem kleinen Bistro zurück, das zu der Raststätte gehörte, zwei Becher Kaffee in den Händen und eine große Tüte mit Muffins und Sandwiches unter dem Arm. Er näherte sich dem Wagen mit leichten Schritten, ein Lächeln auf dem Gesicht.

Myra erwiderte sein Lächeln, und ein wohliges Gefühl durchflutete ihren Körper, wie jedes Mal, wenn Chad sie anlächelte. Sie hatte bisher keine Zeit gehabt, darüber nachzudenken, was das für sie bedeutete. In den vergangenen Stunden hatte sich herausgestellt, dass Chad nicht nur gut aussah, klug war und gute Manieren hatte, sondern dass er auch seine indianische Kultur, seine Mitmenschen und die Wildnis über alles liebte, dass er ein Familienmensch war, rücksichtsvoll und einfühlsam, und dass er über einen ausgeprägten Beschützerinstinkt verfügte. Konnte eine Frau sich mehr wünschen? Für Myra jedenfalls stand in diesem Augenblick fest, dass sie sich genau so einen Mann immer erträumt hatte.

Mitten in diese Gedanken drängten sich plötzlich Heathers warnende Worte vom vergangenen Abend, und ihr Herz wurde schwer. Doch das Kribbeln in ihrem Bauch vermochten sie nicht zu verdrängen.

Später, als sie im Auto die Muffins verdrückten und Kaffee schlürften, wanderte das Gespräch dann wieder zu den Geschehnissen des gestrigen Tages zurück.

»Ist es für euch Indianer normal, einfach so durch andere Welten zu wandern?«, wollte Myra wissen. Sie fühlte sich erschöpft. Chad schien ihre Reise in die Geisterwelt viel leichter zu verarbeiten als sie selbst. Hinzu kam, dass die Schmerzen, die von ihrer Kopfwunde herrührten, zwar in der Nacht ein wenig nachgelassen hatten, aber Myra hatte trotzdem nicht viel Ruhe finden können.

Lachend schluckte Chad den Bissen, den er im Mund hatte, hinunter.

»Nein, selbst für Indianer ist das etwas ganz Besonderes«, erklärte er schmunzelnd und fügte ernst hinzu: »Es muss einen bestimmten Grund dafür geben, dass es dir erlaubt war, dort zu verweilen.«

Draußen wurde es langsam heller, und ein paar Sonnenstrahlen versuchten erfolglos, sich durch die dichten Nebelschwaden zu drängen. Myra machte das nichts aus. Sie liebte die sonnigen Tage, aber auch die trüben. Der Nebel hing wie Watte in den Zedern und ließ sie noch mystischer aussehen, und die Luft war wie gesättigt mit Sauerstoff und Feuchtigkeit. Würde man an einem solchen Tag spazieren gehen, so wäre es, fand Myra, wie eine kostenlose Verjüngungskur.

»Ich frage mich«, warf sie sinnend ein, »was das alles zu bedeuten hat.«

Chad wusste keine Antwort auf ihre Frage. Stattdessen sagte er: »Die Ältesten werden nicht für immer unter uns sein, und ihr Wissen um unsere Sprache, um die alten Sitten und Geschichten, aber auch um unsere Spiritualität ist unbezahlbar. Menschen wie Heather sind das Herz der Wiederbelebung unserer Kultur. In meinem Leben spielen all diese Dinge eine wichtige Rolle. Ich weiß nicht, wie es bei dir ist. Glaubst du an Geistwesen?«

Myra war erstaunt über diese Frage, und sie wusste im ersten Augenblick nicht, was sie davon halten sollte.

»Ich habe nie darüber nachgedacht«, begann sie zögernd. »Aber auf eine bestimmte Art und Weise habe ich immer an Geistwesen geglaubt. Ich denke, man kann gar nicht anders, wenn man sich, so wie ich, von frühester Kindheit an immer in der Natur bewegt. Gerade Kindern fallen Kleinigkeiten auf, die Erwachsene oft übersehen, und ich erinnere mich an viele solche Situationen. Du fragst dich: Woher kommen die Geschenke, die die Natur für uns bereithält? Wer ist ihr Hüter? Du spürst die unterschiedlichen Schwingungen, die von den Pflanzen und den anderen Lebewesen in der Natur ausgehen, und du spürst auch, dass du dort draußen nie allein bist – auch wenn kein anderer Mensch in der Nähe ist.«

»Ich bin froh, dass du so denkst«, erwiderte Chad erfreut. Myra war offen für die Stimmen der Geistwesen – eine Eigenschaft, die er bisher erst bei wenigen Weißen entdeckt hatte. Das würde es ihm erleichtern, Myra die möglichen Zusammenhänge der Geschehnisse näherzubringen.

Abermals wunderte sich Chad, wie sie als Außenstehende in die Auswirkungen der Zeremonie, an der er selbst teilgenommen hatte, hineingezogen worden war. Denn dass die Geschehnisse mit der Zeremonie in Verbindung standen, spürte er sehr deutlich. Aber er konnte keine Antwort auf diese Frage finden. So viel stand jedoch fest: Es war eine außergewöhnliche Situation von äußerster Wichtigkeit. Und genau wie Myra spürte auch Chad das Gefühl der Dringlichkeit, das seit ihrem Besuch in der Geisterwelt über ihnen schwebte. Aber welche Rolle war Myra dabei zuteilgeworden? Was wurde von ihr verlangt?

Chad hielt es für besser, Myra nicht noch mehr aufzuwühlen, und er entschied sich, ihr fürs Erste nichts von der Zeremonie und den Worten der Ältesten zu erzählen.

In den folgenden Stunden gingen sie wieder und wieder jede Einzelheit von Myras *Besuchen* durch, wie sie die Zeit in der Geisterwelt getauft hatten, aber sie fanden keine Erklärung dafür, warum ausgerechnet ihr dieses Privileg zuteilwurde und was sie mit dem dort Erlebten und Gesehenen tun sollte. Auch das Wissen um den Talisman schien nicht hilfreich zu sein.

Die beiden saßen noch immer im Auto. Der Nebel hatte sich längst aufgelöst, und die Wolken waren verschwunden. Die Sonne schien von einem strahlend blauen Junihimmel auf den Parkplatz und die umliegende Berglandschaft herab. Im Auto war es jetzt so warm, dass sie alle Fenster geöffnet hatten. Welch eine Wohltat nach der letzten Nacht, in der Myra ziemlich gefroren hatte, als sie, nur mit einer kleinen Baumwolldecke zugedeckt, im Auto hatte Schlaf finden wollen!

Myra streckte sich. »Wir kommen nicht von der Stelle«, meinte sie erschöpft. »Lass uns spazieren gehen. Vielleicht bringt uns das auf den richtigen Gedanken.«

Sie stiegen aus dem Auto und wanderten in der Nähe des Rastplatzes ziellos umher. Myra genoss die wärmenden Strahlen der Sonne und die warme Brise, die in ihren Haaren spielte. Sie sog die würzige Luft der Zedern und des weichen Waldbodens ein und blickte liebevoll zu den Bergen, die sich, dicht mit Fichten und Zedern bewachsen, auf beiden Seiten des Highways gen Himmel streckten. Hier und dort ragten raue Felsen zwischen den Bäumen hervor und gaben der Landschaft ihr urwüchsiges Aussehen, das Myra so liebte. Dies war ihre Heimat. Hier gehörte sie her. Sie hätte nie von hier fortziehen sollen!

Einen Augenblick lang fielen alle Sorgen und aller Druck von ihr ab. Die Wildnis, die Natur, hatte bei ihr schon immer diese heilende Wirkung, ganz gleich, wie alt sie war oder in welcher Lebenssituation sie sich befand. Myra war jedes Mal dankbar dafür, besonders aber an diesem Tag.

Die beiden jungen Leute unterhielten sich leise, während sie den steinigen Pfad entlanggingen, der um die Raststätte herumführte.

»Wieso hast du deine Kanzlei gerade in Boulder Landing eröffnet?«, fragte Myra und versuchte, ein weniger belastendes Thema anzuschneiden.

»Indianische Anwälte bekommen oft Jobangebote, die viel Geld versprechen. Von der Regierung bis hin zum Militär scheint man sich die Finger nach uns zu lecken«, erklärte Chad. »Mir wurde eine lukrative Stelle in Ottawa angeboten. Aber das viele Geld und das süße Leben, das sie mit sich bringt, ist nichts für mich. So viele Indianer jagen dem Lebensstil der *Weißen* nach und werden krank dabei. Ich denke, es kommt nicht von ungefähr, dass Diabetes unter den Ureinwohnern so weit verbreitet ist. Unsere ursprüngliche Lebensweise gleicht in keiner Weise der der *Weißen*. Sie hat jeher nichts mit Geld, mit süßem Leben und Schnelllebigkeit zu tun, sondern fußt auf ganz anderen Werten: Familie, Respekt, Ehre und sich Zeit nehmen für den anderen. In Boulder Landing werde ich vielleicht nicht im materiellen Sinn reich werden, dafür aber als Mensch.«

Myra verstand Chads Motive. Seine Worte stärkten ihren eigenen Entschluss, dass sie ihren unbefriedigenden Job aufgegeben hatte.

Während sie sich unterhielten, studierte Chad Myras Charakter, wägte ihre Worte ab und ihre Gesten und entdeckte dabei, dass ihr Wesen ihn sehr an das einer Indianerin erinnerte: ihre tiefe Verbundenheit mit der Natur und ihre Liebe für alle Lebewesen darin, ihr Misstrauen gegenüber Fremden, ihre Vorliebe für die einfachen Dinge im Leben, ihr Überlebenswille und ihre Offenheit für die Geisterwelt. Das alles waren Dinge, die er an den Menschen seines Volkes schätzte und die er auch in sich selbst fand.

Daher traf es ihn nicht unvorbereitet, als Myra ihn plötzlich fragte: »Meinst du, ich könnte noch einmal zwischen den Felssäulen hindurchschreiten und sehen, ob ich mehr herausfinden kann? Über das, was vor sich geht, meine ich. Was es zum Beispiel mit Morris auf sich hat?«

»Simon Morris«, überlegte Chad. »Er scheint sich sehr für den Talisman zu interessieren.«

»Umso wichtiger ist es, dass ich versuche, noch einmal in die Geisterwelt zu reisen. Vielleicht kann ich etwas Wichtiges herausfinden. Offensichtlich geht es Morris um den Talisman oder um etwas, das damit in Verbindung steht.«

»Vergiss nicht, dass es sich der Legende nach um einen sehr starken Talisman handelt, Myra. Selbst wenn es ihn wirklich gäbe, selbst wenn es einem Menschen gelingen würde, ihn zu finden, müsste dieser wahrscheinlich über außergewöhnliche Kräfte verfügen, um damit umgehen zu können. Immerhin heißt es, er hätte Kräfte ohnegleichen, Leben und Tod lägen in seiner Macht.« Chad suchte nach den richtigen Worten. »Darüber habe ich lange nachgedacht und ich bin mir sicher, dass die Kräfte des Talismans sowohl für gute als auch für böse Absichten genutzt werden können. Es hängt ganz von dem Menschen ab, in dessen Besitz er sich befindet. Wenn er in die falschen Hände gerät, ist er eine Gefahr für die gesamte Welt.«

Myra schwieg und biss gedankenversunken auf ihrer Unterlippe herum. Chad musste lächeln, als er das sah. Doch gleich darauf wurde er wieder ernst.

»Ich möchte dir noch etwas zu deinen Reisen in die Geisterwelt erklären. Du kennst bestimmt das sogenannte *Kastensystem,* das in Indien so viel Leid hervorgebracht hat. Ich habe mich sehr lange mit diesem Phänomen beschäftigt, und ich glaube, dass es niemals dazu gedacht war, auf die Menschen selbst angewandt zu werden. Vielmehr glaube ich, dass es dazu dienen sollte, Menschen von der Welt der Geister fernzuhalten, damit sie sich und die Welt nicht mit einer Kraft verletzen können, die sie nicht zu kontrollieren vermögen.«

»Wie meinst du das?«

»Ich denke, dass wir *normalen* Menschen eine Art Barriere in uns haben, die uns daran hindert, die Welt der Geister zu sehen und zu betreten. Das Bewusstsein eines normalen Menschen kann ein Wechseln zwischen seiner alltäglichen Welt und der Geisterwelt nicht verkraften.«

»Aber du hast gesagt, dass es in deinem Volk bestimmte Menschen gibt, die in die Geisterwelt reisen.«

»Das ist richtig. Bei allen Naturvölkern gibt es Schamanen, die ein besonderes Talent besitzen und die für die normalen Menschen eine Verbindung zur Geisterwelt herstellen können. Mein Volk spricht zudem bestimmten Tieren, wie zum Beispiel Vögeln, schamanische Kräfte zu. Für uns stellen diese Tiere Botschafter zwischen den Welten dar.«

Chad brach ab, denn er suchte nach den richtigen Worten.

»Je öfter du in die Geisterwelt reist, desto schwerer wird sich das auf dein Bewusstsein legen.«

Er schüttelte den Kopf, weil es ihm nicht gelang, dieses Phänomen in verständliche Worte zu fassen, und versuchte es noch einmal.

»Du hast selbst berichtet, dass du dich in andere Personen verwandelt hast, als du in der Geisterwelt warst. Und wenn du nicht stark genug bist, um diesen Wandlungen standzuhalten, um all diese anderen Personen in dir *aufzunehmen* und gleichzeitig dein eigenes Selbst zu behaupten, dann ist es sehr, sehr leicht, sich in der Geisterwelt zu verlieren.«

Myra blickte zu Boden. Sie war Chad dankbar für seine Warnung.

»Dieses Gefühl von Dringlichkeit, das ich seit meiner Rückkehr verspüre, ist stark, Chad, sehr stark. Ich muss es einfach versuchen! Bitte hilf mir. Fahre mit mir zurück zum Thunder Mountain. Ich glaube, dort werden wir die Felssäulen und somit den Zugang zur Geisterwelt ein weiteres Mal finden.«

Chad sah sie eine ganze Weile schweigend an. Dann sagte er: »Also gut, ich werde dich begleiten. Aber vorher möchte ich dir noch etwas sagen.« Er spürte, dass es an der Zeit war, ihr von der Zeremonie und den Worten der Ältesten zu erzählen.

»Vor kurzem haben die Ältesten unseres Stammes alle Stammesmitglieder zu einer besonderen Zeremonie zusammengerufen. Sie fühlen, dass dunkle Mächte am Werk sind, die die Welt, wie wir sie kennen, zu zerstören trachten. Bei dieser Zeremonie hat mein Volk die Ahnen um Hilfe angerufen. Die eindeutige Antwort war: Sie werden uns helfen.«

Myra hatte aufmerksam zugehört.

»Wo hat diese Zeremonie stattgefunden?«, fragte sie mit stockender Stimme.

Chad sah sie erstaunt an.

»In unserem großen Zeremonienhaus.«

»Handelt es sich dabei um das imposante Gebäude aus Zedernholzplanken, das ein Stück außerhalb von Boulder Landing steht, nahe bei dem neuen Highway?«

»Ja«, entgegnete Chad. »Man kann es nicht verfehlen. Es ist leider kein privater Ort mehr, seit der neue Highway gebaut worden ist, aber es ist zentral gelegen für alle Stammesmitglieder, und außerdem ist der Platz unserem Volk seit Urzeiten heilig.«

»Ich bin dort gewesen«, flüsterte Myra. »Aber ich habe niemanden angetroffen«, fügte sie schnell hinzu. »Ich wollte nur einen Tee trinken, weil ich so müde war.« Und dann berichtete sie mit leiser Stimme von ihrem Aufenthalt am Zeremonienhaus.

Chad unterbrach sie nicht, pfiff jedoch am Schluss anerkennend durch die Zähne. Auch wenn Myra nur einen Teil der Zeremonie verfolgt hatte, auch wenn es im Verborgenen geschehen war, hatte sie den alten Sitten zufolge doch aktiv daran teilgenommen. Das bedeutete, dass die Geistwesen sie durchaus als Mittler, als ausführenden Arm für ihre Hilfeleistung auserwählt haben könnten. Unvermittelt musste Chad an den Rauch denken, der am Ende der Zeremonie auf mysteriöse Weise den Gang hinaufgezogen war, in dem, wie er jetzt wusste, Myra gestanden hatte, bevor er schließlich durch die Öffnungen im Dach in den Nachthimmel verschwunden war. Dieser Gedanke jagte ihm einen heißen Schauer über den Rücken.

»Ich denke, wir müssen auf jeden Fall versuchen herauszufinden, was es mit den Felssäulen auf sich hat.«

Es war schon früher Nachmittag, als sie die letzten Campingsachen aus Chads kleiner Wohnung zum Auto trugen. Chad wollte nicht noch einmal den Aufstieg wagen, ohne für Notfälle gerüstet zu sein. Auch Essensvorräte vergaß er diesmal nicht.

Es war noch wärmer geworden, und Myra war froh, dass sie mit dem Aufstieg gewartet hatten, bis die Nachmittagshitze vorüber war. Sie nahmen nicht viel Ausrüstung mit, denn beim Bergsteigen kam es auf jedes Gramm an, das man *nicht* mitschleppen musste. Auch wenn es nicht mehr so warm war.

Chads Wohnung hatte sich als typische Junggesellenwohnung entpuppt. Myra hatte Berge von schmutzigem Geschirr in der Küche entdeckt und haufenweise gestapelte Bücher und Papiere im Wohnzimmer. Im Flur hatte sie über Schuhe und Jacken steigen müssen, und Chads Kleiderschrank schien das Sofa zu sein, das unter den Stapeln gewaschener, aber nicht zusammengelegter Wäsche kaum zu erkennen war. Auch hatte sie nicht eine Grünpflanze oder ein Fenster mit Gardinen entdecken können, und Myra hatte ihren Spaß gehabt, zu beobachten, wie Chad sich entschuldigend durch das unglaubliche Chaos wühlte und nach seinen Campingsachen suchte. Er versicherte ihr, dass es normalerweise nicht so unordentlich in seiner Wohnung aussah und dass Myra ihn einfach nur an einem ungünstigen Tag und ganz unvorbereitet angetroffen hatte. Myra hingegen war erleichtert, dass er offensichtlich keine Freundin hatte, für die es sich aufzuräumen lohnte.

»Arbeitest du hier auch?«, fragte Myra und nahm einen Rucksack mit Lebensmitteln in die Hand.

Chad schloss die Haustür ab. Er grinste verlegen.

»Wie könnte ich hier etwas wiederfinden? Zum Arbeiten gehe ich in mein Büro.« Dort hatte er, wie er erzählte, eine nette Sekretärin, die ihn bemutterte und jegliche Unordnung im Keim erstickte.

Myra lachte laut und packte den Rucksack in den Kofferraum. Als sie um das Auto herum zur Beifahrertür ging, fiel ihr Blick auf einen schwarzen Chrysler, der am Straßenrand geparkt war.

»Ich weiß nicht, warum so viele Menschen sich ein schwarzes Auto zulegen«, kommentierte sie gedankenversunken.

Chad folgte ihrem Blick, sagte aber nichts.

Sie waren schon eine Zeitlang unterwegs, als Chad nach einem Blick in den Rückspiegel meinte: »Der schwarze Chrysler folgt uns jetzt schon eine ganze Weile.«

Myra wollte sich umdrehen, aber Chad legte ihr warnend eine Hand auf den Arm.

»Tu das nicht! Wir verhalten uns am besten so, als hätten wir den Wagen nicht bemerkt.«

»Wer könnte das sein?«, wunderte Myra sich.

Chad zuckte mit den Schultern.

»Ist dir in der letzten Zeit schon einmal ein solches Auto aufgefallen?«, wollte er wissen.

Myra überlegte eine Weile. Dann fiel es ihr ein.

»Als wir als unsere älteren Ichs Heather besucht haben, parkte ein schwarzer Chrysler vor ihrem Haus.« Sie hielt erschrocken inne. »Meinst du, es ist Morris?«, fragte sie beunruhigt.

»Das könnte sehr gut sein«, meinte Chad mit finsterer Miene, fuhr aber nicht schneller.

»Warum sollte er uns folgen?« Myra sah ihn unsicher an. »Wir müssen den Wagen abhängen, Chad.«

»Ich weiß nicht, warum man uns folgt. Auf jeden Fall klebt der Chrysler, seit wir meine Wohnung verlassen haben, wie eine Klette an uns dran. Ich will nichts riskieren. Sollte es tatsächlich Morris sein, darf er uns auf keinen Fall folgen, wenn wir den Berg hinaufsteigen. Ich kenne eine Stelle am Highway, die schon nahe am Thunder Mountain gelegen ist und die schlecht einsehbar ist. Dort lasse ich dich aussteigen und fahre sofort weiter. Du versteckst dich in den Büschen neben der Straße, bis Morris vorbeigefahren ist. Dann machst du dich querfeldein auf den Weg zur Baumgrenze. Von der Stelle aus wirst du für den Aufstieg etwas länger brauchen, es wird also kein Problem für mich sein, dich auf dem regulären Weg einzuholen, sobald ich Morris losgeworden bin. Solltest du jedoch vor mir ankommen und die Felssäulen vorfinden, dann tu, was du tun musst. Ich werde auf jeden Fall in der Nähe bleiben und auf deine Rückkehr warten.«

Myra schwieg. Chads Plan war riskant, aber sie wusste, dass sie es versuchen mussten.

»Wird Morris nicht erkennen können, dass plötzlich nur noch eine Person im Wagen sitzt?«, fragte sie schließlich skeptisch.

»Du hast recht«, meinte Chad. »Zieh deine Jacke aus und häng sie über deinen Sitz. Dann nimm deine Kappe ab und setz sie oben auf die Kopfstütze.«

Myra machte, was Chad vorgeschlagen hatte.

»Wie lange dauert es noch, bis wir die Stelle erreichen?«

»Nur noch ein paar Minuten«, sagte Chad. Er blickte kurz zu ihr hinüber. »Bitte nimm dich in Acht. Ich wäre sehr traurig, wenn dir etwas zustoßen würde.«

»Ich verspreche dir, vorsichtig zu sein.« Myra holte tief Luft und machte sich bereit für ihren schnellen Ausstieg.

Bald schon schlängelte sich der Highway in mehreren S-Kurven um die Berge, und Myras großer Augenblick war gekommen. Chad fuhr rechts ran und hielt abrupt an. Sie öffnete die Beifahrertür und sprang, geschmeidig wie eine Katze, hinaus in den Straßengraben. Schnell ließ sie sich hinter einen mit riesigem Farnkraut überwachsenen Baumstumpf gleiten.

Chad war sofort wieder losgefahren, und er fuhr schon wieder im normalen Tempo, als der schwarze Chrysler hinter zwei anderen Wagen um die Kurve gefahren kam. Chad beobachtete ihn im Rückspiegel und lächelte zufrieden. Der Chrysler war an Myras Versteck vorbeigefahren! Also schaltete Chad das Radio ein und stellte sich auf eine kleine Rundfahrt durch die Umgebung ein.

✧

Myra war schon seit fast einer Stunde auf dem Weg bergauf zur Baumgrenze. Das Wetter war noch immer wunderbar, doch die Berglandschaft erschien ihr heute seltsam grau und fahl. Ihre Gedanken kreisten um die geheimnisvollen Felssäulen und die Rätsel, die dahinter verborgen lagen. Weder der strahlend blaue Himmel noch die putzigen Murmeltiere, die hin und wieder nahe beim steinigen Pfad auftauchten und ihre typischen Pfiffe ausstießen, konnten Myras Aufmerksamkeit auf sich ziehen. Gedankenverloren wanderte sie an den kleinen bunten Wildblumen vorbei, die überall auf den kargen Hängen blühten, und auch das Bächlein, das sie über eine kleine Holzbrücke überquerte, konnte ihr heute kein Lächeln entlocken. Sie war nur auf ein Ziel fixiert: die Felssäulen!

In wenigen Minuten würde sie die Stelle erreicht haben. Wo Chad nur blieb? Myra blickte unruhig den schmalen Trampelpfad hinunter, konnte jedoch keine Spur von ihm entdecken.

Sie zwang sich, nicht an ihn zu denken.

Ihr Blick schweifte den Hang hinauf. Der Schnee, der noch immer auf der Bergspitze lag, blendete sie. Schützend hielt sie sich eine Hand über die Augen.

Und dann sah sie sie: Vor ihr lagen, abseits von allen Wegen, genau an der Stelle, wo sie sie beim ersten Mal erblickt hatte, die riesigen schwarzen und gleichzeitig im Licht der Sonne in den Farben des Regenbogens schimmernden Felssäulen!

Myra hielt den Atem an. Die Säulen waren tatsächlich ein zweites Mal für sie erschienen!

Etwas zog sie magisch an, sie konnte sich nicht dagegen wehren. Sie spürte, sie durfte keine Zeit verlieren, sie konnte nicht auf Chad warten.

Voller Respekt trat sie näher.

Dann plötzlich erinnerte sie sich, dass sie nicht aus eigener Kraft aus der Geisterwelt zurückkehren konnte. Sollte etwas Gefährliches oder gar Lebensbedrohliches geschehen, während sie sich auf der anderen Seite befand, so würde ihr nichts anderes übrigbleiben, als zu beten, dass sie überlebte, bis es an der Zeit war zurückzukehren – wann auch immer das sein mochte.

Myras Herz pochte laut. Gleichzeitig verspürte sie

das starke Gefühl von Dringlichkeit, das mittlerweile ihr gesamtes Wesen einzuvernehmen schien. Wieder entdeckte sie zwischen den Felssäulen dieses Flimmern, als würde die Luft an dieser Stelle vor Hitze flirren. Sie holte tief Luft. Sie konnte nicht erkennen, was auf der anderen Seite auf sie wartete, doch sie fasste all ihren Mut zusammen und schritt ein weiteres Mal zwischen den Felssäulen hindurch. Das seltsame Ziehen, das sie schon beim letzten Mal verspürt hatte, überkam sie aufs Neue. Und auch diesmal war es verbunden mit zeitgleichen Gefühlen von Unbehagen und Wohlbefinden. Ihr war, als entferne sie sich weiter und weiter von ihrem Selbst, und es gab nichts, was sie dagegen tun konnte. Sie musste es einfach geschehen lassen.

Alle Erinnerungen an die Gegenwart fielen von ihr ab, und sie fand sich in Runas Körper wieder.

Kapitel 6

Abschied

Dunstschleier hingen über dem Moor, das gen Norden an das kleine Dorf angrenzte, und verliehen ihm ein gespenstisches Aussehen. Im fahlen Licht des Morgengrauens waren nur graue Schatten zu erhaschen, und wäre dies nicht Runas Zuhause, so wäre ihr unheimlich zumute gewesen, so früh am Morgen allein im Halbdunkel durch das Dorf zu wandern.

Die Feuer vor den Hütten waren längst heruntergebrannt, sie würden erst bei Sonnenaufgang wieder entfacht werden. Doch der Geruch von kaltem Rauch lag noch immer in der Luft. Runa rieb sich fröstelnd über die Schultern und fasste das lange weißblonde Haar mit einem Lederband im Nacken zusammen. Dann atmete sie tief durch. Sie liebte es, so früh unterwegs zu sein, wenn alle anderen noch schliefen. Sie schritt mit schlafwandlerischer Sicherheit durch das Moor, das sie seiner einfachen Vielfalt wegen liebte und in dem sie viel Zeit verbrachte.

Manchmal wanderte sie noch vor der Morgendämmerung durch das Moor zum Meer hinunter, breitete die Arme aus und begrüßte am Strand die ersten Sonnenstrahlen. Manchmal stahl sie sich in einer mondhellen Nacht davon, um im silbernen Licht des Mondes in den Wellen des Meeres zu baden. Runa fühlte, dass ihr die Strahlen der Sonne und des Mondes neue Energien schenkten, und sie war dankbar dafür. Sie wusste, dass die anderen Dorfbewohner über ihr Verhalten schmunzelten, aber sie hielten sie nicht von ihren Ausflügen ab.

Heute gab es jedoch einen anderen Grund, warum sie so früh aufgestanden war. Sie hatte einen Traum gehabt und war unruhig erwacht. Träume machten ihr keine Angst, auch wenn sie manchmal angsteinflößend waren, denn sie wusste, dass Träume dazu dienten, den Menschen zu helfen. Der Traum, den sie in dieser Nacht gehabt hatte, verwirrte sie aus einem anderen, viel schwerwiegenderen Grund: Sie verstand nicht, was er ihr mitzuteilen versuchte. Deshalb hatte sie gewartet, bis es langsam hell zu werden begann, und war nun unterwegs, um Erdis zu wecken und sie um Rat zu fragen.

Nachdem Runa die Hütte erreicht hatte, trat sie, ohne zu zögern, ein. Sie wusste, dass Erdis allein war, und sie wusste auch, dass ihre Freundin und Lehrerin sie erwarten würde. Erdis wusste immer, wann Runa ihre Hilfe brauchte. Man konnte sie mit solchen Dingen nicht überraschen!

Erdis saß auf ihrem Schlaflager, die langen leuchtend roten Haare zu einem dicken Zopf geflochten und ein Rentierfell um die Schultern geschlungen. Ihre grauen Augen blickten Runa erwartungsvoll entgegen.

»Was kann ich für dich tun?«, fragte sie ruhig.

Runa sah sie inständig an.

»Ich hatte einen Traum ...«, begann sie.

»Ich weiß«, fiel Erdis ihr ins Wort.

Runa war überrascht. Erdis fiel normalerweise niemandem ins Wort.

»Auch ich hatte einen Traum«, erklärte Erdis.

Runa riss die Augen auf.

»Was hat dein Traum dir gesagt?«

Erdis lächelte sanft über die Achtlosigkeit der Freundin. Träume waren etwas Persönliches. Man fragte andere Menschen nicht danach, sondern wartete geduldig, bis sie von sich aus darüber zu sprechen begannen.

»Mein Traum hat mir gesagt, dass du meinen Rat suchen wirst. Und auch, dass ich dir nicht weiterzuhelfen vermag. Aber ich weiß, wer es an meiner Stelle kann. Wir sollten keine Zeit verlieren.«

Wenig später näherten sich die beiden Frauen einer Hütte, die ein wenig abseits lag, fast schon im Moor. Hier wohnte Halvar, der Schamane des Dorfes. Halvar verfügte über große spirituelle Fähigkeiten, und er wurde von allen Dorfbewohnern mit Ehrfurcht und Respekt behandelt. Er wurde nicht nur gerufen, wenn jemand krank war oder wenn sein Geist gestört war und Erdis' Kräuter nicht helfen konnten, sondern er wurde auch bei jeder wichtigen Entscheidung der Dorfältesten zu Rate gezogen.

Runa hatte Halvar schon oft bei Zeremonien beobachtet, aber in seiner Hütte aufgesucht hatte sie ihn noch nie.

Schon von weitem hatten die Frauen die große, kräftige Gestalt des Schamanen vor seiner Hütte an einem kleinen Feuer sitzen sehen. Als sie zu ihm traten, hob er den Kopf und blickte sie mit seinen freundlichen, weisen Augen an. Runa und Erdis warteten, bis er ihnen durch ein einladendes Kopfnicken zu verstehen gab, dass sie sich zu ihm setzen sollten.

Runa musterte Halvar, während sie sich schweigend niederließ. Er hätte gut und gern ihr Vater sein können, aber er war nicht alt. Erste silbergraue Strähnen zogen sich durch sein schulterlanges rotblondes Haar und den dichten Vollbart, und tiefe Falten fanden sich um seine Augen und auf seiner Stirn. Wie alle Männer des Dorfes war auch er mit einer Hose aus grobgewebtem Leinen und einem ebensolchen längeren Hemd bekleidet, das um die Hüfte mit einem gewebten Gürtel zusammengehalten wurde, an dem ein Messer aus Flint und einige kleinere Beutel aus Leder hingen. Um Halvars Hals lag ein ledernes Band, an dem ein Stück Bernstein hing. Quer über seinem Schoß lag ein geschnitzter Gehstock, den er immer bei sich trug, weil er ihn bei mehreren Zeremonien benötigte. Auf seinem Kopf saß eine einfache aus Wurzelfasern geflochtene Kappe, die an eine umgestülpte Schüssel erinnerte, und an den Füßen trug er wie Runa und Erdis genähte lederne Schuhe.

Runa wusste, dass Halvar allein lebte. Das war wie bei den Kräuterfrauen auch das Los der Schamanen. Die Hütte, die hinter ihm im Feuerschein sichtbar war, ähnelte den anderen Hütten des Dorfes. Halvar hatte seine jedoch mit verschiedenen Symbolen aus Ocker versehen. Ehrfürchtig wandte Runa ihren Blick von Halvar ab. Es war unhöflich, einen Menschen anzustarren.

Sie wartete geduldig, bis der Schamane sie ansprach und nach ihrem Anliegen fragte. Runa überreichte ihm daraufhin einen kleinen Beutel mit einer Gabe, die sie aus ihrer Hütte mitgenommen hatte. Ihre Bitte um Halvars Rat musste, den Sitten ihres Volkes nach, mit einem Geschenk unterbreitet werden. Es musste nichts Wertvolles sein, es war allein die Geste, die zählte. Halvar hatte durch seine Stellung im Dorf alles, was er zum Leben benötigte. Die Jäger gaben ihm Fleisch, die Frauen gaben ihm Beeren und Wurzeln und Kleidung. Jeder gab gern etwas an ihn weiter, denn alle waren dankbar, dass er bei ihnen war. Und Halvar verlangte nie mehr, als er wirklich zum Leben brauchte.

Daher nahm er Runas Geschenk entgegen, ohne es genauer anzusehen, und bat sie, ihr Anliegen vorzutragen. Schweigend lauschten er und Erdis Runas Worten.

»In der vergangenen Nacht hatte ich einen Traum«, begann sie leise und schloss die Augen, um sich auf alle Einzelheiten zu besinnen. »Ich sah ein riesiges Haus aus Holz, in dem sich viele Menschen zu einer wichtigen Zeremonie versammelt hatten. Sie baten die Ahnen um Beistand. Der Rauch ihrer Feuer schien sich wie nebelartige Arme durch Raum und Zeit hindurch nach mir auszustrecken und mich zu locken.« Runa versuchte, sich zurück in den Traum zu versetzen. »Dann wechselte das Bild, und ich hatte das Gefühl, als sei ich lange, sehr lange gereist. Ich sah mich in einem Wald stehen, mitten zwischen gewaltigen Bäumen. Aber die Bäume waren nicht wie unsere Bäume hier.« Sie hielt inne und schüttelte verwundert den Kopf. »Sie waren dunkel, und ihre geschwungenen Äste waren dicht behängt mit tiefgrünem Blattwerk. Der Boden war bedeckt von dickem Moos und wucherndem Farnkraut, und rechts und links von mir erhoben sich hohe, bewaldete Berge gen Himmel. Trotz der Berge lag deutlich der Geruch von Meer in der Luft.« Ihre Stimme verriet, wie erstaunt sie selbst darüber war. Dann fuhr sie fort: »Ich sah niemanden sonst, aber ich hörte, wie ich diese Worte sprach: *Mahmele Leeyem*. Ich habe diese Worte nie zuvor gehört, und ich weiß nicht, was sie bedeuten. Aber ich erwachte mit der Gewissheit, dass sie sehr, sehr wichtig sind.«

Nun war es Erdis, die mit staunenden Augen in die Runde blickte. Die Worte, die Runa in ihrem Traum gesprochen hatte, beinhalteten Laute, die sie nie zuvor vernommen hatte, und sie klangen fremdartig in ihren

Ohren. Gleichzeitig erreichten sie ihr Herz auf scheinbar wunderbare Weise und verbreiteten ein wohliges Gefühl in ihrem Körper.

Halvar schwieg, weil er über Runas Worte nachdachte. Dann murmelte er etwas vor sich hin, holte die Kräuter hervor, die Runa ihm als Geschenk mitgebracht hatte, und warf einen Teil davon in die Flammen des Feuers. Er stimmte einen leisen Gesang an und warf noch mehrere Male kleine Mengen der Kräuter ins Feuer.

Nachdem sein Gesang verstummt war, starrte er eine Zeitlang in die lodernden Flammen und fächelte mit den Händen den aromatischen Duft, den die brennenden Kräuter hervorriefen, in sein Gesicht. Bedächtig sog er die Dämpfe ein. Dann hielt er plötzlich inne und sah Runa an.

»Du hast eine große Aufgabe vor dir. Es ist eine schwere Last, aber gleichzeitig auch ein großes Geschenk: Die Botschaft, die dir im Traum übermittelt wurde, enthält die Antwort auf die Bitten der Menschen, die in der Zeremonie in deinem Traum um Hilfe baten. Sie muss überbracht werden. Du bist von den Geistwesen dazu bestimmt worden, die Rolle der Botschafterin zu übernehmen. Wir dürfen dir keine Männer als Begleitschutz mitgeben.«

»Aber *wohin* soll ich sie überbringen? Und an *wen*?«, stieß Runa entsetzt aus.

»Die Antwort auf diese Fragen kennt keiner«, erwiderte Halvar ruhig. »Du wirst wissen, für wen die Botschaft bestimmt ist, wenn du ihren rechtmäßigen Empfänger begegnest, denn nur er wird ihre fremdartigen Worte verstehen.«

»Das kann sehr weit sein …«, flüsterte Runa vor sich hin. Sie erinnerte sich an das seltsame Gefühl, das sie im

Traum gehabt hatte. Das Gefühl, als sei sie weit, weit fort von zu Hause.

Halvar spürte ihre Zurückhaltung.

»Es ist sehr, sehr weit von hier, in einer anderen Welt. In einer Welt, die dort liegt, wo die Sonne aufgeht.«

Runa senkte den Blick. Sie wollte nicht, dass es so aussah, als zweifele sie an den Worten des großen Schamanen. Ihr war schon als Kind bewusst geworden, dass man seinen Worten besser Glauben schenkte. Es war vielmehr eine plötzliche Angst, die aus ihr gesprochen hatte. Sie wusste, dass seine Worte wahr waren und dass sie sich ihnen nicht entziehen konnte. Es waren die Auswirkungen dieser Worte, die ihr Innerstes zum Zittern brachten. Sie hatte ihre Familie, die Gemeinschaft und somit auch den Schutz des Dorfes nie zuvor verlassen. Was würde aus ihren Eltern werden und aus ihren Brüdern? Halvar konnte ihr nicht sagen, wohin die Botschaft sie führen würde. Wie sollte er das auch können? Es war eine höhere Macht am Werk, und es blieb Runa nichts andres übrig, als sich zu fügen.

Erst jetzt bemerkte sie, dass sowohl Halvar als auch Erdis sie ansahen. Sie zwang sich, ruhig zu bleiben und den Blick des Schamanen zu erwidern. Sie musste ihren Stolz bewahren.

Wieder ertönte Halvars leiser Gesang durch den anbrechenden Morgen, diesmal begleitet von dem Klang seiner Bärenklauenrassel. Der Schamane verfiel in einen Trancezustand. Während er sang, ritzte er mit seinem Gehstock eine Reihe von Zeichen in die Erde.

Als er geendet hatte, wirkte er erschöpft und bedeutete den Frauen, sie sollten ihn allein lassen. Bevor sie sich entfernten, wandte er sich noch einmal an Runa.

»Du musst auf deine Aufgabe vorbereitet werden, noch heute Nacht. Der Mond wird voll sein.«

Runa verbrachte den Tag in Abgeschiedenheit und Stille. Sie brachte es nicht übers Herz, ihren geliebten Eltern und ihren vier Brüdern etwas über ihren Traum oder die bevorstehende Aufgabe zu erzählen. Sie wollte ihnen, solange es ging, den Kummer ersparen. Denn wenn es für die jungen Frauen ihres Dorfes auch nicht unüblich war, sich mit dem Mann eines anderen Dorfes zu vermählen und mit ihm in die Fremde zu ziehen, so war es doch immer schwer für sie, die enge Gemeinschaft zu verlassen, die im Dorf herrschte. Die Familie und die Dorfgemeinschaft waren wichtiger als alles andere. Sicherheit und Geborgenheit in der Gemeinschaft, in der Familie waren der wichtigste Besitz, die wahre Identität eines jeden. Der Gedanke an den bevorstehenden Abschied ließ Runas Herz schwer werden. Gleichzeitig kämpfte sie mit einer unterschwelligen Angst: Was könnte ihr auf der Reise nicht alles zustoßen? Vor allem als Frau war es nicht sicher, allein zu reisen.

Unwohl war Runa auch bei dem Gedanken an die Zeremonie, die am Abend für sie abgehalten werden sollte. Sie war zu etwas Besonderem auserwählt worden, aber sie mochte es nicht gern, wenn sie im Mittelpunkt stand. Sie würde niemandem von der bevorstehenden Zeremonie erzählen, aber das Leben im Dorf brachte es mit sich, dass solche Dinge nie lange geheim blieben. Warum nur war dieser Traum ausgerechnet zu ihr gekommen?

Doch dann musste Runa unwillkürlich daran denken, wie schnell die althergebrachte Lebensweise verschwand. Das Dorf, in dem sie lebte, folgte zwar noch immer den alten Sitten – die Menschen waren Jäger und Sammler –, aber um sie herum veränderten sich die Dörfer. Immer mehr Familien wurden sesshaft und lebten als Bauern. Weiter im Süden und Südosten war der Wandel angeblich noch weiter fortgeschritten. Runa seufzte. Ihr Dorf hatte sich vor langer Zeit dazu entschlossen, mit der Natur in Einklang zu bleiben, und es hatte diesen Wandel bisher abgelehnt. Warum auch sollten sie ihr Leben ändern?

Wir brauchen keinen Wandel, keinen Fortschritt, um die Dinge so zu sehen, wie sie wirklich sind, dachte Runa.

Die neuen Lebensweisen folgten einem anderen Rhythmus. Es war der Sonnengott, der ihnen reiche Ernten brachte und den sie nun verehrten, nicht mehr die Mondgöttin, die sie mit der Erde verband und die ihnen eine gute Jagd schenkte.

Irgendwie bin ich froh, zu gehen, ging es Runa plötzlich durch den Kopf. *Vielleicht gibt es irgendwo einen Ort, wo die alten Lebensweisen überleben werden – wenigstens für eine Weile.*

»Es ist Zeit, Halvar aufzusuchen.« Erdis' hochgewachsene, schlanke Gestalt erschien im Eingang von Runas Hütte. Ihre grauen Augen leuchteten vor Stolz. Es handelte sich zwar um Runas Zeremonie, aber es war üblich, dass derjenige, dem eine solche Zeremonie galt, einen Zeugen mitbrachte. Natürlich hatte Runa Erdis für diese wichtige Aufgabe auserkoren!

Wenig später waren die Frauen auf dem Weg zu dem Schamanen. Die ersten Sterne leuchteten am Himmel, und die Nacht war kühl und klar. Nur im Moor hingen hier und da Dunstschleier zwischen den niedrigen Bäumen und Büschen. Runa und Erdis würden Halvar nicht wie am Morgen vor seiner Hütte treffen, sondern auf einer kleinen Lichtung im Wald.

Es dauerte ein wenig, bis sie ihr Ziel erreichten. Der Wald lag abseits vom Dorf, und die Nacht war dunkel.

Erst als der Mond in seiner vollen Pracht am Himmel erschien, kamen sie schneller voran. Jetzt, im silbernen Licht des Mondes, erspähten sie viele andere Gestalten im Wald. Runa hatte recht gehabt. Es hatte sich wie ein Lauffeuer im Dorf verbreitet, dass nach Einbruch der Dunkelheit eine Zeremonie für sie stattfinden würde. Und so hatten sich die Dorfbewohner eingefunden, um der Zeremonie in aller Stille beizuwohnen und Runa Rückhalt zu geben.

Schon von weitem vernahmen Runa und Erdis die Trommel des Schamanen. Und als sie sich der Lichtung näherten, auf der sie Halvar treffen sollten, konnten sie helle Flammen zwischen den Bäumen emporzüngeln sehen.

Langsam und respektvoll betraten die beiden jungen Frauen die Lichtung. Eigentlich war es nicht wirklich eine Lichtung, sondern eine Stelle im Wald, wo die Bäume einer kleinen Quelle Platz gemacht hatten. Um die Quelle herum war der Waldboden mit kurzem Gras und kleinen Wildblumen bewachsen, die im Schein des Feuers und des Mondes geheimnisvolle Schatten warfen und dem Ort eine zauberhafte Atmosphäre verliehen.

Die Frauen sprachen Halvar nicht an, sondern warteten ruhig auf ein Zeichen von ihm.

Runa musterte die große und kräftige Gestalt des Schamanen, und sie erkannte sofort, dass Halvar dieser Zeremonie größte Wichtigkeit beimaß. Er hatte seine ledernen Schuhe abgestreift und seine nackten Füße blau gefärbt. Seine Alltagskleidung hatte er durch ein eigens für Zeremonien bestimmtes Gewand ersetzt, das über und über mit kleinen Muscheln verziert war. Statt der üblichen aus Wurzelfasern geflochtenen Kappe schmückte in dieser Nacht ein Hirschgeweih Halvars Kopf, und vor seinem mit Ocker bemalten Gesicht hingen schmale Bänder mit Muscheln und Bernstein. Der Bernstein reflektierte den Schein des Feuers und leuchtete golden. Der Schamane sah feierlich aus, aber zugleich auch furchterregend.

Irgendwann nickte Halvar Runa und Erdis zu und bedeutete ihnen, zu ihm zu kommen. Erdis hielt sich, wie es die Zeremonie verlangte, im Hintergrund.

Wieder begann Halvar, rhythmisch zu trommeln. Das, so wusste Runa, führte bei dem Schamanen einen Bewusstseinszustand herbei, der es ihm ermöglichte, Verbindung mit den Geistern aufzunehmen.

Nach und nach traten die schattenhaften Gestalten der Dorfbewohner aus dem Dunkel des Waldes und reihten sich in einem großen Kreis um das lodernde Feuer und die drei Menschen in der Mitte der Lichtung.

Halvar begann zu tanzen und stimmte einen Gesang an, zuerst leise, dann lauter und lauter, so dass seine Stimme den Wald bis in den hintersten Winkel zu erfüllen schien.

Zwischen den Umstehenden herrschte Stille.

Es dauerte lange, bis Halvars Tanz beendet war und sein Gesang und die rhythmischen Schläge seiner Trommel verebbten. Stattdessen ertönte nun die wohlklingende Stimme des Schamanen klar und laut durch die Stille der Nacht.

Die Frauen lauschten Halvars Worten, die an die Geister gerichtet waren. Als Erstes pries er die Schönheit und die wundervollen Fähigkeiten der Mondgöttin und dankte ihr für ihre Gaben. Anschließend richtete er sich an alle Geistwesen und erklärte ihnen, welch wichtige Aufgabe Runa bevorstand.

»Runa ist in der vergangenen Nacht ein wichtiger Traum geschickt worden. Darin sah sie Menschen aus einem unbekannten Land, aus einer unbekannten

Zeit, die in einer Zeremonie um Hilfe baten. Wofür, das wissen wir nicht. Aber Runa ist im Traum eine Botschaft übermittelt worden. Eine Botschaft in einer Sprache, die wir nicht verstehen. Ich habe auf ihr Bitten hin die Geister angerufen. Die Botschaft, die Runa im Traum überbracht wurde, enthält die Antwort auf den Wunsch nach Hilfe, den die Menschen in der Zeremonie geäußert haben. Und es ist die Forderung der Geistwesen, dass diese Botschaft von Runa allein dorthin überbracht wird, wo man ihre Sprache versteht.« Er hielt kurz inne, um seinen folgenden Worten, die an die Geister gerichtet waren, noch mehr Nachdruck zu verleihen.

»Ich, Halvar, bitte in Runas Namen um Schutz und Führung während der Erfüllung ihrer Aufgabe. Möge alles, was dabei von ihr verlangt wird, von Erfolg gekrönt sein.«

Als er geendet hatte, ließ er noch einmal seine Trommel sprechen.

Plötzlich verstummte sie, und es war nur noch das Flüstern des Schamanen zu hören.

Runa konnte seine Worte nicht verstehen.

Halvar schritt um die junge Frau herum und stellte dabei Bärenschädel auf. Runa zählte sieben große Schädel, die restlichen waren viel kleiner. Insgesamt waren es dreizehn. Eine magische Zahl.

Runa wusste, dass der Kreis aus Bärenschädeln sie beschützen sollte. Sie bewegte sich nicht.

Jetzt holte Halvar ein Stück Baumrinde hervor, auf dem er Ocker gemischt hatte, und zeichnete damit etwas auf einen großen Felsbrocken in der Nähe. Runa lächelte dankbar, als sie erkannte, dass Halvar eine seiner besonderen Begabungen benutzte: Er malte ein positives Bild von Runas bevorstehender Reise. Die Zeichnung stellte in verschiedenen einfachen Symbolen dar, wie sie beschützt und geleitet, stark und gesund sein würde und wie sie ihre Aufgabe erfolgreich zu Ende brachte. Diese Art von Zauber, das wusste Runa, war sehr stark. Halvar konnte auf diese mentale Weise, allein durch seinen Willen, viele Dinge bewegen. Er konnte Tiere in eine bestimmte Gegend locken, damit die Jäger sie schnell fanden und die Jagd erfolgreich war. Er konnte Wolken herbeibringen und Bäume versetzen.

Nun wandte Halvar sich an Runa. Er trat zu ihr und bemalte ihre Stirn mit dem Ocker.

Runa wurde immer ruhiger. Sie hatte schon oft beobachtet, wie Halvar diese Art von Zauber anwandte. Bisher hatte er seine Wirkung nie verfehlt! Ihre Aufgabe musste noch gefährlicher, noch wichtiger sein, als sie bisher angenommen hatte. Und Halvar tat sein Bestes, um sie zu schützen. Sie senkte den Kopf und sprach leise ihren Dank aus.

Runa stand noch immer in dem schützenden Kreis aus Bärenschädeln, als Halvar seine Worte an sie richtete: »Runa, Kind, höre mir gut zu! Was ich dir jetzt sage, kann ich nicht wiederholen.« Er hob seinen Kopf zum hell erleuchteten Nachthimmel empor und fuhr fort: »Ein Schamane aus jedem Gebiet, durch das du reisen musst, wird einen Traum über deine Ankunft haben, und er wird dich zu der jeweils östlichen Grenze seines Gebietes geleiten. Nicht alle Schamanen werden ihren Träumen Folge leisten, also sei auf der Hut. Du darfst niemandem trauen! Es wird gefährlich sein. Aber du wirst deine Botschaft schließlich an jemanden überbringen, der sie wahrhaftig versteht. Du wirst wissen, wer die Person ist, wenn du ihr begegnest. Deine Aufgabe endet dort.« Der Schamane richtete seinen Blick auf Runa. »Du wirst unser Dorf nicht wiedersehen – ihr beide werdet es nicht wiedersehen, denn Erdis wird dich begleiten.«

Runa blickte erstaunt zu Erdis, aber deren Gesicht zeigte keine Überraschung. Es schien, als habe sie nichts anderes erwartet!

Dann legte Halvar unvermittelt seine Hände auf Runas Schultern.

»Mein Wissen wird von nun an auch dir gehören«, erklärte er und blickte die junge Frau ernst an. »Als Letztes«, fuhr Halvar fort, »möchte ich, dass du diesen Lederbeutel an deinem Gürtel befestigst und ihn immer bei dir trägst.« Er holte einen kleinen braunen, schon sehr abgenutzt aussehenden Lederbeutel hervor und übergab ihn Runa, die sich noch immer nicht bewegt hatte.

Langsam und vorsichtig öffnete Runa den Beutel und starrte auf den Inhalt: Es handelte sich um einen Talisman aus Stein, etwa halb so groß wie ihre Handfläche, der in einfacher Form zwei Vogelköpfe zeigte, die, seitlich miteinander verbunden, in entgegengesetzte Richtungen blickten. Vorsichtig ließ Runa den Talisman in ihre Hand gleiten. Der Stein, aus dem der Talisman gearbeitet war, war von blaugrüner Farbe und schien poliert zu sein, so glatt und geschmeidig lag er in der Hand. Runa spürte plötzlich eine angenehme Wärme in ihrer Handfläche. Schnell breitete sie sich in ihren ganzen Körper aus.

Runa blickte Halvar erstaunt an. Doch dann zog der sorgfältig gearbeitete Talisman wieder ihren Blick auf sich. Von diesem Talisman hatte sie bisher nur in Legenden gehört. Nie hätte sie gedacht, dass er sich in Halvars Besitz befinden würde, geschweige denn, dass sie selbst ihn einmal in Händen halten würde! Es handelte sich um den Raben-Talisman aus längst vergangenen Zeiten.

Er hatte sehr starke magische Kräfte, und er verkörperte das Geben und Nehmen von Leben, Heilung und Zerstörung. Er war ein Symbol des Gleichgewichtes und der vollkommenen Harmonie.

Runas Hände begannen zu zittern.

»Dieser Talisman wurde vor langer, langer Zeit von einem mächtigen Geistwesen erschaffen«, erklärte Halvar. »Er wurde einem bedeutenden Schamanen zum Schutz anvertraut. Vor seinem Tod übergab dieser Schamane den Talisman an einen würdigen Nachfolger, und so ging es weiter über viele Generationen, bis er schließlich in meine Obhut gelangte. Ich habe meinen Namen erhalten, als ich meine Aufgabe übernommen habe. Halvar bedeutet *Hüter des Steins*.« Er hielt inne und blickte direkt in Runas Augen. »Wir alle waren nur Hüter des Talismans, bis diejenige, für die der Talisman bestimmt ist, den Ruf des mächtigen Geistwesens vernimmt, das den Talisman vor langer Zeit erschaffen hat. In deinem Traum hast du den Ruf gehört.« Halvars ruhige Stimme ertönte klar und deutlich über die kleine Lichtung im Wald. »Der Talisman wird seine magischen Kräfte um ein Vielfaches verstärken – jedes Mal, wenn du auf deinem Weg einer Herausforderung begegnest und sie bewältigen musst. Am Ende wird er … Nun, er stellt den stärksten, aber auch einzigen Schutz dar, den ich dir mit auf den Weg geben kann! Schütze ihn mit deinem Leben, denn eure Schicksale sind von diesem Augenblick an unweigerlich miteinander verbunden.« Er hielt kurz inne. »Möge Frieden mit dir sein, wo immer du auch gehst!«

Dann stimmte Halvar wieder einen leisen Gesang an.

Der Kreis der Dorfbewohner, die in den Gesang einstimmten, löste sich auf. In einer langen Reihe gingen sie singend an dem lodernden Feuer vorbei und warfen kleine Opfergaben in die Flammen. Anschließend berührte jeder von ihnen den Kreis aus Bärenschädeln. Mit diesen Gesten segneten Runas Familie und Freunde sie – auf dass sie, von Schutz und Sicherheit umhüllt, die vor ihr liegende Reise ins Unbekannte antreten konnte.

Als der neue Morgen dämmerte, fanden sich alle Dorfbewohner vor den Hütten von Runa und Erdis ein, um die beiden Frauen in aller Stille zu verabschieden.

Niemand sagte ein Wort. Die Geister hatten zu Runa gesprochen, und daran ließ sich nichts ändern.

Runa und Erdis wurde mit dem Verlassen des Dorfes das größte Opfer abverlangt. Die Familie und die Dorfgemeinschaft bedeutete ihnen alles. Ein Leben ohne sie war unvorstellbar. Für die beiden jungen Frauen würde das Leben von nun an vollkommen anders sein.

Runa berührte hilfesuchend den Talisman, den Halvar ihr am vorherigen Abend überreicht hatte und den sie an ihrem Gürtel trug. Sie würde in den nächsten Augenblicken mehr Kraft brauchen als je zuvor in ihrem Leben. Kraft, um die Menschen zurückzulassen, die ihr am meisten auf dieser Welt bedeuteten.

Den Zurückbleibenden wurde nicht viel weniger abverlangt. Es war ihnen nicht nur gewiss, dass sie Runa und Erdis in diesem Leben nicht wiedersehen würden, sie würden auch nie erfahren, was aus ihnen geworden war. Die letzte Erinnerung, die sie an die beiden jungen Frauen haben würden, war der Augenblick des Abschieds.

Liebevoll und voller Wehmut drückte Runa ein letztes Mal die Hände ihrer Brüder. Stolz, aber auch ein wenig neidisch sahen die vier jungen Männer ihre Schwester nach. Es war eine große Ehre, eine solch wichtige Aufgabe für die Geister zu erfüllen, und jeder von ihnen hätte allzu gerne mit Runa getauscht. Aber die Geister hatten sie gewählt.

Runa trat zu ihrem Vater. Auch in seinen Augen lag ein Anflug von Stolz. Doch obwohl er großes Vertrauen in den Willen der Geister hatte und seit dem Tag, an dem Erdis Runa zu ihrem Schützling erkoren hatte, wusste, dass seine Tochter zu etwas Besonderem bestimmt war, stiegen jetzt Tränen in seine Augen. Verlegen zog er Runa an sich, ließ sie jedoch gleich darauf wieder los, um ihr anerkennend und aufmunternd auf die Schulter zu klopfen.

Runa verstand. Sie warf ihm einen letzten langen Blick zu. Dann wandte sie sich an ihre Mutter. Sie fand keine Worte. Mit aller Kraft rang sie darum, ihre Fassung und ihren Stolz zu bewahren, aber es gelang ihr nicht. Stille Tränen liefen über ihre Wangen, als sie in den Armen ihrer weinenden Mutter lag, die Runa mit all der Liebe und all dem Schmerz an sich drückte, die eine Mutter empfindet, wenn sie ihrem geliebten Kind zum letzten Mal Lebewohl sagen muss.

Dann war der schreckliche Augenblick der Trennung gekommen.

In aller Stille verließen die Freundinnen das Dorf und die Menschen, die ihnen in Liebe verbunden waren. Vor ihnen lagen die aufgehende Sonne und eine Reise ins Ungewisse.

Keine der beiden Frauen blickte sich noch einmal um. Sie hatten Abschied genommen. Was hinter ihnen lag, war vorbei. Jetzt gab es für sie nur noch die Aufgabe, die sie zu lösen hatten.

Was würde ihnen das Morgen bringen?

Nach Osten, hatte Halvar gesagt. Nach Osten, und

ihr werdet eure Aufgabe erfolgreich beenden. Die Geister wollten es so.

Tränen standen in den Augen der Frauen, während sie sich mit jedem Schritt weiter von allem entfernten, was ihnen lieb war.

Sie würden es nie wiedersehen.

Kapitel 7

Angebot

Myra! Geht es dir gut?« Chad sprang überrascht auf, als die Felssäulen mit Myra in der Mitte vor ihm auftauchten, und eilte ihr entgegen.

Myra schüttelte verwirrt den Kopf und sah an sich herunter. Das vertraute seltsame Gefühl des Ziehens in ihrem Körper, das die Wechsel jedes Mal begleitete, legte sich, und obwohl es ihr unmöglich erschien, verspürte sie starke Traurigkeit und gleichzeitig großes Glück. Aber da war noch etwas anderes: das Gefühl, an etwas Wichtigem teilzuhaben, an etwas Außerordentlichem. Langsam ließ sie sich zu Boden sinken.

»Myra?«, flüsterte sie überrascht. Der schnelle, beinahe lückenlose Wechsel von Runa zu Myra hatte ihr Bewusstsein stark erschüttert. Sie begann zu verstehen, wovon Chad gesprochen hatte, begann zu verstehen, warum *normale* Menschen nicht in die Geisterwelt überwechseln sollten!

Chad war neben ihr. Erleichtert zog er sie in seine Arme, doch schon im nächsten Augenblick ließ er sie verlegen wieder los.

Myra blickte ihn innig an.

»Es geht mir gut, Chad.« Dann erinnerte sie sich an die vergangenen Stunden, die sie als Runa verbracht hatte.

»Wie lange war ich fort?«

»Zwei Nächte«, sagte Chad mit ruhiger Stimme.

»Genauso viel Zeit habe ich als Runa erlebt«, stellte Myra atemlos fest. »Wie bei der ersten Reise ist in der Gegenwart genauso viel Zeit verstrichen wie in der Geisterwelt. Und du hast die ganze Zeit hier ausgeharrt?«

Chad nickte lächelnd.

Myras Gedanken wirbelten durcheinander.

»Du wirst es nicht glauben!«, rief sie aufgeregt, als sie sich erinnerte. »Der Talisman, von dem Heather gesprochen hat und über den Morris in der Zukunft so viel herauszufinden versucht – ich hatte ihn in meiner Hand! Halvar hat ihn Runa anvertraut!«

Chad sah sie eindringlich an. »Du hattest den Talisman in deiner Hand? Wer ist Halvar?«

»In meiner Hand, als ich Runa war. Halvar ist der Schamane des Dorfes, in dem Runa lebt oder, besser, *gelebt hat*. Sie hatte den Traum, von der die Legende spricht – in dem ihr die Botschaft vom Lachen der Kinder vermittelt wurde. Sie konnte die Botschaft, wie wir wissen, nicht verstehen, deshalb hat sie sich ihrer Freundin Erdis anvertraut und schließlich auch Halvar, dem Schamanen. Halvar hat eine besondere Vollmond-Zeremonie für Runa abgehalten, um sie zu schützen. Ihre Aufgabe ist es, genau wie die Legende es erzählt, nicht zu ruhen, bis sie die Botschaft an denjenigen überbringt, der sie wirklich versteht. Der Talisman war in Halvars Besitz. Der Schamane sagte ihr, dass es der stärkste Schutz sei, den er ihr mit auf den Weg geben könne. Dann bestimmte er, dass Erdis mit Runa mitgehen solle.«

»Zwei Frauen sind unterwegs?«

»Ja«, erwiderte Myra. »Aber was das Besondere daran ist: Runas Traum beinhaltete nicht nur die Botschaft. Zu Beginn des Traums sah sie ein riesiges Holzhaus, in dem viele Menschen versammelt waren, die anscheinend eine Zeremonie abhielten. Dann streckten sich geisterhafte Arme aus Rauch nach ihr aus und lockten sie, ihnen zu folgen!« Sie blickte Chad triumphierend an. »Chad, es war euer Zeremonienhaus, das Runa in ihrem Traum gesehen hat. Ich bin mir sicher!«

»Unser Zeremonienhaus«, wiederholte Chad langsam. »Das würde bedeuten, dass Runa aufgrund unserer Bitte um Hilfe von den Geistwesen im Reich der Ahnen auf den Weg geschickt worden ist.« Er blickte sie verwirrt an. »Aber die Legende existierte schon lange vor unserer Zeremonie ... Ich verstehe es nicht.«

Myra überlegte.

»Vielleicht hat es etwas mit Runas Weg zu tun, mit ihrem Werdegang. Vielleicht geht es um etwas, das sie erlebt. Und vergiss nicht, die Legende wurde über eine lange Zeit von Generation zu Generation überliefert. Vielleicht fehlen einige wichtige Tatsachen.«

»Du könntest recht haben«, meinte Chad nachdenklich. »Aber das können wir nicht wissen. Jedenfalls nicht im Augenblick.«

»Runa spürt, dass das Leben der Gemeinschaft sich stark zu verändern beginnt. Das erleichtert ihr den Abschied ein wenig.«

»Welche Veränderungen meint sie?«

Myra sah ihn aufgeregt an. »Dass aus den frühen Nomaden in Europa sesshafte Bauern werden.«

Chad schluckte.

»Runa lebt in einer Zeit, in der es noch kein Metall gibt?«

»Sie trägt ein Messer aus Flintstein bei sich, und auch sonst gibt es nur steinzeitliche Werkzeuge in ihrem

Dorf«, erklärte Myra. Dann fügte sie bewegt hinzu: »Du kannst dir nicht vorstellen, wie Runa sich fühlt, Chad. Noch immer spüre ich die Schwere und die Leere in ihrem Herzen. *Wir* wissen, dass sie heil auf diesem Kontinent ankommt, aber sie selbst ... Es kostet sie alle Kraft, ihre Gefühle zu meistern, nicht an die Familie und Dorfgemeinschaft zu denken, die sie zurücklassen muss, oder an die Gefahren, die vor ihr liegen. Denk nur an die Entfernung, die sie am Ende zurückgelegt hat und von der sie zu Beginn ihrer Reise nichts weiß!«

»Verstehe«, meinte Chad beruhigend, als er sah, wie aufgeregt Myra war. »Aber noch mal zurück zum Talisman. Er ist Runa also *zum Schutz* mitgegeben worden. Gleichzeitig soll sie wiederum ihn schützen.«

»So hat Halvar es Runa während der Zeremonie erklärt.«

»Auf jeden Fall bin ich froh, dass du heil wieder hier bist. Ich hätte dich sonst sehr vermisst«, sagte Chad mit solchem Nachdruck, dass es Myra ganz warm ums Herz wurde.

Sie schenkte ihm ein kleines Lächeln. Es war schon seltsam, wie die Dinge sich entwickelt hatten. Noch vor zwei Tagen hatte sie nichts von Chad gewusst. Jetzt hatte der Zufall sie zusammengeführt. Nein, nicht der Zufall, verbesserte sie sich in Gedanken. Sie glaubte nicht an Zufälle. Es war vom Schicksal so und nicht anders für sie bestimmt gewesen!

Sie musterte Chads ebenmäßige Gesichtszüge, seine sportliche Figur, die Art, wie er entspannt und ungezwungen neben ihr saß, als würden sie sich schon lange kennen. Röte stieg in ihre Wangen. Chad war ihr so vertraut, und doch war alles gleichzeitig so neu. Myra senkte verlegen den Blick, als sie an den zärtlichen Kuss dachte, den Chad ihr in der Zukunft auf die Stirn gehaucht hatte. Wie lange würde sie ihre Gefühle im Jetzt noch verbergen müssen?

Ihr Blick richtete sich auf die morgendliche Berglandschaft um sie herum. Die Sonne überflutete den Hang und die Stelle, an der sie saßen, und wärmte Myras Körper und Seele. Sie sog die frische Luft ein. Der Duft der Blumen lag über dem Berg, und Myra vergaß für eine Weile, warum sie hier war.

»Woran denkst du?«, fragte Chad und stieß sie leicht an.

Myra lächelte.

»Daran, dass auch ich dich vermisst hätte! Seltsam, schließlich kennen wir uns ja kaum. Außerdem denke ich ans Essen. Ich bin sehr hungrig!«

Chad lachte. »Dann sollst du als Erstes etwas zu essen bekommen. Anschließend machen wir uns langsam an den Abstieg.«

Während des Abstiegs wechselten sie kaum ein Wort. Sie erreichten den Parkplatz, auf dem an diesem Tag – es war ein Werktag – nur wenige Autos standen. Chads roter Ford Explorer wartete unter einer großen Zeder auf sie.

Chad öffnete den Kofferraum und verstaute die spärliche Campingausrüstung. Dann schloss er die Beifahrertür auf. Er musste lächeln, als er Myras nachdenklichen Blick sah.

»Woran denkst du?«

»Ich kann mir ungefähr vorstellen, wie man in der Geisterwelt in vergangene Zeiten reisen kann«, meinte Myra. »Aber ich verstehe nicht, wie man in der Zukunft verweilen kann. Die ist ja noch gar nicht geschehen.«

»Das ist nicht so einfach in Worte zu fassen«, antwortete Chad nach kurzer Überlegung. »Mein Volk glaubt zum Beispiel nicht an eine strenge Trennung der Zeiten, so wie ihr es tut. Heather hat mir gegenüber oft betont, dass die Vergangenheit noch immer andauert und dass die Zukunft längst begonnen hat. Sie hat mir gesagt, ich soll es mir wie einen nie endenden Kreislauf vorstellen. Dass die Zeiten gewissermaßen gleichzeitig ablaufen und dass sie nur durch unsere begrenzte Auffassung von *Zeit* voneinander getrennt sind.«

»Das ist vollkommen neu für mich«, gab Myra zu. »Und es ist schwer, das wirklich nachzuvollziehen.«

»Du musst es fürs Erste einfach nur akzeptieren«, erwiderte Chad. »Genau wie die Tatsache, dass du dir nicht aussuchen kannst, wo du ankommst, wenn du in die Geisterwelt reist. Du wirst *geführt,* und zwar aus einem bestimmten Grund. Wir nehmen an, es hat damit zu tun, dass wir mehr über Runa und den Talisman erfahren.«

»Warum sollte ich dann auch in die Zukunft reisen?«, fragte Myra zweifelnd.

»Damit du siehst, gegen wen du antrittst ... Ich weiß es nicht.«

Sie waren ein paar Kilometer über die Schotterstraße gefahren, als sie an einer Bergwiese vorbeikamen.

»Halt kurz an, Chad!«, rief Myra plötzlich.

»Was gibt es?« Chad trat auf die Bremse und sah sich suchend um. Er hatte versucht, die Umgebung im Auge zu behalten, besonders die Straße, um zu prüfen, dass niemand ihnen folgte. Hatte er etwas übersehen?

»Sieh dir die Bären an! Eine ganze Familie!«

Chad atmete erleichtert auf. Bären waren keine Bedrohung für ihn.

Myra kurbelte das Fenster hinunter und tauchte in das Naturschauspiel ein. Auf der Bergwiese, durch die ein kleiner Bach floss, tobten zwei Bärenjungen ausgelassen zwischen den Wildblumen umher, während ihre Mutter mit beinahe tadelndem Blick ruhig und gelassen zusah. Die Bärenkinder kannten keine Sorge.

Wie Myra sie beneidete! Wie gern würde auch sie jetzt einfach ungezwungen in der Wildnis umherstreifen und an nichts anderes denken als an das Jetzt, an den Augenblick. Doch ein sorgenfreies Leben gab es für Myra nicht mehr. Verantwortung lastete nun auf ihr, eine große Verantwortung. Sollten die Vermutungen, die Chad und sie über den Talisman angestellt hatten, sich als wahr erweisen, so war die Verantwortung, die plötzlich auf ihren Schultern lag, größer, als sie eigentlich zu tragen vermochte. Würde sie dieser Aufgabe gewachsen sein? Ein anderer Gedanke überkam sie. Oder wurde sie allmählich verrückt?

Chad schien ihre Gedanken zu erraten. Er schenkte ihr ein liebevolles Lächeln und drückte zärtlich ihre Hand.

Myras Unruhe wich sofort, und dankbar erwiderte sie den Händedruck.

Auf der Wiese brummte die Bärenmutter ihren Jungen etwas zu. Der Wind hatte gedreht, und sie hatte das Auto mit den beiden Menschen gewittert. Widerwillig trollten sich die Bärenkinder unter der Aufsicht ihrer Mutter in Richtung Wald.

Myra und Chad hatten das Wohnhaus, in dem sich Chads Apartment befand, erreicht und waren gerade aus dem Wagen gestiegen, als Myra eine Gestalt entdeckte, die sich ihnen mit schnellen Schritten näherte.

»Morris!«, flüsterte sie, und sofort breitete sich ein dumpfes Gefühl in ihrer Magengegend aus.

»Bleib ruhig«, meinte Chad. »Warten wir ab, was er

will. Ich habe genug von dem Katz-und-Maus-Spiel!« Er nahm Myra bei der Hand und ging, ohne Morris eines Blickes zu würdigen, auf die Eingangstür des Hauses zu.

Doch bevor sie die Tür erreichten, sprach Morris sie an.

»Entschuldigung! Sind Sie Myra Morgenstern?«, fragte er betont höflich.

Myra lief ein Schauer über den Rücken, als sie seine einschmeichelnde Stimme hörte. Natürlich konnte er nicht wissen, dass er kein Unbekannter für Myra und Chad war. Nur sie beide allein wussten von der Begegnung in der Zukunft.

»Ja, das bin ich«, erwiderte Myra. Sie gab sich Mühe, überrascht zu klingen. Gleichzeitig stieg ihr ein beißender Geruch in die Nase, den sie nicht zuordnen konnte. Wie ein Gemisch aus angebranntem Braten und zu viel Aftershave.

»Ich habe gehört, Sie sind Journalistin und zurzeit ohne Job. Ist das richtig?«

Myra blickte den Mann an, diesmal tatsächlich überrascht. »Das ist richtig.«

»Dann könnte mein Angebot von Interesse für Sie sein«, fuhr Morris ruhig fort. »Mein Name ist Simon Morris, und *Dominor,* die Firma, für die ich arbeite, würde Sie gern einstellen, damit Sie bestimmte Daten sammeln. Es ist eine delikate Angelegenheit, aber da Sie Journalistin sind, dürften Sie sich damit bestens auskennen. Außerdem haben Sie exzellente Referenzen.«

Myra sah den Mann ungläubig an. Sie hatte mit allem Möglichen gerechnet, aber nicht damit. Sie wusste nicht, was sie antworten sollte. Simon Morris redete so glatt und so geschickt, und seine Manieren waren diesmal tadellos. Seine Worte passten zu seinem aalglatten Aussehen, von den zurückgekämmten leicht gewellten schwarzen Haaren über den dunklen, edel aussehenden Anzug bis hin zu den blank geputzten schwarzen Lederschuhen und der kleinen Aktentasche, die er unter dem Arm trug. Welch ein Kontrast zu Chad, der zum Bergsteigen feste, grobe Schuhe mit dicker Sohle angezogen hatte und alte Jeans und ein Sweatshirt trug. Seine langen dunklen Haare wehten in der leichten Brise.

»Woher wissen Sie das alles?«, fragte sie skeptisch.

»Ich habe meine Verbindungen«, erwiderte Morris nur.

»Vielleicht sollten wir hineingehen und die Einzelheiten dort besprechen«, schlug Morris vor, nachdem Myra nichts mehr sagte.

»Das wird nicht nötig sein«, mischte Chad sich ein.

Morris warf ihm einen missbilligenden Blick zu.

»Also gut«, begann er schließlich. »Bei *Dominor,* der Firma, die ich repräsentiere, handelt es sich um eine Rechtsanwaltskanzlei, die sich im Moment hauptsächlich damit beschäftigt, verschiedene Bodenproben auszuwerten von bestimmten Gebieten, die früher einmal als Sondermülldeponien genutzt wurden, heute aber Wohnsiedlungen sind. Ich arbeite als wissenschaftlicher Assistent und leite die Auswertungen. Unsere Klienten sind die Eigentümer der Häuser, die in diesen Gebieten gebaut worden sind. Sie klagen über verschiedene Krankheiten, und jetzt wollen sie die Firma, die ihnen die Grundstücke vor einigen Jahren ohne Hinweis auf die Bodenbelastungen verkauft hat, zur Rechenschaft ziehen. Die Aufgabe von *Dominor* ist es, Fakten zusammenzutragen und zu prüfen, ob wir der Firma ein Verschulden nachweisen können. Hier würden Sie ins Spiel kommen. Als Journalistin wären Sie genau die Person, die in unserem Team noch fehlt.« Er schenkte ihr ein geschäftsmäßiges Lächeln.

Myras Gedanken wirbelten durcheinander. Der Mensch und der unangenehme Geruch, der von ihm ausging, verursachten ihr Kopfschmerzen und Übelkeit, und Morris' freundlicher, doch gleichzeitig aufdringlicher Ton gefiel ihr nicht. Was wollte er wirklich von ihr? Zu ihrem unguten Gefühl kam das Wissen über Morris, das sie als ihr älteres Ich in Heathers Haus gesammelt hatte. Sie musste sein Angebot ablehnen! Aber nicht direkt, sie musste vorsichtig sein.

»Ich werde über Ihr Angebot nachdenken«, meinte sie daher nur, »und Sie in ein paar Tagen anrufen.«

Das freundliche Lächeln verschwand von Morris' Gesicht. Langsam zog er eine Visitenkarte aus der Brusttasche seines Jacketts und hielt sie Myra demonstrativ hin, als sollten sie und Chad den auffälligen Ring mit einem großen, in Gold gefassten blauen Edelstein entdecken, den er am Ringfinger trug.

»Es wäre ein Fehler, den Job abzulehnen«, betonte er nachdrücklich.

Nun veränderte sich auch Myras Gesichtsausdruck.

»Wirklich?« Sie klang verärgert, griff aber trotzdem nach der Visitenkarte.

Ohne ein weiteres Wort zu sagen, drehte Morris sich um und ging zu seinem Wagen zurück, einem schwarzen Chrysler, den er ein Stück die Straße hinunter geparkt hatte.

Myra starrte wütend hinter ihm her und warf die Visitenkarte mit Nachdruck in den Papierkorb, der sich vor dem Haus befand.

»Die Sache wird immer komplizierter«, meinte Chad, während er die Tür aufschloss und Myra ins Treppenhaus schob.

»Was soll ich tun?«, fragte sie. »Der Mensch hat mir gerade eben gedroht, und das mit dem freundlichsten Gesichtsausdruck!«

Die Treppenhaustür fiel hinter ihnen ins Schloss.

»Es gibt nur eine Sache, die du tun kannst.«

Kapitel 8

Schatten

Am nächsten Morgen wachte Myra mit dem Gefühl auf, dass der bevorstehende Tag ungemütlich werden würde. Dieses Gefühl war so stark, dass sie sich nicht wie sonst immer über den neuen Morgen freuen konnte oder darüber, dass sie auch diesen Tag wieder mit Chad Blue Knife beginnen durfte.

Chad … Obwohl Myra ihn gerade erst kennengelernt hatte, spürte sie eine starke Verbindung zu ihm, die weit über eine rein körperliche Anziehung hinausging. Sie konnte es sich selbst nicht erklären. Wieder musste sie an Heathers warnende Worte denken, aber gleichzeitig auch an das Gefühl der Vertrautheit, das sie mit Chad in der Zukunft verband und das sich in der Gegenwart immer schwieriger wegschieben ließ.

Myra ließ den Blick über das Chaos in Chads Wohnzimmer gleiten. Da sie nicht wusste, wo sie übernachten sollte, hatte Chad ihr angeboten, auf der Couch in seinem unaufgeräumten Wohnzimmer zu schlafen. Nur zu gern hatte sie zugestimmt! Die Begegnung mit Simon Morris und seine indirekte Drohung hatten ihr zu schaffen gemacht, und sie war umsichtig genug, das nicht auf die leichte Schulter zu nehmen. Chad hatte ihre Gedanken erraten und alles getan, um ihr Herz leichter zu machen. Myra sah sein markantes Gesicht vor ihrem geistigen Auge und seufzte. Es könnte ihr so leichtfallen, sich in ihn zu verlieben – aber es durfte nicht sein. Nicht jetzt. Später vielleicht, wenn die Dinge anders lagen.

Jetzt hatte erst einmal die Wirklichkeit Myra eingeholt. Was würde dieser Tag ihr bringen? Sie wusste, eine Sache konnte sie nicht aufschieben: Sie musste Morris' Angebot ablehnen. Der Mann war ihr unheimlich, und sie konnte es sich nicht vorstellen, in seiner Nähe zu arbeiten. Außerdem wollte sie an diesem Morgen endlich ihr eigenes Auto abholen, das noch immer auf dem Parkplatz am Thunder Mountain stand.

Nach einem kurzen Frühstück machten Myra und Chad sich dann auch bald auf den Weg. Es war ein schöner Morgen. Ein paar Wolken zogen am Himmel, und es war abzusehen, dass es warm werden würde. Da Chad fuhr, nutzte Myra die Zeit, um ihren Gedanken nachzuhängen. Versonnen blickte sie aus dem Fenster und spürte für eine kurze Weile die unbeschwerte Freude, die sie sonst immer zu Beginn des Sommers empfand. Die großen Zedern, Kiefern und Fichten zogen als dichter Wald am Fenster vorbei, und die wilden Rhododendren blühten in zarten Weiß- und Rosatönen. Myra hatte das Gefühl, als könne sie deren Duft sogar im Auto wahrnehmen. Sie hatte so viele Sommer in dieser wilden Landschaft verbracht, dass sie selbst ein Teil von ihr zu sein schien.

Sie war so sehr in ihre Gedanken vertieft, dass sie nicht bemerkte, wie Chad sie beim Fahren immer wieder fragend ansah.

»Morris sah gestern, als er mir das Jobangebot gemacht hat, keinen Tag jünger aus als an dem Abend, an dem ich ihm als mein älteres Ich bei Heather begegnet bin«, sagte sie unvermittelt und wandte sich zu Chad. Ihre Blicke trafen sich, und Myra fürchtete, sie könnte sich in diesem Blick verlieren. Doch sie riss sich zusammen.

»Ich verstehe nicht, wie Morris das schafft. Warum scheint er in der *Zukunft* genauso alt zu sein wie in unserem *Jetzt*? Was kann das bedeuten?«

Doch bevor Chad ihr antworten konnte, spürte sie auf einmal ein seltsames Ziehen in ihrem Körper. Irgendetwas an diesem Gefühl stimmte nicht!

Dann fiel es ihr ein: Sie sollte nicht auf dem Highway sein, sondern vor den Felssäulen am Thunder Mountain! Myra fühlte sich genauso wie in den Augenblicken, als sie in die Geisterwelt gewechselt war! Erschrocken blickte sie sich um. Aber bevor sie Chad warnen konnte, waren die Felssäulen auch schon zu beiden Seiten der Fahrbahn aufgetaucht. Das Bild verschwamm vor ihren Augen, wieder erschien das Flimmern, und Myra fühlte sich, als würde sie weit fortgezogen – fort von ihrem Selbst und von all ihren Erinnerungen.

✧

Myra war noch auf demselben Highway wie zuvor, nur dass sie nun selbst am Steuer saß und allein im Auto war. Sofort nahm sie den Fuß vom Gaspedal. Sie fühlte sich ein wenig benommen, und in diesem Zustand sollte sie kein Auto steuern!

Aber der Wechsel vollzog sich mehr und mehr, und wenige Augenblicke später war Myra erneut ihr älteres Ich. Mit einem Mal war ihr die Situation vertraut, und sie kannte ihr Ziel. Sie beschleunigte wieder und fuhr weiter über den Highway. Sie war auf dem Weg zum Einkaufen. Chad war in seinem Büro, und Emma würde nach der Schule zu ihrer Freundin gehen. Ein zufriedenes Lächeln legte sich auf ihr Gesicht. Liebevoll strich sie mit den Fingern über den Rabenanhänger, der an der feinen Silberkette hing, die Chad ihr zu ihrer Hochzeit geschenkt hatte. Die Kette war für Myra ein Symbol der Liebe, die sie mit Chad verband.

Unvermittelt versuchte etwas anderes, sich in ihr Bewusstsein zu drängen, etwas von äußerster Wichtigkeit. Myra überlegte, dann wurde es ihr klar: Es war der Talisman aus Heathers Geschichte, der ihr keine Ruhe ließ! Sie spürte eindringlich, dass der Talisman sehr wichtig, sehr kraftvoll war und – dass jemand ihn unbedingt haben wollte. Unruhig blickte sie sich um, konnte aber nichts Ungewöhnliches entdecken. Dann fiel ihr Blick in den Rückspiegel. Obwohl auf dem Highway kaum Verkehr war, fuhr ein Fahrzeug unmittelbar hinter ihr. Es handelte sich um einen schwarzen Chrysler. Myra sah genauer hin, und sie war sich fast sicher, dass es sich um das Auto von Simon Morris handelte, von dem Mann, dem sie vor einer Woche bei Heather begegnet war. Aber warum sollte er gerade jetzt hinter ihr herfahren? Wieder musste sie an den Talisman denken.

Beunruhigt entschloss Myra sich, weiterzufahren, bis sie Boulder Landing erreicht hatte. Sie würde sich besser fühlen, wenn sie unter Menschen war.

Myra fuhr in den Ort und erledigte alles, was sie sich vorgenommen hatte. Sie hielt am Postamt an und gab Briefe auf, holte ihren Mantel von der Reinigung ab und fuhr schließlich in den Supermarkt zum Einkaufen. Während der ganzen Zeit hielt sie Ausschau nach dem schwarzen Chrysler, der auf dem Highway hinter ihr hergefahren war. Und jedes Mal wenn sie in den Rückspiegel blickte, konnte sie das Fahrzeug nicht weit hinter sich erspähen. Sie überlegte angestrengt. Was sollte sie tun? Warum folgte der Wagen ihr?

Sie beschloss, bei Chad im Büro vorbeizuschauen und die Sache mit ihm zu besprechen.

Kurze Zeit später ließ sie sich erleichtert in Chads Arme sinken und drückte ihn fest an sich. Chad beugte sich zu ihr hinunter und küsste sie zärtlich. Sie erwiderte seinen Kuss, konnte ihre innere Anspannung jedoch nicht verbergen.

»Stimmt etwas nicht?«, fragte Chad dann auch sofort und sah sie eindringlich an.

Myra erzählte ihm alles.

»Ich bin mir ziemlich sicher, dass es sich um Simon Morris handelt«, sagte sie zu einem erstaunten Chad. »Ich weiß nicht, warum, aber ich fühle es.«

»Simon Morris?«, wiederholte Chad. »Der Mann, den wir vor einer Woche bei Heather getroffen haben und der sie über alte indianische Legenden befragt hat?« Er hastete zum Fenster. »Du sagst, er ist dir gefolgt und wartet jetzt irgendwo dort unten auf dich?« Er spähte auf die Straße hinunter. »Ein schwarzer Chrysler? Ja, ich sehe ihn. Er parkt auf der gegenüberliegenden Straßenseite. Jemand sitzt hinterm Steuer.« Er ging zur Tür.

»Wohin gehst du?« Myra hielt ihn am Arm fest.

»Ich werde hinuntergehen und nachfragen, warum dieser Kerl dir folgt und dir Angst einjagt.«

Myras Griff wurde fester.

»Überleg doch, Chad! Wenn es wirklich Morris ist, könnte er nicht gefährlich sein? Du erinnerst dich bestimmt, wie unhöflich und kalt er uns gegenüber bei Heather gewesen ist. Ich meine, was wissen wir schon von ihm?«

Chad legte seine Hand beruhigend auf den Arm seiner Frau und blickte sie nachsichtig an.

»Und was soll ich deiner Meinung nach tun? Zulassen, dass dieser Kerl da unten meiner Frau nachstellt?«

Myra warf ihm einen bittenden Blick zu.

»Lass uns erst einmal herausfinden, ob es wirklich Morris ist, der da drüben im Auto sitzt.«

»Also gut«, erklärte Chad. »Ich werde zum Supermarkt gehen und Sandwiches besorgen. Dafür muss ich direkt an seinem Wagen vorbeigehen. Warte hier auf mich.« Er drückte sie kurz an sich und war auch schon aus dem Büro verschwunden.

Myra ging zum Fenster hinüber und spähte vorsichtig hinunter. Sie sah, wie Chad die Straße überquerte und gelassen in Richtung Supermarkt ging. Sie beobachtete, wie er im Laden verschwand und wie er nach kurzer Zeit mit einer Papiertüte unter dem Arm wieder herauskam. Wenig später stand er bei Myra im Zimmer.

»Und?«, fragte sie neugierig.

»Du hattest recht!« Chad war aufgebracht. »Es handelt sich tatsächlich um Morris!«

»Meinst du, er ist mir die ganzen Tage gefolgt, seit wir bei Heather waren?«

»Ich frage mich, warum er dir überhaupt folgt!«, fuhr Chad wütend fort. »Der Mann muss krank sein!«

»Ich denke, *besessen* wäre ein passenderes Wort«, meinte Myra nachdenklich. Als Chad sie fragend ansah, fügte sie hinzu: »Ich habe das vage Gefühl, dass er hinter etwas Bestimmtem her ist …«

Chad wollte etwas einwenden.

»Nein, lass mich ausreden«, fuhr Myra fort. »Du erinnerst dich, wie hartnäckig er darauf bestanden hat, von Heather die *Legende vom Lachen der Kinder* zu hören, nichts anderes. Und wie hartnäckig er nachgehakt hat, als Heather den Talisman erwähnt hat. Als sie mich gefragt hat, ob ich mich an den Talisman erinnere, habe ich *Nein* gesagt. In Wahrheit wollte ich in Morris' Gegenwart nicht antworten. Seine Art, mit Menschen umzugehen, hat mir überhaupt nicht gefallen!«

Chad starrte sie an. »Du denkst, Morris ist hinter dem Talisman her, und er vermutet, dass du ihm an dem Abend etwas verschwiegen hast? Deshalb folgt er dir, um herauszufinden, was dieses Etwas ist?«

Myra nickte.

»Das ist doch verrückt«, meinte Chad kopfschüttelnd. Dann setzte er hinzu: »*Hast* du ihm etwas verschwiegen?«

Myra rutschte unruhig auf ihrem Stuhl hin und her. »Das ist es ja gerade, was mir Sorge bereitet. Ich habe ihm eigentlich nichts verschwiegen. Ich erinnere mich, dass Heather mir vor langer Zeit, kurz nachdem du und ich zusammengekommen sind, die Legende zum ersten Mal erzählt hat. Und ich erinnere mich, dass sie damals etwas von einem Talisman erwähnt hat. Was genau das war, weiß ich aber nicht mehr!« Sie fuhr sich aufgebracht durchs Haar. »Ich fühle, dass sie mir damals mehr über den Talisman erzählt hat als nur, dass er sehr kraftvoll und stark gewesen sei. Aber was ...?«

»Versuch dich zu erinnern, mein Schatz. Wir müssen der Sache auf den Grund gehen.«

»Ich versuche es ja, aber es gelingt mir einfach nicht.« Myra rieb sich die Stirn. Irgendetwas stimmte nicht. Sie konnte sich nicht an die Einzelheiten von damals erinnern. Ihre Erinnerung an die Zeit vor zwanzig Jahren, als sie aus Victoria nach Boulder Landing zurückgekehrt war und Chad kennengelernt hatte, schien verschwommen. Viele ihrer liebsten Erinnerungen stammten aus jener Zeit, und nun schienen sie ihr einfach durch die Finger zu gleiten. Was war nur mit ihr los? Sie wusste, sie war im Auto aus Victoria gekommen, doch bevor sie Boulder Landing hatte erreichen können, hatte die

Dunkelheit sie überrascht. Sie war müde gewesen und hatte nicht weiterfahren wollen. Schließlich hatte sie auf einer Raststätte geparkt und die Morgendämmerung abgewartet. Am nächsten Tag war sie am Thunder Mountain gewandert und hatte Chad getroffen. Diese Erinnerungen waren noch greifbar, aber auch sie begannen zu verblassen, zu verschwimmen. Hatte sie tatsächlich auf dem Parkplatz übernachtet oder …? Einen Augenblick lang fühlte sie sich, als versuche jemand, ihr die Identität zu rauben.

»Vielleicht war es ja auch gar nicht so wichtig. Vielleicht bilde ich mir einfach etwas ein.«

Chad schüttelte den Kopf. »Tatsache ist, dass Morris mit aller Macht herausbekommen wollte, was es mit der Legende und besonders mit dem Talisman auf sich hat. Heute ist er dir den ganzen Tag lang gefolgt, und nun sitzt er dort unten in seinem Wagen. Das hat nichts mehr mit Einbildung zu tun!«

»Was sollen wir machen?«

»Ich werde versuchen herauszufinden, was es mit alldem auf sich hat. Vielleicht finden wir im Internet etwas über die Legende heraus, etwas, das Heather übersehen hat. Ich glaube nicht, dass es sich lohnt, Heather noch einmal zu fragen. Ihr Gedächtnis lässt in letzter Zeit stark nach.«

»Chad, ich glaube nicht, dass du im Internet etwas finden wirst. Dann hätte Morris es auch längst gefunden, und er bräuchte uns nicht nachzustellen.«

»Du hast recht. Aber im Augenblick fällt mir einfach nichts anderes ein. Ich muss etwas tun. Ich kann nicht nur so dasitzen und Däumchen drehen!«

Also verbrachten sie die nächste Stunde am Computer und suchten das Internet ab, ohne jedoch etwas zu finden.

Myra schüttelte ratlos den Kopf.

»Lass uns aufhören, Chad. Wir werden nichts finden. Deshalb hat Morris wohl auch Heather aufgesucht. Ihr Leben lang ist sie eine reiche Quelle für die Mythen und Legenden ihres Volkes gewesen – aber jetzt, im hohen Alter, wird es schwieriger für sie, sich zu erinnern.« Sie ging zum Fenster hinüber und blickte vorsichtig auf die Straße hinunter.

»Morris ist immer noch da«, sagte sie missmutig und ging zum Schreibtisch zurück. »Es wird spät, Chad. Lass uns nach Hause fahren. Oh, ich wünschte, ich könnte mich an die Einzelheiten erinnern! Ich wünschte, ich hätte damals besser zugehört, als Heather mir die Geschichte das erste Mal erzählt hat!«

Chad schüttelte den Kopf.

»Tatsache ist, dass du damals zugehört hast, mein Schatz. Irgendwo in deinem Unterbewusstsein sind alle Einzelheiten gespeichert. Wir müssen nur einen Weg finden, sie wieder an die Oberfläche zu bringen.«

»Vielleicht sollten wir es mit Hypnose versuchen«, meinte Myra. Sie wusste einfach nicht mehr weiter. »Ich fühle, dass die Sache von großer Dringlichkeit ist, die von Minute zu Minute zunimmt. Nicht nur für dich, Emma und mich, sondern für viele, sehr viele Menschen! Ich muss einfach herausfinden, was hier gespielt wird!«

»Hypnose ist keine schlechte Idee«, erwiderte Chad nachdenklich, schüttelte aber gleich darauf den Kopf. Unsinn! Wer war dieser Morris überhaupt, dass er einfach auftauchen und das Leben seiner Familie auf den Kopf stellen konnte?

»Wo ist Emma eigentlich heute?«

»Sie ist nach der Schule mit zu ihrer Freundin gegangen.«

»Gut, dann ruf sie an und sag ihr, sie soll dortbleiben, bis wir sie abholen. Anschließend werde ich ein paar Leute anrufen, die mir den einen oder anderen Gefallen schulden. Mal sehen, ob wir herausfinden können, wer dieser Simon Morris wirklich ist. Das wäre ein erster Schritt zur Lösung des Problems.«

Myra rief Emma an und sagte ihr Bescheid. Dann setzte sie sich auf das kleine, gemütliche Sofa, das Chad für seine Klienten im Büro stehen hatte, und wartete, was bei Chads Telefonaten herauskommen würde.

Es dauerte eine Weile, bis Chad etwas erreichen konnte, weil die meisten Leute gar nicht mehr im Büro waren und selbst erst einmal Nachforschungen anstellen mussten.

Draußen wurde es langsam dämmrig, und schon bald war Myra auf der Couch eingenickt. Die Aufregung und das Warten hatten sie müde gemacht.

Chad saß an seinem Schreibtisch und beobachtete sie eine Zeitlang. Seine Gedanken schweiften zurück zu dem Tag, an dem sie sich kennengelernt hatten. Fast zwanzig Jahre war das nun her, aber seine Gefühle für Myra waren noch genauso stark wie am ersten Tag. Vielleicht sogar stärker, denn er fühlte sich heute tiefer mit ihr verbunden als jemals zuvor in ihrer Beziehung. Er musste lächeln, als die gemeinsame Zeit mit Myra wie ein Film vor seinem inneren Auge ablief: all die Höhepunkte, aber auch die sorgenvollen Momente, die sie im Laufe der Jahre zusammen gemeistert hatten! Es waren eine ganze Reihe gewesen, und er war dankbar für jeden einzelnen.

Darauf bedacht, seine Frau nicht zu wecken, ging Chad zu dem Sofa hinüber, auf dem sie schlief, und betrachtete liebevoll ihr hübsches Gesicht. Sachte strich er eine Haarsträhne aus ihrem Gesicht und gab ihr einen zärtlichen Kuss auf die Stirn. Er würde nicht zulassen, dass ihr etwas geschah.

Der Gedanke versetzte ihm einen Stich, denn er fühlte, dass sich in den letzten Stunden etwas in seiner geliebten Frau verändert hatte. Irgendetwas war in ihr Leben getreten und versuchte, sie von ihrem Weg abzubringen. Chad fühlte, dass dieses Etwas noch sehr vage war, aber deswegen war es nicht weniger bedrohlich. Und er wusste nicht, was er dagegen unternehmen sollte. Ihm war, als wären seine Hände mit unsichtbaren Stricken festgebunden, die ihn daran hinderten, etwas zu unternehmen. Myra schien das Steuer übernommen zu haben. Sie war diejenige, die die Richtung vorgab und die Entscheidungen traf.

Chad wandte sich in stillem Gebet an seine Vorfahren und bat um Führung und Hilfe. Er fühlte sich nicht imstande, die Situation richtig einzuschätzen. Er musste seine Sorgen an die Ahnen weitergeben und auf ihre weisen Worte vertrauen.

Myra träumte. Sie sah eine alte Frau mit langen, sehr hellen Haaren, die durch einen riesigen Wald ging. Die Frau trug einen Rock aus Zedernbast und einen gewebten Umhang aus grober Wolle. Myra ordnete die Kleidung ohne Zögern der indianischen Kultur an der kanadischen Westküste zu.

Dann bemerkte sie, dass es sich bei den Bäumen um riesige Zedern handelte, die mit ihren geschwungenen Ästen einen natürlichen Baldachin bildeten, unter dem die alte Frau mit sicheren Schritten ging.

Der majestätische Anblick der uralten Zedern berührte etwas tief drinnen in Myras Herz. Es war wie eine Sehnsucht. Eine Sehnsucht nach etwas, das man vor langer Zeit einmal gekannt, dann aber verloren hatte.

Und die Erinnerung daran hatte man schließlich aus unendlicher Traurigkeit über den Verlust aus dem eigenen Leben verbannt.

Atemlos beobachtete Myra, wie sich die Zedern lichteten und den Blick auf ein steiles Felsmassiv freigaben, das aus dem Wald gen Himmel ragte. Ein leichter Wind wehte zu der Frau hinüber, die am Rande des Waldes stehen geblieben war, und ließ ihre Haare tanzen. Langsam hob sie den Kopf. Ihr Blick schien auf eine bestimmte Stelle am Massiv gerichtet zu sein. Myra versuchte, ihrem Blick zu folgen, und schließlich glaubte sie, das gefunden zu haben, was die alte Frau betrachtete. Unweit der Spitze gab es einen dunklen Schatten auf den rauen sandfarbenen Felsen. Aus der Ferne war nicht eindeutig zu erkennen, was sich hinter dem Schatten verborgen hielt, aber Myra war sich sicher, dass es sich um eine Höhle handelte!

Ein schrilles Klingeln drang plötzlich an Myras Ohr und riss sie aus dem Schlaf.

Nach dem Gebet war auch Chad eingenickt. Als plötzlich das Telefon läutete, fuhr er erschrocken hoch. Noch etwas benommen, nahm er das Gespräch entgegen.

Myra, inzwischen auch hellwach, lauschte von der Couch aus seinen Worten, konnte aus seinen kurzen Antworten jedoch nicht schließen, worum es ging. Endlich beendete Chad das Gespräch und wandte sich an sie.

»Das war Jake, einer meiner Klienten«, sagte Chad, und seine Stimme klang müde. »Simon Morris' persönliche Daten sind geschützt. Nicht einmal Jake kommt da heran, und der hat Kontakte nach ganz oben. Nur so viel war zu erfahren: Simon Morris wurde 1984 in Toronto geboren und arbeitet zurzeit für eine Firma, die

Dominor heißt. Dann habe ich hier noch seine Sozialversicherungsnummer. Mehr nicht. Jake hat nur gesagt, dass *Dominor* sich mit verschiedenen wissenschaftlichen Projekten beschäftigt, die ausnahmslos von privater Hand finanziert werden. Das hilft uns leider nicht weiter.«

Myra und Chad sahen sich einen Augenblick lang schweigend an. Dann sagte Chad: »Bevor das Telefon klingelte, war ich kurz eingenickt und hatte diesen Ort vor Augen.«

Myra wurde hellhörig. »Welchen Ort?«

»Squalath. Wir sind nie zusammen dort gewesen. Aber ich kenne ihn schon von Kindheit an. Es ist ein alter Zeremonienort.«

Myra hielt die Luft an. Tief in ihrem Inneren spürte sie, dass der Ort, den Chad meinte, und die Höhle aus ihrem eigenen Traum miteinander in Verbindung standen. Warum sonst sollten sie zur selben Zeit davon geträumt haben? Für Myra waren es Puzzleteile, die Chad und sie zu einem Ganzen zusammenfügen mussten.

»Gibt es in Squalath einen Wald?«, fragte Myra aufgeregt.

Chad zögerte. »Einen Wald gibt es, ja. Er grenzt dort, in Squalath, direkt an den Pazifik.«

»Ich glaube, wir müssen dort hinfahren, Chad!«, rief Myra und erzählte ihm in wenigen Worten, was sie in ihrem Traum gesehen hatte.

»Das ist ziemlich vage, meinst du nicht?«

»Wir haben aber keine anderen Anhaltspunkte. Ich fühle, dass es dort eine Verbindung gibt, etwas, das uns weiterhelfen kann. Aber vorher müssen wir es schaffen, diesen Morris loszuwerden.«

Chad sah den entschlossenen Ausdruck in Myras Augen, und das Gefühl, dass er bei der ganzen Aktion nur eine Nebenrolle spielte, stellte sich sofort wieder bei ihm ein. Kopfschüttelnd sagte er: »Also gut, lass uns nach Squalath fahren.«

Sie griffen nach ihren Jacken und verließen das Büro. Auf der Treppe spürte Myra mit einem Mal wieder dieses seltsame Ziehen, und wieder war es ihr, als versuche jemand, sie aus ihrem Körper herauszuziehen.

Als sie die Eingangstür erreichten, waren die Felssäulen deutlich auf der anderen Seite zu erkennen. Myra konnte nicht anders. Sie musste zwischen ihnen hindurchgehen.

Kapitel 9

Eingeholt

Myra schaute sich vorsichtig um. Sie saß wieder in Chads Auto. Der Wagen stand am Straßenrand. Obwohl die Tage zu dieser Jahreszeit sehr lang waren, war es schon fast dunkel. Es musste bereits spät am Abend sein. Myra fasste sich an die Stirn und schüttelte benommen den Kopf. Wenn diese Wechsel nur nicht so plötzlich auftreten würden! Der ständige Wechsel in eine andere Identität machte ihr sehr zu schaffen, und mit jeder Reise schien ein Stück ihrer Seele an den Orten, die sie besuchte, zurückzubleiben.

Erst jetzt fiel ihr ein, dass sie nicht allein im Wagen sein müsste. Sie war, bevor die Felssäulen vor ihr erschienen waren, mit Chad auf dem Weg nach Thunder Mountain gewesen, um ihr eigenes Auto vom Parkplatz abzuholen. Sie blickte zur Seite. Neben ihr, den Kopf an die Seitenscheibe des Wagens gelehnt, mit ihrem Wollpullover als Kissenersatz, saß Chad. Im ersten Augenblick nahm sie an, dass er schlief. Aber sie wusste es besser. Chad würde niemals schlafen, während sie sich in der Geisterwelt aufhielt. Er würde wachen und warten. Sie lächelte. Er war auch jetzt wach, sie war sich sicher. Sie konnte es im Dämmerlicht nur nicht erkennen. Er war wach und gab ihr Zeit, wieder zu sich selbst zu finden. Langsam streckte sie ihre Hand aus und berührte vorsichtig seinen Arm. Noch im selben

Augenblick spürte sie, wie Chads Hand sich fest um ihre schloss.

»Hey«, flüsterte sie.

»Hey«, antwortete Chad, und der Klang seiner Stimme verriet ihr nicht nur, dass er hellwach war, sondern auch, dass er sich um sie gesorgt hatte.

Sie legte ihren Kopf an seine Schulter und schwieg. Sie war erschöpft.

Doch sofort raffte sie sich auf. Sie durfte sich jetzt nicht ausruhen. Und so erzählte sie Chad von den Erlebnissen ihres älteren Ichs.

»Morris verfolgt mein älteres Ich, und stell dir vor: Seine persönlichen Daten sind geschützt! Wir müssen uns von ihm fernhalten. Mit dem Kerl stimmt etwas nicht. Und ich meine nicht seine Manieren!«

»Das wird schwer werden, fürchte ich«, meinte Chad nachdenklich. »Aber ich denke, wir sollten auf jeden Fall gleich morgen früh nach Squalath fahren und uns umsehen. Immerhin sind wir auch in der Zukunft dorthin unterwegs. Vielleicht finden wir irgendeinen Hinweis darüber, worum es bei deinen Reisen in die Geisterwelt, den Talisman und Morris wirklich geht.«

»Das ist eine gute Idee«, stimmte Myra sofort zu. »Mein Auto kann warten.«

Am nächsten Morgen machten sie sich also schon früh auf den Weg zum Squalath Provincial Park, der ungefähr eine Autostunde von Boulder Landing entfernt lag.

Myra hatte die Nacht wieder auf Chads Couch verbracht, aber sie hatte nicht besonders gut geschlafen. Ihr Körper und ihr Geist schienen sich überhaupt nicht erfrischt zu haben. Doch sie war entschlossen, sich nichts anmerken zu lassen. Die Geschehnisse waren zu wichtig, sie durfte nicht aufgeben! Sie musste endlich herausfinden, warum ihr all diese Ereignisse gezeigt wurden, und sie musste ihre Aufgabe erfüllen – was immer die auch sein mochte.

Also versuchte sie, ihre Müdigkeit zu überspielen, und bemühte sich, besonders fröhlich und redselig zu sein. Und für eine Weile gelang ihr dies auch. Sie unterhielt sich mit Chad über das Wetter und über die Landschaft, durch die sie fuhren. Es war auch gar nicht so schwer, alle anderen Dinge zu verdrängen. Schließlich war sie in Gesellschaft eines lieben Menschen, und es war ein herrlicher Morgen! Die Sonne war gerade aufgegangen und tauchte die Zedern und Fichten, die dicht an dicht zu beiden Seiten des kaum befahrenen Highways standen, in ein weiches, goldenes Licht. Durch das einen Spalt geöffnete Fenster strömte die frische Morgenluft herein, die erfüllt war von den Aromen von Wald, Meer und Frühsommer. Myra verstummte, als sie wieder einmal in den Anblick der unberührten Natur versank. Die dichtbewaldeten dunkelgrünen Berge; die rauen Felsen, die überall zwischen den Bäumen hervorblitzten; der kleine Fluss, der sich neben dem Highway entlangschlängelte und der schon bald ins Meer fließen würde. All diese Dinge waren Myra so lieb! Aber am meisten liebte sie wohl die Einsamkeit und die Freiheit, die die Natur ihr schenkte. Die Bergwelt, durch die sie nun fuhren, war menschenleer. Nur die wilden Tiere, mit denen Myra sich so sehr verbunden fühlte, lebten dort.

Chad hatte sich in den vergangenen Minuten seine eigenen Gedanken gemacht. Er spürte, dass Myras Kräfte nachließen, und er bewunderte ihre Willensstärke. Aber er wusste auch, dass sie Ruhe brauchte. Wortlos nahm er eine Hand vom Steuer, zog Myra zu sich heran und legte seinen Arm um sie.

Myra spürte die Stärke und die Kraft, die von Chad

ausgingen, und entspannte sich. Sie hatte sich in der vergangenen Nacht so sehr gewünscht, dass er sie in den Arm nehmen, sie halten und alle Anstrengungen vergessen lassen würde. Sie wusste von ihrem älteren Ich, welche beruhigende und ausgleichende Wirkung Chad auf sie ausübte. Es war die Vertrautheit von fast zwanzig Jahren des Zusammenlebens, die sie im Jetzt so sehr vermisste und die sie in Chads Gegenwart immer schwerer zu unterdrücken vermochte. In der Zukunft war er ihr Ehemann. Sie teilten alles, hatten keine Geheimnisse voreinander, waren immer füreinander da. Sie schloss die Augen, nur einen kurzen Moment lang, um aus dieser Vertrautheit Kraft zu schöpfen. Dann war sie auch schon eingeschlafen.

Für Chad dagegen war diese Nähe etwas Neues. Myra hatte ihm erzählt, dass sie in der Zukunft, die sie auf ihren Reisen besucht hatte, verheiratet waren, dass sie sich auf dem Berg getroffen und nie mehr getrennt hatten. Und als er jetzt ihre schmalen Schultern in seinem Arm und ihr langes, weiches Haar an seinem Hals spürte, musste er sich zwingen, seine Gefühle im Zaum zu halten, damit sie ihn nicht von seiner Aufgabe ablenkten. Er war Myras Helfer und Begleiter auf ihrer Reise in die Geisterwelt, und er spürte, dass alles andere warten musste, bis ihre Aufgabe erfüllt war. Deshalb hatte er sie eigentlich nicht in den Arm nehmen wollen. Aber er wusste, dass sie in diesem Augenblick unbedingt seine Unterstützung brauchte. Also stellte er seine eigenen Gefühle zurück und gab Myra das, was sie am meisten benötigte, um durchzuhalten: Kraft und Ruhe.

Myra schlief nicht lange, dazu war ihr Kopf noch zu voll mit den Ereignissen der vergangenen Tage. Sie öffnete verschlafen die Augen. Sie brauchte einen Moment, um zu erkennen, wo sie sich befand, dann befreite sie sich aus Chads Umarmung und setzte sich wieder aufrecht hin. Sie fühlte sich plötzlich voll neuer Energie und Abenteuerlust.

»Danke«, murmelte sie verlegen, da Chad im Jetzt ja eigentlich noch immer ein Fremder für sie war. Aber sie konnte das Gefühl der Vertrautheit, das sie und Chad in der Zukunft verband, nicht beiseiteschieben …

Chad räusperte sich, um seine eigene Verlegenheit zu überspielen.

»Ich habe nachgedacht. Wenn du in die Geisterwelt reist, dann bist du, wie ich es verstehe, nicht nur irgendein *Beobachter*. Du *bist* diese andere Person, du *bist* Runa oder dein älteres Ich.« Er machte eine Pause, weil er nach den richtigen Worten suchte. »Du denkst, du sagst, du tust Dinge als Runa oder als ältere Myra. Aber du löst auch Veränderung aus, weil du das Bewusstsein und das Wissen deines heutigen Ichs in dir trägst. Ich bin mir sicher, dass du Dinge und Geschehnisse in der Vergangenheit und in der Zukunft verändern könntest, dass du sie wahrscheinlich allein deshalb veränderst, weil deine Seele für eine Weile in einem anderen Körper weilt.«

Myra schüttelte den Kopf.

»Aber Chad, das ist ja gerade das Problem! Wenn ich in diese anderen Personen hinüberwechsle, *bin* ich diese Person. Wie soll ich es erklären? Ich habe zum Beispiel Runas Wissen, Runas Erinnerungen, Runas Fähigkeiten ab dem Augenblick, wo ich *sie* werde, aber die Verbindung zu meinem jetzigen Ich ist dann unterbrochen. Es ist, als würde ich, die Myra von heute, überhaupt nicht existieren, als gäbe es nur Runa. Ich kann die beiden Persönlichkeiten in der Geisterwelt nicht zusammenbringen.«

»Das ist interessant«, sagte Chad nachdenklich. »Du kannst dich an dein jetziges Selbst nicht erinnern, wenn du in der Geisterwelt bist. Aber du kannst dich an alle Geschehnisse aus der Geisterwelt erinnern, wenn du von deinen Reisen zurückkehrst.«

»Das stimmt. Und da ist noch etwas: Warum erinnere ich mich in der Zukunft nicht an all die Dinge, die uns im Jetzt passieren? Mein Besuch im Zeremonienhaus, das Jobangebot von Morris? Die Erinnerungen meines älteren Ichs an die Vergangenheit, an die Zeit, in der ich dich kennengelernt habe, sind vage und undeutlich. Was kann das bedeuten?«

Chad schenkte ihr ein nachsichtiges Lächeln.

»Ich habe gerade eben schon versucht, es dir zu erklären. Ich denke, die Zukunft eines jedes Menschen ist offen. Dein älteres Ich lebt auf einem der vielen für dich möglichen Zukunftswege. Deine Handlungen im Jetzt, deine Reisen in die Geisterwelt, deine Erfahrungen, deine Entscheidungen haben direkten Einfluss auf deine Zukunft. Deine Zukunft ändert sich daher ständig. Besuchst du auf deinen Reisen die Zukunft, so muss sich die Erinnerung deines älteren Ichs zwangsläufig an die Abläufe der Vergangenheit – also an unser Jetzt – anpassen. Deshalb ist die Erinnerung deines älteren Ichs an die Zeit in ihrer Vergangenheit – in der wir uns jetzt gerade befinden – undeutlich.«

»Lass mich eine Weile darüber nachdenken«, sagte Myra nur.

In diesem Augenblick erreichten sie den Parkplatz beim Squalath Provincial Park. Chad parkte den Wagen, und Myra stieg aus, um sich zu strecken. Die frühe Morgensonne schien auf sie herab und umhüllte sie mit angenehmer Wärme. Die Luft war erfüllt von dem würzigen Duft der Zedern und der salzigen Brise, die vom Meer heraufwehte. Der Pazifik war so nahe, dass Myra die blauen Wogen, deren Spitzen im Morgenlicht silbern glänzten, durch die großen Zedern und Felsbrocken hindurch erspähen konnte. Ein wohliger Schauer lief ihr über den Rücken, wie jedes Mal, wenn sie am Meer war. Das Meer war so unendlich weit, so wild und ungezähmt. Besonders hier, an der Nordwestküste, wo es an ein ebenso wildes, ungezähmtes Land stieß.

Myra empfand das Land, die Natur in Squalath als besonders ursprünglich, und einen kurzen Augenblick lang flutete das großartige Gefühl von Freiheit durch sie hindurch. Sie streckte die Arme zum Himmel und legte den Kopf in den Nacken. Der Himmel über ihr war mit weißen Wölkchen gesprenkelt, und aus der Ferne drang der verlorene Schrei eines Adlers an ihr Ohr. Konnte ein Mensch mehr vom Leben erwarten? Ein glückliches Lächeln legte sich auf Myras Gesicht, und sie spürte, wie die starken Energien der Elemente durch ihren Körper pulsierten.

Als sie sich zu Chad umwandte, sah sie, dass er sich hingekniet hatte und mit einem Stöckchen verschiedene Symbole in die Erde zeichnete. Dabei sang er leise ein Lied. Myra betrachtete die Symbole genauer und entdeckte einen Fisch, eine gewellte und eine gezackte Linie und einen Kreis mit Strahlen. Sofort änderte sich ihre heitere Stimmung. Schweigend beobachtete sie die Zeremonie und wartete, bis Chad fertig war.

»Wofür hast du gebetet?«, fragte sie mit ehrfürchtiger Stimme.

Chad deutete auf die Symbole, die er in die Erde geritzt hatte.

»Wasser und Berge«, begann er und zeigte auf die gewellte und die gezackte Linie.

»Das Auge des Schamanen«, er deutete auf den Kreis

mit den Strahlen. »Und der Lachs. Er hat eine große Bedeutung für mein Volk. Er gibt uns alles, was wir zum Leben brauchen. Ich habe die allwissenden Geistwesen um Antworten auf unsere Fragen gebeten. Um Antworten, die wir in unserer Welt, in der Welt der Menschen, verstehen können. Der Lachs ist ein Symbol für diese Antworten. Halten wir ihn in Händen, so haben wir alles, was wir brauchen – in diesem Fall all unsere Antworten …«

Er konnte nicht weitersprechen, weil Myra plötzlich auf ihn zustürzte und ihn hinter ein nahes Gebüsch zog.

Chad sah sie entgeistert an.

»Meinst du, dies ist der richtige Ort für …«

Myra hielt ihm eine Hand vor den Mund und zischte: »Jetzt ist nicht die richtige Zeit für Späße, Chad! Siehst du nicht, wer da gerade auf den Parkplatz fährt?« Sie deutete in Richtung Einfahrt, die Augen vor Schrecken weit aufgerissen.

Chad folgte ihrem Blick. Soeben rollte ein schwarzer Chrysler auf den Parkplatz und fuhr auf die entlegensten Parkbuchten zu.

»Simon Morris?«, stieß Chad ungläubig aus. »Wie ist das möglich? Wir haben niemandem gesagt, wohin wir fahren! Er muss einen Sender an meinem Wagen angebracht haben! Aber warum ist er uns dann nicht schon gestern gefolgt?«

»Ich weiß es nicht«, flüsterte Myra.

»Wie auch immer«, meinte Chad, »der Kerl ist hier, und wir müssen uns etwas einfallen lassen, um ihn loszuwerden. Er hat meinen Wagen bestimmt schon erkannt, also weiß er, dass wir in der Nähe sind.«

»Was können wir tun?«

Chad wusste keine Antwort. Schweigend beobachteten sie, wie Morris seinen Wagen parkte, ausstieg, sich kurz umsah und schließlich zu Fuß in den Weg einbog, der vom Parkplatz hinunter zum Meer führte. Kurz darauf verschwand er aus ihrem Blick.

Chad entspannte sich ein wenig.

»Irgendetwas stimmt nicht«, sagte er. »Aber was …? Wie auch immer, wir sollten versuchen, das zu finden, weshalb wir hergekommen sind – unabhängig von Morris' Auftauchen. Ich kann mir allerdings überhaupt nicht vorstellen, was das sein könnte.«

Myra lächelte ihn nachsichtig an.

»Wir suchen eine Höhle«, sagte sie mit Nachdruck. »Ich habe dir doch von dem Traum erzählt, den ich in der Zukunft gehabt habe. *Du* hast Squalath gesehen und *ich* die Höhle.«

»Myra, man kann an dieser Küste jahrelang nach einer Höhle suchen, ohne sie zu finden. Wenn wir nicht wissen, wo genau die Höhle sich befindet, werden wir nur unsere Zeit vergeuden«, meinte Chad. Dann fügte er hinzu: »Außerdem habe ich gedacht, dein älteres Ich hätte in dem Traum einen *Wald* gesehen, nicht das *Meer*. Und jetzt haben wir auch noch Morris auf den Fersen.«

Er sah sich vorsichtig um.

»Morris ist an dem Talisman interessiert. Er bekommt keine Hilfe von Heather, und er vermutet, dass dein älteres Ich – und damit du – etwas weiß. Moment mal … Morris kann doch gar nicht wissen, was in der Zukunft passiert. Warum sollte er uns in der Gegenwart nachstellen? Es sei denn …«

Myra starrte ihn erschrocken an.

»Es sei denn, er kann zwischen den Zeiten hin und her reisen … Das würde auch erklären, warum er in der Zukunft und in der Gegenwart gleich alt erscheint.«

Dann setzte sie zweifelnd hinzu: »Aber warum reist er dann nicht einfach zum Beispiel in die Zeit, zu der Runa gelebt hat, und holt sich den Talisman?«

»Wenn er das könnte, würde er es bestimmt tun. Warum Zeit mit dir vergeuden? Er würde sich einfach nehmen, wonach er sucht, und basta. Nein, ich denke, dass ihm wichtige Informationen fehlen. Und diese Informationen glaubt er durch dich bekommen zu können. Aber nicht von dir persönlich, sonst würde er es mit allen Mitteln versuchen, auch mit Gewalt. Nein, es muss etwas sein, das dir selbst nicht bewusst ist, oder etwas, das du im Augenblick selbst noch nicht weißt.« Chad hielt inne. Seine Gedanken schienen sich im Kreis zu bewegen. »Es muss mit deinen Reisen in die Geisterwelt zu tun haben, mit dem, was du in der Vergangenheit und in der Zukunft siehst oder erfährst oder begreifst …«

»Chad!«, rief Myra leise. Seine Worte ängstigten sie.

»Hör zu! Du musst in die Geisterwelt zurückkehren und mehr über den Talisman herausfinden. So viele Einzelheiten, wie du kannst!«, sagte Chad bestimmt und sah sich vorsichtig um.

»Und wie soll ich das anstellen?«, fuhr Myra mit gepresster Stimme auf. »Ich kann das nicht einfach buchen: eine Reise in die Geisterwelt bitte!«

Chad warf ihr einen beruhigenden Blick zu.

»Und ob du das kannst! Es gibt einen Weg, eine bestimmte Verbindung zwischen unserer Welt und der Geisterwelt, die nicht von den Felssäulen abhängig ist. Wir haben sie nur noch nicht gefunden.« Er blickte Myra so eindringlich an, dass sie trotz der gefährlichen Situation beinahe lachen musste.

»Komm!«, sagte Chad aufmunternd, und Myra fiel einmal mehr auf, wie gut er aussah. »Lass uns verschwinden. Wir fahren zurück zum Thunder Mountain und sehen, ob wir die Felssäulen ein weiteres Mal finden können! Es ist noch immer der Ort, an dem die Felssäulen am wahrscheinlichsten auftauchen.« Er spähte aus ihrem Versteck hervor. »Aber vorher müssen wir sicherstellen, dass Morris uns nicht folgen kann.«

Er überlegte einen Augenblick.

»Wir werden es folgendermaßen machen«, erklärte Chad. »Ich werde den Pfad auskundschaften und sehen, ob ich Morris irgendwo entdecken kann. Wenn ich ihn gefunden habe, werde ich ihn im Auge behalten, für den Fall, dass er zum Parkplatz zurückkehrt. Du musst in der Zwischenzeit zu seinem Wagen hinüberschleichen und die Reifen zerstechen, und zwar alle vier, sonst ist unsere Mühe umsonst. Ich werde dir ein Zeichen geben, sobald ich weiß, dass die Luft rein ist.«

Myra hatte keine Zeit, Einwände zu erheben. Chad zog sein Taschenmesser aus der Hosentasche und drückte es Myra in die Hand.

»Beeil dich!«, raunte er ihr zu und verschwand auch schon in Richtung Trampelpfad.

Myra wartete einen Augenblick lang unschlüssig in ihrem Versteck, dann huschte sie zu einem hohen Busch hinüber, der in der Nähe von Morris' Wagen wuchs, und wartete angespannt auf Chads Zeichen.

Nach wenigen Minuten, die ihr wie eine Ewigkeit vorkamen, erspähte Myra Chads Gestalt am Anfang des Trampelpfades. Er hielt beide Daumen nach oben und verschwand wieder zwischen den Büschen.

Das war ihr Zeichen!

Entschlossen, aber mit klopfendem Herzen sprang sie hinter dem Busch hervor, hastete zu Morris' Wagen und kniete sich neben den ersten Reifen. Ihre Hand, die Chads Messer fest umschlossen hielt, zitterte vor Aufregung.

Myra hatte nie zuvor Autoreifen zerstochen, und sie war überrascht, dass es nicht so schwer war, wie sie angenommen hatte. Sie sah sich immer wieder nach Morris um und versuchte, ihre Arbeit, so schnell es ging, hinter sich zu bringen.

Nachdem der erste Reifen zerstochen war, stieg Myras Vertrauen in ihre Fähigkeiten, und es dauerte nicht lange, bis sie ihre Arbeit beendet hatte. Geduckt und sich dabei immer wieder umschauend, huschte sie schließlich zu Chads Wagen zurück und ließ sich erleichtert auf den Beifahrersitz fallen.

Kurz darauf tauchte Chad auf, und ehe sie sichs versahen, waren sie wieder auf dem Weg zum Thunder Mountain.

Um von Squalath zum Thunder Mountain zu gelangen, mussten sie den Highway, auf dem sie gekommen waren, fast bis nach Boulder Landing zurückfahren und dann auf einen anderen Highway überwechseln, der sie zum Thunder Mountain bringen würde. Es würde fast zwei Stunden dauern, aber es gab keine andere Möglichkeit, von Squalath dorthin zu gelangen.

Myra wusste, dass sie diese Zeit brauchen würde, um sich auf die neue Situation einzustellen. Die ganze Sache begann ihr allmählich über den Kopf zu wachsen.

Für den Tag war gutes Wetter für die gesamte Region vorausgesagt worden, aber Myra beobachtete während der Fahrt mit wachsender Besorgnis, wie der Himmel sich immer mehr zuzog und starker Wind aufkam.

Als sie am frühen Nachmittag den Parkplatz von Thunder Mountain erreichten, war der Himmel mit grauen Wolken verhangen, und der Wind rollte in stürmischen Böen den Berghang hinunter. Eine dieser Böen stieß Myra, die gerade widerwillig aus dem warmen Auto stieg, beinahe um. Stirnrunzelnd blickte sie den Berg hinauf. Die Wege schienen wie leergefegt zu sein, genauso wie der Parkplatz. Wer wollte bei diesem Wetter denn schon eine lange Wanderung unternehmen!

Myra legte die Arme um den Körper und folgte Chad, der, mit Trinkflaschen und Sandwiches ausgerüstet, ohne zu zögern losging.

»Gut, dass wir Morris abschütteln konnten«, meinte Myra, als sie sich nach stundenlangem Aufstieg endlich dem Platz näherten, an dem die Felssäulen schon zweimal erschienen waren.

»Vergiss Morris«, mahnte Chad und blieb stehen. »Hör zu. Bei meinem Volk spielen Gebete eine wichtige Rolle. Man bittet um Gesundheit, um Erfolg bei der Jagd, um gutes Wetter, oder man drückt einfach nur seinen Dank aus. Dabei ist es wichtig, die Worte genau zu wählen und sie laut auszusprechen, damit die Geistwesen, die uns helfen, uns auch richtig und deutlich verstehen können. Solche Gebete sind sehr stark, das spürst du selbst, seit du in unsere Zeremonie hineingeplatzt bist. Deshalb muss man sich genau überlegen, wofür man beten will. Ich schlage vor, dass du diesmal ein solches Gebet sprichst, wenn du zwischen den Felssäulen hindurch in die Geisterwelt reist. Bitte um Hilfe und Kraft und Führung. Du wirst nicht enttäuscht werden! Ich werde meine Gebete von dieser Seite aus an den Großen Geist und an alle hilfreichen Geistwesen richten und hier auf dich warten.«

»Chad«, sagte Myra mit zweifelnder Stimme, »ich weiß nicht, wie so ein Gebet lauten soll. Ich habe so etwas noch nie gemacht. Was ist, wenn ich etwas Falsches sage?«

Chad lächelte. »Es ist nicht schwer, versuch es einfach. Lass die Worte aus deinem Herzen kommen, dann werden es die richtigen sein.«

Myra sah ihn zweifelnd an.

»Ungefähr so«, erklärte Chad nachsichtig, als er ihren Blick bemerkte. »Großer Geist, ich bitte dich, schenke mir Kraft und Weisheit. Lenke meine Schritte, und leite meine Worte. Ich danke dir für all deine Segnungen.«

Mit diesen Worten machte er sich wieder an den Aufstieg und blieb erst stehen, als Myra hinter ihm flüsterte: »Chad, ich kann die Felssäulen sehen!«

Sie waren mehrere Stunden lang gewandert und hatten beinahe die Baumgrenze erreicht.

Chad blickte sich suchend um. »Ich werde dort, bei den Felsbrocken, auf dich warten, Myra. Hier«, er gab ihr eine Wasserflasche und ein Sandwich, »stärke dich, bevor du dich auf den Weg machst.«

Myra trank ein paar Schlucke Wasser und biss ein paarmal von dem Sandwich ab. Sie verspürte weder Durst noch Hunger, wusste aber, dass sie bei Kräften bleiben musste. Wann sie wieder etwas zu essen bekommen würde, war ungewiss. Alles war ungewiss. Ihre Hand, die das Sandwich hielt, begann zu zittern – nicht vor Erschöpfung, sondern vor Aufregung.

Chad ergriff Myras Hand und blickte ihr tief in die Augen.

»Ich weiß, dass dir diese Reisen viel abverlangen. Ich würde dir gern alle Anstrengungen ersparen und an deiner Stelle gehen, aber ich kann es nicht. *Du* bist es, die gerufen worden ist.« Er zog sie in seine Arme und drückte sie zärtlich an sich. »Du wirst sehen, Myra, alles wird gutgehen. Sprich dein Gebet. Versuch, dich zu konzentrieren. Ich werde hier sein, wenn du zurückkommst, egal, wie lange es dauert. Du kannst dich auf mich verlassen.«

Myra erwiderte dankbar seinen Blick. Seine Worte machten ihr Mut und ließen ihre Abenteuerlust zurückkehren. Sie wollte mehr herausfinden! Vielleicht war es an ihr, etwas Wichtiges auf der Welt zu ändern, etwas, das niemand sonst schaffen konnte. Wer erhielt denn schon eine solche Chance?

Entschlossen wandte sie sich den Felssäulen zu. Dabei flüsterte sie immer und immer wieder das Gebet, das Chad ihr mit auf den Weg gegeben hatte.

»Großer Geist, schenke mir Kraft und Weisheit. Lenke meine Schritte, und leite meine Worte. Ich danke dir für all deine Segnungen.«

Dann spürte sie wieder, wie sie von dem Flimmern, das sich zwischen den Felssäulen befand, umschlossen wurde.

Kapitel 10

Wandler

Es war schon fast Mittag. Wie an den Tagen zuvor schritt Runa auch jetzt ruhig und stetig neben Erdis in Richtung Osten. Ihr feingeschnittenes Gesicht war entspannt, beinahe gleichgültig. Auf diese Weise blickte jede Frau ihres Volkes, wenn sie das Dorf verließ, und sei es auch für noch so kurze Zeit. Ein Fremder sollte sie nie einschätzen, sollte nie ihre wahren Gefühle ersehen können. Das war eine der wichtigsten Überlebensregeln.

Runa war jedoch keineswegs entspannt oder gleichgültig. Sie schöpfte die Stärke, die sie brauchte, um ihre Aufgabe zu erfüllen, aus ihrem tiefen Vertrauen in die Geistwesen. Sie hatte die Wichtigkeit ihrer Aufgabe erkannt. Und es war diese Wichtigkeit, die sie dazu trieb, noch wachsamer zu sein als sonst. Sie musste ihre Botschaft überbringen, sie musste den Talisman schützen, der ihr anvertraut worden war. Wachsamkeit war die wichtigste aller Überlebensregeln, und Runa war sich zu jeder Zeit darüber bewusst, was um sie herum vor sich ging.

Das Gleiche galt für Erdis. Wo immer sie hinkamen, begutachtete Erdis die Pflanzen, verglich sie im Stillen mit denen ihrer Heimat, erwog ihre heilenden Eigenschaften und sprach mit ihnen, um mehr über sie zu erfahren. Aber nicht einen Augenblick lang ließ ihre Wachsamkeit nach.

Runa und Erdis waren auf ihrer Wanderung nun so weit gekommen, dass sich die mächtigen nordischen Wälder lichteten und nach und nach in die großen Grassteppen übergingen. Runa bemerkte den Wechsel nicht nur an der sich langsam verändernden Landschaft, sondern auch an der Tierwelt. Es gab andere Vögel hier und andere Säugetiere, wie die mächtigen Wisente, von denen sie bisher nur aus Erzählungen gehört hatte. Die Steppe hatte ihren eigenen Reiz, aber Runa vermisste den behaglichen Schutz der uralten Bäume und des Moores und die salzige Luft des Meeres. Am meisten vermisste sie jedoch ihre Familie.

»Runa, schau diese wunderschöne Blume an!«, rief Erdis ihr zu und riss sie damit aus ihren Gedanken.

Runa musste lächeln.

»Ich weiß nicht, was ich ohne dich machen sollte«, sagte sie dankbar.

Erdis' graue Augen sahen sie mitfühlend an.

»Heimweh?«

»Es ist nicht so stark, wie ich befürchtet hatte«, meinte Runa. »Wir haben eine Aufgabe zu erfüllen«, fügte sie entschlossen hinzu, »das ist wichtiger als alles andere und viel wichtiger als Heimweh!«

Nun war es Erdis, die lächeln musste.

»Ich habe dir noch gar nicht gesagt, wie dankbar ich bin, dass du mich begleitest«, fuhr Runa fort.

»Das sagst du mir jeden Tag mindestens einmal, seit wir unterwegs sind«, entgegnete Erdis ruhig. »Und ich habe dir genauso oft gesagt, dass ich es als Ehre empfinde.«

Runas Blick richtete sich auf den Horizont, wo ein dunkler Punkt aufgetaucht war.

»Ich hoffe, dass für die Menschen in diesem Land das Wort *Ehre* auch einen großen Wert besitzt, denn es hängt allein von ihrer Ehre und von ihrem Vertrauen in die Worte der Geistwesen ab, wie sie uns aufnehmen und behandeln werden.«

Erdis folgte Runas Blick und atmete tief durch.

»Damit du deine Aufgabe erfüllen kannst, werden wir, ob wir wollen oder nicht, mit fremden Menschen zusammentreffen müssen.«

Auch Runa atmete tief durch und bereitete sich in Gedanken auf ein neuerliches Zusammentreffen mit einer Dorfgemeinschaft oder Sippe vor. Es war nicht von Belang, auf welche Art die Menschen in diesem Gebiet zusammenlebten, eines hatten alle gemein: Sie waren Fremde für Runa und Erdis.

Die Frauen wanderten erhobenen Hauptes weiter. Sie versuchten nicht, sich zu verstecken oder einem Zusammentreffen aus dem Weg zu gehen. Sie vertrauten auf die Segnungen der Geistwesen, auf den Schutz, mit dem Halvar sie in seiner Zeremonie mit Hilfe der Bärenschädel ausgestattet hatte, und auf die Kraft des Talismans.

Bisher hatten die Schamanen, denen sie begegnet waren, genau wie Halvar es prophezeit hatte, durch Visionen oder Träume von ihrem Kommen erfahren und sie mit größtem Respekt behandelt. Sie hatten sich um sie gekümmert, ihnen zu essen gegeben und auch dafür gesorgt, dass die beiden Frauen unbehelligt durch die Stammesgebiete reisen konnten. Aber Runa erinnerte sich auch sehr deutlich an Halvars Warnung, dass nicht alle auf die Stimmen der Geistwesen hören würden und dass manche vielleicht sogar versuchen würden, den Talisman an sich zu bringen, sollten sie von seiner Kraft erfahren.

Daher war Runa auf der Hut. Alles musste stimmen: das Begrüßungszeremoniell, die gesprochenen Worte. Schon ein einziges falsches Wort konnte ihnen jede

Möglichkeit auf Hilfe rauben. Und nicht nur das, es konnte sie sogar ihr Leben kosten oder – im schlimmsten Falle – ihre Freiheit!

Am kargen Horizont war jetzt eine Gestalt zu erkennen. Runa und Erdis ließen sie nicht aus den Augen, gingen aber unbeirrt weiter. Die Gestalt schien allein zu sein. Diese Tatsache ließ die beiden Frauen noch aufmerksamer werden, denn es geschah nicht selten, dass ein Geistwesen Menschengestalt annahm, um den Charakter einer Person auf die Probe zu stellen. Bestand man diese nicht, so verlor man die Gunst der Geistwesen. Deshalb mussten Runa und Erdis erst einmal herausfinden, ob es sich bei der Gestalt tatsächlich um einen Menschen handelte oder vielleicht doch um ein Geistwesen.

Der Gedanke an Geistwesen beunruhigte Runa und Erdis nicht. Sie gehörten für sie zum Alltag. Wichtig war allein, dass man das Wesen mit den richtigen Worten und Gesten ansprach.

Plötzlich war die Gestalt verschwunden. Runa und Erdis warfen sich überraschte Blicke zu, gingen jedoch unbeirrt weiter. Es dauerte eine Weile, bis sie zu der kleinen Erhebung kamen, wo sie die Gestalt hatten stehen sehen. Nun war der Platz leer, und es gab auch keine Anzeichen dafür, dass jemand vor kurzer Zeit dort gewesen war.

»Ich war sicher, dass ich vorher jemanden an dieser Stelle gesehen habe«, meinte Runa nachdenklich.

»Ich mir auch«, stimmte Erdis zu. »Aber es mag genauso gut eine Täuschung gewesen sein. Das Licht der Sonne kann dem Auge leicht einen Streich spielen.«

»Vielleicht handelt es sich um ein Geistwesen, das uns beobachtet. Ich denke, wir sollten an dieser Stelle eine kleine Gabe niederlegen und die Geistwesen um eine sichere Reise bitten.«

Ohne zu zögern, nahmen beide Frauen die aus Zweigen geflochtenen Körbe von ihrem Rücken. Runa holte eine wunderschöne bläuliche Feder hervor, die sie vor kurzem gefunden hatte, und Erdis einige Wildblumen, die sie am Morgen gesammelt hatte.

Aus den Büschen neben ihnen erklang in diesem Augenblick die laute Stimme eines Vogels, begleitet von einem Rascheln. Die Frauen sahen genauer hin. Ein kleiner Vogel mit bläulichem Federkleid hüpfte aus den Büschen hervor und blickte sie an. Runa griff noch einmal in ihren Korb, holte ein paar Samen hervor und legte sie vor dem Vogel in das Steppengras.

Das Tier pickte die Samen auf. Dann flog es auf, ließ sich aber ein Stück weiter entfernt wieder im Gras nieder. Die beiden Frauen bewegten sich nicht. Plötzlich veränderte sich der Vogel. Er schien durchsichtig zu werden. Gleichzeitig sahen sie die Umrisse eines alten Mannes. Schließlich war der Vogel verschwunden, und nur der alte Mann stand noch vor ihnen.

Runa und Erdis versuchten, ihr Erstaunen zu verbergen. Sie hatten von Wesen, die ihre Gestalt willkürlich ändern konnten, bisher nur in Erzählungen gehört. Die wirkliche Begegnung mit einem solchen Wesen erfüllte sie mit Ehrfurcht und Respekt. Schweigend warteten sie darauf, dass der Mann sie ansprach.

Runa bemühte sich, den Fremden nicht anzustarren, denn das wäre sehr unhöflich gewesen. Trotzdem hatte sie längst alle Einzelheiten seiner Gestalt erfasst. Der Mann war nicht viel größer als sie selbst. Er hatte weißes Haar, das ihm offen bis auf die Schultern fiel, und ein mit tiefen Falten durchzogenes Gesicht. Er war hager und schien sehr alt zu sein. Besonders auffällig war seine Kleidung. Sie ähnelte in vielerlei Hinsicht der Kleidung der Männer ihres Heimatdorfes, unterschied sich jedoch im Material. Statt gewebter Fasern war die Kleidung des alten Mannes ausschließlich aus schwarz gegerbtem Leder gefertigt, und ein Kranz aus blauen Vogelfedern schmückte sein Hemd. Als er sich schließlich an sie wandte, stellte Runa erstaunt fest, dass auch seine Sprache der ihres Volkes sehr ähnlich war, so dass sie nur wenige Worte nicht verstand.

»Ich bin Ragn«, sagte der alte Mann und hob grüßend seine Hand. Ein kleines Lächeln zeigte sich auf seinem Gesicht, während er die beiden Frauen musterte. »Ich habe auf euch gewartet. Eure Ankunft ist mir im Traum angekündigt worden. Ich werde euch durch das Gebiet meines Stammes geleiten. Ich weiß, welche Aufgabe auf deinen Schultern lastet«, fuhr er, an Runa gewandt, fort. »Ihr habt nichts zu befürchten, während ihr in meinem Stammesgebiet weilt.«

»Wir sind dir sehr dankbar für deine Hilfe, Ragn.«

Ragn lächelte wieder und fügte ernst hinzu: »Mein Dorf liegt drei Tagesmärsche von hier entfernt. Dort könnt ihr euch ausruhen. Danach sind es noch einmal fünf Tage«, er hielt seine Hand hoch, »die ich euch begleiten kann.«

Die Frauen nickten dankbar. Sie wussten, dass sie es mit einem mächtigen Schamanen zu tun hatten, dem höchster Respekt entgegengebracht werden musste. So redeten sie während der Weiterreise immer nur dann, wenn sie von Ragn angesprochen wurden. Die meiste Zeit schwiegen sie und hingen ihren Gedanken nach. Sie wussten jedoch, dass der alte Mann sie eingehend beobachtete, um sich ein Bild von ihnen zu machen. Das störte die beiden Frauen nicht, denn sie fühlten sich in Ragns Gegenwart wohl und beschützt, und sie waren dankbar, dass ihnen von den Geistern ein solch weiser Schamane geschickt worden war.

Es wurde schon dunkel, als Ragn einen Lagerplatz bestimmte, der ihnen, da er von Büschen umgeben war, sicheren Schutz gegen den kühlen Nachtwind bot. Aus einer kleinen Quelle wurden sie ausreichend mit Wasser versorgt. Runa und Erdis bereiteten eine leichte Mahlzeit aus den Beeren und Wurzeln zu, die sie unterwegs gesammelt hatten. Sie verrichteten ihre Arbeit schweigend, warfen aber ab und zu einen Blick auf Ragn, der ein wenig abseits mit dem Rücken zu ihnen im Gras saß und den Blick offenbar auf den Horizont gerichtet hatte.

Die Nacht war hereingebrochen, als Ragn zum Lagerplatz zurückkehrte und sich zu den Frauen setzte. Sie boten ihm an, ihre Mahlzeit mit ihm zu teilen, und er stimmte gern zu.

Nach dem Essen wandte sich Ragn schließlich an Runa.

»Die Geister haben zu mir gesprochen, und es ist wichtig, dass du mir genau zuhörst, mein Kind. Du befindest dich auf einer langen Reise. Viele Abenteuer und Gefahren warten auf dich.«

»Die Geister sind mir wohlgesonnen, Ragn, und ich habe einen Talisman bei mir, der mich beschützt«, antwortete Runa ruhig. Sie spürte, dass der alte Mann längst von dem Talisman wusste, und sie hatte daher keine Scheu, ihn zu erwähnen.

Ragn lächelte sie an.

»Dein Vertrauen und dein Glauben sind stark, und auch der Talisman, von dem du gesprochen hast. Aber es mag sein, dass sie allein nicht ausreichen.« Er machte eine Pause. »Ich bin alt, ich habe in meinem Leben viele wundersame Dinge gesehen …« Er blickte Runa forschend in die Augen. »Wie du am eigenen Leib erfahren hast, kann man sich seine Aufgaben im Leben nicht selbst aussuchen.«

Runa lächelte. Wie wahr diese Worte waren.

»Genauso wenig kann man selbst entscheiden, ob man ein Schamane wird. Es sind die Geister, die einen auserwählen. Und versucht man, sich dieser Wahl zu entziehen«, er machte wieder eine Pause, »so kann es einem das Leben kosten.«

Runa spürte, wie ihr eine Gänsehaut über den Rücken lief. Über ihnen funkelten die Sterne in einem dunklen, klaren Nachthimmel, und Runa fühlte sich auf einmal klein und unbedeutend.

Ragn blickte sie noch immer an.

»Du bist von den Geistwesen nicht nur dazu aufgerufen worden, den Talisman zu schützen und deine Botschaft zu überbringen ... Du bist ihrem Ruf gefolgt, du erträgst alle Erschwernisse, du behältst deinen Glauben ... Du bist auf einer langen, langen Reise. Und diese Reise wird erst dann beendet sein, wenn du für deine nächste Aufgabe bereit bist. Diese Reise ist ein Weg des Lernens, ein Weg der Entwicklung für dich. Wenn der Kreis sich schließt, wird deine Botschaft verstanden werden. Bis dahin ...« Seine Worte verloren sich im Nichts.

Runas Gedanken wirbelten durcheinander. Was meinte Ragn damit?

»Ist das der Grund dafür, warum Halvar mir den Talisman mit auf den Weg gegeben hat?«

»Ich weiß nicht, wer dieser Halvar ist«, entgegnete Ragn, »aber er versteht es, mit den Geistwesen zu sprechen. Er hat dir den Weg geebnet und für deinen Schutz gesorgt. Kein anderer Mensch hätte mehr tun können. Doch ich fürchte, du wirst mehr brauchen als das ...«

Runa wollte schon etwas erwidern, als der alte Mann fortfuhr: »Du kannst nicht selbst danach suchen, denn du weißt nicht, welche Dinge es sind, die dir fehlen.

Aber … du kannst sie von jemandem *erhalten* … Und dieses Erhalten hat bereits begonnen …«

Runa und Erdis sahen Ragn erwartungsvoll an. Doch der alte Mann gab keine weiteren Erklärungen ab, sondern legte sich schweigend ins Gras nieder und drehte ihnen den Rücken zu. Kurz darauf war er eingeschlafen.

Runa erwachte aus einem unruhigen Schlaf, als Ragns Stimme neben ihr ertönte.

»Ich möchte dir etwas zeigen, Runa«, sagte er ohne Umschweife.

Runa erhob sich und sah den alten Mann respektvoll an.

Ragn stand vor ihr, die aufgehende Sonne im Rücken, das weiße Haar umspielte seine Schultern. Plötzlich begann der Kranz aus blauen Vogelfedern, der an seinem Hemd befestigt war, merkwürdig zu glänzen, zu strahlen, größer zu werden.

Runa hielt den Atem an. Neben ihr hatte Erdis sich aufgerichtet, und beide Frauen starrten den alten Mann gebannt an.

Das Glänzen der Federn wurde immer stärker und breitete sich mehr und mehr aus, bis es Ragns Körper ganz zu vereinnahmen schien. Runa und Erdis sahen noch immer seine Gestalt, aber sie glich jetzt einem kleinen blauen Vogel. Und schließlich *war* er der kleine blaue Vogel.

Aber damit war es noch nicht genug. Im nächsten Augenblick verdunkelte sich das Federkleid des Vogels, und nach und nach wurde daraus ein struppiges Fell. Es wurde größer und größer, bis schließlich ein Wolf vor den beiden Frauen stand.

Doch das Schauspiel war noch nicht zu Ende, denn

schon bald begann der Wolf, sein Fell zu verlieren, und eine glänzende laubgrüne Haut breitete sich über seinem Körper aus. Die Gestalt des Wolfes schrumpfte zusammen, bis schließlich ein kleiner Frosch auf dem kargen Steppengras saß.

Aber schon im selben Moment veränderte der Frosch seine Farbe, er wurde schwarz, pustete sich auf und wuchs in die Höhe, und mit einem Mal stand Ragn wieder in seiner ursprünglichen Gestalt vor ihnen, die Arme gen Himmel gereckt.

Runa und Erdis waren beeindruckt. Es war schon bemerkenswert, wenn ein Schamane sich in *eine* andere Gestalt verwandeln konnte. Aber gleich drei? Es war offensichtlich, dass Ragn ein noch mächtigerer Schamane war, als sie bisher angenommen hatten.

Ragn sah die jungen Frauen ernst an. Dann setzte er sich und forderte sie auf, sich zu ihm zu gesellen.

Als sie in der morgendlichen Sonne im Gras saßen, geschah etwas Außergewöhnliches.

»Gib mir deinen Talisman«, forderte er Runa auf.

Sie sah ihn fest an. Dann holte sie, ohne zu zögern, den in Rentierleder eingewickelten Talisman aus ihrem Bündel hervor und reichte ihn Ragn.

Der alte Mann wickelte das weiche Leder, auf das mit Ocker eine Bärentatze gemalt war, auseinander und betrachtete den Talisman.

Dann bewegte er den Kopf, als würde er nicken. Es sah aus, als spräche er mit dem Talisman. Schließlich drückte er ihn mit beiden Händen an seine Stirn. Leise murmelte er einige Worte, die die Frauen nicht verstanden, dann gab er Runa den Talisman zurück.

Nachdem Runa den Talisman wieder in ihr Bündel gesteckt hatte, forderte Ragn sie auf, sich neben ihn zu setzen. Runa gehorchte. Vorsichtig legte Ragn seine Hand auf ihr Herz, und wieder murmelte er einige Worte.

Nachdem er lange geschwiegen hatte, sagte er zu Runa: »Meine Fähigkeiten, mein Wissen – sie gehören von nun an auch dir … solange sich der Talisman in deinem Besitz befindet. Du brauchst ihn nicht in der Hand zu halten, um seine Kräfte zu nutzen. Er ist in deinem Besitz, auch wenn ihr getrennt seid. Verstehst du, was ich dir sagen will?«

Runa nickte ehrfurchtsvoll.

»Nutze seine Kräfte mit Weisheit.«

Dann stand Ragn auf und schritt der aufgehenden Sonne entgegen. Es war Zeit, die Reise fortzusetzen.

Runa und Erdis griffen nach ihren Körben und folgten ihm mit leichten Schritten.

Kurz darauf erschienen zwei Felssäulen neben Runa, begleitet von einem ungewöhnlichen Flimmern. Doch keiner der drei nahm die Säulen wahr.

Einen winzigen Augenblick lang war es dann plötzlich nicht mehr Runa, die durch die urzeitliche Steppe ging – es war Myra. Dann war sie auch schon durch die Felssäulen hindurchgeschritten.

Kapitel 11

Warnung

Myra spielte mit dem Rabenanhänger an ihrer feinen Silberkette, während sie sich neugierig umblickte. Sie befanden sich hoch über dem Meer auf einer steilen Klippe. Noch in der Nacht waren Chad und sie losgefahren, und sie hatten im Auto auf dem Parkplatz ausgeharrt, bis es endlich hell wurde.

Im Licht der Dämmerung konnte Myra die Umgebung deutlich erkennen. Um den kleinen Parkplatz herum wuchsen hohe Zedern und Fichten, und ein Trampelpfad führte in Richtung Meer. Sie kurbelte das Fenster hinunter und ließ die frische Morgenluft herein. Der Geruch von Zedern und Meerwasser lag in der Luft, und das Kreischen der Möwen durchriss die Stille. Nebel stieg vom Meer zu ihnen herauf. Trotzdem spürte Myra, dass es ein sonniger Tag werden würde.

Die kühle Luft ließ sie frösteln, und sie zog ihre Jacke enger um sich. Lächelnd beobachtete sie, wie kleine Streifenhörnchen über den Parkplatz und den kleinen Trampelpfad liefen und Eichhörnchen geschäftig in den Bäumen herumkletterten. Irgendwo schrie ein Adler, aber Myra konnte ihn nicht erspähen. Fast hätte sie vergessen, dass der Grund für ihre Fahrt nach Squalath ein sehr ernster war. Sie blickte zu Chad hinüber, der schweigend neben ihr saß und genauso wie sie die Natur beobachtete. Liebevoll betrachtete sie sein Gesicht, lächelte wehmütig über die feinen Falten an seinen Augenwinkeln und die silbergrauen Strähnen in seinem schwarzen Haar. Sie wusste, dass er besorgt war, aber auch verärgert und dass er angespannt darauf wartete, was die nächsten Stunden bringen würden.

»Bist du sicher, dass dies der Ort ist?«, fragte sie und strich sich das kinnlange Haar, das der Wind durcheinanderwirbelte, aus dem Gesicht.

Chad nickte. »Dies ist Squalath, der Ort, den Heather mir vor langer Zeit gezeigt hat, als ich noch ein kleiner Junge war. Vor vielen Jahren wurden Squalath und das umliegende Gelände zu einem Park erklärt, dem Squalath Provincial Park. Ursprünglich hat hier ein Dorf gestanden, errichtet neben einem unserer heiligen Zeremonienplätze.«

»Lass uns eine Weile spazieren gehen«, meinte Myra nachdenklich.

»Wir können dem Trampelpfad folgen und sehen, was wir ausfindig machen können«, schlug Chad vor.

Myra war froh, endlich aus dem Auto aussteigen und sich die Beine vertreten zu können. Die Luft war kühl und frisch, und eine leichte Brise wehte vom Meer her zu ihnen herauf. Sie ergriff Chads ausgestreckte Hand und lächelte. Schon lange hatten sie einen Ausflug wie diesen geplant. Allein, ohne Emma. Ihr Wunsch hatte sich erfüllt, wenn auch unter vollkommen anderen Umständen.

Als sie dem Pfad ein Stück weit gefolgt waren, drang das beständige Rauschen der ruhigen See zu ihnen herauf. Mit jedem Schritt wurde es lauter. Noch konnten sie das Meer nicht sehen. Große Zedern und Fichten versperrten ihnen die Sicht. Aber sie spürten deutlich die gewaltige Energie und die magische Anziehungskraft, die von ihm ausgingen.

Schließlich erreichten sie einen Platz, wo die Bäume nicht mehr so dicht standen, und vor ihnen öffnete sich der Blick auf die ungebändigten Wassermassen des Nordpazifiks.

Einen Augenblick lang standen Myra und Chad still da und ließen den Anblick in ihr Herz eindringen. Über ihnen schrien die Möwen und Adler, unter ihren Füßen spürten sie die schroffen Felsen der steilen Klippen, und vor ihnen lag, ausgestreckt bis zum Horizont, der Pazifische Ozean.

»Und? Was sagst du?«, fragte Chad nach langem Schweigen und machte eine ausholende Bewegung mit dem Arm.

»Es ist wunderschön hier … Aber es ist nicht der Ort, den ich gesehen habe.«

»Myra, du hast geträumt. Manchmal wollen unsere Träume uns nur den Weg weisen. Es muss nicht unbedingt so sein, dass der Ort in Wirklichkeit ganz genauso aussieht …«

Myra sah ihn zweifelnd an.

»Vielleicht waren unsere Schlussfolgerungen falsch«, fuhr er fort. »Vielleicht müssen wir uns eingestehen, dass der Ort, den *ich* in *meinem* kurzen Traum gesehen habe, nichts mit unserem Problem zu tun hat. Ich meine, wir wissen noch nicht einmal, worum es eigentlich geht.«

»Ich spüre, dass es mit dem Talisman aus der Legende zu tun hat«, sagte Myra mit fester Stimme.

Chad starrte sie an.

»Du willst den Talisman suchen? Du weißt nicht einmal, wie er wirklich aussieht. Heathers Beschreibungen waren vielleicht unvollständig oder …«

Myra fiel ihm ins Wort.

»Ich glaube, ich würde den Talisman erkennen, wenn

ich ihn sähe.« Sie spürte, dass eine Gänsehaut langsam über ihren Körper kroch. Etwas stimmte nicht. »Er ist nicht hier ... Ich fühle es.«

Chad wurde ungeduldig.

»Und wo ist er deiner Meinung nach?«

Aber alles, was Myra sagte, war: »Nicht hier, nicht hier.« Sie hob beide Hände an den Kopf. »Mein Kopf fühlt sich merkwürdig an.« Ihr Blick schweifte umher.

»Kopfschmerzen, mein Schatz?«, fragte Chad zärtlich.

»Nein ... ja ... Ich weiß es nicht. Es ist, als würde irgendetwas versuchen, in meinen Kopf einzudringen ... Chad, es tut mir leid, aber dies hier ist im Moment kein guter Ort für mich. Können wir zum Auto zurückgehen?«

»Natürlich.«

Auf dem Rückweg sah Chad Myra immer wieder besorgt an. Gestern war sein Leben noch in Ordnung gewesen. Heute schien es ihm aus den Händen zu gleiten, und er hatte noch immer das ungute Gefühl, dass er nichts dagegen tun konnte. Wieder und wieder sandte er stille Gebete zu den Geistern seiner Ahnen und bat um Hilfe und Beistand. Es war das Einzige, was er im Augenblick tun konnte.

»Du hast recht, Chad. Die ganze Sache war eine verrückte Idee. Aber ich verspüre ein solch intensives Gefühl von Dringlichkeit, von Wichtigkeit, wenn ich an die Legende und den Talisman denke ... Es ist wirklich verrückt.«

Bevor Chad antworten konnte, zog etwas anderes seine Aufmerksamkeit auf sich. Er blieb stehen und bedeutete Myra, still zu sein. Dann ergriff er plötzlich ihre Hand, zog sie vom Trampelpfad weg und hinter ein paar Felsbrocken und Büsche.

Eine Stimme ertönte. Eine Stimme, die Myra seltsam bekannt vorkam. Dann tauchte ein Mann auf. Er trug einen dunklen Anzug und hielt ein Handy ans Ohr. Der Mann ging an ihrem Versteck vorüber und blieb wenig später stehen.

Myra spürte, wie ihr Herz zu schlagen aufhörte. Das konnte doch nicht wahr sein! Es war Simon Morris. Wie hatte er sie hier gefunden? Sie waren überzeugt gewesen, dass sie auf der Fahrt nach Squalath nicht verfolgt worden waren.

Sie spähte vorsichtig aus ihrem Versteck hervor. Es gab keinen Zweifel: der dunkle Anzug, die glatt zurückgekämmten schwarzen Haare, die ungeduldige Stimme. Es war tatsächlich Morris!

Myra wollte Chad etwas zuflüstern, aber er wehrte ab. Im nächsten Augenblick verstand sie, warum. Die Brise, die vom Meer heraufwehte, trug Morris' Stimme zu ihnen herüber. Sie konnten verstehen, was er sagte.

»Hör zu, ich habe es versucht! Die alte Frau hat alles vergessen, und die andere behauptet, sie kann sich an nichts erinnern … Ich weiß, deshalb bin ich ja zurückgegangen … Ja, ich bin mir absolut sicher, dass sie reist, aber ich weiß nicht, wohin … Da bin ich anderer Meinung. Ich glaube nicht, dass sie uns gefährlich wird. Und außerdem, du hast selbst gesagt, dass sie unsere einzige Chance ist! Wir haben keinen anderen, der reisen und nach dem Ding suchen kann … Wir haben es doch versucht! Aber wir sind an Daten gebunden, das weißt du genauso gut wie ich! … Ich bin mir sicher, dass sie nichts weiß. Ihr zwanzig Jahre jüngeres *Ich*, das bereitet mir Sorgen. Es findet Dinge heraus, Dinge über uns … Ich weiß auch nicht, wie …« Die Stimme verlor sich.

Myra und Chad harrten in ihrem Versteck bewegungslos aus. Alle Farbe war aus Myras Gesicht gewichen. Er sprach von ihr, von ihr als zwanzig Jahre jüngere Frau! Was ging hier vor sich? Und warum war ihre Familie darin verwickelt?

Mit einem Mal trug der Wind Morris' Stimme wieder bis zu ihnen.

»Ja, das kann ich tun, wenn du es unbedingt willst ... Okay, ich werde zurückgehen ... Mit welchen Mitteln auch immer, ich habe verstanden ... Ich melde mich wieder, sobald ich mehr weiß.«

Wenige Augenblicke später beobachteten Myra und Chad, wie Morris wieder an den Felsbrocken vorbeiging, hinter denen sie sich verbargen, und wie er hinter der Wegbiegung Richtung Parkplatz verschwand.

Myra lehnte sich matt an einen der großen Felsbrocken, die Hand vor den Mund gepresst.

»Mein Gott, hast du das gehört, Chad?«, hauchte sie. »Er hat von *mir* gesprochen!«

»Wir müssen vorsichtig sein«, flüsterte Chad. »Wir wissen immer noch nicht, was hier vor sich geht. Vielleicht versucht Morris, uns eine Falle zu stellen.«

»Eine Falle?«

»Vielleicht hat er unser Auto auf dem Parkplatz entdeckt und ist uns suchen gegangen, konnte uns aber nicht finden. Und jetzt versucht er, uns mit diesem Telefontrick aus unserem Versteck zu locken.«

Myra blickte Chad entgeistert an. Auf eine solche Idee wäre sie nicht gekommen. Und überhaupt, wie konnte Chad nur ruhig dasitzen und solche Vermutungen anstellen?

»Ich glaube nicht, dass es ein Trick ist, Chad«, flüsterte sie. »Für mich hat es sich angehört, als hätte er tatsächlich mit jemandem gesprochen. Aber was ich am unheimlichsten finde«, sie sah ihn mit vor Angst geweiteten Augen an, »so wie ich es verstanden habe, kann er … durch die Zeiten reisen«, hauchte sie.

»Ich habe das Gefühl, dass ihm das noch nicht ausreicht«, sagte Chad nachdenklich.

»Noch nicht ausreicht? Was meinst du damit?«

»Ich denke, Morris hat an dem Abend bei Heather nicht die ganze Wahrheit gesagt. Er sucht nicht nur nach Informationen über den Talisman, Informationen, die du ihm vor zwanzig Jahren vielleicht hättest geben können, als du dich noch gut an die Geschichte erinnert hast, sondern nach dem Talisman selbst … Und er scheint Probleme zu haben, ihn zu finden.«

»Ich frage mich, warum«, warf Myra ein, »wenn er tatsächlich durch die Zeiten reisen kann?«

Chad überlegte eine Weile.

»Aber welche Zeit ist die richtige, Myra? Niemand weiß, wo der Talisman sich befindet, sollte es ihn denn wirklich geben. Mir scheint, die Einzigen, die er dazu befragen könnte, sind die Ahnen in der Geisterwelt. Aber wenn er die Macht hätte, das zu tun, dann würde er den Talisman wohl kaum brauchen. Dann wäre er schon jetzt sehr mächtig, mächtiger als jeder andere Mensch, den wir kennen.«

Myra dachte fieberhaft darüber nach.

»Wir müssen ihn aufhalten, Chad! Wir müssen ihn irgendwie dazu bringen, in unserer Zeit zu bleiben. Er darf mein zwanzig Jahre jüngeres Ich nicht erreichen!«

»Du hast recht«, sagte Chad mit fester Stimme. »Wir müssen es versuchen! Aber sei auf der Hut: Leute wie Morris tragen nicht nur ein Handy mit sich herum …«

Vorsichtig und leise krochen die beiden aus ihrem Versteck hervor und schlichen über den Trampelpfad in Richtung Parkplatz zurück, immer darauf bedacht, so wenig Lärm wie möglich zu machen, und immer darauf vorbereitet, dass Morris jeden Augenblick hinter einem der Felsen, Bäume oder Büsche hervorspringen könnte.

Sie waren noch nicht weit gekommen, als sie leise Schritte auf dem felsigen Boden hörten. Noch bevor sie sich in Sicherheit bringen konnten, tauchte eine Gestalt vor ihnen auf. Myra hielt erschrocken die Luft an. Doch dann atmete sie erleichtert auf. Es handelte sich nicht um Morris, sondern um eine Frau.

»Chad …?«, begann Myra leise.

Aber der fiel ihr ins Wort.

»Verhalte dich ganz ungezwungen. Bleib ruhig. Alles wird gutgehen.« Er drückte ihr aufmunternd die Hand.

Doch zu ihrem großen Erstaunen ging die Fremde nicht an ihnen vorbei, sondern steuerte direkt auf sie zu und sprach sie leise an.

»Ich heiße Meghali Mazumdar. Ich weiß, wer ihr seid, und ich weiß über Morris Bescheid. Ich versuche, euch zu helfen.«

Myra starrte die Frau an. Sagte sie die Wahrheit? Woher hatte sie ihre Informationen?

Sie musterte die Fremde. Die Frau war etwas kleiner als sie selbst, und sie verkörperte all das, was Myra sich unter einer Frau aus Indien vorstellte. Sie hatte eine vollschlanke weibliche Figur, langes, glänzendes schwarzes Haar, durch das sich nur ganz wenige silberne Strähnen zogen, obwohl Myra sie auf Ende vierzig schätzte, und tiefbraune Haut. Ihre dunklen Augen, die beinahe schwarz waren, blickten Myra und Chad aus einem ebenmäßigen Gesicht ruhig entgegen. Meghali Mazumdar war in Myras Augen eine sehr, sehr schöne Frau.

»Ihr müsst mir vertrauen«, bat sie mit eindringlicher und sehr ernster Stimme. »Ihr seid in Gefahr.«

»Woher sollen wir wissen, dass du nicht für Morris arbeitest?«, fragte Chad geradeheraus.

Meghali sah sie bittend an. »Unsere Schicksale sind miteinander verbunden. Auf welche Weise, das weiß ich nicht, aber Morris ist angewiesen worden, mein zwanzig Jahre jüngeres Ich aus dem Weg zu räumen. Und ich bin mir sicher, er hat dasselbe mit euch vor. Wir müssen ihn aufhalten!«

Chad sah die Frau forschend an.

»Wir haben uns noch nie getroffen. Auch vor zwanzig Jahren nicht. Wie können unsere Schicksale miteinander verknüpft sein?«

»Du hast recht. Wir haben uns nie getroffen. Es gab keinen Grund dafür. Aber so, wie die Dinge nun liegen, *müssen* wir uns treffen, *müssen* unsere Schicksale sich verknüpfen – vor zwanzig Jahren –, um Morris und seinesgleichen zu stoppen.«

Chad warf einen Seitenblick auf Myra, die starr und bleich neben ihm stand. Ihre Hand, die er noch immer hielt, war eiskalt. Sie brauchten Hilfe. Sie mussten das Risiko eingehen.

»Also gut«, stimmte er schließlich zu. »Erzähl uns, was du über diese ganze Angelegenheit weißt.«

»Nicht hier«, warf Meghali hastig ein. »Unterwegs, im Auto.«

Die drei machten sich auf in Richtung Parkplatz. Der Trampelpfad wurde schon bald so schmal, dass sie hintereinandergehen mussten. Meghali ging voran, gefolgt von Myra. Chad bildete das Schlusslicht.

Die Felssäulen erschienen plötzlich und unbemerkt, und bevor Myra wusste, was mit ihr geschah, war sie auch schon hindurchgeschritten.

Kapitel 12

Zweifel

Das sonderbare Gefühl, das seltsame Ziehen, das sie jedes Mal spürte, wenn ein Wechsel stattfand, durchlief ihren Körper auch jetzt, und einen Augenblick lang wusste Myra nicht, wer sie wirklich war und wo sie sich befand.

Chad war sofort an ihrer Seite und half ihr, sich zu setzen. Er schwieg, denn er wollte sie erst einmal zur Ruhe kommen lassen, aber als er ihr bleiches, entsetztes Gesicht sah, erschrak er. Behutsam nahm er sie in seine Arme.

»Myra, was ist passiert?«

Myra, wieder ganz sie selbst, rief entsetzt aus: »Chad, er wird mich töten!«

»Wer?« Chad blickte sie ernst und beunruhigt an.

»Simon Morris!«

»Myra, warst du in der Zukunft? Was hast du dort gesehen? Dass er dich umbringt?«

Myra schüttelte den Kopf.

»Er wird hierherkommen … zu uns, ins Jetzt … *Deshalb* ist er uns auf den Fersen … Er kommt aus der Zukunft und hat uns ausspioniert, was ich über den Talisman weiß und ob ich eine Gefahr bin … Wir waren auf dem Weg – in der Zukunft –, um Morris zu stoppen, aber ich weiß nicht, ob es uns geglückt ist … Und dann war da noch diese andere Frau, Meghali …«

»Warte!« Chad sah sich suchend um. »Lass uns einen besser geschützten Platz suchen ... Hier, diese Felsbrocken sind ideal ... Und nun erzähl alles der Reihe nach.«

»Ich war mit dir in Squalath ...«

»Du bist also in der Zukunft gewesen?«

»Ja, aber vorher war ich bei Runa.«

»Dann erzähl mir als Erstes diesen Teil«, bat Chad.

Myra atmete tief durch und sammelte ihre Gedanken. Sie fror plötzlich und rieb sich über die Arme. Dabei sah sie sich um. Es war dieselbe Tageszeit wie in der Zukunft. Eine leichte Brise wehte über den Berghang, und die Vögel zwitscherten. Der Himmel war klar und blau, und die frühe Morgensonne wärmte Myras Körper. Ein Stück entfernt steckte ein Murmeltier den Kopf aus seinen Bau und pfiff, und überall blühten die kleinen zarten Sommerblumen.

»Wie lange war ich fort? Einen Tag und eine Nacht?«

Chad nickte.

»Runa und Erdis sind noch immer auf der Wanderung, um den Empfänger der Botschaft zu finden. Der urzeitliche Wald hat sich gelichtet und geht langsam in eine schier endlose Steppenlandschaft über.« Myra schloss die Augen, um sich an jede Einzelheit zu erinnern. Sie erzählte Chad von Ragn, der sich in Tiergestalten verwandeln konnte und der Runa und Erdis ein Stück weit begleiten würde. Und sie erzählte von Ragns Geschenk an Runa.

»Ragn ist zweifellos ein sehr mächtiger Schamane. Und er hat seine Kräfte an Runa weitergegeben?«, fragte Chad erstaunt.

Myra nickte.

»Das ist etwas ganz Besonderes, etwas ganz Seltenes. Erzähl weiter.«

»Dann bin ich in die Zukunft gewechselt. Unsere älteren Ichs waren in Squalath, so wie sie es sich bei meiner letzten Reise vorgenommen hatten.« Myra legte eine Pause ein, bemüht, nichts zu vergessen. »Mein älteres Ich hatte plötzlich das Gefühl, dass der Talisman nicht dort ist. Irgendwie konnte mein älteres Ich ihn auf einmal *spüren*. Es war sehr merkwürdig. Mein Kopf hat sich seltsam angefühlt, geradeso, als versuche irgendetwas, in ihn einzudringen … Dann haben wir mitgehört, wie Morris mit dem Handy telefoniert hat. Er muss uns gefolgt sein. Beinahe wären wir mit ihm zusammengestoßen, aber zum Glück hat er uns nicht gesehen … Chad, Morris weiß, dass ich in der Geisterwelt reise. Und er selbst reist auch. Daran gibt es keinen Zweifel mehr. Unsere älteren Ichs haben es in Squalath erfahren – durch das, was er am Handy gesagt hat!«

Voller Wut hieb Chad mit der Faust auf den Boden.

»Ich habe es geahnt …«

»Da ist noch etwas«, bemerkte Myra mit leiser Stimme. »Wir haben mitgehört, wie er den Auftrag bekommen hat, mich im Jetzt, in unserer Zeit, aus dem Weg zu räumen …«

Chad wollte etwas antworten, aber Myra hob die Hand.

»Bitte lass mich ausreden. Wir sind in der Zukunft auch zu dem Entschluss gekommen, dass Morris nicht nur Informationen über den Talisman sucht, sondern den Talisman selbst. Aus dem Telefongespräch ist aber auch deutlich geworden, dass Morris nur bedingt zwischen den Zeiten reisen kann, da er an bestimmte *Daten* gebunden ist. Er und seine Auftraggeber haben keine Ahnung, wo und wann sie nach dem Talisman suchen sollen.«

Chads Miene hellte sich auf, und er strich Myra aufmunternd übers Haar.

»Dann ist noch nicht alles verloren, Myra. Denn aus dem, was du erzählt hast, können wir schließen, dass Morris zwar irgendwie *durch die Zeiten reisen* kann, aber nicht wie du zu den Ahnen in der Geisterwelt.«

Myra sah ihn erstaunt an.

»Aber Morris scheint genau planen zu können, wann und wo er auftaucht.«

»Ich weiß«, entgegnete Chad. »Aber du bist ihm noch nicht in der Vergangenheit begegnet, in der Welt von Runa. Deine Besuche bei ihr sind ein besonderes Geschenk der Geistwesen. Die Ahnen aus alten Zeiten wussten so viel mehr über Magie und waren so viel weiser als wir. Deshalb bist du zu gefährlich für Morris geworden. Deshalb soll er dich töten.«

Myra sah Chad zweifelnd an, denn ihr fiel plötzlich etwas ein, das sie in der Aufregung beinahe vergessen hätte.

»Chad, da war diese andere Frau, Meghali Mazumdar. Ihr Name und ihr Aussehen lassen mich vermuten, dass sie indischer Abstammung ist. Wir haben sie in der Zukunft getroffen, auf dem Weg zurück zum Parkplatz. Sie hat gesagt, dass sie uns helfen will, dass unsere Schicksale miteinander verbunden sind, dass wir uns zwanzig Jahre früher, also in unserem Jetzt, hätten treffen sollen …«

»Ich kenne keine Meghali Mazumdar«, meinte Chad. »Und ich kann mir auch nicht erklären, wie Morris von deinen Reisen in die Geisterwelt erfahren haben könnte. Ich hatte gehofft, er wäre nur an deinem Wissen über den Talisman interessiert – aber das hier …« Er dachte nach. »Ich bin mir fast sicher, dass Morris nach dem sucht, was du erhalten hast.«

»Was meinst du?«

»Ich spreche von der Segnung, von den Kräften, die dir von Halvar und Ragn übertragen worden sind«, sagte Chad.

Myra sah ihn erstaunt an. »Runa hat diese Gaben erhalten, nicht ich.«

»Das werden wir sehen«, meinte Chad nachdenklich.

»Chad, hör zu«, erwiderte Myra heftig, »das Ganze wird mir allmählich zu viel! Es stimmt, ich bin sehr dankbar dafür, dass wir uns getroffen haben, aber alles andere … Ich will nichts damit zu tun haben. Ich bin nicht die richtige Person für all dies. Es ist ein Irrtum!«

Chad sah sie erschrocken an und zugleich voller Mitleid. Es stand ihr deutlich ins Gesicht geschrieben, dass die Ereignisse über ihre Kräfte gingen. Zudem zehrten die Reisen in die Geisterwelt an ihren Kräften, und ihre Nerven waren zum Zerreißen gespannt.

Chad wusste nur zu gut, dass sie das Gefühl haben musste, sie säße in einer Falle. Es war zu spät, um einfach aufzuhören, und wenn sie weitermachte, konnte das Ganze nur in einer Tragödie enden. Er legte ihr beruhigend eine Hand auf die Schulter, suchte nach den passenden Worten. Aber Myra entzog sich ihm.

»Chad, ein Mann ist hinter mir her, egal, wo ich mich befinde, hier oder in der Zukunft. Mein Leben hat sich innerhalb weniger Tage in einen Alptraum verwandelt! Was ist das für eine Perspektive?« Ihre Stimme war lauter geworden, und sie wiegte ihren Körper leicht vor und zurück, die Arme um die angezogenen Knie geschlungen. Tränen liefen ihr über die Wangen.

Chad packte sie an den Schultern und hielt sie fest. Er musste sie beruhigen, koste es, was es wolle. Er nahm ihr Gesicht in seine Hände und blickte ihr fest in die Augen.

»Hör mir zu, Myra, bitte. Natürlich sind Morris und seine Freunde ein großes Problem für uns. Aber du darfst nicht vergessen, dass du durch die Zeremonie, in die du hineingeplatzt bist, einen Segen erhalten hast. Es ist eine Last, aber gleichzeitig auch ein Geschenk, in der Geisterwelt bei den Ahnen weilen zu dürfen und Einblicke in die Zukunft zu bekommen. An alle deine Erfahrungen dort kannst du dich genau erinnern. Das ist ein weiteres großes Geschenk. Du kannst diese Erfahrungen hier und jetzt nutzen, um nicht nur dir selbst, sondern auch vielen anderen Menschen zu helfen. Du erinnerst dich, dass mein Stamm in der Zeremonie um Hilfe für viele, sehr viele Menschen gebeten hat. Stell dir vor, was geschehen würde, wenn Morris und seinesgleichen uralte schamanische Kräfte oder Objekte in ihre Hände bekämen! Du bist jetzt ein Mittler zwischen den Welten. Du bist von den Ahnen gerufen worden, du musst stark sein, du musst ein Krieger sein!«

Myra wurde beinahe ärgerlich.

»Schau mich an, ich bin kein Krieger! Ich kann nicht einmal auf mich selbst aufpassen! Ich kann unmöglich die Verantwortung für andere Menschen übernehmen, und beschützen kann ich sie schon gar nicht!«

Chad lächelte und löste seine Hände von ihrem Gesicht.

»Genau deshalb bist du gerufen worden. Du bist vielleicht jetzt noch kein Krieger, aber ich weiß, dass du einer sein wirst, wenn es darauf ankommt. Vertrau mir, ich weiß, wovon ich spreche.«

Sie schwiegen eine Weile, und Myras Nerven beruhigten sich allmählich. Sie schloss die Augen, lehnte ihren Rücken gegen den warmen Felsen, legte den Kopf an Chads starke Schulter und sog die energiegeladenen Strahlen der Sonne in sich auf. Sie spürte die frische Brise, die den Duft der Wildblumen mit sich trug, auf ihrem Gesicht. Die Sonnenstrahlen drangen tief in ihr Innerstes und erwärmten ihre Seele. Die gesammelten Energien des Universums schienen in ihren Körper zu fließen, und sie spürte, wie ihre Kräfte langsam zurückkehrten. Aber da war noch etwas anderes: Einen Augenblick lang spürte sie das Vertrauen und die Stärke, die Runa auf ihrer Reise in sich trug, und jegliche Anspannung fiel von ihr ab.

»Myra.« Chads Stimme holte sie zurück auf den Berghang. »Mir ist gerade etwas klargeworden. Sollte es unseren älteren Ichs in der Zukunft gelingen, Morris aufzuhalten, so wie sie es geplant haben, dann dürfte er uns im Jetzt nicht wieder begegnen. Umgekehrt bedeutet das: Sollte Morris wieder hier im Jetzt auftauchen, so müssen wir davon ausgehen, dass unsere älteren Ichs in Schwierigkeiten sind und dass ihr Versuch, ihn zu stoppen, höchstwahrscheinlich fehlgeschlagen ist.«

»Das stimmt«, gab Myra zu.

»Lass uns die Augen offen halten. Du solltest so schnell, wie es dir möglich ist, in die Geisterwelt zurückkehren. Es wäre gut, wenn du eine Verbindung finden würdest, etwas, das dir erlaubt, dein auf deinen Reisen gesammeltes Wissen und dein Wissen aus dem Jetzt an Runa und an dein älteres Ich weiterzugeben, so dass ein Austausch an Wissen stattfinden kann – besonders mit deinem älteren Ich … Damit wir Morris Einhalt gebieten können.«

Myra nickte. »Aber ich finde, es ist genauso wichtig, dass wir versuchen, Meghali Mazumdar im Jetzt zu finden. Du erinnerst dich … Sie hat gesagt, wir hätten uns treffen *sollen*«, ergänzte Myra.

Chad wollte sich schon aufrichten, doch Myra zog ihn am Arm und bedeutete ihm, leise zu sein. Sie hatte hinter den Felsen hervorgespäht und eine alarmierende Beobachtung gemacht.

»Ich denke, wir müssen uns als Erstes bemühen, Morris im Jetzt loszuwerden. Deinen Schlussfolgerungen von eben zufolge hatten unsere älteren Ichs noch keine Gelegenheit oder kein Glück, ihn aufzuhalten … Denn hier kommt Morris den Weg herauf. Und er hat ein Gewehr, Chad!«

»Ich frage mich, wie er uns gefunden hat. Wie er uns trotz der zerstochenen Reifen hat folgen können …«

»Wundern kannst du dich später!«, flüsterte Myra. »Lass uns verschwinden, bevor Morris uns bemerkt!«

Sie warteten, bis Morris an den Felsbrocken, hinter denen sie friedlich in der Sonne gesessen hatten, vorbeigegangen und ein gutes Stück weiter den Berghang hinaufgestiegen war. Dann krochen sie vorsichtig aus ihrer Deckung hervor und liefen, so schnell es ihnen auf dem abschüssigen Gelände möglich war, bergab.

Doch da hörten sie auch schon Morris' Stimme hinter sich.

»Miss Morgenstern! Ich würde gern noch einmal mit Ihnen über den angebotenen Job sprechen! Ich glaube, Ihre Entscheidung war voreilig und unüberlegt. Warum warten Sie nicht auf mich und wir besprechen die Sache in Ruhe?«

Chad zog Myra energisch weiter.

»Natürlich will er nur *reden*«, zischte er.

Sie hasteten schneller und schneller den Abhang hinunter, aber der Weg war steil. Gab es keinen kürzeren Weg zum Parkplatz?

Plötzlich gab es direkt neben ihnen einen lauten Knall.

Myra fuhr entsetzt zusammen, und ihr Herz setzte vor Schreck aus.

»O mein Gott, Chad, er schießt auf uns!«

»Aber er zielt nicht auf uns!«, rief Chad und zog Myra weiter. Immer neue Gewehrkugeln schlugen um sie herum in den Boden ein.

»Er will uns nur einschüchtern. Warum bloß habe ich mein Gewehr im Auto gelassen?«

Unvermittelt hörten die Schüsse auf. Chad blickte sich um. Morris lud sein Gewehr nach.

»Hier entlang!«, rief er und zog Myra hinter sich her. Sie sprangen über Felsbrocken und standen plötzlich am Rand einer steilen, engen Schlucht, durch die ein wilder Gebirgsbach floss.

Die Schlucht war mehr als zwanzig Meter tief. Zwischen den Felsen wuchsen nur ein paar kümmerliche Büsche. Das Tosen des Wassers war ohrenbetäubend.

»Chad, es gibt keinen Weg nach unten!«

»Wir müssen es trotzdem versuchen!«

»Wir werden uns das Genick brechen!«

»Besser das, als Morris in die Hände zu fallen!« Chad begann, an der Felswand hinunterzuklettern. Er warf einen Blick zurück und sah, dass Myra zögerte. Beruhigend fügte er hinzu: »Wir brauchen nicht ganz bis nach unten zu klettern. Nicht weit unter uns ist das Ende des Naturlehrpfads. Er führt direkt zum Parkplatz. Vertrau mir!«

Jetzt stieg auch Myra vorsichtig über den felsigen Rand der Schlucht. Auf einmal sah sie, dass sich ein Stein unter Chads Füßen löste. Chad glitt aus, rutschte nach unten und landete sicher auf dem Pfad.

»Lass los und komm herunter!«, rief er Myra zu, während er sich aufrichtete und abklopfte. »Schnell!«

»Chad, ich kann nicht ...« Plötzlich landete ein Zweig

auf ihrer Schulter, und sie blickte nach oben. Morris hatte sie eingeholt und sein Gewehr auf sie angelegt!

Ohne länger zu überlegen, ließ sie sich los und rutschte über die Felsen hinunter.

Chad fing sie auf, ergriff ihre Hand und zog sie weiter in Richtung einer Hängebrücke.

»Komm schon!«

Die Zeit verstrich wie in Zeitlupe. Myras Herz raste.

Endlich erreichten sie eine Stelle, an der der Pfad ein wenig bergab führte und dann in die Hängebrücke überging.

Die Brücke war eine einfache Konstruktion aus Seilen und Holzbohlen. Sie überspannte den tosenden Bach in ungefähr acht Meter Höhe. Myra blieb stehen, als sie durch die Lücken der Bohlen nach unten blickte.

Doch Chad schob sie vor sich her.

»Weiter, weiter! Beweg dich!«

Myra zwang sich, nicht nach unten, sondern nur auf die andere Seite der Schlucht zu blicken.

Auf der anderen Seite angekommen, schob Chad sie zur Seite und begann, mit seinem Fahrtenmesser die Seile, die die Bohlen zusammenhielten, durchzuschneiden. Er arbeitete schnell und konzentriert und blickte dabei immer wieder auf, um nach Morris zu sehen.

»Er kommt, Chad! Beeil dich!«

Doch bevor Morris die Hängebrücke erreichen konnte, hatte Chad das letzte Seil durchschnitten. Die Handseile und Holzbohlen der Hängebrücke fielen in die Tiefe und krachten gegen die Felsen auf der gegenüberliegenden Seite der Schlucht.

»Morris muss sich einen anderen Weg suchen, um zum Parkplatz zu gelangen. Komm, verschwinden wir von hier!«

Aber noch bevor sie sich außer Reichweite bringen

konnten, hallten wieder Schüsse durch die friedliche Berglandschaft.

Myra bückte sich und hielt schützend die Arme über den Kopf, während sie hinter Chad hereilte.

Die Schüsse peitschten durch die Schlucht und prallten an den Felswänden ab.

Plötzlich schlug eine Kugel direkt neben Myra in die felsige Wand ein. Steinsplitter sprühten durch die Luft, und sie schrie auf. Einer der messerscharfen Splitter hatte ihre linke Hand getroffen. Blut quoll zwischen ihren Fingern hervor, und sie sackte zusammen. Chad fing sie auf und zog sie wieder auf die Beine.

»Weiter! Schnell! Es ist nicht mehr weit bis zum Auto.«

Myra biss die Zähne zusammen. Sie liefen den Pfad entlang und ließen die Schlucht und den immer noch Schüsse abfeuernden Morris hinter sich. Je näher sie dem Parkplatz kamen, desto dichter standen die Bäume, und Myra begann, sich sicherer zu fühlen.

Kurz darauf erreichten sie den Parkplatz, und erleichtert ließen sie sich in Chads Wagen fallen.

»Es ist kein anderes Fahrzeug hier«, bemerkte Myra. »Wie ist Morris hierhergekommen?«

»Ich weiß es nicht.« Chad holte seine Erste-Hilfe-Tasche unter dem Beifahrersitz hervor. »Hier, da müsste etwas für deine Hand drin sein.« Er startete den Motor. »Ich kann dir jetzt nicht helfen. Ich fürchte, wir haben keine Zeit zu verlieren. Morris weiß, wo ich wohne. Wir müssen also eine Weile irgendwo untertauchen!«

Myra nahm das Verbandzeug und beobachtete, wie Chad als Nächstes ein Gewehr unter dem Sitz hervorholte, es lud und hinter sich auf die Rückbank legte. Dann fuhr er los.

»Was hast du vor?«

»Als Erstes sollten wir ein paar Dinge aus meiner Wohnung holen, du weißt schon: Papiere, Campingkocher, Geschirr, frische Kleidung, meinen Revolver und so weiter. Wir wissen schließlich nicht, wo wir untertauchen müssen und für wie lange«, überlegte er. »Eines steht fest: Wir müssen schnell handeln. Meine Wohnung wird Morris' erstes Ziel sein. Dann holen wir Heather ab. Es ist sicherer, wenn wir zusammen sind. Anschließend tanken wir den Wagen voll und heben so viel Bargeld wie möglich ab.«

Myra sah ihn fragend an.

»Du weißt, dass jeder herausfinden kann, wo du bist, solange du eine Kreditkarte benutzt.«

»Das hätte ich fast vergessen«, meinte Myra. »Und dann?«

»Ich weiß es nicht. Vielleicht hat Heather eine Idee.«

Myra sah besorgt aus dem Seitenfenster, während draußen die Landschaft an ihnen vorbeisauste. Chad fuhr viel schneller als erlaubt den Highway hinunter. Myra dachte nicht mehr daran, ihre verletzte Hand zu versorgen, sondern hielt sich fest, damit sie in den Kurven nicht gegen Chad geschleudert wurde.

Es dauerte nicht lange, bis die ersten Häuser von Boulder Landing vor ihnen auftauchten.

Chad fuhr bis vor das Haus, in dem sich seine Wohnung befand, hielt an und sah sich gründlich um. Keine Spur von Morris. Vorsichtshalber wickelte Chad sein Gewehr in eine Decke und nahm es mit, als er ausstieg.

In seiner Wohnung schien alles unverändert zu sein.

Er gab Myra einige große Müllbeutel, und sie begann, die Sachen, die er ihr hinhielt, hineinzustopfen.

Sie brauchten nur wenige Minuten, dann stürmten sie die Treppe wieder hinunter und verstauten die Säcke im Kofferraum. Erleichtert ließ Myra sich auf den Beifahrersitz fallen. Chad startete den Motor und fuhr los. Auch ihm fiel ein Stein vom Herzen.

»So weit, so gut«, meinte er. »Ich werde versuchen, Heather zu erreichen.« Er holte sein Handy heraus und wählte Heathers Nummer. Keine Antwort.

»Komm schon, geh ran«, murmelte er ungeduldig. Schließlich wählte er eine andere Nummer.

»Heathers Handy«, erklärte er. »Vielleicht ist sie irgendwo unterwegs, einkaufen oder so, dann hat sie ihr Handy meist bei sich.«

Myra hörte das leise Klingeln am anderen Ende der Leitung. Dann endlich antwortete jemand.

»Heather? … Ich bin's, Chad. Wo bist du? … Sehr gut! Bleib dort. Ich komme und hole dich ab. Ich erkläre dir alles, wenn ich da bin … Nicht länger als zehn Minuten. Ich habe Myra bei mir. Es handelt sich um einen Notfall … Ja, und bitte, rühr dich nicht vom Fleck, bis ich da bin … Bis gleich!«

Er blickte Myra erleichtert an. »Es hätte nicht besser sein können. Heather hat ganz in unserer Nähe eine Verabredung mit einer Ethnologin. Wir können in zehn Minuten bei ihr sein.«

Kapitel 13

Verbündete

Chad fuhr schnell, viel zu schnell. Myra blickte sich besorgt um. Das Letzte, was sie in diesem Moment brauchten, war, von einem Polizisten wegen überhöhter Geschwindigkeit angehalten zu werden.

Sie hatten den Treffpunkt schon fast erreicht, da bremste Chad plötzlich scharf und hielt an einer großen Tankstelle mit Mini-Markt und Geldautomat.

Nur wenig später hob Myra das ganze Geld von ihrem Konto ab, während Chad den Wagen auftankte.

»Was nun?«, fragte sie, als sie zurück bei Chad war.

»Sobald das Auto vollgetankt ist, werde auch ich dem Geldautomaten einen Besuch abstatten. Du kannst schon mal in den Laden gehen und schauen, welche Lebensmittel du auftreiben kannst.«

»An was hast du gedacht?«

»Als ob wir zum Campen gehen.«

Myra suchte in dem kleinen Laden so viele einfache Lebensmittel wie möglich zusammen. Leider gab es nicht viel Auswahl.

Kurze Zeit später stieß Chad zu ihr. »Lass mich mal sehen, was du schon hast«, sagte er und stöberte in ihrem Einkaufskorb.

»Sieht lecker aus: Tütensuppen und Dosengerichte, dazu Obst, das nicht mehr frisch ist.« Er grinste sie aufmunternd an.

Ihre Blicke trafen sich, und Myra stockte der Atem. Sie wusste, sie sollte die Situation nicht noch komplizierter machen, aber … würde ein Kuss, ein einziger Kuss wirklich so schlimm sein? Sie blickte ihn sehnsüchtig an.

Chad schien ihre Gedanken zu erraten. Vielleicht weil er dasselbe fühlte. Aber er wusste, dass dies nicht der richtige Augenblick war. Jetzt mussten sie erst einmal alles daransetzen, am Leben zu bleiben.

»Es ist schade, dass wir in Wirklichkeit gar keinen Campingausflug machen«, meinte er und strich Myra liebevoll über die Wange. »Ich würde viel darum geben, wenn du dies alles nicht durchmachen müsstest. Aber niemand kann sich dem Willen der Geistwesen entziehen.« Dann fügte er sachlich hinzu: »Komm, lass uns bezahlen, Heather wartet.«

Kurz darauf fuhren sie auf den Parkplatz des Restaurants, wo Heather auf sie wartete. Plötzlich hielt Myra die Luft an. »Sieh nur, Chad! Die Frau, mit der Heather spricht!«

Chads Blick folgte ihrer ausgestreckten Hand und blieb schließlich an einer jungen Frau hängen. Sie hatte ihr langes schwarzes Haar zu einem dicken Zopf geflochten, der ihr bis weit über den Rücken hinunterreichte, und trug einen wunderschönen langen Seidenschal.

»Meghali Mazumdar?«, fragte er.

»Meghali Mazumdar«, bestätigte Myra atemlos. »Du hast gesagt, dass dir der Name nichts sagt. Wieso ist Heather mit ihr befreundet?«

»Ich glaube nicht, dass sie mit Heather befreundet ist. Es ist wahrscheinlicher, dass *sie* Heathers Verabredung ist.«

»Die Ethnologin?«

Chad nickte.

»Wie auch immer, Chad. Sie muss mit uns kommen.«

»Wie, um alles in der Welt, sollen wir sie dazu bringen?«

»Ich habe keine Ahnung. Aber wir müssen uns etwas einfallen lassen!«

Chad hielt direkt vor den beiden Frauen an, die vor dem Eingang des Restaurants standen und sich unterhielten. Er ließ das Fenster hinunter.

»Heather!«

»Oh, Chad!«, rief Heather und wandte sich an die andere Frau. »Meghali, dies ist mein Neffe, Chad, von dem ich gesprochen habe. Es ist wunderbar, dass ich die Möglichkeit habe, euch einander vorzustellen!«

Während sie Chad und Myra mit Meghali Mazumdar bekannt machte, stellte Myra bewundernd fest, dass Meghali noch hübscher war als in der Zukunft. Sie war schlanker, ihr Gesicht mädchenhaft, obwohl sie Ende zwanzig sein musste, und sie strahlte eine beinahe königliche Würde aus, die Myra irgendwie bekannt vorkam.

»Heather, entschuldige, wenn ich unterbreche. Aber wir haben einen kleinen Notfall, erinnerst du dich?«, drängte Chad.

»Oh, natürlich!«, rief Heather und öffnete die hintere Tür des Wagens.

Sie drehte sich um, um sich von Meghali zu verabschieden, doch diese trat plötzlich näher an den Wagen.

»Entschuldigen Sie«, meinte sie und blickte an Chad vorbei zu Myra. »Haben wir uns irgendwo schon einmal getroffen? Ihr Gesicht kommt mir sehr bekannt vor.«

»Nicht hier«, antwortete Myra gedankenverloren.

Ihre Worte ließen Meghali aufhorchen.

»Wo denn sonst?«, fragte sie mit ihrer sanften Stimme.

Myra und Chad sahen sie lange an.

»Der Notfall, von dem Chad gesprochen hat … Er hat etwas mit einem gewissen Simon Morris zu tun«, begann Myra zögernd.

»Morris …«, wiederholte Meghali überrascht.

»Ich glaube, Sie können uns helfen«, unterbrach Myra sie. Sie wusste keinen anderen Weg, um Meghali dazu zu bringen, mit ihnen zu kommen, als ihr die Wahrheit zu sagen.

Meghali überlegte. Dann ging sie um den Wagen herum und setzte sich hinter Myra auf den Rücksitz. »Also los«, sagte sie nur.

Chad fuhr vom Parkplatz hinunter und lenkte den Wagen in Richtung Highway. Er fühlte, dass sie am besten dort aufgehoben waren, wo es weniger Menschen gab: in der Wildnis.

Heather sah ihn eine Zeitlang schweigend an.

»Darf ich die Einzelheiten erfahren?«, fragte sie schließlich.

Myra und Chad entschuldigten sich.

»Es wird eine Weile dauern, alles zu erzählen, aber ich denke, es ist wichtig, dass ihr beide alle Einzelheiten kennt«, erklärte Myra.

»Wir berichten einfach, während wir fahren«, meinte Chad. »Solange wir unterwegs sind, wird Morris Schwierigkeiten haben, uns zu finden.«

»Morris sucht euch?«, fragte Meghali erstaunt.

Myra nickte.

»Am besten wird es sein, wenn wir ganz am Anfang beginnen«, sagte Chad und begann mit der Zeremonie, an der auch Heather teilgenommen hatte.

Als er fertig war, breitete sich Stille im Wagen aus. Myra blickte Meghali fragend an, aber diese schien in Gedanken versunken zu sein.

»Sollten wir nicht die Polizei verständigen?«, fragte sie Chad.

»Die Polizei ist nicht unbedingt ein Freund der Indianer. Denk an all die spurlos verschwundenen Menschen in unserer Region. Fast alle waren Indianer, und die Polizei rührt keinen Finger, um die Sache aufzuklären. Außerdem – was willst du denen denn erzählen? Die werden denken, wir sind verrückt, und wir bekommen noch mehr Probleme, als wir ohnehin schon haben. Nein, wir müssen uns selbst etwas einfallen lassen.«

»Chad, wir können ihn nicht umbringen!« Myra erschrak, als sie seinen verbissenen Gesichtsausdruck sah. »Man wird uns ins Gefängnis stecken!«

»Hast du eine bessere Idee?«

»Ich denke, wir sollten einen Ort suchen, wo Myra sich konzentrieren kann«, warf Heather ein. »Einen Ort, wo sie Zeit hat, so oft wie möglich in die Geisterwelt zu reisen und die Informationen zu sammeln, die uns weiterhelfen.«

Chad lachte auf.

»Ich hoffe, du hast schon einen bestimmten Ort im Kopf, Heather.«

»Die alte Jagdhütte.«

Chads Gesicht wurde schlagartig ernst.

»Natürlich!«

»Moment mal«, fiel Myra ein. »Ich habe es Chad schon einmal erklärt. Ich kann nicht einfach irgendwo hingehen und in die Geisterwelt überwechseln. So funktioniert das nicht! Ich brauche die Säulen, sie sind mein Tor! Und bisher habe ich sie nur oben am Thunder

Mountain gesehen und einmal, als wir im Wagen über den Highway gefahren sind.«

»Ich glaube, du besitzt die Fähigkeit, die Säulen zu dir zu rufen«, warf Heather ein. »Du spürst es noch nicht, aber deine Kräfte wachsen und entwickeln sich. Du musst Vertrauen zu dir selbst haben und auch zu den Ahnen. Sie haben dich auserwählt, sie wollen dich leiten, dir Dinge zeigen, damit du anderen helfen kannst. Sie werden dir helfen, die Säulen zu finden. Sie wollen, dass du bestimmte Dinge siehst und erfährst. Warte ab, und du wirst sehen, dass die Säulen zu dir kommen. Und mit der Zeit wirst du sie nicht mehr brauchen ...«

✧

Alle schwiegen, tief in Gedanken versunken. Allmählich wurde Chad schläfrig. Er wusste, dass sie noch mindestens eineinhalb Stunden fahren mussten, denn die Jagdhütte lag sehr abgelegen in den Bergen, versteckt zwischen hohen Zedern. Also wandte er sich an Meghali, um ein Gespräch zu beginnen und sich selbst wach zu halten.

»Du hast bisher nicht viel gesagt. Willst du uns nicht erzählen, warum du vorhin bei dem Namen Morris hellhörig geworden bist und warum du zu Myra in der Zukunft gesagt hast, dass du uns weiterhelfen kannst?«

»Über den zweiten Teil deiner Frage habe ich schon die ganze Zeit nachgedacht«, antwortete Meghali in ihrer sanften Art. »Und ich bin zu keinem Ergebnis gekommen. Aber ich erzähle euch gern, was ich über Morris weiß: Vor einigen Wochen hat mich ein Mann wegen eines Jobangebots angesprochen. Er hat gesagt, er will ein Buch über indianische Mythen und Legenden schreiben, und er würde wegen des großen Umfangs der Nachforschungen gern meine Hilfe als Ethnologin in Anspruch nehmen.«

Myra und Chad blickten erstaunt auf. Diese Geschichte hatten sie doch schon einmal gehört!

»Der Mann hat sich mir als Simon Morris vorgestellt. Er wollte, dass ich mich mit den von ihm gesammelten Geschichten und Materialien aus ethnologischer Sicht auseinandersetze und sie auf ihre Richtigkeit hin überprüfe.« Meghali sah in die zweifelnden Gesichter von Chad, Myra und Heather.

»Ich weiß natürlich, dass ein Außenstehender eine solche Prüfung nicht wirklich vornehmen kann. Es gibt so viele alte überlieferte Geschichten ... Das weiß ich aus meiner eigenen Kultur. Auf jeden Fall hatte ich zu der Zeit gerade keinen Job, und so entschloss ich mich, es zu versuchen.«

Myra atmete tief durch.

»Du arbeitest für Morris?«

»Ja, aber ich habe schnell herausgefunden, dass mit ihm etwas nicht stimmt, dass er nicht wirklich an einem Buch arbeitet, sondern hinter etwas ganz Bestimmtem her ist. Auch habe ich mitbekommen, dass er nicht aus eigenem Antrieb arbeitet. Irgendwer hat ihn beauftragt. Er telefoniert oft, und wenn das Telefon klingelt, dann darf niemand außer ihm drangehen.«

»Hat Morris dich zu Heather geschickt?«, wollte Chad wissen.

»Nein, das war meine eigene Idee. Morris weiß nichts davon. Mir ist aufgefallen, dass einige Informationen, die er mir über eine bestimmte Legende zur Verfügung gestellt hat, nicht schlüssig sind. Es handelt sich, wie ihr euch sicher vorstellen könnt, um die *Legende vom*

Lachen der Kinder. Er weiß so viele Einzelheiten darüber, dass ich mir sicher gewesen bin, dass er schon mit Heather – die er als Quelle für die Legende angegeben hat – gesprochen hat. Aber er hat das verneint. Sein ganzes Benehmen hat mich schließlich so misstrauisch gemacht, dass ich mich auf eigene Faust mit Heather in Verbindung gesetzt habe, und so ist unser heutiges Treffen zustande gekommen. Leider ist nichts aus unserem Gespräch geworden, da ihr angerufen habt. Nachdem ich euren Bericht gehört habe, wird mir jedoch so manches klar.«

»Und dies alles kommt dir nicht seltsam oder unglaubwürdig vor?«, warf Myra erstaunt ein.

Meghali schüttelte lachend den Kopf.

»In Indien, wo ich aufgewachsen bin, gibt es eine Menge Dinge, die den *Weißen* unglaubwürdig vorkommen. In unserer Kultur gehören die alten Geschichten zum täglichen Leben. Und so merkwürdig sie auch klingen mögen, ich glaube fest daran, dass die Wurzeln dieser Geschichten wahr sind ... Genau wie wir das jetzt von eurer *Legende vom Lachen der Kinder* wissen.«

Heather lächelte.

»Deshalb bist du wahrscheinlich die richtige Person, um uns zu helfen. Du siehst die Dinge aus einem anderen Blickwinkel, bist aber gleichzeitig so eng mit den Wurzeln deiner eigenen Kultur verbunden, dass du fest an die Existenz von Geistwesen glaubst. Wir werden sehen ...«

Bald hatten sie die kleine Jagdhütte der Familie Blue Knife erreicht und richteten sich ein. Dann aßen sie ein wenig. Myra war froh, dass sie so viele Decken und Lebensmittel mitgebracht hatten, denn sie waren ja nun zu viert und nicht, wie geplant, nur zu dritt.

Chad reparierte ein Regal in der Hütte, und Heather

und Meghali unterhielten sich, während sie noch am Tisch saßen.

Myra stand auf der Veranda und genoss die Ruhe und die Stille. Sie sah den Streifenhörnchen zu, die geschäftig in den Bäumen herumsprangen, und lauschte dem leisen Lied des Windes in den Zweigen der Zedern. Sie liebte die riesigen Zedern mit ihren geschwungenen Ästen. In ihrem Schatten wuchsen üppige Farne, dicht wie eine grüne Wand.

Heather trat zu ihr auf die Veranda.

»Bleib ein bisschen und hör den Bäumen und den Tieren zu«, sagte Myra und lächelte sie an.

»Das würde ich gern tun«, antwortete Heather und legte ihre dünne Hand auf Myras Schulter. »Aber mein Gefühl sagt mir, dass es Zeit ist für eine neue Reise. Mach einen kleinen Spaziergang, nicht weit, nur um die Hütte herum. Entspann dich und lass die Geistwesen zu dir kommen.«

✧

Chad trat zu Heather auf die Veranda.

»Was hast du zu ihr gesagt?« Er hatte Myra absichtlich allein gelassen, damit sie Zeit für sich hatte.

»Sie glaubt es noch nicht«, erwiderte Heather. »Aber ich spüre deutlich, dass sie die Säulen nicht mehr braucht, um in die Geisterwelt zu reisen. Der Schlüssel dazu liegt in ihr selbst … so wie es schon bei unseren Ahnen war.«

Chad richtete seinen Blick liebevoll auf Myra, die mit ruhigen Schritten durch die hohen Farne ging und dabei kleine Wildblumen betrachtete. Er konnte an ihrem Gesicht erkennen, dass sie sich wieder einmal in der Schönheit der unberührten Natur verloren hatte.

Plötzlich sah sie auf. Ihr Blick schien auf einen unbestimmten Punkt gerichtet zu sein, auf etwas, das für Chad unsichtbar war.

Er war sich sicher, dass die Felssäulen ein weiteres Mal aufgetaucht waren, und er begann, leise Gebete zu den Geistwesen zu sprechen, Gebete für Myras unversehrte Rückkehr.

Kapitel 14

Wahres Gesicht

Myra war erstaunt, als sie die Felssäulen vor sich erblickte. Sie war froh und ängstlich zugleich, wusste aber, dass es für sie nur einen Weg gab: zwischen den Säulen hindurch und zu dem Ort, den die Ahnen ihr als Nächstes zeigen wollten.

Sie war sich sicher, dass die anderen auf sie warten würden, egal, wie lange sie fortbleiben würde. Und während sie mit sicheren Schritten zwischen den Felssäulen hindurchschritt, versuchte sie sich darauf zu konzentrieren, eine Verbindung zu ihrem jetzigen Ich zu bewahren. Ihre Aufregung wuchs, und sie fühlte eine nie gekannte Stärke in sich aufsteigen.

Der Versuch, eine Verbindung zu ihrem Ich aufrechtzuerhalten, schlug jedoch fehl. Das merkwürdige Ziehen überkam auch diesmal ihren Körper, und der Wechsel erfolgte genauso schnell und vollständig wie die Male zuvor. Bevor sie wusste, wo sie sich befand, löste sich ein unterdrückter Schrei aus ihrer Kehle.

»Chad, nein!« Sie versuchte, ihn zurückzuhalten, aber er befreite sich aus ihrem Griff und schlich vorsichtig hinter Morris her auf den kleinen Parkplatz.

Myra und Meghali hatten keine Zeit, in Deckung zu gehen. Morris bemerkte sofort, dass jemand sich ihm näherte. Augenblicke, die den beiden Frauen wie eine kleine Ewigkeit vorkamen.

Entsetzt beobachteten sie, wie Morris sich abrupt umdrehte, eine Pistole zog und abdrückte.

Der Schuss hallte durch die morgendliche Stille … und traf Chad in der Schulter.

Der Schmerz fiel wie ein Schatten über sein Gesicht. Er stieß einen Laut aus, der einem wütenden Knurren glich, und fiel durch die Wucht des Aufpralls zu Boden. Myra stieß einen stummen Schrei aus und klammerte sich an Meghalis Arm. Dann wollte sie losrennen, um Chad zu helfen.

Doch die Inderin hielt sie zurück.

»Du musst leben.«

Myra sah sie verzweifelt an. Sollte Chad sterben, so war es ihr egal, ob sie lebte oder nicht!

Auf dem Parkplatz versuchte Chad mühsam, sich aufzurichten, doch Morris war schon bei ihm. Er packte Chad an der gesunden Schulter, presste ihm einen Arm um den Hals und drückte seine Pistole in Chads Wunde.

Chad verzog vor Schmerz das Gesicht, und ein dumpfes Stöhnen entrang sich seiner Kehle.

Myra schloss die Augen. Morris würde Chad umbringen!

In diesem Augenblick fuhren zwei Autos auf den Parkplatz. Mehrere Männer stiegen aus und unterhielten sich laut. Anscheinend wollten sie gemeinsam joggen, denn alle trugen Trainingsanzüge und Laufschuhe. Es dauerte einige Sekunden, bis sie bemerkten, was vor sich ging.

»Hey, was ist denn hier los!«, rief einer der Männer. Er machte einen Schritt auf Morris zu, der Chad noch immer brutal festhielt.

Morris sah zu den Männern und überlegte kurz. Dann stieß er Chad, der wie ein nasser Sack zu Boden sank, von sich.

»Wir sehen uns ein anderes Mal!«, zischte er und

steckte die Pistole lässig zurück unter sein Jackett. Dann drehte er sich um, ging zu seinem Wagen, stieg ein und fuhr davon.

Im nächsten Augenblick fand Chad sich umringt von Menschen, die ihn besorgt ansahen. Vorsichtig untersuchte Myra Chads Schulterverletzung, während die Männer ihr gutgemeinte Ratschläge gaben und sie gleichzeitig mit Fragen bombardierten. Einer der Männer versuchte, per Handy die Polizei zu verständigen. Vergeblich, es gab keinen Netzempfang.

»Wir müssen hier weg«, flüsterte Meghali Myra zu, die ihren Pullover auf Chads Wunde drückte, um die Blutung zu stillen.

Gemeinsam brachten sie Chad zu seinem Wagen und legten ihn auf den Rücksitz.

Chad versuchte, seine Verletzung herunterzuspielen, und wollte selbst fahren.

»Ich werde fahren!«, sagte Meghali entschieden. »Myra, du setzt dich nach hinten zu Chad.«

Minuten später fuhren sie auf der Schotterstraße, die sie zurück zum Highway brachte.

»Sei vorsichtig«, rief Chad nach vorne. »Morris kann überall auftauchen.«

»Ich weiß«, antwortete Meghali und gab Myra die Erste-Hilfe-Tasche aus dem Handschuhfach.

Myra drückte Chad an sich.

»Ich dachte, ich würde dich verlieren«, schluchzte sie leise in sein Ohr. Sie bedeckte sein Gesicht mit zärtlichen Küssen, während Tränen über ihre Wangen liefen. In den vergangenen Minuten war ihr plötzlich bewusst geworden, wie selbstverständlich sie davon ausgegangen war, dass Chad immer für sie da war. Er war ein fester Bestandteil ihres Lebens geworden. Was sollte sie ohne ihn tun?

»Ich habe nicht vor zu sterben«, sagte er lächelnd. »Jedenfalls jetzt noch nicht.«

»Es war eine dumme Idee von dir, einfach so auf Morris loszugehen«, meinte Myra tadelnd.

»Hast du eine bessere Idee gehabt?« Chads Miene verfinsterte sich. »Wären die Männer vorhin nicht aufgetaucht, hätte Morris mich als Druckmittel benutzt. Er ist ein übler Kerl, der keine Skrupel kennt und der Menschenleben opfern würde, um sein Ziel zu erreichen.«

»Was meinst du damit?«

»Ich meine zum Beispiel Emma oder Heather«, sagte Chad ruhig.

»Emma ...«, flüsterte Myra entsetzt. »Emma ist noch immer bei ihrer Freundin Kate. Morris kann das unmöglich wissen. Er kann das doch unmöglich wissen, oder? ... O Chad!« Sie griff nach ihrem Handy und tippte mit zitternder Hand Emmas Nummer ein.

Nichts.

»Kein Empfang!«, rief sie bestürzt.

»Lass uns nach Boulder Landing zurückfahren und Emma abholen. Dann bringen wir sie und Heather an einen sicheren Ort.«

Meghali räusperte sich, um auf sich aufmerksam zu machen.

»Entschuldige«, sagte Chad. »Wir waren so sehr in unsere eigenen Angelegenheiten vertieft, dass wir dich ganz vergessen haben ...«

»Das macht nichts«, entgegnete Meghali.

»Du wolltest uns erzählen, was du über Morris und diese ganze Geschichte weißt«, warf Myra ein, während sie Chads Schulter notdürftig verband.

Meghali lachte auf. »Wenn ich etwas Konkretes wüsste, wäre mir um einiges wohler. Aber ich erzähle euch gern, was ich weiß: Ich bin Ethnologin. Und bis gestern habe ich nicht wirklich etwas mit Simon Morris zu tun gehabt. Aber er rief mich an, weil er Informationen über eine bestimmte indianische Legende haben wollte. Er sagte mir, dass ich schon einmal, vor fast zwanzig Jahren, für ihn Nachforschungen in dieser Sache angestellt hätte – für ein Buch, das er hatte schreiben wollen, das aber nie verwirklicht worden ist.« Sie legte eine Pause ein, weil sie versuchte, sich an alle Einzelheiten zu erinnern.

»Ich war mir sicher, dass ich nie von einem Morris gehört und bestimmt nie für ihn gearbeitet hatte. Aber während ich mit ihm sprach – und das ist der merkwürdige Teil der Geschichte –, hat sich etwas verändert. Plötzlich meinte ich mich vage an meine Arbeit für ihn zu erinnern. Ich stimmte also zu, mich mit ihm zu treffen und die Angelegenheit genauer zu besprechen.« Wieder schwieg sie einen Augenblick lang.

»Wir haben uns eine Stunde später in einem Café getroffen, aber auch als ich ihn vor mir sah, konnte ich mich nicht an ihn erinnern. Weder seine Stimme noch sein Gesicht kamen mir bekannt vor. Er war ein Fremder für mich. Und doch – da war irgendetwas an ihm … Und dann war da dieser üble Geruch, der von ihm auszugehen schien …« Sie suchte nach den richtigen Worten.

Myra und Chad sahen sie gespannt an.

»Dann klingelte Morris' Handy«, fuhr Meghali fort. »Er entschuldigte sich und sagte, es wäre zu laut im Café, und ging nach draußen. Ich hatte meine Handtasche im Wagen liegen lassen und dachte, das war eine gute Gelegenheit, sie zu holen. Als ich durch die Tür nach draußen trat, hörte ich Morris' Stimme. Er bemerkte mich nicht. Ich wäre wahrscheinlich an ihm vorbei zum Parkplatz gegangen, aber dann hörte ich meinen Namen und wurde aufmerksam.«

Myra wollte etwas sagen, aber Meghali hob abwehrend die Hand.

»Jetzt kommt der unheimliche Teil: Ich habe gehört, wie Morris seinem Gesprächspartner versichert hat, dass er sich um mein zwanzig Jahre jüngeres Ich *kümmern* würde.«

Myra schlug entsetzt die Hand vor den Mund.

»Es kommt noch besser: Morris hat gesagt, er würde am nächsten Morgen nach Squalath fahren und eine endgültige Entscheidung wegen Myra Blue Knife treffen. Dann schwieg er, wohl weil die Person am anderen Ende der Leitung etwas sagte, und schließlich meinte Morris, er würde nicht zulassen, dass Myra und ich uns zwanzig Jahre früher treffen würden.« Sie seufzte. »Ich habe im Laufe meines Lebens schon einige merkwürdige Sachen erlebt, und ich habe gelernt, dass es Dinge zwischen Himmel und Erde gibt, die wir uns nicht erklären können. Und was ich aus Morris' Worten geschlossen habe, ist, dass er eine Möglichkeit hat, zwanzig Jahre zurückzugehen und Geschehnisse von damals zu ändern. Er ist ein skrupelloser Mensch, mit dem man nicht spaßt. Darum habe ich mich entschlossen, ihm nach Squalath zu folgen und euch zu warnen.«

Myra und Chad wechselten einen wissenden Blick.

»Es ist aber so, dass Morris nicht wissen konnte, dass wir nach Squalath unterwegs waren«, sagte Chad.

»Zu dem Zeitpunkt, als er mit dir gesprochen hat, hatten wir noch nicht einmal den Entschluss gefasst, dorthin zu fahren«, fügte Myra hinzu.

»Sehr seltsam«, murmelte Meghali.

Schweigend fuhren sie weiter. Jeder hing seinen Gedanken nach.

Myra dachte immer wieder an Emma. Sie versuchte noch einige Male, ihre Tochter per Handy zu erreichen, konnte aber keine Verbindung bekommen. Als sie endlich das Haus erreicht hatten, in dem Emmas Freundin Kate mit ihrer Familie lebte, sprang Myra sofort aus dem Wagen, hastete zur Haustür und läutete Sturm. Chad folgte ihr, so schnell es seine verletzte Schulter zuließ.

Die Tür wurde geöffnet, und Kates Mutter sah sie erstaunt an.

»Mrs Blue Knife! Ich dachte, Sie und Ihr Mann wären im Krankenhaus.«

»Im Krankenhaus?« Myras Kehle schnürte sich zusammen. »Wir wollen Emma abholen«, brachte sie mühsam heraus. »Können Sie sie bitte rufen?«

»Emma ist schon abgeholt worden«, erwiderte Kates Mutter erstaunt. »Es ist noch keine zehn Minuten her.«

»Von wem?«

»Ein Mann, groß, schlank, schwarzer Anzug, zurückgekämmte Haare. Er sagte, Sie hätten Mr Blue Knife ins Krankenhaus begleiten müssen und ihn gebeten, Emma zu Ihnen zu bringen.«

Myra blieb das Herz stehen.

»Das würde sie niemals tun!«, rief sie leise. »Ich meine, sie würde niemals mit einem fremden Mann im Auto davonfahren … Wie konnten Sie das zulassen?«, fuhr sie Kates Mutter an.

Kates Mutter hob die Schultern.

»Der Mann war sehr höflich, er hat sich korrekt vorgestellt und sich als Polizeibeamter ausgewiesen. Emma hat versucht, Sie übers Handy anzurufen, konnte Sie aber nicht erreichen. Es tut mir sehr leid …«

»Ist schon gut«, mischte Chad sich ein, als er in das ängstliche Gesicht von Kates Mutter sah. »Machen Sie sich keine Vorwürfe.« Dann wandte er sich an Myra: »Komm, Meghali wartet.«

Wie betäubt ließ Myra sich von Chad zurück zum Wagen führen. Meghali sah sie fragend an.

»Er hat sie entführt«, hauchte Myra.

Meghalis Augen weiteten sich vor Entsetzen. Sie wollte helfen, aber es gab nichts, was sie hätte tun können. Sie war machtlos. Sie alle waren es. Emmas Schicksal lag in Morris' Händen.

»Lass uns nach Hause fahren, dort sind wir erreichbar«, erklärte Chad mit erstickter Stimme. »Morris will bestimmt etwas aushandeln.«

Er wandte sich seiner Frau zu. Sie saß neben ihm und war plötzlich in einem viel schlimmeren Zustand als er selbst. Ihr Gesicht hatte alle Farbe verloren, und sie starrte teilnahmslos aus dem Fenster. Als er sie ansprach, reagierte sie nicht.

»Ist mit Myra alles in Ordnung?«, fragte Meghali, als sie wieder losfuhren.

Chad schüttelte den Kopf und zog seine Frau an sich.

Es war früher Nachmittag, als sie endlich zu Hause eintrafen. Chad überprüfte jedes Zimmer. Alles schien in Ordnung zu sein. Er ließ Myra in Meghalis Obhut auf dem Sofa im Wohnzimmer zurück und ging ins Badezimmer. Dort versorgte er notdürftig seine Schusswunde. Schweiß stand ihm auf der Stirn, denn die Wunde tat höllisch weh. Es war ein glatter Durchschuss, aber einen Arzt würde er nur aufsuchen, falls sich Komplikationen einstellten. Chad nahm ein paar Schmerztabletten und legte eine Kompresse mit Kräutern auf, die er vor einiger Zeit von Heather bekommen hatte. Mit etwas Ruhe würde es ihm bald besser gehen. Ruhe … Aber wie sollte das gehen? Er zwang sich, nicht an Emma zu denken. Er musste stark bleiben, er durfte der Angst in seinem

Herzen nicht nachgeben, nur so konnte er Emma eine Hilfe sein.

Als er ins Wohnzimmer zurückging, um Heather anzurufen, klingelte das Telefon. Er sah, wie Myra nach dem Hörer griff.

»Warte! Lass mich das machen.« Vielleicht war es Morris …

»Hallo?«, sagte er mit heiserer Stimme und schaltete den Lautsprecher ein.

Myra und Meghali blickten ihn gespannt an.

»Ich glaube, du erinnerst dich an mich«, ertönte Morris' kalte Stimme aus dem Lautsprecher.

»Wo ist unsere Tochter?«

»Ich stelle hier die Fragen!«, fuhr Morris auf.

Myra zuckte unwillkürlich zusammen.

»Sag deiner Frau, dass sie den Talisman finden soll, und zwar ein bisschen schnell! Meine Geduld ist am Ende, und meine Zeit ist knapp. Sag ihr, sie soll den Talisman finden, sonst passiert was mit eurer Tochter!«

»Und wie soll sie das tun?«, rief Chad aufgebracht ins Telefon. »Sie weiß noch nicht einmal, worum es geht!«

»Sie hat Talent«, erwiderte Morris. »Sag ihr, sie soll ihr Gehirn ein bisschen anstrengen.«

Myra geriet in Panik. Meghali zog sie enger an sich, um sie zu beruhigen.

»Keine Tricks, keine Polizei. Ich verfolge jeden eurer Schritte. Beeilt euch! Es wäre doch schade, wenn ich eine zarte Schönheit wie eure Tochter an meine rauen Freunde übergeben müsste … Und Meghali – von dir hätte ich mehr Loyalität erwartet.«

Es klickte, und die Verbindung war unterbrochen.

Meghalis Augen weiteten sich. Wie hatte Morris von ihrer Begegnung mit Chad und Myra erfahren?

»Er wird ihr weh tun … Er wird sie umbringen …«, sagte Myra immer und immer wieder. Sie hatte einen Schock. Schließlich brach sie in Chads Armen zusammen.

Ein sonderbares Gefühl strömte durch ihren Körper, und ihr Herz schien auf einmal weniger stark zu schmerzen. Dann überkam sie ein seltsames Ziehen …

Kapitel 15

Umweg

Ein lauter Ruf riss Runa aus dem Schlaf.

»Runa!« Erdis' Stimme erreichte sie wie aus weiter Ferne. Sie blickte sich um. Es war dunkel. Feuer brannten, und Menschen liefen schreiend umher. Dann war der Wechsel vollzogen, und Runa wusste, wo sie sich befand und was um sie herum geschah: Das Nomadenlager, in dem sie die Nacht verbrachten, wurde angegriffen!

Neben ihr fielen Männer leblos zu Boden. Rauch lag in der Luft und brannte in ihren Augen. Sie wusste nicht, in welche Richtung sie sich wenden sollte.

»Komm!«, schrie Erdis, die langen roten Haare offen und wirr, und zog an ihrem Arm. »Wir müssen fort von hier!«

»Wo ist Timaq?«, wollte Runa wissen. »Der alte Schamane hat doch geschworen, dass er uns beschützt!«

»Ich kann ihn nirgendwo entdecken!«, rief Erdis. »Wir sind auf uns allein gestellt! Komm! Schnell!«

Runa wollte nach einer Waffe greifen, aber Erdis hielt sie zurück. »Vergiss deine Aufgabe nicht! Du hast eine Botschaft zu überbringen und den Talisman zu schützen. Du musst dich in Sicherheit bringen!«

Die beiden Frauen bahnten sich einen Weg durch das heillose Durcheinander. Es war unmöglich zu sagen, welches die Angreifer waren und welches die Bewohner des Lagers. Es war zu dunkel, und die Frauen waren erst am Abend zuvor im Lager angekommen, so dass sie noch nicht alle Bewohner kennengelernt hatten. Sie konnten niemanden um Hilfe bitten. Und es war zu gefährlich, Zeit zu vergeuden und Timaq zu suchen.

Sie flohen zum Rand des Lagers, weil sie hofften, irgendwo dort ein Versteck zu finden.

Plötzlich wurden sie von zwei Männern grob an den Schultern gepackt und zu Boden geworfen. Die Männer wechselten ein paar Worte in einer Sprache, die Runa und Erdis nicht verstanden, und lachten höhnisch.

Runa versuchte, den Männern in Zeichensprache verständlich zu machen, dass sie Botschafter waren und dass sie zu ihrem Anführer gebracht werden wollten. Vergeblich!

Was sollten sie tun? Sie mussten unbedingt Ruhe bewahren. Wieder und wieder machte Runa die Zeichen für *Botschafter* und *Anführer,* doch es half nichts.

Einer der Männer zog sie unsanft auf die Beine und wollte mit ihr in der Dunkelheit verschwinden, doch in diesem Augenblick kam ein dritter Mann hinzu. Er blickte zu den beiden Frauen und bemerkte Runas Handzeichen. Mißmutig rief er den anderen Männern etwas zu, und diese schoben die beiden Frauen mit enttäuschtem Gesicht zurück zum Lagerplatz.

Um sie herum herrschte noch immer ein wildes Durcheinander. Schreie hallten zwischen den Zelten wider. Es waren die Hilfeschreie der freundlichen Lagerbewohner – Männer, Frauen und Kinder –, mit denen Runa und Erdis noch vor kurzem zusammengesessen hatten.

Runa griff nach Erdis' Hand. In diesem Augenblick wurden die beiden Frauen wieder von zwei Männern gepackt.

Erdis schrie leise auf.

Die Männer hievten sie auf den Rücken seltsam aussehender Tiere. Runa und Erdis konnten ihre Gestalt im schwachen Schein der Feuer nur undeutlich erkennen. Die Tiere erinnerten an urzeitliche Pferde. Sie waren klein und struppig und wirkten sehr robust. Die Tiere trugen weder Sattel noch Zaumzeug und wurden von anderen Reitern an Stricken geführt. Weder Runa noch Erdis hatten jemals zuvor auf einem solchen Tier gesessen, und sie hatten Mühe, nicht hinunterzufallen, als die kleine Karawane der Angreifer sich in Bewegung setzte.

Die Schreie und Hilferufe der Bewohner wurden allmählich immer leiser. Runa schloss die Augen. Warum war sie nur so hilflos? Sie war gezwungen, den Fremden zu folgen, während das Lager und all seine Bewohner den Feinden auf Gedeih und Verderb ausgeliefert waren.

Der Ritt dauerte endlos lang. Die Frauen konnten in der Dunkelheit nicht erkennen, wohin der Weg sie führte, und sie verloren die Hoffnung, jemals wieder in das gastfreundliche Lager zurückzukehren oder gar Timaq zu finden.

Als die Morgendämmerung die Landschaft endlich in ein fahles graues Licht tauchte, erreichten sie das Lager der Angreifer. Runa und Erdis konnten erkennen, dass sich die Kleidung der Männer und das Lager selbst kaum von dem Lager und den Menschen unterschieden, von denen sie am Tag zuvor als Gäste aufgenommen worden waren. Die Zelte aus Häuten und Stangen sahen aus wie Jurten. Die Männer, die sie nun unsanft von den kleinen Pferden zogen und in eines der Zelte schoben, trugen, wie die Männer in dem anderen Lager, eine lange Tunika aus Leder und Fell, an den Seiten geschlitzt, die Ärmel eng um die Handgelenke geschlossen. Um diese Tunika hatten sie einen Gürtel geschlungen. Dazu trugen sie eine lange, weite Hose, die in einfache knöchelhohe Lederstiefel gesteckt war, und entweder einen hohen Hut aus Fell oder eine Kappe aus Filz. Die Männer sahen grimmig und rau aus, und die beiden Frauen waren heilfroh, als eine Klappe über dem Eingang zugezogen wurde und sie allein im Dunkel des Zeltes waren.

»Geht es dir gut?«, fragte Erdis.

»Ja.«

»Die Situation ist gefährlich, Runa. Du musst versuchen, hier herauszukommen. Diese Männer haben keine friedlichen Absichten, und deine Aufgabe ist zu wichtig.«

»Erdis, ich weiß nicht, was ich tun soll!«

»Du hast Ragns Fähigkeit. Du kannst dich verwandeln und von hier verschwinden«, meinte Erdis ruhig.

»Und dich zurücklassen? Niemals!«

Erdis überlegte. »Erinnere dich an Halvars Gabe. Du kannst Dinge mit deinem Willen verändern. Benutze diese Gabe, um die Absichten der Männer zu unserem Vorteil zu ändern.« Sie legte Runa beruhigend die Hand auf die Schulter.

»Was immer du tust, die Fremden dürfen den Talisman nicht in ihre Hände bekommen. Bisher ahnen sie nicht, dass es ihn gibt. Lass uns versuchen, dass das so bleibt.«

Runa stimmte zu, und die beiden Frauen beschlossen, ein wenig zu schlafen. Ihr Körper schmerzte nach dem ungewohnten Ritt, und außerdem waren sie sehr durstig. Schlaf würde sie für eine Weile alles vergessen lassen.

Irgendwann wurde die Klappe des Zeltes wieder geöffnet, und zwei raue dunkelhaarige Männer zogen die beiden Frauen unsanft nach draußen ins Tageslicht.

Es war so grell, dass Runa und Erdis blinzeln mussten. Schützend schirmten sie ihre Augen ab. Die Morgenluft war kühl und ließ sie frösteln.

Als sich ihre Augen an das Tageslicht gewöhnt hatten, bemerkten sie, dass die Landschaft sich verändert hatte. Das Lager, in das sie gebracht worden waren, befand sich mitten in einer wüstenartigen, wie ausgedörrt wirkenden Landschaft. Es gab keine hohen Bäume, keine großen Sträucher. Das spärliche Gras, das den Boden bedeckte, war kurz und wuchs in kleinen Büscheln. Eine Brise wehte beständig über das beinahe flache Land. Erst am Horizont waren hohe Berge zu erkennen. In der Nähe des Lagers schlängelte sich ein kleiner Bach, in dessen Nähe mittelgroße haarige Tiere grasten, wie Runa und Erdis sie noch nie zuvor gesehen hatten, und kleine struppige Pferde, wie die, auf denen sie hierhergebracht worden waren. Die Bewohner schienen ein kriegerisches Hirtenvolk zu sein.

Die Männer stießen sie unsanft vor sich her und führten sie zu einem anderen Zelt. Es war größer als alle anderen im Lager und außen reich mit aufgemalten Symbolen verziert. Runa und Erdis schlossen daraus, dass sie dem Anführer vorgestellt werden sollten.

Im Inneren erwartete sie ein schwergewichtiger Mann von mittlerer Größe. Er saß auf einem Berg von Fellen und strahlte Faulheit und Anmaßung aus. Seine Kleidung war, genau wie sein Zelt, reich mit Symbolen verziert. Seine kleinen dunklen Augen musterten die Frauen herablassend. Er richtete einige Worte an die Männer, die Runa und Erdis zu ihm gebracht hatten, woraufhin diese sich lautlos an den Rand des Zeltes zurückzogen. Dann wandte er sich den Frauen zu. Runa und Erdis waren überrascht, als sie hörten, dass er ihre Sprache sprach.

»Ich heiße Kansbar. Ich bin der Anführer dieser mutigen Krieger. Mein Reich erstreckt sich in alle Himmelsrichtungen bis zum Horizont. Meine Männer und ich sind gefürchtet von all unseren Nachbarn.«

Runa und Erdis ließen sich nicht beeindrucken. Runa war geradezu angewidert, denn offensichtlich hatte dieser *gefürchtete* Anführer gestern Nacht seine Männer nicht in den Kampf geführt, sondern friedlich in seinem Zelt geschlummert und gewartet, bis sie von ihrem Raubzug zurückgekehrt waren.

»Mein Hauptmann sagt mir, dass ihr mich sprechen wollt«, fuhr er fort. »Ihr seid offenbar nicht aus dieser Gegend. Sagt, was ihr hier zu tun habt.«

Runa erzählte von ihrer Aufgabe. Den Talisman erwähnte sie nicht.

»Wir haben den Schamanen, der uns gestern begleitet hat, während des Kampfes aus den Augen verloren«, schloss sie ihre Erzählung. »Wir bitten dich, großer Kansbar, uns gehen zu lassen, damit wir ihn suchen und unsere Reise fortsetzen können.«

Ohne zu zögern, erwiderte Kansbar: »Das kann ich nicht tun. Aber ich kann euch beiden einen Platz unter meinem Dach anbieten. Ihr würdet eine willkommene Bereicherung meiner Frauenschar abgeben.«

Runas Hoffnung schwand. Kansbar schien einer dieser Menschen zu sein, die sich einfach über die Gebote der Geister hinwegsetzten, und das scheinbar ohne Folgen.

Seit sie das Zelt betreten hatten, hatte Runa sich darauf konzentriert, ihren Willen auf Kansbar zu übertragen. Halvar konnte allein durch die Kraft seiner Gedanken Wolken auflösen, Tierherden in bestimmte Richtungen lenken, ja, er konnte sogar Berge versetzen. Es sollte ihr, da ihr diese Gabe von Halvar übertragen worden war, eigentlich möglich sein, Kansbars Willen so zu beeinflussen, dass er sie gehen ließ. Aber es gelang ihr nicht, und das machte sie zornig.

»Ich fühle mich sehr geehrt, aber ich muss dein freundliches Angebot ablehnen. Meine Aufgabe ist von größter Wichtigkeit, sie muss unbedingt zu Ende geführt werden. Die Geister wären dir sehr freundlich gesinnt, wenn du mir auf meinem Weg helfen würdest.«

»Die Geister sind mir sowieso freundlich gesinnt«, fiel Kansbar ihr barsch ins Wort. »Nun gut, wenn du nicht bleiben kannst, dann deine Freundin.« Er sah sehr zufrieden aus.

Runa versuchte, weiterhin Respekt zu zeigen, aber innerlich verzweifelte sie über so viel Anmaßung und Dummheit.

»Ich benötige die Hilfe von Erdis, um meine Aufgabe erfolgreich zu erfüllen. Ich kann sie nicht zurücklassen.«

»Ihr wollt also unter keinen Umständen mein gutgemeintes Angebot annehmen!«, rief Kansbar aus. »Ich glaube nicht an eure Geschichte von einer wichtigen Aufgabe. Ich werde euch mit einem Fluch belegen und die Ältesten entscheiden lassen, was mit euch geschehen soll!«

Runa spürte, wie Wut in ihr aufstieg und sich wie eine Hitzewelle in ihrem Körper ausbreitete. Ihre Augen verdunkelten sich, und ihre Lippen wurden schmal.

Erdis kannte diesen Ausdruck im Gesicht der Freundin nur zu gut und bedeutete ihr zu schweigen.

Die Krieger erhoben sich und gingen auf die beiden Frauen zu, ergriffen sie an den Schultern und stießen sie am Rand des Zeltes zu Boden. Dort warteten Runa und Erdis still, bis sich der Kreis der Ältesten in Kansbars Zelt versammelt hatte.

Kansbar rückte seine massige Gestalt auf dem Berg aus Fellen zurecht und richtete sich in überheblichem Ton an die Ältesten.

Runa und Erdis konnten seine Worte nicht verstehen, aber sie erkannten den Hohn auf seinem Gesicht.

Dann gab er Runa die Gelegenheit, sich an die Ältesten zu wenden.

Sie erhob sich. Eine alte Frau übersetzte ihre Worte für die Ältesten. Runa erklärte abermals und mit betont ruhiger Stimme, wie wichtig ihre Aufgabe war und wie notwendig es sei, dass Erdis sie begleite.

Sie schloss mit den Worten: »Euer ehrenwerter Anführer Kansbar schenkt meinen Worten keinen Glauben. Er will uns mit einem Fluch belegen. Ich aber sage, dass ich die Wahrheit spreche, und ich warne euch: Die Geister sind meine Zeugen, und jeder Fluch, den Kansbar gegen mich richtet, wird an der Wahrheit meiner Worte abprallen und um ein Vielfaches schlimmer auf ihn selbst zurückfallen.«

Runa stand mit erhobenem Haupt vor den versammelten Ältesten und sah sie direkt an. Sie hatte keine Angst. Sie hatte die Wahrheit gesprochen. Die Geister waren auf ihrer Seite. Dann setzte sie sich neben Erdis auf den Boden und wartete schweigend auf die Entscheidung der Ältesten.

Wieder wandte Kansbar sich an die Ältesten, und die beiden Frauen schlossen, dass er ihnen seine Meinung darlegte. Niemand übersetzte seine Worte für sie.

Als Kansbar geendet hatte, begannen die Ältesten damit, sich zu beraten.

Runa konnte an ihren Gesten ablesen, dass sie sich dem Wort ihres Anführers anschließen würden. Es würde keine gerechte Entscheidung fallen. Erdis' Worte echoten in Runas Kopf.

Benutze deine erworbenen Gaben, um dich aus dieser unglücklichen Lage zu befreien.

Aber Runa durfte nicht nur sich selbst retten, sie durfte Erdis nicht in diesem erbärmlichen Lager zurücklassen. Ihre Begleiterin würde dem Willen Kansbars hilflos ausgeliefert sein.

Sie lenkte ihren Willen darauf, die Entscheidung der Ältesten zu ihren Gunsten zu beeinflussen, und sie erschrak über die plötzliche Welle aus Kraft, die sie in sich spürte.

Diese Kraft brachte mächtige Geistwesen hervor. Zwölf riesige Löwen erschienen – einer für jeden der anwesenden Ältesten. Sie stellten sich neben die Ältesten und platzierten ihre gewaltigen aufgerissenen Mäuler an deren Hälse, so dass ihre blitzenden Zähne sie beinahe berührten.

Runa war sich sicher, dass niemand außer sie selbst diese mächtigen Geistwesen sehen konnte. Sie wartete ruhig und konzentriert, was nun geschehen würde.

Als Kansbar die Ältesten kurz darauf mit einem herablassenden Lächeln aufforderte, ihre Entscheidung vorzutragen, geschah etwas für ihn Unvorstellbares: Die Ältesten fügten sich nicht der von ihm vorgegebenen Entscheidung, sondern richteten sich gegen ihn!

»Ich glaube den Worten der Frau. Sie und ihre Begleiterin sollen freigelassen werden und unbehelligt ihres Weges gehen«, sprach der erste Älteste.

Das Lächeln verschwand von Kansbars Gesicht.

Die elf anderen Ältesten sprachen dieselben Worte und schwiegen dann. Sie waren wie erstarrt.

Kansbar sah sich verwirrt um. Was war mit seinen Ältesten geschehen? Dann fiel sein Blick auf Runas konzentriertes Gesicht. Konnte sie tatsächlich die Macht besitzen, seinem Willen zu widerstehen und seine Ältesten zu beeinflussen? Dann sollte sie erst recht bei ihm bleiben. So eine Gabe würde ihm überaus hilfreich sein bei seinen Raubzügen!

Runa erkannte Kansbars neues Interesse an ihr, und sofort richtete sie all ihre Konzentration auf ihn. Die Löwen wichen von der Seite der Ältesten, sprangen auf Kansbar zu und rissen ihn zu Boden. Für die Umstehenden sah es so aus, als sei eine unsichtbare Macht am Werk. Nur Runa verfolgte, was wirklich vor sich ging.

»Wir müssen fort von hier«, raunte sie Erdis zu.

Die beiden Frauen verließen ruhig und mit erhobenem Haupt das Zelt.

Erdis blickte sich noch einmal um, um sich zu vergewissern, dass sie richtig gesehen hatte. Kansbar lag noch immer am Boden, die Augen weit aufgerissen vor Entsetzen, und keiner seiner Männer rührte sich, um ihm zu helfen.

Erdis warf Runa einen fragenden Blick zu.

»Geh weiter«, meinte diese nur, und Erdis fragte nicht weiter.

Am späten Nachmittag tauchte plötzlich eine einzelne Gestalt am Horizont auf. Runa und Erdis waren den ganzen Tag in Richtung Osten gewandert und hofften, bald auf einen Schamanen zu treffen, der nicht zu Kansbars Gefolge gehörte. Runa betete, dass es sich diesmal um einen ihnen freundlich gesinnten Menschen handelte.

Umso erstaunter waren sie, als sie kurz darauf die hochgewachsene dürre Gestalt von Timaq erkannten. Er war der alte Schamane, den sie in der vergangenen Nacht im Kampfgetümmel aus den Augen verloren hatten.

»Timaq!«, riefen die beiden Frauen erleichtert. Dann

sahen sie, dass der alte Mann Mühe hatte, einen Fuß vor den anderen zu setzen. Sein graues Haar hing ihm wirr um den Kopf, und sein Hemd war blutverschmiert. Er presste eine Hand gegen den Bauch und atmete schwer.

Sofort waren sie an seiner Seite und stützten ihn.

»Oh, ich bin so froh, dass ich euch gefunden habe«, sagte Timaq mit schwacher Stimme. »Verzeiht mir, dass ich euch nicht beschützen konnte. Auch ich bin überfallen worden. Ich habe gesehen, wie die Kerle euch auf ihre struppigen Pferde gesetzt und mitgenommen haben. Ich bin euch gefolgt, bin aber nur langsam vorangekommen. Mein Bauch … Ein Messer hat eine tiefe Wunde in mein Innerstes gerissen.«

»Leg dich nieder, Timaq. Du musst dich ausruhen«, rief Runa bestürzt aus.

Gemeinsam legten sie den alten Mann auf den Boden, und Erdis besah sich seine Wunde. Sie legte einige Kräuter auf, und Runa holte Wasser aus einer nahe gelegenen kleinen Quelle.

Als Timaq die Augen schloss, sah Runa Erdis fragend an. Diese schüttelte traurig den Kopf. Der alte Mann würde nicht mehr lange leben. Betroffen ließ Runa den Kopf hängen.

Gegen Abend – es wurde schon dunkel – öffnete Timaq noch einmal die Augen. Die Frauen hatten sicherheitshalber kein Feuer entzündet. Sie wollten möglichen Suchtrupps aus Kansbars Lager keine unnötigen Vorteile verschaffen.

»Komm zu mir, Runa«, sprach der alte Schamane mit leiser Stimme.

Runa folgte seiner Bitte. Als Timaq ihre Hand in seine nahm, spürte sie, wie schwach er war. Das Leben wich schnell aus seinem Körper.

»Ich habe nicht mehr lange zu leben. Aber ich hatte

die Gnade, noch einmal einen Traum von den Geistern zu empfangen.« Er hielt inne. Das Sprechen fiel ihm schwer.

»Es bleibt keine Zeit mehr für eine lange Zeremonie, wie es eigentlich üblich ist. Ich übertrage deshalb hier, an diesem Ort, in diesem Augenblick und ohne große Reden, meine Kräfte auf dich, Runa. Die Geistwesen wollen es so, das ist mir in meinem Traum gezeigt worden. Es ist ein Geschenk von mir an dich, damit du sicherer weiterreisen kannst.«

Runa sah den alten Mann schweigend an. Das Licht in seinen Augen verblasste mehr und mehr. Als er sie schließlich um den Talisman bat, gehorchte sie nur zu gern.

Timaq hielt den Talisman einen Augenblick lang in seinen Händen, dann lächelte er zufrieden und reichte ihn an Runa zurück.

»Nun will ich dir noch zeigen, was meine größte Gabe an dich ist.«

Bevor Runa sichs versah, lösten sich ihre Füße vom Boden. Ihr Körper erstarrte. Dann kippte er langsam nach hinten, und sie schwebte waagerecht und eine gute Ellenlänge über der Erde.

Plötzlich drehte sich alles um sie herum – vielleicht war es auch sie selbst, die sich in der Luft um die eigene Achse drehte.

Und auf einmal verspürte sie ein seltsames Ziehen …

Kapitel 16

Offenbarung

Chad stand auf der Veranda der kleinen Jagdhütte und sah zu den Sternen empor. Irgendwo, das wusste er, sah Myra jetzt dieselben Sterne.

Er seufzte. Ihr hübsches Gesicht ging ihm einfach nicht aus dem Sinn. Und ihr Lachen. Was würde er dafür geben, wenn er jetzt ihr herzliches, unbefangenes Lachen hören könnte.

In diesem Augenblick wurde ihm bewusst, dass es nicht nur die Sorge um Myras Sicherheit war, die ihn unruhig sein ließ. Es war mehr. Viel mehr. Er fühlte eine Leere in sich, seit Myra fort war. Eine Leere, die er jedes Mal gespürt hatte, wenn sie während der letzten Tage getrennt gewesen waren. Ein Stück von ihm fehlte, wenn Myra nicht bei ihm war, und er lebte nicht in dem Gleichgewicht, das für sein Volk so bedeutsam war.

Jedes Wesen hatte sein Gleichgewicht, musste sein Gleichgewicht bewahren, damit es nicht die Harmonie des Ganzen störte. Die Pflanzen hatten ihr Gleichgewicht, die Tiere, die Erde. Geben und nehmen, hell und dunkel, gut und böse. Myra brachte Chad ins Gleichgewicht, und es war gestört, jetzt, wo sie nicht bei ihm war.

Meghali trat zu ihm auf die Veranda.

»Sie ist schon seit über einem Tag fort«, sagte Chad.

»Es ist eine lange Zeit«, antwortete Meghali. »Sie wird gewiss bald zu uns zurückkehren und …«

In diesem Moment erschien Myras schlanke Gestalt an genau der Stelle, an der sie zuvor in die Geisterwelt gewechselt war. Und genauso wie Runa schwebte sie waagerecht über dem Boden.

Kurz darauf fiel sie unsanft zu Boden. Sie hielt sich verwirrt den Kopf. Als sie Chad auf der Veranda entdeckte, legte sich ein Lächeln auf ihr Gesicht.

»Chad!«, flüsterte sie leise. Sie stand auf und ging zu ihm hinüber.

Chad ergriff ihre ausgestreckte Hand und drückte sie liebevoll. Myra sah in seine dunklen Augen und hätte beinahe vergessen, dass sie nicht allein waren.

Die Tür der Hütte öffnete sich, und Heather trat zu ihnen auf die Veranda.

»Schön, dass du wieder bei uns bist, Kind.«

Myra blickte verlegen auf, und Röte stieg ihr ins Gesicht.

»Heather, Meghali! Es ist so gut, euch wiederzusehen!«

»Komm in die Hütte, Kind, es ist kühl geworden«, meinte Heather mütterlich und schob Myra über die Türschwelle.

Sie machten es sich auf den alten Stühlen bequem, die im gemütlichen großen Zimmer in der Nähe des Holzofens um einen kleinen Tisch standen. Myra fühlte, wie die anderen darauf brannten, ihren Bericht zu hören. Sie selbst war so aufgebracht, dass die anderen sie bremsen mussten, damit sie überhaupt ein Wort verstanden. Die neuen Erfahrungen und Ereignisse brachen geradezu aus ihr heraus.

»Du sagst, Morris hat Emma entführt?«, fragte Heather entsetzt.

»Dieser Mensch schreckt vor gar nichts zurück!«, warf Meghali aufgebracht ein.

So langsam und so geordnet, wie es ihr möglich war, berichtete Myra alle Einzelheiten.

»Und als ich diesmal in die Geisterwelt wechselte«, erklärte sie, »waren keine Felssäulen notwendig. Auch dann nicht, als ich von der Zukunft in Runas Welt wechselte. Es geschah einfach so …«

Heather lächelte sie an.

»Ich habe es gewusst!«

Dann berichtete Myra von Timaq und von der Gabe, die Runa von ihm erhalten hatte, von dem nächtlichen Überfall und davon, wie Runa Halvars Gabe in Kansbars Zelt eingesetzt hatte, damit Erdis und sie entkommen und weiterreisen konnten.

»Ich muss den Schlüssel finden, die Antwort, die wir brauchen, um Morris und seinesgleichen zu übertrumpfen. Er hat unsere Tochter, Chad!« Sie blickte ihn eindringlich an.

Chad fand es jedes Mal merkwürdig, wenn Myra in dieser Weise über ihre mögliche Zukunft sprach. Aber er wusste, dass das, was sie dort sah und erlebte, Wirklichkeit für sie war. Genauso wirklich wie die Augenblicke, die sie zusammen mit ihm, mit Meghali und Heather im Jetzt erlebte. Für sie war Emma eine reale Person, für ihn selbst war sie im Augenblick nicht mehr als eine Hoffnung.

Trotzdem versuchte er, sie zu beruhigen.

»Wir denken genauso, aber du musst dich jetzt erst einmal ausruhen.«

»Dazu ist keine Zeit!«, entfuhr es Myra. »Es ist ein Rennen gegen die Zeit! Sollte es Morris gelingen, den Talisman zu finden, bevor wir es tun, dann … Seine Leute werden die Kräfte des Talismans missbrauchen und gegen die ganze Menschheit einsetzen! Sie haben keinerlei Skrupel!«

»Morris hat bisher noch keinen Weg gefunden, auf die gleiche Weise in die Geisterwelt zu reisen wie du. Ich glaube nicht, dass er eine Chance hat, den Talisman ohne deine Hilfe zu finden.«

»Deshalb versuchen wir, Morris in Schach zu halten«, stimmte Meghali ihm zu, ihre dunklen, beinahe schwarzen Augen mitfühlend auf Myra gerichtet.

»Du darfst dich nicht unnötig unter Druck setzen«, meinte nun auch Heather. »Die Reisen in die Geisterwelt rauben dir viel Energie. Du musst dir Ruhe gönnen, sonst kannst du dir großen Schaden zufügen. Du reist ohnehin sehr viel öfter, als jeder Schamane es gutheißen würde.«

Myra sah unruhig von einem zum anderen. Dann platzte sie damit heraus, was sie seit ihrer Rückkehr beschäftigte.

»Und was ist, wenn mein älteres Ich Morris erzählt, wo der Talisman zu finden ist?«

Die anderen sahen sie überrascht an.

»Was meinst du damit?«, fragte Chad.

Myra suchte verzweifelt nach den richtigen Worten, um den anderen das seltsame Gefühl beschreiben zu können, das sie seit einiger Zeit immer öfter überkam. »Ich fühle, dass sich irgendetwas verändert ... nicht in mir ... sondern ...«

»Sondern?«, hakte Chad nach.

»... dass mich das, was ich bei den Ahnen erlebe, im Jetzt beeinflusst, dass es mich verändert ... und dass das wiederum mein älteres Ich in der Zukunft verändert.« Myra schüttelte den Kopf, sie verstand ihre Worte selbst nicht. Noch einmal begann sie: »Was wäre, wenn mein älteres Ich herausfindet, wie ich mit meinem jetzigen Ich in die Geisterwelt reise? Mein älteres Ich würde Morris mit Sicherheit alles verraten – um Emma zu retten.«

Die anderen starrten sie ungläubig an.

»Ich dachte, du kannst keine Informationen zwischen den verschiedenen Personen und Zeiten vermitteln«, meinte Meghali erstaunt.

»Das stimmt. Aber irgendetwas verändert sich, ich kann es spüren! Mein Unterbewusstsein scheint mehr zu wissen als ich selbst … Ich muss so schnell wie möglich Klarheit in die Sache bringen, bevor mein Unterbewusstsein Dinge in die Wege leitet, die sich nicht mehr rückgängig machen lassen …« Sie seufzte.

Chad lächelte sie wissend an.

»Jetzt hast du verstanden, was ich damit gemeint habe, als ich dir sagte, dass Vergangenheit, Gegenwart und Zukunft keine getrennten Zeitebenen bilden, sondern gleichzeitig ablaufen und sich gegenseitig beeinflussen.«

Myra erwiderte sein Lächeln, aber es blieb matt. Ihr Kopf hatte diese Zusammenhänge noch immer nicht vollständig begriffen.

»Ich bin frustriert über die Dinge, die ich in der Welt der Ahnen sehe und erlebe«, fuhr sie fort. »Ich weiß immer noch nicht, *warum* sie mir gezeigt werden. Und die Zukunft ängstigt mich …«

An dieser Stelle fiel Heather ihr ins Wort und legte ihr besänftigend die Hand auf den Arm. »So darfst du nicht denken, Myra. Die Geistwesen haben ihre Gründe. Es liegt an uns, wenn wir ihre Handlungen und Absichten nicht immer gleich verstehen.« Dann fügte sie energisch hinzu: »Du musst versuchen, deinen Kopf frei und deinen Geist offen zu halten. Und was am wichtigsten ist – du musst Geduld haben.«

Myra spürte, dass Heather recht hatte. »Und ich muss versuchen, noch mehr Einzelheiten herauszufinden, noch mehr Informationen aus der Geisterwelt zusammenzutragen. So viele, bis sich alles zu einem verständlichen Ganzen zusammenfügt.« Sie sah die anderen fragend an. »Im Augenblick scheint hier alles ruhig zu sein. Meint ihr, ich sollte versuchen, noch einmal in die Geisterwelt zu reisen?«

»Jetzt?«, entfuhr es Chad, und ein Ausdruck von Besorgnis trat auf sein Gesicht. Er war so froh, dass Myra unversehrt zu ihm zurückgekehrt war, und nun sollte er sie gleich wieder gehen lassen?

»Ja, jetzt, Chad«, sagte Myra ruhig.

Chads forschender Blick drang ihr tief in die Seele. Was er dort fand, war genug, um ihr den Wunsch zu gewähren. Er verstand. Es gab keinen anderen Weg. Seine Hand glitt unter den Tisch und fand die ihre. Wortlos, aber mit großer Zärtlichkeit drückte er sie.

»Iss wenigstens eine Kleinigkeit, bevor du gehst«, bat er. »Du wirst all deine Kräfte brauchen.«

Er drehte sich um, um nach einer Tüte mit Nüssen und Trockenobst zu greifen, die auf einem Regal lag, und stieß dabei eine kleine offene Glasflasche mit Sirup an, die auf dem Tisch stand. Doch anstatt umzufallen, schlitterte die Flasche auf die Tischkante zu. Meghali und Heather versuchten, nach der Flasche zu greifen und sie festzuhalten, aber vergebens. Jeden Augenblick würde die Flasche zu Boden fallen.

Myra stieß ein leises »Oh!« aus. Ihr Blick heftete sich auf die Flasche. Ihr Gesicht war bewegungslos.

Die Flasche mit dem Sirup wurde langsamer und blieb schließlich genau an der Tischkante stehen.

»Habt ihr das gesehen?«, fragte Chad erstaunt. »Ich hätte gewettet, dass der Sirup auf dem Boden landet.«

»Ich auch«, stimmten Heather und Meghali zu und atmeten auf.

»Ich auch«, gab Myra atemlos zu. »Aber ich wollte wirklich nicht, dass die Flasche hinunterfällt.«

Die anderen verstummten und sahen sie erstaunt an.

Etwas später gesellte sich Chad zu Myra, die auf der Veranda der kleinen Hütte stand und gedankenverloren in die Dunkelheit blickte. Sie lauschte versonnen den Stimmen der Nachtvögel und dem leisen Rauschen der Bäume im Wind. Eine kühle Brise wehte ihr ins Gesicht und erfrischte ihre Seele und ihr Gemüt. In der Hütte brannte eine Petroleumlampe. Ihr Schein drang hinaus in die Finsternis und tauchte einen Teil der Veranda in warmes Licht. Friedliche Stille lag über der Wildnis.

Es war schon weit nach Mitternacht, und Myra fühlte sich müde. Die Reisen in die Geisterwelt raubten ihr mehr Kraft und Energie, als sie sich selbst eingestand.

Chad stand dicht neben ihr. Er lehnte sich mit der Schulter gegen einen der Verandapfosten und genoss die ungewohnte Nähe. Er spürte Myras Arm und roch den Duft ihres Haars. Behutsam ergriff er ihre Hand.

Überrascht blickte Myra zu ihm auf und schenkte ihm ein Lächeln. Ihre Blicke trafen sich.

Tief in Chads Augen las Myra, was sie dort bisher nur auf ihren Reisen in der Zukunft gefunden hatte.

Erleichterung und unsagbares Glück erfüllten ihr Herz, als sie erkannte, was es war. Nun wusste sie, dass alles gut werden würde, solange Chad bei ihr war. Sein Blick verriet ihr, dass er von nun an für sie – und nur für sie – da sein würde. Und als sie ihren Kopf an seine Brust legte und ihre Arme fest um seinen Körper schlang, war es wie die Heimkehr in ein lange vergessenes Zuhause. Sie gehörte hierher, zu Chad, in seine Arme. Sie konnte es nicht länger unterdrücken!

Wie lange hatte sie gebangt, dass ihr das Glück und

die Liebe, die sie auf ihren Reisen in der Zukunft mit Chad erlebt hatte, im Jetzt nicht vergönnt sein könnten. Chad hatte ihr gesagt, die Zukunft liege in ihren eigenen Händen, egal, was sie auf ihren Reisen dorthin sehen und erleben würde. Die Zukunft sei noch nicht wirklich festgelegt. Aber was wäre gewesen, wenn sie im Jetzt etwas getan oder gesagt hätte, das Chad dazu veranlasst hätte, sie nicht zu lieben? Sie hätte es sich niemals verzeihen können, denn sie wusste nur zu gut, was ihr damit entgangen wäre.

Ihre Müdigkeit war plötzlich verschwunden, und sie fühlte sich erfüllt von neuer Energie.

Chad beugte sich zu ihr hinunter und legte sanft seine Arme um sie.

Die Welt um sie herum verblasste. Alles, was Myra in diesem Augenblick sah, waren Chads bernsteinfarbene Augen. Alles, was sie spürte, waren seine Berührungen und sein Herzschlag.

Es schien eine Ewigkeit zu dauern, bis sich ihre Lippen fanden.

Dann küsste Chad sie mit all der Zärtlichkeit und all dem Verlangen, das Myra sich immer schon von einem Kuss erträumt hatte.

Heather steckte ihren Kopf zur Tür heraus. »Ich störe euch nur ungern, aber ich glaube, es ist an der Zeit, dass Myra wieder auf Reisen geht«, sagte sie entschuldigend.

Myra und Chad lösten sich nur widerstrebend voneinander und schenkten einander ein vielsagendes Lächeln. Dann kehrten sie in die wohlige Wärme der Hütte zurück.

Myra trat ihre Reise in die Geisterwelt diesmal von dem kleinen Schlafraum der Hütte aus an. Chad war bei ihr. Sie standen sich gegenüber und hielten sich an den Händen.

»Ich werde auf dich warten«, sagte Chad und küsste Myra zärtlich.

»Ich werde zurückkommen«, erwiderte Myra mit fester Stimme.

Im nächsten Augenblick wurde ihre Aufmerksamkeit auf etwas anderes gelenkt. Ihr Blick galt nicht mehr Chad, sondern richtete sich auf einen unbestimmten Punkt an der Wand. Sie löste sich aus Chads Griff und machte einen Schritt auf diesen Punkt zu. Dann verschwand sie.

Chad musste zweimal hinsehen, um sich davon zu überzeugen, dass seine Augen ihm keinen Streich spielten. Myra war tatsächlich verschwunden! Und obwohl er wusste, was geschehen war, lief ein kalter Schauer über seinen Körper, und seine Nackenhaare sträubten sich.

Eine plötzliche Leere erfüllte Chads Herz. Eben noch hatte Myra neben ihm im Schlafraum gestanden, jetzt war sie fort, und er war allein. Als hätte sie nie existiert.

Müdigkeit überkam ihn. Auf der einen Seite fühlte er sich so glücklich wie nie zuvor in seinem Leben, auf der anderen Seite war er wie ohnmächtig vor Sorge um Myra, die er auf ihren Reisen nicht beschützen konnte.

Er fand keine Ruhe. Also nahm er eine der Decken und ging auf die Veranda. Dort legte er sich auf die Bodenbretter und zog die Decke fest um sich. Irgendwie fühlte er, dass er, wenn er wach blieb und an sie dachte, Myra auf ihrer Reise unterstützen und helfen würde.

Seine Gedanken streiften zurück zu der Sirupflasche,

die vorhin auf so wundersame Weise am Rande des Tisches angehalten hatte. Konnte es Zufall gewesen sein? Nein. Chad glaubte nicht an *Zufälle.* Eine Ahnung tief in seinem Inneren wurde immer stärker. Aber konnte es wirklich wahr sein, dass Myra – ohne dass es ihr selbst bewusst gewesen war – Runas Gabe benutzt und die Flasche mit ihrer Willenskraft angehalten hatte? Er musste geduldig sein und Vertrauen haben.

Leise sang er ein altes indianisches Lied. Es war ein Gebet an den Großen Geist, in dem um Beistand und Führung der Jäger während der Jagd ersucht wurde. Denn Myra befand sich im Augenblick auf einer Jagd, auf einer Jagd nach Antworten in der Geisterwelt.

Kapitel 17

Freund

Erdis, schau!« Runas Hand legte sich auf den Arm der Freundin. Mit der anderen deutete sie zum Horizont, wo eine Gruppe von Reitern aufgetaucht war.

Erdis' graue Augen richteten sich auf die Fremden, aber sie konnte noch keine Einzelheiten erkennen. Sie bemerkte jedoch sofort, dass die Reiter angehalten hatten und zu ihnen herübersahen.

»Ich hoffe, das ist der Schamane, der uns die nächste Zeit begleiten wird«, meinte Erdis.

Runa hoffte das auch. Sie waren schon länger als sechsundzwanzig Monde unterwegs und hatten die unglaublichsten Dinge erlebt. Sie hatten viele hilfsbereite und gute Menschen getroffen, aber auch solche wie Kansbar, die sich nicht um den Willen der Geister kümmerten und Erdis und ihr Böses hatten antun wollen. Runa wusste, dass sie es nur den großzügigen Gaben der Schamanen, mit denen der Talisman und sie selbst geehrt worden waren, und dem guten Willen der Geistwesen zu verdanken hatten, dass Erdis und sie bisher unversehrt geblieben waren. Manchmal fragte sie sich insgeheim, wie lange diese Reise, dieses Überbringen ihrer Botschaft, wohl noch dauern würde. Denn obwohl sie Erdis bei sich hatte, vermisste sie die Menschen, die Gemeinschaft des Dorfes und ihre Familie sehr. All das hatte sie vor scheinbar unendlich langer Zeit in weiter Ferne zurückgelassen.

Sie wanderten noch immer durch die Steppe, die sich bis in die Unendlichkeit zu erstrecken schien. Runa sehnte sich nach dem Schutz und dem leisen Rauschen der Bäume, die in ihrer Heimat wuchsen, und nach dem steten Wellenschlag und der salzigen Luft des Meeres. Sie wusste, Halvar hatte ihnen gesagt, sie würden ihre Heimat nie wiedersehen. Aber vielleicht hatte er sich dieses eine Mal ja geirrt. Runa wünschte sich das manchmal.

Die vergangenen Monde hatten Runa verändert. Sie war Menschen gegenüber vorsichtiger geworden, hatte aber gleichzeitig größeres Vertrauen in ihren Glauben gewonnen – zumindest was die Kraft und den Willen der Geistwesen anging. Mehr und mehr wuchs sie in die Rolle der Botschafterin hinein. Auch war sie sehr viel selbstsicherer geworden. Und obwohl sie schon lange vor Beginn der Reise von Erdis gelernt hatte, so waren es doch die vergangenen Monde gewesen, die Runa dazu bewegt hatten, mehr als je zuvor von der Freundin zu lernen und deren Haltung und Wissen zu bewundern.

So fühlte sie sich auch an diesem frühen Morgen, als sie, wie gewohnt, gleich nach einem kalten kargen Frühstück nach Osten aufgebrochen waren, der aufgehenden Sonne entgegen.

Runa seufzte leise. Dann besann sie sich wieder auf die Reiter, die ihnen noch immer aus großer Entfernung entgegenblickten.

Die Frauen gingen erhobenen Hauptes weiter. Runa blickte immer wieder zu Erdis, die ruhig und gleichmäßig neben ihr ging, und lächelte stolz über deren entspannte Gesichtszüge, die keinerlei Angst zeigten.

Plötzlich stürmte eine zweite Gruppe von Reitern aus

Richtung Norden über die karge Steppe. Ihre lauten Angriffsschreie hallten durch den stillen Morgen. Die langen Messer in ihren erhobenen Händen blitzten in der Morgensonne, und die Hufe ihrer Pferde brachten den Boden zum Beben. Runas Herz machte vor Schreck einen Sprung. Erschrocken griff sie nach Erdis' Hand.

Auch Erdis war zutiefst erschrocken.

Waren sie das Ziel dieser wilden Horde?

»Ihr guten Geister!«, stieß Erdis leise aus, während Runa verzweifelt versuchte, ihre Fassung zu wahren. Angst würde ihnen jetzt nicht helfen.

Doch die Angreifer schwenkten ab.

Unvermittelt blieben Runa und Erdis stehen.

Dann geschah alles ganz schnell. Auch die erste Reitergruppe stimmte nun ein wildes Geschrei an und galoppierte den Angreifern mit gezogenen Waffen entgegen.

Nur wenig später war ein blutiger Kampf ausgebrochen. Die Männer schlugen mit dicken Keulen aufeinander ein, Pfeile zischten durch die Luft, und lange Kupfermesser bohrten sich in die Leiber der Gegner.

Der Kampf endete so schnell, wie er begonnen hatte.

Runa und Erdis standen noch immer starr und beobachteten, wie die siegreichen Reiter die Pferde in ihre Richtung lenkten.

Ein einzelner Reiter löste sich aus der Gruppe und hob stumm den Arm. War es ein Signal zum Angriff oder ein Zeichen des Grußes?

»Bleib ruhig«, sagte Runa zu Erdis. »Ich habe ein gutes Gefühl.« Ihr zierlicher Körper richtete sich auf, und ihr Gesicht nahm einen stolzen Ausdruck an.

Erdis blickte Runa bewundernd an und tat es ihr gleich.

Der einzelne Reiter näherte sich ihnen bis auf wenige

Schritte, sein schwarzer, mit roten Verzierungen versehener Umhang wehte in der Morgenbrise.

Runa musterte den Mann. Er trug weite schwarze Hosen, die ebenfalls mit roten Verzierungen geschmückt waren und deren Enden in hohen geschnürten Stiefeln steckten, und eine langärmelige, weitgeschnittene braune Tunika mit einer Doppelreihe aus Hornknöpfen. Ein breiter lederner Gürtel schmückte seinen Oberkörper, und seine langen schwarzen Haare waren im Nacken zu einem Zopf zusammengebunden. Der Mann war weder groß noch kräftig, wie es die Männer in ihrem Heimatdorf gewesen waren, aber seine Körperhaltung verriet Runa, dass er zäh und muskulös war. Der Mann musste ungefähr so alt sein wie sie. Seine Gesichtszüge wirkten ruhig, und in seinen dunklen, mandelförmigen Augen lag keine Angriffslust, als er die beiden Frauen aufforderte, mit ihm zu kommen.

Es war genau dieser Ausdruck, der Runa und Erdis dazu veranlasste, dem Reiter widerstandslos zu folgen. Er führte sie zurück zu der Stelle, wo die anderen Männer auf ihn warteten.

Einer der Männer führte zwei kleine gesattelte Pferde am Zügel, und der Mann, der Runa und Erdis geholt hatte, bedeutete ihnen aufzusteigen.

Die Frauen gehorchten, und der kleine Zug setzte sich in Bewegung.

Sie ritten an den leblosen, von Wunden übersäten Männern vorbei, die im Kampf gefallen waren. Runa wollte lieber nicht genauer hinsehen. Wann würden die Menschen endlich aufhören, sich zu bekämpfen?

Die Frauen galoppierten hinter den Männern her über die Weite der Steppe. Runa wusste, dass Erdis dem Reiten nichts abgewinnen konnte. Sie selbst stellte jedoch zu ihrer Überraschung fest, dass ihr das Reiten mehr und mehr gefiel. Die kleinen Pferde waren kräftige Wesen, und Runa spürte, dass sie es liebten, über die Steppe zu jagen. Die langen Mähnen der Tiere wehten im Wind, der auch ihr eigenes Haar durch die Luft wirbelte. Und obwohl sie den Männern zu einem ungewissen Ziel und in eine ungewisse Zukunft folgten, fühlte Runa einen kurzen Augenblick lang ein kostbares Gefühl von Freiheit. Ein Lächeln legte sich auf ihr Gesicht, während sie die Landschaft an sich vorbeifliegen sah. Es war beinahe, als schwebte das Pferd über dem Boden und sie mit ihm. Runa konnte sich nicht daran erinnern, dass sie sich in den vergangenen Monden jemals so gut gefühlt hatte! Sie war glücklich und befand sich im Einklang mit all der Verantwortung, die sie trug.

Viel zu schnell neigte sich der Ritt seinem Ende, und die Männer vor ihr zügelten ihre Pferde zu einem genügsameren, aber auch viel unbequemeren Trab. Am Horizont tauchte eine Kette von Hügeln auf, die mit Bäumen bedeckt zu sein schienen.

Kurze Zeit später näherten sie sich einigen Zelten, die, umgeben von einer festen Palisade aus Holz, aus der Steppe emporragten. Direkt vor der Palisade schlängelte sich ein Flüsschen durch die Ebene, auf der große Pferdeherden grasten. Ein paar Dutzend Menschen, Frauen, Kinder und Alte, strömten aus einem Tor in der Palisade auf die Steppe heraus und eilten den Reitern entgegen. Die Leute scharrten sich um drei Pferde, die sich hinter Runa und Erdis befanden. Die beiden Frauen hatten sie bisher nicht gesehen. Auf den Pferden saßen drei junge hübsche Mädchen mit langen schwarzen Haaren und dunklen Augen. Lachend begrüßten sie die Wartenden. Hinter ihnen folgte ein Mann, offensichtlich ein Gefangener. Seine Hände waren vor dem Bauch mit starken Seilen zusammengebunden. Runa atmete auf. Erdis und sie waren allem Anschein nach also keine Gefangenen.

Der Zug zog im Schritttempo in das kleine Dorf ein.

Plötzlich stieg ein seltsames Gefühl in Runa auf. Ein Schauer lief durch ihren Körper, und sie musste sich an ihr kleines Pferd klammern, um nicht hinunterzufallen. Bilder tauchten vor ihrem geistigen Auge auf, schreckliche Bilder, fremde Bilder.

Sie sah ein Dorf, größer, als sie je eines gesehen hatte. Statt Zelte gab es merkwürdige Behausungen, die wie Klötze aussahen. Sie schienen aus Stein erbaut und wiesen an allen Seiten Öffnungen auf, so dass sie kaum Schutz boten vor Regen und Kälte. Viele Menschen wohnten dort, sehr viele. Sie trugen eine seltsame Kleidung, die weder aus Fellen noch aus Leder gefertigt war, und fremdartig aussehende Schuhe. Zwischen den Gebäuden standen die seltsamsten Dinger: Rechteckig und oben beinahe vollkommen durchsichtig, standen sie auf vier runden aufrechten Scheiben; ihre glänzenden Hüllen spiegelten das Sonnenlicht. Gras gab es kaum. Der größte Teil des Bodens bestand aus glattem grauen Stein, der alles andere zu ersticken schien. Die Menschen jedoch wirkten froh und unbefangen.

Warum sah Runa diese Dinge? Warum jetzt? Noch im selben Augenblick erkannte sie die Antwort: All diese seltsamen Dinge stammten aus einer anderen Zeit! Runa wusste nicht, aus welcher, wusste nur mit Sicherheit, dass in einer anderen Zeit dieses Dorf mit all seinen merkwürdigen Gebäuden, Bewohnern und Dingen an genau der Stelle auf der kargen Steppe stehen würde, an der sie sich jetzt befand. Sie konnte es fühlen.

Die nächsten Bilder ließen Runa erschauern: Riesige

Lichtblitze schossen vom Himmel herab und setzten die Gebäude in Brand. Ein heilloses Durcheinander brach aus. Die Menschen kamen aus den Gebäuden gerannt. Runa konnte ihre Schreie nicht hören, aber sie sah ihre von Entsetzen gezeichneten Gesichter. Grauen erfasste sie. Die Gebäude, die stark und fest aussahen, wurden von den riesigen Lichtblitzen geradezu zerschmettert. Dächer und Wände stürzten ein und fielen auf die Menschen, die verzweifelt versuchten, sich irgendwo in Sicherheit zu bringen. Dieser seltsame Angriff hatte die Bewohner vollkommen unvorbereitet getroffen. Keiner von ihnen war bewaffnet, und sie schienen keinen Anführer zu haben.

Aber wer waren die Angreifer? Sie schienen über große Macht zu verfügen. Sie besaßen eine Art Waffe, die aus großer Entfernung benutzt werden konnte, so dass kein angreifender Krieger auf dem Schlachtfeld auftauchen musste.

Staub und Rauch zog durch das fremdartige Dorf. Runa sah überall verletzte und tote Menschen: Mütter fielen zu Boden, schrien und weinten, die leblosen Körper ihrer Kinder in den Armen; Kinder standen verlassen zwischen den Trümmern, Tränen liefen über ihre entsetzten Gesichter, und sie wussten nicht, wohin sie sich wenden sollten. Neben ihnen lagen die toten und verstümmelten Körper ihrer Eltern, Großeltern und Geschwister. Niemand war da, der sich um sie kümmerte. Trotzdem hörte der Angriff nicht auf. Immer wieder und wieder fiel die gnadenlose Waffe der Angreifer über das Dorf her und verwandelte alles in Trümmer und Asche.

Dann geschah etwas Seltsames: Runa sah nicht nur die Bilder der Zerstörung, sie sah *sich selbst* durch das brennende Dorf gehen. Dennoch schien sie nicht wirklich dort zu sein. Die verzweifelten Menschen bemerkten sie zwar und kamen hilfesuchend auf sie zu, aber Runa konnte nicht zu ihnen durchdringen. Sie sah ihre angsterfüllten Gesichter, hörte jedoch nicht ihre Stimmen. Sie sprach beruhigend auf die Menschen ein, aber die schienen sie auch nicht hören zu können. Eine unsichtbare Wand trennte sie voneinander. Runa konnte nichts anderes tun, als den Menschen zuzulächeln und zu versuchen, ihnen mit Gesten und Blicken zu vermitteln, dass sie die Hoffnung nicht aufgeben sollten.

Runas Gesicht war blass und angespannt. Dieses Dorf war dem Untergang geweiht. Und die Zerstörung war so endgültig, dass sie in allen Zeiten zu spüren war.

Die Bilder verflüchtigten sich, und Runa sah wieder das Zeltlager vor sich.

Erdis lenkte ihr Pferd neben Runas und sah ihre Freundin besorgt und forschend an.

Runa erwiderte den Blick und schüttelte den Kopf. Jetzt war nicht die Zeit, über die Bilder zu sprechen, die ihr gezeigt worden waren. Das würde warten müssen, bis sie unter sich waren.

Ein Mann, der seinem Auftreten nach der Anführer des Dorfes sein musste, näherte sich ihnen. Die Reiter saßen ab, und der Mann, der vorher mit Runa und Erdis gesprochen hatte, wechselte einige Worte mit ihm.

Runa musterte den Anführer genauer. Er trug dieselbe Kleidung wie seine Männer, jedoch in anderen Farben. Seine Hosen und Stiefel waren genauso schwarz wie sein langes, zu einem Zopf geflochtenes Haar. Die lose Jacke, die er mit einem schwarzen Gürtel um seinen schmalen, muskulösen Körper zusammengebunden hatte, dagegen war rot. Sein breites, langes Kupfermesser blitzte in der Morgensonne. Er strahlte Selbstbewusstsein, Stärke und Gelassenheit aus, daher nahm Runa an, dass es sich um einen erfahrenen Anführer handelte. Das Gesicht des Mannes war ausdruckslos, und seine dunklen Augen schauten ruhig, während er zuhörte. Als der andere geendet hatte, legte sich ein Lächeln auf das Gesicht des Anführers. Er begrüßte die drei jungen Mädchen herzlich und schickte sie, so schien es Runa, zu ihren Familien. Anschließend ging er mit grimmiger Miene zu dem Gefangenen hinüber und stieß ihm, ohne ein Wort zu verlieren, sein Messer ins Herz.

Runa und Erdis zuckten zusammen. Als Nächstes, das spürten sie, würde über ihr eigenes Schicksal entschieden werden.

Der Anführer hielt dem anderen Mann das Messer hin. Dieser nahm es, wischte das Blut an seinem Umhang ab und gab dem Anführer die nun wieder blitzende Waffe zurück. Der warf einen kurzen Blick auf Runa und Erdis und rief irgendwelche Anweisungen.

Die Frauen hielten den Atem an. Was würde mit ihnen geschehen?

Kurz darauf erschien eine alte Frau, geführt von einem jungen Mädchen. Der Anführer begrüßte sie höflich und wechselte einige Worte mit ihr. Die alte Frau nickte. Dann wandten sich beide an Runa und Erdis.

Zu ihrer großen Überraschung verbeugte sich der Anführer nun vor ihnen und sprach sie höflich an.

Runa bedeutete ihm, dass sie nichts verstand, erwiderte seinen Gruß jedoch respektvoll in ihrer eigenen Sprache.

An dieser Stelle ergriff die alte Frau das Wort, und Runa erkannte, warum der Anführer sie hatte holen lassen: Sie war seine Übersetzerin.

»Mein Name ist Xansu Shi«, übersetzte die Alte die Worte des Anführers. »Ihr braucht keine Angst zu haben. Solange ihr in diesem Dorf seid, wird euch nichts geschehen. Ich hatte einen Traum, der mir eure Ankunft angekündigt hat. Meine Männer werden euch geleiten, wohin ihr wünscht. Aber vorher möchte ich euch eine Mahlzeit und eine Rast anbieten. Seid willkommen in meinem Zelt.«

Xansu Shi lächelte.

Runa war erstaunt, dass dieser Mann, der offensichtlich kein Schamane, sondern Anführer der Krieger war, einen Traum über ihre Ankunft gehabt hatte. Doch dann besann sie sich, dass die Geistwesen am besten wussten, wen die beiden Frauen brauchten, um ihr Ziel sicher zu erreichen.

Xansu Shi fuhr fort, und die Alte übersetzte. »Ich habe meine Männer ausgeschickt, um Ausschau nach euch zu halten. Sie haben mich nicht enttäuscht. Sie haben euch sicher zu mir gebracht.«

»Wir danken dir«, erwiderte Runa höflich.

Xansu Shi machte eine abwehrende Handbewegung. »Das war selbstverständlich. Doch nun kommt, mein Hauptmann wird euch zu einem Zelt geleiten, wo ihr euch eine Weile ausruhen könnt. Ich werde euch holen lassen, sobald das Essen fertig ist. Ihr werdet Gäste in meinem Zelt sein.«

Das Zelt, in das Runa und Erdis geführt wurden, war aus Fellen gefertigt und einfach eingerichtet.

»Sieh dir diese Schlaflager an!«, rief Runa überrascht aus. Sie befanden sich nicht direkt auf dem Boden, sondern auf niedrigen hölzernen Gestellen, so dass die Lager selbst sich etwa zwei Handbreit über den Boden erhoben. Weder Runa noch Erdis hatten so etwas je zuvor gesehen. Vorsichtig probierten die beiden Frauen die Lager aus.

»Sie sind sehr bequem«, stellte Erdis fest, nachdem sie sich ausgestreckt hatte.

Schlaf fanden sie nicht, aber ihre Körper sehnten sich nach ein wenig Ruhe.

Am frühen Nachmittag drangen wunderbare Gerüche in das Zelt und machten Runa und Erdis den Mund wässrig. Seit ihrem Aufbruch aus dem Heimatdorf war es nicht oft geschehen, dass Runa und Erdis mitten am Tag eine warme Mahlzeit angeboten bekamen.

Schon bald holte ein junges Mädchen die beiden Frauen und führte sie zum Zelt von Xansu Shi. Auf dem Weg dorthin fiel Runas Blick auf mehrere kleine Stücke Land, wo die Dorfbewohner bestimmte Pflanzen anzubauen schienen. Und bei einem der Zelte waren die Wände hochgerollt. Dort arbeitete ein kräftiger Mann über einer Feuerstelle. Immer wieder ertönte ein kurzes helles Klirren. Runa hatte auf ihrer Reise gelernt, dass dies der Klang von Metall war. Sie zuckte zusammen. Sie mochte diesen Klang nicht. Für sie bedeutete er das Ende der alten Sitten, mit denen sie sich so eng verbunden fühlte, und den Beginn von etwas Neuem, von dem niemand wusste, was es bringen würde.

Als sie ihr Ziel erreichten, wechselten Runa und Erdis einen wissenden Blick. Das Zelt des Anführers unterschied sich weder in Größe noch im Aussehen von denen der anderen Bewohner, was in ihren Augen auf einen weisen Mann hindeutete.

Im Inneren seines Zeltes wartete der Anführer schon auf sie. Er saß im Schneidersitz auf einem Fell, eine Frau von ungewöhnlicher Schönheit war an seiner Seite. Die Frau stammte zweifellos aus einer anderen Gegend, so sehr unterschied sie sich im Aussehen von den anderen Dorfbewohnern.

Runas Neugier war geweckt. Die Unbekannte war kräftig gebaut und sogar im Sitzen fast einen Kopf größer als Xansu Shi. Runa nahm an, dass sie sogar größer war als Erdis. Ihr Gesicht war lang und oval, und ihre großen, runden dunklen Augen sahen die beiden Frauen freundlich an. Ihr krauses schwarzes Haar war kurz geschnitten und mit einem bunten Tuch verziert. Das Tuch war das einzig Fremde an ihrer Kleidung. Alles andere entsprach dem der anderen Frauen im Dorf, aber an der Unbekannten sah die Kleidung vollkommen anders aus, denn ihre Haut war dunkel.

»Seid willkommen in meinem Zelt«, sagte Xansu Shi durch die alte Frau, die schon am Vormittag für ihn übersetzt hatte, zu Runa und Erdis. »Ich möchte euch meine Frau Tego vorstellen. Tego, dies sind die beiden Frauen, von denen ich dir erzählt habe.«

Die Frauen begrüßten sich, und Xansu Shi forderte sie auf, sich zu setzen.

»Zuerst essen wir, dann sprechen wir«, sagte er lächelnd, während drei Frauen verschiedene Schalen mit dampfenden Gerichten vor ihnen auf den Boden stellten.

Zu Beginn gab es eine Art Gemüsesuppe, dann folgten verschiedene Fleisch- und Gemüsesorten. Den Abschluss bildete eine süße Speise, die Runa und Erdis nicht kannten und die ihnen schwer im Magen lag, da sie nicht gewohnt waren, Süßes zu essen.

Nachdem sie die Mahlzeit beendet hatten und die leeren Schalen weggeräumt waren, drängten sich sechs Kinder durch den Zelteingang und stürmten auf Xansu Shi und Tego zu. Die beiden nahmen die Schar lachend in die Arme.

»Unsere Kinder«, erklärte Xansu Shi stolz.

Das älteste Kind musste ungefähr zehn Jahre alt sein, das jüngste vielleicht zwei. Alle sahen aus wie eine vollkommene Mischung ihrer Eltern: Einige hatten glatte

Haare, andere krause; einige hatten große, runde Augen, andere geschwungene, mandelförmige. Aber alle hatten schwarze Haare und eine etwas dunklere Haut. Die Kleinen krabbelten und spielten überall im Zelt, das mit einem Mal viel kleiner wirkte.

Über die fröhlichen Kinderstimmen hinweg unterhielten sich Xansu Shi und Tego mit den Frauen.

»Ihr müsst euch manchmal sehr einsam fühlen, so weit fort von zu Hause und ein ungewisses Ziel vor euch«, sagte Xansu Shi.

Runa nickte. »Manchmal«, erwiderte sie leise.

»Ich ahne, wie ihr euch fühlt«, sagte Xansu Shi. »Auch Tegos Heimat ist weit, weit entfernt von hier, und sie erzählt mir oft davon.«

»Ich fühle mich aber jetzt sehr wohl hier«, fiel Tego ihm ins Wort. »Die Geburt der Kinder hat mir sehr geholfen.« Sie sah Runa und Erdis vielsagend an.

»Ich weiß, dass ihr nicht für immer hierbleiben könnt«, wandte Xansu Shi ein. »Aber ich werde tun, was in meiner Macht steht, damit euer Aufenthalt in unserem Dorf und die Reise durch dieses Land so angenehm wie möglich wird für euch. Doch nun folgt mir nach draußen. Ich habe etwas für euch vorbereitet.«

Draußen legte sich gerade die Dämmerung über das Dorf. Eine kühle Brise wehte und strich Runa sanft durchs Haar. Vor vielen Zelten brannte Feuer, dessen lodernde Flammen in den klaren Abendhimmel emporstiegen. Rauch lag in der Luft. Runa genoss den Geruch. Eine friedliche Stille, die nur durch das unbefangene Spiel der Kinder unterbrochen wurde, breitete sich über dem Lager aus. Die Atmosphäre erinnerte Runa an ihr eigenes Zuhause, und sie spürte einen Stich in ihrem Herzen.

Xansu Shi führte sie zu einem freien Platz zwischen

den Zelten und bedeutete ihnen zu warten. Er rief einen seiner Männer zu sich und redete kurz mit ihm. Der Mann entfernte sich, kam jedoch schon bald mit zwei langen, stabilen Stöcken zurück.

»Xansu Shi möchte euch seine Kampfkunst zeigen«, erklärte Tego, die neben den beiden Frauen stand, durch die alte Übersetzerin. »Passt gut auf.«

Xansu Shi und der andere Mann stellten sich voreinander auf, verbeugten sich kurz und hoben die Stöcke.

Mit angehaltenem Atem beobachtete Runa die schnelle Folge von Bewegungen und Schlägen, die die Männer ausführten. Ihre Körper waren ihre eigentlichen Waffen, die Stöcke waren nur ihr Hilfsmittel.

Der Kampf dauerte an. Die beiden Männer schienen gleichwertige Gegner zu sein. Doch plötzlich versetzte der andere Mann Xansu Shi einen so starken Hieb, dass der Anführer wie leblos zu Boden sank.

Runa schrie entsetzt auf. Xansu Shi hatte Erdis und ihr seine Kampfkunst vorführen wollen, sie fühlte sich verantwortlich.

Die drei Frauen eilten zu Xansu Shi. Dabei bemerkte Runa, dass Tego ein Lächeln auf dem Gesicht hatte. Verstand sie denn nicht, was geschehen war?

Xansu Shi lag noch immer reglos am Boden.

Erdis beugte sich zu ihm hinunter, um ihn zu untersuchen. Dann warf sie Runa einen sorgenvollen Blick zu.

Auch Runa beugte sich zu Xansu Shi hinunter.

»Er ist tot!«, rief sie Tego entsetzt zu.

Tego war aufrecht stehen geblieben. Sie lächelte noch immer.

»Er ist nicht tot«, erwiderte sie ruhig.

»Aber …«

»Warte eine Weile.«

Runa und Erdis erhoben sich wieder und warteten schweigend.

Arme Tego! Sie tat Runa leid.

Sie warteten und warteten. Die Nacht legte sich über das Dorf, und nur noch die lodernden Lagerfeuer warfen ihr flackerndes Licht auf das Dorf.

Runa, Erdis und Tego blickten noch immer auf Xansu Shi. Er rührte sich nicht. *Wie sollte er auch,* dachte Runa. *Er ist ja tot!*

Plötzlich begann sein Körper zu zucken. Runa sah es ganz deutlich. Und ehe sie sichs versah, stand Xansu Shi wieder lebendig vor ihr, als sei nichts geschehen, und lächelte die Frauen spitzbübisch an.

Runa und Erdis wichen zurück. Etwas Unheimliches ging hier vor sich!

»Er ist Herr über den Tod!«, flüsterte Runa ehrfürchtig.

»Er ist Herr über seinen Atem«, sagte Tego ungerührt, und ein Lächeln umspielte ihre vollen, schön geschwungenen Lippen. »Neben seiner ausgezeichneten Kampfkunst ist es seine größte Gabe.«

»Und es kommt manchmal sehr gelegen«, fügte Xansu Shi hinzu, während er den Staub von seiner roten Jacke klopfte.

»Aber wie ist das möglich?«, wollte Runa erstaunt wissen.

»Ist es ein Kraut, das du zu dir nimmst?«, fragte Erdis.

Xansu Shi lachte herzhaft auf, wurde jedoch sofort wieder ernst.

»Ich habe meinen ganzen Körper unter Kontrolle«, erklärte er. »Ich kann so, wie ihr mich gesehen habt, ohne zu atmen, so lange daliegen, wie es vonnöten ist.« Dann sah er Runa direkt an.

»Reich mir den Talisman, den du bei dir trägst.«

Runa zögerte keinen Augenblick. Sie hatte den Talisman Xansu Shi gegenüber nicht erwähnt, aber es wunderte sie nicht, dass er davon wusste. Nichts an diesem Mann wunderte sie.

Xansu Shi hielt den Talisman einen Augenblick lang in seinen Händen, dann machte er mit dem Finger mehrere unsichtbare Zeichen darüber und reichte ihn Runa zurück.

»Es ist nicht wichtig für dich, zu wissen, wie ich es anstelle«, erklärte er und legte seine Hand auf ihren Arm. »Dir reicht die Gewissheit, dass meine Fähigkeiten nun auch dir gehören. Pass auf dich und Erdis auf und wende deine Gaben weise an.«

Runa senkte dankbar den Kopf. Es war eine große Ehre, wenn ein solch mächtiger Schamane – und Xansu Shi war in ihren Augen nicht weniger als das – sein Wissen und Können mit jemand anderem teilte. Sie hatte nichts, was sie ihm dafür hätte geben können, außer dass sie tat, wozu er sie ermahnte: die erhaltenen Gaben weise zu nutzen. Aber Xansu Shi hätte ohnehin niemals einen Gegenwert verlangt. Er folgte dem Willen der Geistwesen. Sie hatten ihm klare Anweisungen gegeben, und er hatte sich ihres Vertrauens würdig gezeigt.

Am nächsten Morgen, bevor das Dorf erwachte, brachen Runa und Erdis wieder auf, begleitet von mehreren Kriegern von Xansu Shi. Er selbst hatte ihnen zwei seiner kleinen Pferde geschenkt, und obwohl die Frauen das Reiten noch nicht gewohnt waren, dankten sie ihm von ganzem Herzen, denn von nun an mussten sie auf ihrer langen Reise nicht mehr zu Fuß gehen.

Sie verließen das Dorf gen Osten, der aufgehenden Sonne entgegen, als der Tag langsam erwachte.

Dankbar drehte Runa sich um, um Xansu Shi und Tego ein letztes Mal zuzuwinken. Aber sie konnte sie nicht deutlich erkennen. Die Landschaft schien vor ihren Augen zu verschwimmen.

Ein merkwürdiges Gefühl lief durch ihren Körper, ein seltsames Ziehen, das ihr irgendwie bekannt vorkam.

Als ihr Blick sich endlich wieder klärte, saß sie nicht mehr auf dem Rücken des Pferdes. Sie steckte nicht einmal mehr in Runas Körper.

Kapitel 18

Ratlos

Myra sah sich um. Wolken jagten in schneller Folge über den Himmel und tauchten die Landschaft in ein Spiel aus Licht und Schatten. Der Stand der Sonne verriet ihr, dass es später Vormittag sein musste. Ein starker, aber warmer Wind wehte vom Meer herauf, zerzauste ihre kinnlangen Haare und verlieh ihrem Gesicht einen rosigen Schimmer. Die Böen brachten den salzigen Geruch von Meeresluft und Seetang mit sich. Der felsige Boden unter ihren Füßen knirschte mit jedem Schritt, den sie machte, und über ihrem Kopf schrien die Möwen. Der Wald reichte bis an die Felsen heran. Hier standen von Wind und Wetter gepeitschte knorrige, alte Zedern, die ihre Äste schützend vor die hinter ihnen wachsenden Bäume gestreckt hatten und sie vor den wilden Stürmen, die so oft an dieser Küste tobten, abschirmten.

Myras Körper fühlte sich an wie ein Knoten, der sich immer weiter zusammenzog. Es musste einen Weg geben, den Talisman zu finden. Es *musste*. Verbissen schaute sie an den Felsen entlang.

»Er wird sie nicht gehen lassen, Chad! Verstehst du das nicht!«, entfuhr es ihr, als sie in sein ratloses Gesicht blickte.

Sie sollte den Talisman finden, hatte Morris gesagt. Aber wie, um Himmels willen, sollte sie das anstellen? Er hatte Emma. Sie *musste* den Talisman finden. Während der letzten Minuten war Myra klargeworden, dass sie Emma höchstwahrscheinlich auch dann nicht wiedersehen würden, wenn sie den Talisman für Morris fand. Er war ein skrupelloser, kaltherziger Mann, und es war ihm egal, was aus Emma, Chad, Meghali oder ihr selbst wurde.

»Aber ihr habt hier doch schon gesucht, Myra«, warf Meghali, die ein wenig abseits stand, besänftigend ein.

»Ich muss den Talisman finden. Ich muss!«, rief Myra beinahe hysterisch, und in ihrer Hysterie fühlte sie, dass der Weg, um den Talisman zu finden, ganz nahe war. Es hatte etwas mit der Vergangenheit zu tun, mit der von Meghali und mit ihrer eigenen – oder, besser, mit etwas, das in ihrer Vergangenheit hätte geschehen sein sollen. Sie schlug sich verzweifelt vor die Stirn und stampfte mit dem Fuß auf.

»Okay, okay«, sagte Chad und fuhr sich ratlos durchs Haar. »Lass uns die Einzelheiten noch einmal durchgehen: In deinem Traum hast du eine alte Frau gesehen, die zu einer Höhle emporblickte, die in einem Wald gelegen war. Richtig?«

»Richtig«, erwiderte Myra ungeduldig.

»Ich bin kurz eingenickt und mit diesem Ort – Squalath – im Kopf aufgewacht.«

»Stimmt auch«, antwortete Myra. »Der Talisman muss hier irgendwo sein!« Mit tränenfeuchten Augen blickte sie auf die wunderschöne Natur um sie herum. Heute empfand sie dabei jedoch keine Freude. Im Gegenteil, jeder Baum, jeder Strauch, jeder Fels schien plötzlich ihr Feind zu sein.

Meghali sah betrübt zu Boden. Der Wind war kalt, und sie schlang ihre Arme um ihren Körper.

»Myra, ich möchte dich nicht noch mehr aufregen,

aber es gibt tausend Orte wie diesen. Der Ort, von dem du geträumt hast, kann überall sein«, wandte Chad ein.

»Wir müssen einen Weg finden, um Morris aufzuhalten, vergiss das nicht«, warf Meghali drängend ein.

»Der Talisman ist unsere einzige Chance, um Morris Einhalt zu gebieten!«, fuhr Myra auf. »Es ist das Einzige, das stärker zu sein scheint als er und seine Kumpane. Deshalb sind sie hinter dem Talisman her. Nur dann, wenn wir ihn finden, wird Morris auf unsere Forderungen eingehen.«

Myra sah Meghali an. Deren dunkle Augen verrieten ihr, dass sie sie für verrückt hielt. »Der Talisman ist unsere einzige Chance«, wiederholte Myra. »Und Squalath ist unser einziger Anhaltspunkt. Wir haben keine anderen.«

»Wir haben einiges über Morris in Erfahrung bringen können. Zusammen mit Meghali könnten wir zur Polizei gehen und ...«, warf Chad ein.

»Bist du verrückt?«, rief Myra entsetzt aus. »Willst du Emma umbringen?«

Chad bemühte sich, ruhig zu bleiben. Die Schmerzen in seiner Schulter wurden wieder stärker. Er würde noch mehr Schmerztabletten nehmen müssen, er konnte es nicht länger aufschieben.

»Ich versuche nur, eine Lösung zu finden, Myra.«

»Die Polizei zu verständigen ist keine Lösung!«, fuhr Myra auf. »Das wäre Mord!«

»Im Wald umherzuirren und dabei die Zeit verstreichen zu lassen ist auch keine Lösung!« Chad schüttelte den Kopf. Seine harschen Worte taten ihm sofort leid. »Lass uns nach Hause fahren. Vielleicht kann Heather uns einen Rat geben.«

»Das ist eine gute Idee«, stimmte Meghali zu.

»Vielleicht! *Vielleicht* ist nicht gut genug! Ihr lest doch auch die Zeitungen. Ihr wisst, was jungen, hübschen Mädchen alles zustoßen kann! Dinge, die schlimmer sind als der Tod! Ich kann sie nicht im Stich lassen!«

»Emma ist auch meine Tochter!«, rief Chad aus. Auch er war jetzt aufgebracht.

»Lasst uns versuchen, ruhig zu bleiben und nicht zu streiten. Das hilft Emma überhaupt nicht. Wir müssen zusammenhalten!«, warf Meghali besänftigend ein.

Myra zitterte vor Aufregung. Sie atmete ein paarmal tief durch.

»Es tut mir leid«, sagte sie schließlich. »Ich tue mein Bestes! Aber in meinem Kopf dreht sich alles, und ich muss immerzu an Emma denken!« Sie grübelte. »Wenn ich nur wüsste, wie Morris sich vorstellt, dass ich den Talisman finden soll! Ich bin kein Hellseher oder Geistwesen!«

Chad merkte auf.

»Was hast du gerade gesagt?«

»Was? … Hellseher … Geistwesen …«

»Hört zu: Tatsache ist, dass Morris den Talisman um jeden Preis haben will.«

»Er und seine Auftraggeber«, stimmte Meghali zu.

»Und er würde ihn selbst suchen und finden, wenn er es könnte.«

Myra und Meghali nickten.

»Aber er braucht jemanden, der den Talisman für ihn findet. Und dieser Jemand ist Myra.«

»Morris muss wissen, dass Myra in der Lage ist, den Talisman zu finden«, bestätigte Meghali aufgeregt, »ansonsten würde er es nicht von ihr verlangen.«

Myra verstand kein Wort. Wovon sprachen die beiden?

»Und?«

»Ich denke, Morris geht davon aus, dass du, ohne es zu wissen, eine bestimmte Fähigkeit besitzt, die es dir ermöglicht, den Talisman zu finden.«

Myra sah ihn zweifelnd an.

»Wenn ich so eine Fähigkeit besitzen würde …«, begann sie.

»Denk darüber nach«, fiel Meghali ihr ins Wort. »Er ist hinter dir her, nicht hinter Heather oder hinter sonst jemandem. Warum?«

Myra zuckte mit den Schultern.

»Ich bin der Meinung, dass du tief in dir drinnen weißt, wie der Talisman aussieht und wo er zu finden ist. Und niemand sonst.«

»Und woher sollte ich das wissen?«

Plötzlich begannen Meghalis Augen zu leuchten.

»Du *erinnerst* dich!«

»Ich kann mich doch nicht an etwas erinnern, was ich nicht erlebt habe …«

Chad lachte plötzlich auf und klopfte Meghali anerkennend auf die Schulter.

»Ich hätte selbst darauf kommen sollen«, meinte er, »nach alldem, was du uns über deine Erfahrung mit Morris erzählt hast … Dass du ihn zunächst nicht wiedererkannt hast, dass du dich dann plötzlich vage an ihn erinnert hast, dass du aber das Gefühl gehabt hast, dass es nicht wirklich *deine* Erinnerung war, sondern dass Morris wollte, dass du dich an etwas erinnerst. Ich weiß, du hast das damals anders ausgedrückt, aber ich hatte den Eindruck, dass du es so gemeint hast.«

»Das stimmt«, entgegnete Meghali. »Und ich denke, Myras zwanzig Jahre jüngeres Ich hat irgendwoher Informationen über den Talisman und dessen Verbleib gesammelt …«

»Womöglich in der Geisterwelt«, warf Chad ein.

»Das ist richtig«, pflichtete Meghali ihm bei. »In deiner Vergangenheit, Myra, vor zwanzig Jahren, hat sich etwas geändert. Gerade eben geändert. Deshalb kannst du dich nicht direkt daran erinnern. Aber dieses Etwas ist es, das es dir möglich macht, den Talisman zu finden, und zwar schon vor zwanzig Jahren. Allerdings bist du durch die Änderung, welcher Art sie auch immer sein mag, zu stark geworden. Daher will Morris dein jüngeres Ich ausschalten.«

»Trotzdem müsste es dir möglich sein, die Erinnerungen aus deiner veränderten Vergangenheit abzurufen und dadurch den Talisman zu finden.« Chad sah sie triumphierend an.

»Ich bin vollkommen verwirrt.« Myra hielt sich den Kopf. »Ich weiß nicht mehr, was ich denken soll! Ich weiß nur, dass meine Tochter in großer Gefahr ist und dass ich den Talisman irgendwie ausfindig machen muss. Euer Gerede bringt mich nicht weiter. Ich brauche konkrete Hilfe!«

»Wenn du den Talisman finden willst, dann musst du dich beruhigen. Du musst dich konzentrieren«, sagte Chad mahnend.

»Sag mir nicht, dass ich mich beruhigen soll!«, entfuhr es Myra.

Chad schüttelte den Kopf. Er wusste nicht, was er noch tun sollte, wie er es anstellen sollte, ihr begreiflich zu machen, dass der Schlüssel zu allem in ihr selbst lag. Er war machtlos, er konnte ihr bei der Suche nicht helfen. Entmutigt ließ er sich auf dem felsigen Boden nieder und begann, leise ein Gebet zu sprechen.

Myra brach in Tränen aus. Meghali legte die Arme um sie und blickte fragend auf die unendliche Weite des Ozeans hinaus, als suche sie dort nach einer Antwort.

Kapitel 19

Berichterstattung

Das Schwindelgefühl in ihrem Kopf ließ langsam nach. Panik und Verzweiflung, die eben noch ihren Körper erfasst hatten, waren gewichen. Myra atmete tief ein.

Sie fühlte die Wärme der Sonnenstrahlen, die durch das Fenster auf ihr Gesicht fielen. Von irgendwoher vernahm sie leise Stimmen. Und obwohl ihre Augenlider schwer wie Blei schienen, gelang es ihr, sie zu heben.

Es dauerte einen Augenblick, bis sie erkannte, wo sie sich befand und wer sie war. Sie rieb sich den Kopf, als könnte sie damit ihre Gedanken klären. Dies war die kleine Jagdhütte der Blue Knifes. Sie war wieder sie selbst. Ein Seufzer der Erleichterung entwich ihrer Kehle.

Myra stellte fest, dass sie auf dem Fußboden des Schlafraumes lag, das schmale Bett in ihrem Rücken. Dankbar setzte sie sich auf und lehnte sich dagegen.

Sie ließ ihren Blick durch den kleinen Raum streifen und entdeckte, dass Chad in einer Ecke des Zimmers auf einem Stuhl saß und schlief, die Arme vor der Brust verschränkt, den Kopf gegen die Wand gelehnt. Er hatte wohl versucht, wach zu bleiben, bis sie zurückkehrte, aber der Schlaf hatte ihn irgendwann übermannt.

Sie stand langsam auf, ging leise zu ihm hinüber und betrachtete liebevoll sein Gesicht. Anspannung zeichnete sich darauf ab. Unwillkürlich streckte sie ihre Hand aus und streichelte ihm zärtlich über die Wange.

»Chad! Chad, ich bin zurück.«

Er war sofort wach. Er hatte nicht tief geschlafen. Sein Körper schmerzte vom langen Sitzen auf dem harten Holzstuhl, aber das war sofort vergessen, als er Myra erblickte.

»Myra!« Er sprang auf, zog sie fest in seine Arme und küsste sie innig. »Ich habe dich vermisst!«

Er blickte sie so durchdringend an, dass Myra die Röte ins Gesicht stieg.

»Ich dich auch«, sagte sie mit bebender Stimme, und eine wohlige Wärme durchflutete ihren Körper. »Und das, obwohl wir gerade erst getrennt worden sind.«

»Du warst in der Zukunft?«, fragte Chad und streckte seinen Körper.

»Ja, und bei den Ahnen.«

»Du siehst erschöpft aus«, begann Chad, aber er verbesserte sich sofort. »Ich meine, du bist schön, aber …«

Myra lachte leise.

»Ist schon gut«, wehrte sie ab. »Ich fühle mich so furchtbar müde, es wäre ein Wunder, wenn man es mir nicht ansehen würde.«

Chad grinste sie entschuldigend an, und drückte sie erneut fest an sich.

»Komm«, er deutete auf das schmale Bett, »leg dich eine Weile hin, dann wirst du dich besser fühlen. Ich werde Heather und Meghali sagen, dass du zurück bist.«

Myra hob abwehrend die Hand.

»Lieber nicht. Du weißt, wie groß der Druck ist, der auf mir lastet. Deshalb möchte ich euch allen von meinen Reisen berichten, solange die Erinnerung daran noch frisch ist.«

»In Ordnung«, sagte Chad einlenkend. »Aber danach schläfst du ein paar Stunden. Versprochen?«

»Versprochen.« Myra lächelte. Dann griff sie nach seiner Hand und drückte sie fest. »Ich wünschte, wir hätten mehr Ruhe und Zeit füreinander. Es gibt so viel, was ich dir sagen möchte.«

Chad strich ihr zärtlich eine lange Haarsträhne aus dem Gesicht. »Ich auch.«

In diesem Augenblick klopfte es leise an der Tür.

»Myra, bist du zurück?«

»Komm nur herein, Meghali«, antwortete Myra.

Die Tür ging knarrend auf, und Meghali betrat das Zimmer.

»Mir war, als hätte ich deine Stimme gehört«, sagte sie lächelnd und umarmte Myra herzlich. »Ich bin froh, dass du wieder bei uns bist.« Dann fügte sie hinzu: »Kommt, Heather wartet gespannt im anderen Zimmer. Sie hat zu gute Manieren, um hier einfach hineinzuplatzen.«

Wenig später saßen alle vier um den runden Holztisch im großen Zimmer der Jagdhütte. Heather hatte Tee gemacht und Sandwiches und Obst hergerichtet, und sie hielt ein scharfes Auge darauf, dass Myra ordentlich zulangte. Sie hatte die große Erschöpfung in dem hübschen Gesicht der jungen Frau gesehen. Aber da war noch etwas anderes: eine Veränderung, eine neue Quelle der Kraft.

Während Myra vorsichtig den wohltuenden heißen Kräutertee trank und ab und zu von einem der Sandwiches abbiss, erzählte sie den anderen von den neuesten Ereignissen.

Sie berichtete von Xansu Shi und dessen Frau Tego, von ihren kleinen, stämmigen Pferden, von dem Zeltdorf und von der Gastfreundlichkeit, die Runa und Erdis entgegengebracht worden war. Aber sie berichtete auch von den Angreifern und von der Brutalität der Krieger im Kampf.

»Was mich aber am meisten beeindruckt hat, ist die *Vision,* die Runa gehabt hat, als sie in das Dorf geritten ist. Die Bilder, die sie gesehen hat, die *ich* gesehen habe, waren so stark, so wirklich.«

»Was waren das für Bilder?«, hakte Heather nach.

Myra versuchte, sich an alle Einzelheiten der Vision zu erinnern und nichts auszulassen.

»Jetzt ist mir klar«, schloss sie ihre Erzählung, »dass Runa ein Dorf der Zukunft gesehen hat, ein Dorf aus *unserer* Zeit. Sie hat sich über die merkwürdig aussehenden Gebäude gewundert, die für uns einfach nur moderne Häuser sind. Und die glänzenden leblosen Dinger zwischen den Häusern sind nichts anderes gewesen als Autos. Für Runa aber waren all diese Eindrücke fremd und unbegreiflich, weil es sie in ihrer Zeit noch nicht gegeben hat.«

»Und die Zaubermaschine, die die Angreifer benutzt haben, um das Dorf zu zerstören, waren moderne Bomben.« Meghali erschauerte.

»Runa wurden Bilder aus der Zukunft gezeigt, Bilder, die ihr einen Einblick in das Schicksal des Dorfes verschafft haben, das sie gerade betreten wollte«, wiederholte Myra. »Warum dies geschehen ist, weiß ich nicht. Runa hat sich sehr verändert, seit sie ihre Reise begonnen hat. Sie spürt es selbst. Sie verändert sich mehr und mehr in eine …« Myra suchte nach dem passenden Wort und musste lächeln: »… in eine Schamanin«, beendete sie den Satz. »Und ihre neuen Fähigkeiten verändern sie auf allen möglichen Ebenen, ohne dass es ihr bewusst ist.«

Meghalis dunkle Augen weiteten sich.

»Wir wissen natürlich nicht genau, wo Runa sich auf ihrer Reise gerade befindet, aber ...« Sie brach ab.

»Aber *was*?«, wollte Myra wissen.

»Ich musste nur gerade an die Marienerscheinungen denken«, fuhr Meghali fort.

»Marienerscheinungen?«, fragte Chad.

»Ich weiß, es ist sehr weit hergeholt ... Aber ihr habt sicherlich schon Berichte gelesen, in denen beschrieben wird, wie Menschen die Gestalt der Maria an Orten, an denen großes Leiden herrschte, gesehen haben, wie sie durch das Elend und die Zerstörung schreitet und die Menschen neue Hoffnung schöpfen lässt. Sie spricht nie mit ihnen. Aber es sind nicht nur die christlichen Heiligenerscheinungen, viele Kulturen berichten von ähnlichen Phänomenen.«

Myra sah sie erstaunt an.

»Du meinst, Runa könnte so eine Gestalt gewesen sein?«

»Ja«, antwortete Meghali. »Vielleicht hat es sich bei den Bildern, die Runa gesehen hat, gar nicht um eine *Vision* gehandelt. Vielleicht haben das Leid und das Ausmaß der Zerstörung Runa einfach zu den Menschen geführt. Du hast selbst gesagt, dass Runa sich sehr verändert. Es ist möglich, dass sie spürt, wo ihre Hilfe gebraucht wird, auch über die Grenzen der Zeit hinweg.«

Die anderen schwiegen nachdenklich. Konnte Meghali recht haben?

»Die Gabe, die Runa von Xansu Shi erhalten hat«, überlegte Myra, »war eine ganz besondere. Sie hat schon viele solcher Gaben auf ihrer Reise bekommen. Ihre spirituellen Kräfte wachsen schnell. Ich könnte mir vorstellen, dass Meghalis Annahme richtig ist.«

»Du hast uns noch nichts von dieser besonderen Gabe erzählt«, meinte Chad. »Bevor wir vom Thema abkommen, bringst du deinen Bericht besser zu Ende.«

Myra berichtete von Xansu Shis Kampf gegen den anderen Mann, an dessen Ende er *tot* zu Boden gefallen war.

»Runa und Erdis waren entsetzt, aber die anderen blieben ruhig, sogar seine Frau. Sie schien sich nicht daran zu stören, dass Xansu Shi offensichtlich tot war.«

»Offensichtlich«, bekräftigte Meghali gespannt.

»Erst nach langer, langer Zeit lief plötzlich ein Schauer durch seinen Körper, und er erwachte zu neuem Leben«, erzählte Myra. Sie war noch immer tief beeindruckt von Xansu Shis Vorstellung. »Runa dachte, er wäre Herr über den Tod, aber er erklärte ihr, dass er *nur* seinen Körper und seine Atmung so weit beherrsche, dass er für tot gehalten werde. Er könne diesen Zustand jederzeit beenden.«

Chad stieß einen anerkennenden Pfiff aus.

»Und das war die Gabe, die er an Runa weitergegeben hat?«

Myra nickte.

Nun kam sie zu dem Teil ihres Berichtes, der ihr unbehaglich war, zu ihrer letzten Reise in die *Zukunft*.

Sie erzählte den anderen von ihrer Rückkehr nach Squalath, von ihrem Streit mit Chad und von Meghalis Versuch, zu schlichten. Immer wieder warf sie einen unsicheren Blick zu Chad. Ihr Verhalten in der Zukunft gefiel ihr ganz und gar nicht, und sie fragte sich, was er darüber dachte. Sie wollte nicht in seiner Gunst sinken. Aber Chad verzog keine Miene, sondern hörte aufmerksam zu.

Myra berichtete von den Schlussfolgerungen, die

Chad und Meghali gezogen hatten, warum Morris ihr zwanzig Jahre jüngeres Ich ausschalten wollte und dass sie als jüngeres Ich Reisen in die Geisterwelt unternahm.

»Wir haben von deinen Reisen erfahren?«, fragte Chad alarmiert.

»Ja.« Myra nickte. »In der Zukunft nehmen wir an, dass es eine Änderung in der Vergangenheit – unserem Jetzt – gegeben hat, etwas, das sich gerade erst verändert hat und an das sich mein älteres Ich daher noch nicht direkt erinnern kann. Womöglich Informationen über den Talisman, die ich als jüngeres Ich auf Reisen in die Geisterwelt gesammelt habe. Und wir vermuten, dass die Erinnerung an diese Reisen irgendwo tief in meinem älteren Ich verborgen liegt und dass diese Erinnerung mir helfen könnte, den Talisman zu finden.« Sie sah erregt in die Runde. »Ihr wisst, was das bedeutet: Ich muss schneller sein als mein älteres Ich, und ich muss in die Geisterwelt zurückkehren, bis ich alles gesehen habe, was die Geistwesen mich sehen lassen wollen, und dann muss ich den Talisman als Erste finden!« Sie stand entschlossen auf.

»Warte!«, rief Chad und nahm sie bei der Hand. »Du hast gesagt, dass du dich erst einmal ausruhen wirst!«

Myra ließ sich zurück auf ihren Stuhl fallen und sah die anderen bittend an.

»Es tut mir so leid, dass ich mich in der Zukunft so hysterisch aufführe. Ich weiß nicht, was in mich gefahren ist. Ich bin bis jetzt nie hysterisch gewesen.«

Heathers weise Augen sahen sie gütig an. »Bis jetzt bist du auch keine Mutter.«

»Ich glaube nicht, dass ich eine sein möchte, wenn man dann automatisch hysterisch wird«, erwiderte Myra und warf Chad einen verlegenen Blick zu. »In der Zukunft scheint alles schiefzugehen«, fügte sie hinzu. »Ich spüre es, wenn ich dort bin, und ich spüre es jetzt!«

»Du darfst nicht vergessen, Kind, dass die Zukunft noch unbestimmt ist. Und dass sie sich ständig verändern kann«, mahnte Heather. »Die Zukunft, in die du reist, wenn du in der Geisterwelt bist, stellt nur eine von vielen Möglichkeiten dar. Vielleicht gibt es sie gar nicht. Vielleicht wird sie dir nur gezeigt, damit du dich in der Gegenwart noch mehr anstrengst, die richtigen Dinge zu tun. Unsere Handlungen und Entscheidungen im Jetzt, in diesem Augenblick, bestimmen unsere Zukunft.« Sie machte eine Pause. »Es liegt an uns, die Zukunft durch unsere Handlungen im Jetzt zu verändern – zugunsten aller Menschen. Daran musst du dich immer erinnern.«

Myra sah Heather dankbar an.

»Das werde ich tun. Es ist nur so entmutigend, dass ich, während ich in der Zukunft bin, sehe, was dort falsch läuft, dass ich mein älteres Ich mit meinem Wissen aus dem Jetzt aber nicht erreichen kann, um ihm zu helfen.«

»Ich bin mir nicht sicher, ob dein älteres Ich stark genug ist für das Wissen, das du besitzt. In der Regel gibt es einen Grund dafür, dass nicht alle Menschen zwischen den Welten und den Zeiten hin und her reisen können. Du selbst bist am Ende deiner Kräfte, und die Nerven deines älteren Ichs sind zum Zerreißen gespannt«, warf Chad ein.

»Ich glaube, der Grund, warum die Geistwesen dich diese Zukunft sehen und erfahren lassen, ist, dass du dir der Fehler deines älteren Ichs bewusst wirst und dass du sie nicht wiederholst«, sagte Heather.

»Aber ich bin überhaupt nicht so!«

»Myra, ich spreche nicht unbedingt von den Charakterschwächen deines älteren Ichs, sondern vielmehr von den Entscheidungen und Handlungen, die du deswegen getroffen hast. Erinnerst du dich, worüber wir eben gesprochen haben?«

Myra überlegte. »Du hast recht, Heather. Aber ich spüre noch immer diese Dringlichkeit … Ich muss unbedingt noch einmal in die Geisterwelt reisen, solange die Möglichkeit besteht!«

»Ich stimme dir zu«, entgegnete Heather und schenkte ihr ein Lächeln. »Aber vorher wirst du dich ausruhen. Die Reisen in die Geisterwelt zehren an deinen Kräften. Das Schicksal vieler Menschen hängt von diesen Reisen ab und von den Informationen, die du dabei sammelst. Eine solch große Verantwortung darfst du nicht auf die leichte Schulter nehmen. Du musst gesund und stark bleiben, um deine Aufgabe zu erfüllen. Also wirst du dich jetzt ausruhen«, entschied sie.

Als Heather die Ungeduld in Myras Augen sah, fügte sie lächelnd hinzu: »Nur ein paar Stunden, Kind.«

Kapitel 20

Gefahr

Das Nächste, woran Myra sich erinnerte, war, dass sie plötzlich aus einem tiefen Schlaf erwachte. Verschlafen rieb sie sich die Augen. Wo war sie? Was war geschehen?

Sie blickte sich um und erkannte, dass sie sich noch immer in der kleinen Jagdhütte der Familie Blue Knife befand. Sie hatte keine Uhr, aber sie spürte, dass sie länger geschlafen hatte als ursprünglich gewollt. Ein Blick durch das schmale Fenster verriet ihr, dass die Sonne schon untergegangen war.

Von Heather und Meghali, die im anderen Zimmer sein mussten, war kein Laut zu hören. Sie mussten eingeschlafen sein oder aber sich sehr leise verhalten, um Myra nicht zu stören.

Chad schlief neben ihr. Sie lauschte seinen regelmäßigen Atemzügen. Er hatte sich auf die Seite gedreht, denn das schmale selbstgezimmerte Bett bot kaum Platz genug für zwei. Er hatte einen Arm um sie geschlungen, und sie hatte den Verdacht, dass er der Grund dafür war, warum sie so tief und viel länger als geplant geschlafen hatte. Sie zog seinen Arm enger um sich, lächelte verträumt und schloss wieder die Augen. Sie würde einfach noch ein paar Minuten liegen bleiben.

Doch sie fand keine Ruhe. Irgendetwas hatte sie aufgeweckt, und dieses Etwas ließ sie nicht wieder einschlafen. Was war es?

Myra suchte nach dem Grund. Aber alles, was sie finden konnte, war das vage Gefühl einer drohenden Gefahr.

Leise schob sie Chads Arm von sich und setzte sich auf. Was sollte sie tun? Dann besann sie sich und weckte Chad. Er war sofort wach.

»Was ist los?«, flüsterte er und küsste ihre Hand. »Wir haben länger geschlafen als geplant, aber …«

»Irgendetwas stimmt nicht«, unterbrach Myra ihn.

Chad setzte sich auf.

»Was meinst du?«

Sie drehte sich zu ihm um. Verzweiflung lag in ihrem Blick.

»Wir sind hier nicht mehr sicher. Wir müssen von hier verschwinden.«

Chad zweifelte nicht eine Sekunde lang an ihren Worten. Er sprang aus dem Bett – er hatte seine Kleidung gar nicht erst ausgezogen – und schlüpfte in seine Schuhe.

Myra war sogar noch schneller fertig als er. Gemeinsam gingen sie in das andere Zimmer, um Heather und Meghali zu verständigen.

Die beiden Frauen hatten geschlafen, während Myra auf ihrer letzten Reise gewesen war, und daher waren sie nicht müde. Sie saßen an dem kleinen runden Holztisch und lasen. Erstaunt blickten sie auf, als Myra und Chad unerwartet ins Zimmer stürmten.

»Was ist passiert?«, fragte Meghali erschrocken.

»Die Zeit drängt«, sagte Myra nur.

»Myra ist mit dem Gefühl aufgewacht, dass wir hier nicht mehr sicher sind. Lasst uns unsere Sachen zusammenpacken und schnellstens von hier verschwinden!«

Ohne zu zögern, folgten Meghali und Heather Chads

Anweisung. Innerhalb weniger Minuten waren die Petroleumlampen, die Lebensmittel und die Decken zusammengesucht und im Kofferraum von Chads Wagen verstaut.

Myra verließ die Jagdhütte als Letzte und zog die Tür fest hinter sich ins Schloss. Auf den Stufen der Veranda blieb sie kurz stehen und drehte sich mit wehmütigem Blick zu dem Holzhaus um. Hier, in dieser einsamen kleinen Hütte in der Wildnis, hatte ihre Zukunft mit Chad begonnen. Hier hatten sie sich das erste Mal geküsst. Hier hatte sie das erste Mal in seinen Armen gelegen. Dies alles machte die kleine Jagdhütte zu einem ganz besonderen Ort für sie. Vielleicht würden sie irgendwann einmal hierher zurückkehren. Allein. Wenn die Probleme mit Morris gelöst waren und sie alle sich in Sicherheit befanden.

»Myra, beeil dich!«, hörte sie Chads tiefe Stimme vom Wagen her.

Myra sprang die Stufen hinunter und ließ sich auf den Beifahrersitz fallen.

Sekunden später schoss der Wagen den unbefestigten Weg entlang, der sie zurück zur Schotterstraße bringen würde.

Chad schaltete die Scheinwerfer nicht ein. Die Dämmerung gab noch genügend Licht, so dass er die Umgebung erkennen konnte. Außerdem kannte er die Straße ganz genau. Sogar mit verbundenen Augen hätte er den Weg gefunden. Als Kind hatte er viele Wochenenden und Ferien in der Jagdhütte verbracht und lange Erkundungstouren in die umliegende Wildnis unternommen.

Myra hatte mit ihrer Unruhe inzwischen auch die beiden anderen Frauen angesteckt, und es herrschte eine ungewohnte Stille im Inneren des Wagens.

Plötzlich kam ihnen ein anderer Wagen entgegen.

Chad entdeckte ihn erst spät, denn auch der andere Wagen fuhr ohne Licht auf der dunklen Straße, und fast wären die beiden Autos kollidiert. Doch Chad wich im letzten Moment scharf zur Seite aus. Die Frauen schrien erschrocken auf.

»Hast du das gesehen?«, rief Myra.

»Was für ein Idiot!«, stieß Chad aufgebracht aus.

»Das meine ich nicht. Hast du nicht gesehen, was das für ein Auto gewesen ist?«

»Das war Morris' schwarzer Chrysler«, rief Meghali vom Rücksitz aus.

Chad schlug mit der Faust auf das Lenkrad und trat aufs Gaspedal.

»Morris! Wie hat er uns finden können? Niemand weiß von unserer Jagdhütte!«

»Eure Jagdhütte hat uns drei Tage Ruhe verschafft. Dafür müssen wir dankbar sein«, sagte Myra besänftigend.

»Welche Richtung sollen wir einschlagen?«, überlegte Chad laut. »Der Schweinehund wird sich schneller an unsere Stoßstange hängen, als uns lieb sein kann.«

»Fahr einfach«, erwiderte Myra unruhig.

»Da ist er schon!«, rief Meghali, die durch das Rückfenster sah. »Ich kann seinen Wagen erkennen!«

Morris schaltete unerwartet die Scheinwerfer ein, und Meghali hielt sich schützend die Hand vor die Augen.

Jetzt schaltete auch Chad die Scheinwerfer ein. Es gab keinen Grund mehr, vorsichtig zu sein, Morris hatte sie längst gefunden.

»Wir müssen Morris irgendwie loswerden!«, rief er den Frauen zu, die sich an Türen und Sitzen festklammerten, und fuhr noch ein bisschen schneller.

Doch es gelang ihm nicht, Morris abzuhängen. Der Chrysler klebte an ihrer Stoßstange.

»Pass auf die Kurve auf!«, rief Myra entsetzt. Schotter wirbelte durch die Luft, und der Wagen schlitterte gefährlich.

Myras Herz raste, und ihr wurde übel.

»Er versucht, sich neben uns zu drängen!«, schrie Meghali.

»Der Abhang! Er kommt immer näher!«

»Er will uns den Abhang hinunterdrängen!«

Chad brauchte seine ganze Konzentration, um den Wagen auf der Straße zu halten.

»Morris darf nicht gewinnen! Ich muss Myra schützen!«, flüsterte er.

Myra versuchte, den Blick nicht von der Straße abzuwenden, aber das gelang ihr nicht. Immer wieder sah sie zu dem steilen Abhang rechts von ihr. Ihre Augen weiteten sich vor Entsetzen, und ihr Magen krampfte sich zusammen. Sie klammerte sich so fest an den Griff über der Tür, dass ihre Knöchel weiß hervortraten.

»Alles wird gutgehen, alles wird gutgehen!«, murmelte sie wieder und wieder.

Die großen Zedern und Fichten sahen im Scheinwerferlicht nicht mehr majestätisch und anmutig aus, sondern wirkten verärgert, weil ihre nächtliche Ruhe gestört wurde, und seltsam bedrohlich. Myra wusste, dass *einer* dieser Bäume ausreichen würde, um sie alle auf ihre letzte Reise zu schicken.

Wieder fuhren sie durch eine scharfe Kurve. Äste schlugen gegen die Frontscheibe. Myra zuckte zusammen. Es hörte sich an wie Gewehrschüsse. Plötzlich bekam die Scheibe einen Sprung. Innerhalb von Sekunden verwandelte er sich in einen tiefen Riss und fraß sich durch das Glas.

»Gütiger Himmel!«, stieß Meghali aus und deutete nach vorne. Die Straße war von Wasser überspült! Der kleine Bach zur Linken war über die Ufer getreten. Chad hatte keine Wahl. Er konnte nicht abbremsen, denn Morris klebte noch immer an seiner Stoßstange. Er musste durch die riesige Pfütze hindurchfahren, koste es, was es wolle.

Er spürte sofort, dass etwas nicht stimmte. Das Wasser war viel tiefer, als er angenommen hatte, und der lose Schotter war spiegelglatt. Der Wagen schlitterte gefährlich nahe an den Rand des Abhangs.

»Verdammt!«, rief Chad, während er verzweifelt versuchte, den Wagen wieder unter seine Kontrolle zu bringen. Doch es war zwecklos. Das Auto rutschte immer weiter auf den Abhang zu.

Myras Hände waren schweißnass. Sie würden in die Tiefe stürzen!

Mit all ihrer Kraft stemmte Myra ihre Arme gegen die Decke des Wagens. Ein lautes »Nein!« entfuhr ihrer Kehle. »Nicht hier!«, flüsterte sie immer und immer wieder. »Nicht hier!«

Je mehr sie sich konzentrierte, desto langsamer wurde der Wagen, und schließlich begann er, sich zu drehen. Für die vier Insassen geschah alles in Zeitlupe, während es in Wirklichkeit nur Bruchteile von Sekunden dauerte. Der Wagen stieß mit voller Wucht auf der anderen Straßenseite gegen den Berghang, drehte sich wieder – und schoss in die Tiefe!

Schreie drangen durch das Innere des Wagens.

Plötzlich erschien die Gestalt Timaqs vor Myras geistigem Auge, und sie stemmte ihre Arme erneut mit aller Kraft gegen das Dach des Autos, als versuche sie, es zurück auf die Straße zu heben. Sie konzentrierte sich so sehr darauf, einen Ausweg aus der Katastrophe zu finden, dass sie nichts anderes denken konnte.

Chad, Meghali und Heather hielten den Atem an, die

Augen aufgerissen vor Entsetzen und Verwunderung. Der Wagen stürzte nicht wie ein Stein in die Schlucht hinunter, sondern schwebte leicht wie eine Feder dem Boden entgegen.

Myras Gesicht war starr wie eine Maske, während sie sich mit aller Kraft gegen das Dach des Autos stemmte.

Keiner der anderen wagte es, sie anzusprechen, aus Angst, dass der Zauber brechen würde. Und sie alle spürten in ihrem Herzen, dass es allein Zauberei sein konnte, die sie in diesem Augenblick vor dem Tod bewahrte. Zauberei, die von Myra ausging.

Stille umgab den Wagen, als er wenig später sanft und sicher auf dem Boden der Schlucht aufsetzte.

»Myra, du hast uns gerettet!«, rief Chad fassungslos. »Wir sind gerettet!«

Myra zitterte am ganzen Körper. Es fiel ihr schwer, zu begreifen, dass sie nicht tot waren.

»Bist du verletzt?«, fragte Chad.

Sie schüttelte ungläubig den Kopf.

»Du hast uns gerettet«, wiederholte er und zog sie dankbar in seine Arme. Dann wandte er sich an Heather und Meghali. »Seid ihr verletzt? Braucht ihr Hilfe?«

»Uns geht es gut«, erwiderte Meghali mit bebender Stimme. »Wir sind nur ein bisschen zittrig.« Dann drückte sie Myras Schulter. »Danke, Myra.«

Noch bevor Myra Zeit hatte, sich über ihre unerwartete Rettung zu wundern, meinte Chad: »Lasst uns von hier verschwinden, bevor Morris uns überrascht.«

»Ich glaube, den haben wir fürs Erste abgehängt«, sagte Meghali leichthin.

»Ich will kein Risiko eingehen«, erwiderte Chad. »Je schneller wir von hier weg sind, desto besser.« Mit einem kräftigen Ruck stieß er die verbeulte Fahrertür auf und stieg aus.

Myra folgte ihm. Draußen musste sie sich am Wagen festhalten, so sehr zitterten ihre Beine. Hatte tatsächlich *sie* es bewirkt, das Auto wie eine Feder zu Boden schweben zu lassen?

Heather und Meghali traten zu ihr, auch sie waren sehr blass und zittrig.

Plötzlich knallten Schüsse durch die Dämmerung.

»Er kann uns doch unmöglich sehen!«, rief Heather erstaunt aus.

»Ich glaube, er schießt auf gut Glück. Aber er wird nicht lange brauchen, um zu uns herunterzusteigen. Seht, er hat eine Lampe geholt!«

Sie konnten Morris nicht erkennen, sahen aber den Strahl einer starken Taschenlampe, der zu ihnen herunterleuchtete.

Chad fischte unter dem Rücksitz nach seinem Gewehr und im Handschuhfach nach seinem Revolver. Er steckte den Revolver im Rücken in den Hosenbund, das Gewehr jedoch legte er ohne Vorwarnung an und feuerte zwei Schüsse direkt unterhalb des Taschenlampenstrahls.

Im nächsten Augenblick fiel die Lampe zu Boden, und sie hörten einen dumpfen Schrei.

»Ist er tot?«, fragte Meghali atemlos.

»Ich weiß es nicht«, antwortete Chad. »Es hat sich so angehört, als hätte der Schuss ihn zumindest gestreift. Es ist aber gut möglich, dass Morris versucht, uns reinzulegen.«

Myra hatte sich wieder gefangen. Sie holte einen Rucksack, Lebensmittel und ein paar Decken aus dem Kofferraum.

»Hier!«, rief sie und gab einige der Sachen an Chad und Meghali weiter. »Jetzt lasst uns so schnell wie möglich von hier verschwinden!«

Doch das war leichter gesagt als getan. Der Fuß der Schlucht war dicht mit Bäumen bewachsen, und dazwischen wucherten riesige Büsche.

»Was machen wir nur? Wir kommen nicht schnell genug voran!«, rief Myra verzweifelt.

Chad sah sich um. Er konnte kaum noch etwas erkennen, so dunkel war es in der Zwischenzeit geworden. Wie sollten sie Morris entkommen?

»Wir müssen uns ein Versteck suchen, bis es hell genug ist, um weiterzugehen«, warf Heather ein.

»Aber nicht hier«, entgegnete Chad. »Sollte Morris noch am Leben sein, wird er wissen, dass wir keine Lampen haben. Er hätte ihren Schein von oben gesehen. Sobald er hier unten angekommen ist, wird er als Erstes die nähere Umgebung absuchen. Lasst uns also noch tiefer in den Wald gehen. Die Bäume werden uns schützen.« Er drehte sich suchend um und forderte die anderen auf: »Es muss hier irgendwo einen Trampelpfad geben. Schaut euch um!«

Endlos viel Zeit schien zu verstreichen.

Endlich entdeckte Myra einen Trampelpfad.

»Hier! Schnell«, rief sie leise, und die anderen folgten ihr.

Sie konnten dem Pfad ungefähr eine halbe Stunde lang tief in den Wald hinein folgen, dann war es endgültig zu dunkel geworden. Sie verließen den Pfad und suchten Schutz hinter einem dichten Busch, direkt neben dem dicken Stamm einer großen Zeder.

Meghali verteilte die Decken, und Heather kramte ein paar Müsliriegel aus dem Rucksack hervor.

»Wir müssen bei Kräften bleiben«, sagte sie mit fester Stimme. »Esst.«

Keiner von ihnen war hungrig, aber sie wussten, dass Heather recht hatte. Sie mussten bei Kräften bleiben.

Erst jetzt bemerkte Myra, dass ihre Hände und Knie noch immer zitterten. Morris war wahnsinnig, wie besessen. Wie sollten sie ihm jemals entkommen?

»Wie lange wird es dauern, bis es hell wird?«, flüsterte sie und lehnte sich erschöpft an Chads Schulter.

Er legte einen Arm um sie und zog die Decke enger um ihre Körper.

»Fünf Stunden. Nicht länger«, antwortete er. »Versuch zu schlafen. Ich werde Wache halten.«

Kapitel 21

Neues Ziel

Myra erwachte im ersten fahlen Licht der Morgendämmerung. Die Silhouetten der Bäume zeichneten sich schon klar gegen den Himmel ab, und auch die Vögel waren schon munter.

Chad hatte sich neben ihr aufgerichtet. Er beugte sich zu ihr hinunter und küsste sie zärtlich.

»Wir müssen weiter«, sagte er. »Der Highway ist nicht weit von hier, vielleicht zwanzig Kilometer. Wenn wir ihn erreichen, dann haben wir eine große Chance, Morris zu entwischen.«

Myra sah sich um und strich sich durch das lange wirre Haar.

»In welche Richtung müssen wir gehen?«

»Nach Osten.«

»Wo ist Osten?«

Chad lächelte und blickte zum Himmel hinauf. Zwischen den Zweigen der Bäume konnte man ein paar Sterne erkennen. Die meisten leuchteten nur noch fahl, aber einer von ihnen strahlte in hellstem Glanz. »Dein Name sollte es dir verraten: Folge dem Morgenstern.«

Myra lächelte. Natürlich. Daran hatte sie nicht gedacht.

Jetzt erwachten auch Heather und Meghali und streckten ihre müden Körper.

Chad hatte den Rucksack schon geschultert.

»Wir müssen einen Weg zum Highway finden«, sagte er. »Dort können wir ein Auto anhalten und Morris entkommen, sollte er tatsächlich noch immer hinter uns her sein.«

Die Frauen fröstelten, denn die Morgenluft war kühl, und so stimmten sie nur zu gern zu. Die Bewegung würde sie wärmen.

»Schaut euch um! Es muss einen besseren Weg geben als den schmalen Trampelpfad, auf dem wir gestern Abend gekommen sind.«

Meghali und Heather standen auf und sahen sich in der näheren Umgebung um. Nichts.

Auch Myra suchte. Aber sie suchte nicht nur mit den Augen, sondern auch mit ihrem Willen. Ihr ganzes Wesen konzentrierte sich auf die Suche nach einem Weg, nach einem Ausweg für sie alle. Wieder und wieder bat sie im Stillen: *Es muss einen Weg geben. Es muss einen Weg geben.*

Und plötzlich sah sie einen Weg! Sie stand beinahe direkt davor, hatte ihn aber bisher nicht bemerkt. Auch die anderen hatten ihn nicht entdeckt. Sie musste an den vergangenen Abend denken. Auch da hatte sich ein Pfad für sie aufgetan. Eine Gänsehaut lief ihr über den Rücken. Was war hier los?

»Seht her!«, rief sie verwundert, denn die Zeit drängte, und deutete auf den Weg vor ihr.

Ungläubig starrten die anderen zuerst den Weg an und dann Myra. Wieder war *sie* es gewesen, die eine Lösung gefunden hatte. Der Weg zog sich durch das Buschwerk tiefer in den Wald hinein und schlängelte sich – genau in Richtung Osten.

»Kommt!«, forderte Chad die Frauen auf und ging voran. Die anderen folgten.

Sie waren ungefähr eine Stunde unterwegs und hatten schon eine ordentliche Strecke hinter sich gebracht, als Chad plötzlich stehen blieb und sich umsah.

Meghali und Heather blickten ihn fragend an. Hatten sie den Highway schon erreicht?

»Wo ist Myra?«, fragte er und blickte suchend in alle Richtungen.

Heather und Meghali taten es ihm gleich. Myra hatte darauf bestanden, als Letzte zu gehen. Gerade eben noch hatte Meghali mit ihr darüber gesprochen, wie gut es sei, dass es endlich heller wurde. Nun war sie verschwunden!

»Morris?«, fragte die verängstigte Meghali mit stockender Stimme.

Heather und Chad schüttelten den Kopf.

»Sie reist«, stellte Heather zufrieden fest.

»Jetzt?«, rief Meghali entgeistert. »Wo Morris auf unserer Spur ist?« Ein Frösteln lief durch ihren Körper. »Es kann Tage dauern, bis sie wiederkommt. Bis dahin hat Morris uns bestimmt gefunden!«

»Wie dem auch sei«, sagte Heather entschieden. »Wir werden sie nicht im Stich lassen. Wir werden hier auf sie warten.«

»Ich bin mir nicht sicher, ob Morris uns überhaupt finden wird«, sagte Chad.

»Wie meinst du das?«

»Ist euch nicht aufgefallen, wie dieser Weg ganz plötzlich aufgetaucht ist? Als hätte Myra ihn geschaffen? Findet ihr es nicht verwunderlich, dass er so selbstverständlich hier verläuft, fast wie bestellt, mitten durch die Wildnis, und dass er genau in die Richtung führt, in die wir gehen müssen?«

»Du hast recht.« Heather setzte sich am Rande des Weges auf den Boden. »Ich hätte nichts gegen einen dieser Müsliriegel einzuwenden, die du im Rucksack hast, Chad.«

✧

Myra war lange Zeit als Schlusslicht der kleinen Gruppe durch die Wildnis gewandert und hatte Augen und Ohren offen gehalten, als ihr Kopf auf einmal ganz unerwartet zu schmerzen begann. Unwillkürlich legte sie ihre Hand an die Schläfe, aber das machte die Schmerzen nur noch schlimmer. Der Weg vor ihr begann sich zu drehen, und sie verlor ihr Gleichgewichtsgefühl. Sie musste stehen bleiben.

Dann wusste sie, was mit ihr geschah, denn ein ihr längst bekanntes Ziehen stellte sich in ihrem Körper ein.

Ausgerechnet jetzt! Morris war ihnen möglicherweise noch immer auf der Spur, und die anderen würden sich verpflichtet fühlen zu warten, bis sie zurück war, und ihm dadurch womöglich in die Hände fallen.

Sie wollte Chad noch zurufen, dass er Heather und Meghali in Sicherheit bringen solle, aber es war schon zu spät. Sie fühlte, wie sie von einem magischen Band immer weiter fortgezogen wurde, immer weiter fort von ihrem Selbst.

Als das Schwirren in ihrem Kopf endlich nachließ und sie wieder deutlich sehen konnte, stand sie auf einer kleinen Anhöhe. Sie schirmte ihre Augen mit der Hand gegen das Tageslicht ab.

»Kannst du es sehen?«, fragte Erdis neben ihr. Ihr langes rotes Haar tanzte in der warmen Brise.

Sie wusste, dass Erdis das Meer meinte, und strengte ihre Augen an.

»Nein«, antwortete sie schließlich, »die Wolken hängen zu tief.« Enttäuscht ließ sie ihre Hand sinken.

»Dann lass uns weiterreiten«, meinte Erdis. »Xansu Shis Männer haben gesagt, dass es nicht mehr weit ist.«

Die beiden Frauen lenkten ihre Pferde von der Anhöhe hinunter, die in Wirklichkeit nicht viel mehr war als ein kleiner Hügel, und setzten ihren Weg gen Osten fort.

Sowohl Runa als auch Erdis waren müde und erschöpft von der langen Reise. Wochen waren vergangen, seit sie die Gastfreundschaft von Xansu Shi und Tego genossen hatten. Die Reise in Begleitung der Männer von Xansu Shi war ohne Zwischenfälle verlaufen. Sie hatten die Steppe verlassen und waren den Ausläufern eines Gebirges gefolgt. Schließlich hatten sie die Berge überquert, und der Hauptmann hatte ihnen erklärt, dass sie sich einem riesigen Wasser näherten.

Runa und Erdis hatten innerlich gejauchzt. Wenn das Land bald aufhörte, dann musste auch ihre Reise sich dem Ende zuneigen!

Die beiden Frauen hatten die Krieger auf der Meeresseite des Gebirges zurückgelassen und waren allein weitergereist. Die Männer wollten sich einige Tage ausruhen, bevor sie ihre lange Heimreise antraten. Runa und Erdis hingegen waren voller neuer Energie, beflügelt von dem Gedanken, dass ihre Reise bald zu Ende sein würde.

Aber als sie in den Mittagsstunden noch immer nichts von dem erhofften Meer erkennen konnten, wurden die beiden Frauen langsamer und verfielen in ihren gewohnten Trott.

»Du siehst müde aus«, stellte Runa besorgt fest, nachdem sie ihre Freundin eingehend gemustert hatte.

»Du auch«, entgegnete Erdis und lächelte. »Uns bleibt nichts anderes übrig, als weiterzureiten.« Sie seufzte.

»Wir sind unserem Ziel so nahe.« Sie zügelte ihr Pferd, so dass es stehen blieb. »Es müsste doch längst schon zu sehen sein.«

Plötzlich ergriff Runa ihren Arm.

»Riechst du das auch, Erdis? Salzwasser!«

Erdis hob ihr Gesicht und sog die Luft tief ein.

»Du hast recht!«

»Das Ende des Landes ist nahe und damit auch das Ende unserer Reise«, frohlockte Runa, und ihre grünen Augen strahlten. »Dort wird jemand auf uns warten, der meine Botschaft versteht. Es muss so sein!«

Die beiden Frauen trieben ihre Pferde an.

Keine halbe Stunde später vernahmen sie das geliebte Rauschen von Wellen.

Dann endlich, hinter einer Biegung, lag es vor ihnen: das Meer. Rau und schön, rhythmisch und blau und unendlich weit. Das Licht tanzte auf den mächtigen Wellen, die vom Horizont her zum Ufer rollten, und Runa spürte, wie ihr eine Gänsehaut über den Körper lief.

Wie sehr hatte sie das Meer vermisst! Wie sehr hatte sie sich nach seiner Ruhe gesehnt, aber auch nach seiner Wildheit und nach seiner Beständigkeit. Es war, als sei ein Teil von ihr, das für eine lange, lange Zeit abhandengekommen war, nun endlich wieder zu ihr zurückgekehrt.

Schweigend stiegen sie von ihren Pferden, und Runa ergriff Erdis' Hand. Gemeinsam ließen sie sich auf dem groben Sand nieder und genossen die frische kühle Brise auf ihrem Gesicht.

Dankbarkeit durchflutete Runas Herz, und ein Lächeln legte sich auf ihre Züge.

Erst später fiel ihr auf, dass niemand auf sie wartete. Aber jemand hätte dort sein sollen! Jemand, dem sie ihre Botschaft überbringen und der sie verstehen konnte! Erst dann würde ihre Aufgabe erfüllt sein.

»Niemand ist hier.« Beunruhigt sah sie Erdis an.

Das Lächeln verschwand von Erdis' Gesicht. »Du hast recht. Irgendetwas stimmt nicht. Jemand hätte uns erwarten sollen.«

»Wie ist das möglich?«, flüsterte Runa entmutigt. »Ich war mir so sicher!«

Die beiden Frauen starrten aufs Meer hinaus. Was sollten sie tun? Was wurde von ihnen erwartet?

»Lass uns eine Weile warten«, meinte Runa schließlich. »Wer immer es ist, der uns hier erwarten soll, er ist vielleicht aufgehalten worden.«

»Gut«, willigte Erdis ein. »Aber nicht hier. Lass uns dort drüben zwischen den Felsen und Büschen Schutz suchen.«

Sie ergriffen die Zügel ihrer Pferde und gingen zu den Felsen hinüber, die fast ganz von Büschen verdeckt waren. In der Mitte fanden sie ein sandiges Plätzchen. Die Sonne war hinter den Wolken hervorgekommen, und es dauerte nicht lange, bis Erdis eingenickt war.

Runa hingegen konnte nicht schlafen. Sie war zwar genauso müde und erschöpft wie Erdis, aber sie war gleichzeitig viel zu aufgewühlt, um Ruhe zu finden.

Was, wenn niemand kommen würde? Was sollten sie dann tun? Wem sollte sie ihre Botschaft überbringen?

Ein seltsames Gefühl überkam sie. Irgendetwas änderte sich. Nicht in ihr, sondern an der Situation.

Runa saß zwischen den Felsen, während Erdis schlief, und beobachtete das Ufer. Doch sie sah nur Leere. Über ihr ertönten die einsamen Schreie der Meeresvögel. Es war das erste Mal, dass Runa sie nicht mit Freude, sondern mit Traurigkeit begrüßte. Sie fühlte sich verloren. Verschollen. Verlassen.

Neben ihr erwachte Erdis aus einem kurzen, aber tiefen Schlaf und sah sie mit seltsamem Blick an.

Sorge stieg in Runa auf.

»Ist etwas nicht in Ordnung? Geht es dir nicht gut?«

»Es geht mir sehr gut«, antwortete Erdis und klopfte verlegen den Sand von ihren Kleidern. Dann sah sie Runa fest an. »Meine Reise endet hier. Deine hingegen dauert an.«

»Du wechselst in das Reich der Toten?«, fragte Runa entsetzt.

Erdis lächelte wehmütig.

»Mein Körper wird weiterleben, Runa, sei unbesorgt. Aber ich muss hierbleiben. Den Rest des Weges musst du allein gehen.«

Runa starrte sie fassungslos an. Erdis war so viel mehr als nur eine Freundin und Lehrerin für sie. Sie war wie eine Schwester. Sie war ihre Familie, die Einzige, die ihr nach der langen Reise ins Ungewisse geblieben war. Wie sollte sie sie zurücklassen?

Sie schüttelte verständnislos den Kopf.

»Ich hatte einen Traum, Runa. Ich weiß nun, was ich zu tun habe. Und es ist deine Aufgabe, allein weiterzugehen.«

»Nach allem, was wir gemeinsam durchgemacht haben, Erdis! Ich kann dich nicht hier in der Fremde zurücklassen! Ich kann keinen Schritt ohne dich machen!«

Erdis' graue Augen blickten sie liebevoll an.

»Du unterschätzt dich, Runa.« Sie nahm Runas Hand und drückte sie fest. »Erinnere dich: *Du* bist es gewesen, dem die Botschaft im Traum übermittelt wurde. *Du* bist es, dem Halvar den Talisman gegeben hat. *Du* bist es, den er auf die Reise geschickt hat. Ich durfte eine Zeitlang deine Begleiterin sein, mehr nicht – aber dafür bin ich sehr dankbar. Du hast immer schon einen besonderen Platz in meinem Herzen gehabt, kleine Schwester, und dort wirst du für immer bleiben. Aber die Zukunft vieler Menschen liegt in deiner Hand. Du musst deine Aufgabe vollenden. Du musst den Kreis schließen und die zwei Raben zusammenbringen!« Sie berührte den ledernen Beutel, in dem Runa den Talisman sicher an ihrem Gürtel trug.

»Vergiss nicht: Solltest du deine Aufgabe nicht erfüllen, so werden diejenigen, die nach uns kommen, verloren sein. So wichtig ist deine Aufgabe. Du weißt das.« Sie machte eine kurze Pause. »Und es ist von größter Wichtigkeit, dass du deine Aufgabe allein vollendest.«

Runa nickte. Sie wusste, dass Erdis die Wahrheit gesprochen hatte.

»Wie gern würde ich mit dir nach Hause gehen und all unsere Lieben wiedersehen ...«, begann sie schließlich.

»Ich gehe nicht nach Hause«, fiel Erdis ihr ins Wort. »Ich werde Xansu Shis Männer aufsuchen und mit ihnen ins Zeltdorf zurückkehren. So hat mein Traum es mir gezeigt. Dort werde ich bleiben, bis es Zeit für mich ist, ins Reich der Toten zu wechseln.«

»Als Fremde unter Fremden zu leben – für immer.« Runa sah die Freundin mitfühlend an.

»Du weißt, dass es auch dein Schicksal sein wird.«

»Ich weiß. Aber es ist *meine* Aufgabe, *meine* Reise ...«

»Und es ist *meine* Aufgabe, bei Xansu Shi und den Menschen in seinem Lager zu bleiben. Ich werde dort gebraucht, und ich nehme diese Aufgabe gern an. Es sind gute, freundliche Menschen, die in Xansu Shis Dorf leben. Die Geistwesen waren gnädig.«

Runa sah Erdis lange an. Sie versuchte, sich jede Einzelheit ihres edlen Gesichts einzuprägen.

»O Erdis, ich hätte nie gedacht, dass wir getrennt werden würden!«

Sie umarmten sich und hielten sich für eine kurze Weile aneinander fest.

»Ich habe Angst«, flüsterte Runa.

»Ich auch«, gab Erdis zu. »Aber ich verstehe nicht, warum *du* Angst hast. Die ganze Reise über warst du so stark und mutig. Warum sollte es jetzt anders sein?«

»Ich hatte ein Ziel. In den letzten Wochen hat mir der Gedanke, dass wir bald das Meer erreichen, ungeheure Kraft verliehen.«

»Und nun hast du ein neues Ziel«, ermutigte Erdis sie und strich ihr liebevoll über das lange helle Haar. »Du musst über das Meer reisen!«

Runas Augen weiteten sich. Dieser Gedanke war auch ihr schon gekommen, als sie neben der schlafenden Erdis gesessen und gewartet hatte. Aber das war unmöglich. Wie sollte sie so etwas anstellen?

Erdis fuhr unbeeindruckt fort:

»Du wirst dein Ziel erreichen, sobald du dieses große Wasser hinter dir gelassen hast.« Sie machte eine ausladende Handbewegung in Richtung Meer. »Ich spüre es!«

Runa fühlte, dass Erdis recht hatte, auch wenn es noch so widersinnig klang.

Einen Augenblick lang starrten sie schweigend durch die Zweige der Büsche aufs Meer hinaus.

»Wann wirst du zu Xansu Shis Männern zurückkehren?«, fragte Runa schließlich.

»Jetzt gleich«, erwiderte Erdis.

»Dann werde ich dir jetzt Auf Wiedersehen sagen müssen«, meinte Runa bedrückt. »Je länger ich damit warte, desto schwerer wird es mir fallen, dich gehen zu lassen.«

»Es gibt etwas, das ich noch tun muss, bevor wir getrennte Wege gehen«, sagte Erdis und sah Runa ernst an. »Komm zu mir herüber.«

Und wie die anderen Schamanen vor ihr, so gab nun auch Erdis ihre Gabe, nämlich mit Kräutern zu heilen, als Geschenk an Runa weiter. Und wie bei den anderen Schamanen vor ihr, so bedurfte es auch diesmal nur einer Berührung, um ihre Fähigkeit auf Runa und den Talisman zu übertragen.

Stille Tränen liefen über Runas Gesicht, als sie erkannte, was Erdis tat.

Plötzlich wurde der Zauber des Augenblicks unsanft gestört. Vom Strand drangen gedämpfte Stimmen zu ihnen, und die Frauen erspähten mehrere Reiter am Ufer.

»Diese Männer sind wegen dir gekommen«, sagte Erdis. »Sie werden dich auf den richtigen Weg schicken. Es wird das Beste sein, wenn sie mich nicht sehen.«

»Du hast recht«, stimmte Runa ihr zu.

Die Frauen umarmten sich ein letztes Mal, und Runa wischte ihre Tränen fort.

»Vergiss nicht, du musst über das Meer reisen«, mahnte Erdis mit tränenerstickter Stimme.

»Ich werde es nicht vergessen«, versprach Runa. »Mögen die Geister mit dir sein, meine geliebte Freundin.«

»Und mit dir«, erwiderte Erdis. »Eines Tages werden wir uns wiedersehen, Runa, das verspreche ich dir. Unsere Seelen sind verwandt. Niemand kann ein solches Band zerreißen.«

Nach einem letzten Händedruck und einem langen wehmütigen Blick zu Erdis richtete Runa sich entschlossen auf und trat allein aus dem Schutz der Felsen und Büsche hervor.

Erdis blieb allein zurück.

Runa ging einige Schritte auf die Reiter zu und hob grüßend die Hand.

Die Reiter entdeckten sie, wendeten ihre Pferde und galoppierten auf sie zu.

Runa hob noch einmal die Hand. Diesmal jedoch nicht zum Gruß, sondern um dem angriffslustigen Verhalten der Reiter Einhalt zu gebieten.

Die Pferde blieben sofort stehen und rührten sich nicht vom Fleck.

Erstaunt zogen die Männer ihre langen Messer und wollten absteigen.

Doch wieder hob Runa abwehrend die Hand.

Die Männer erstarrten, ihre Bewegungen waren wie eingefroren.

Runa ging auf die Männer zu und rief ihnen einen freundlichen Gruß zu. Aber die Männer schienen ihr nicht zuhören zu wollen. Noch immer zeigten sie Verärgerung und Widerwillen.

Runa blieb stehen. Sie musste mit dem Schamanen dieser Männer sprechen. Sie musste einen Weg finden, über das vor ihr liegende Meer zu reisen.

Sie richtete ihren Blick gen Himmel. Augenblicke später jagten dunkle Wolken über den zuvor noch blauen Himmel und ballten sich über den Reitern. Schon im nächsten Moment schüttete es daraus wie aus Kübeln. Die Männer waren innerhalb kürzester Zeit vollkommen durchnässt, während Runa, die nur wenige Schritte von ihnen entfernt stehen geblieben war, im warmen Sonnenlicht badete.

Runa spürte, wie die Strahlen der Sonne immer tiefer und tiefer in sie eindrangen. Das Bild vor ihren Augen verschwamm, und ein seltsames Ziehen erfasste ihren Körper.

Kapitel 22

Plan

Myras Kopf schmerzte und ließ sie nicht zur Ruhe kommen. Beinahe hilfesuchend griff ihre Hand nach dem feinen silbernen Rabenanhänger an der Kette, die Chad ihr zu ihrer Hochzeit geschenkt hatte. Sie musste irgendwo Halt finden.

Chad ging wie ein gefangenes Tier im Käfig ruhelos im Zimmer auf und ab.

Meghali saß in dem großen ledernen Sessel, der gegenüber der Couch stand, und grübelte vor sich hin.

Das Klingeln des Telefons schrillte durch die Stille.

Chad war sofort am Apparat und schaltete den Lautsprecher ein.

»Hallo?«

»Morris hier«, drang eine kalte Stimme durch das gemütliche Wohnzimmer. »Das dauert mir zu lange.«

»Meine Frau tut, was sie kann«, versuchte Chad zu erklären, »aber sie ist mit ihren Nerven am Ende.«

»Das ist ihr Problem«, zischte Morris.

»Ich weiß nicht, wie lange sie noch durchhält«, warf Chad verzweifelt ein. »Wir brauchen mehr Zeit.«

»Ihr tut, was ich verlange, und zwar sofort!«, donnerte Morris. »Oder Emma wird sich wünschen, lieber tot zu sein!«

»Lass meine Frau wenigstens kurz mit Emma sprechen«, flehte Chad.

Morris hörte nicht auf seine Bitte.

»Morgen, selbe Zeit. Meine Geduld ist am Ende!«

Ein langer Summton folgte. Morris hatte aufgelegt.

Chad legte das Telefon zurück auf den Tisch und drehte sich unbehaglich zu den beiden Frauen um. Wie würde Myra reagieren?

Aber sie kam nicht dazu, auch nur ein einziges Wort zu sagen. Meghali kam ihr zuvor.

»Es gibt etwas, das wir noch nicht versucht haben«, warf sie entschlossen ein.

Chad sah sie überrascht an.

»Ich bin fest davon überzeugt, dass die Annahmen, die wir in Squalath aufgestellt haben, richtig sind. Myra kann sich in der jetzigen Situation einfach nur nicht genug konzentrieren, um sich zu *erinnern*. Und Heather, so habt ihr mir erklärt, wird uns nicht weiterhelfen können, weil ihr Erinnerungsvermögen stark nachgelassen hat. Wenn wir nun aber die Ältesten deines Volkes aufsuchten, Chad, und sie um Hilfe bitten würden?« Ihre dunklen Augen blickten Chad gespannt an.

Chad zögerte.

»Heather ist diejenige, die sich mit den alten Geschichten am besten auskennt. Ich bezweifle, dass die anderen uns helfen können.«

»Vielleicht nicht mit ihrem Wissen über diese bestimmte Legende«, führte Meghali ihren Gedanken weiter. »Aber vielleicht mit einer Zeremonie, die Myra hilft, wieder zu sich selbst zu finden. Und dann …«

»Und dann wird sie sich vielleicht an das erinnern, was wir wissen müssen, um den Talisman zu finden und um Emma zu retten«, flüsterte Chad. Er sah Myra aufgeregt an.

»Was meinst du dazu?«

Sie zuckte mit den Schultern.

»Ich glaube nicht, dass es uns viel helfen wird«, meinte sie zweifelnd.

»Wir müssen *irgendetwas* tun«, stellte Chad fest. »Wir können nicht nur hier herumsitzen und warten, bis Morris uns morgen wieder anruft.«

»Du hast recht«, meinte Myra schließlich und gab sich geschlagen. »In Ordnung. Lass uns zu den Ältesten gehen.«

Eine knappe Stunde später – es war früher Nachmittag – erreichten sie das Haus von Joseph Rock Horse, einem der Ältesten, den Chad schon seit seiner Jugendzeit gut kannte.

»Ich hoffe, er wohnt noch immer hier«, meinte er und stieg aus dem Auto. »Ihr wartet besser einen Augenblick im Wagen.«

Myra und Meghali beobachteten, wie Chad die Veranda des kleinen weißen Hauses betrat und an die Tür klopfte. Kurz darauf öffnete eine alte Frau die Tür. Ihr Gesicht war von Runzeln übersät. Sie begrüßte Chad herzlich und lächelte ihn an.

Myra wusste, dass das Reservat der Elk Creek First Nation sehr groß war. Die meisten Bewohner lebten in einer der kleinen Siedlungen, die über das Reservat verstreut lagen. Joseph Rock Horse dagegen wohnte abseits der Siedlungen, und Chad hatte angestrengt nachdenken müssen, um sich an den Weg zu seinem Haus zu erinnern. Myra war überrascht gewesen, dass er ihn auf Anhieb gefunden hatte, denn die schmalen Wege, die sich außerhalb der Siedlungen durch das Reservat zogen, sahen auf den ersten Blick alle gleich aus, und alle zogen sich durch die majestätischen Wälder und Berge, die Myra so liebte. Heute aber empfand sie keine Freude über ihre Schönheit. Alle ihre Gedanken waren bei Emma.

Meghali saß schweigend neben ihr, warf ihr ab und zu einen flüchtigen Blick zu, sprach sie jedoch nicht an.

Es dauerte nicht lange, bis Chad zum Wagen zurückkam.

»Wir haben Glück. Joseph ist abgeholt worden, um an einem Ältestentreffen in unserem Zeremonienhaus teilzunehmen. Seine Frau fühlte sich nicht gut genug, um ihn zu begleiten.«

»Weißt du, wie wir von hier aus zum Zeremonienhaus kommen?«, wollte Meghali wissen.

Myra und Chad sagten gleichzeitig »Ja« und lächelten einander wehmütig an.

Meghali warf den beiden einen fragenden Blick zu.

»Das Zeremonienhaus war noch nicht gebaut, als ich Boulder Landing verlassen habe, um in Victoria zu studieren und zu arbeiten«, erklärte Myra. »Nachdem ich meinen Job gekündigt hatte, bin ich hierher zurückgekehrt und habe Chad auf einer Bergwanderung kennengelernt.« Ihre Gedanken flogen zurück zu diesem glücklichen Tag. »Am Abend zuvor bin ich an dem Zeremonienhaus vorbeigefahren und habe dort angehalten, um einen Tee zu trinken, denn ich war sehr müde. Das *neue* Zeremonienhaus war ein Geschenk des Himmels …« Sie lächelte versonnen.

Chad sah sie überrascht an.

»Du hast damals nicht am Zeremonienhaus angehalten.«

»Natürlich!«, erwiderte Myra.

»Du hast mir erzählt, du wärst so müde gewesen, dass du vom Highway abgebogen bist und bis zur Morgendämmerung im Auto geschlafen hast.«

»Ich habe *anschließend* im Auto auf der Raststätte geschlafen«, sagte Myra zögernd. »Ich meine … Ich weiß es nicht genau …« Sie sah verwirrt von einem zum anderen.

»Bis eben war ich mir noch sicher, dass ich beim Zeremonienhaus angehalten habe. Aber jetzt … Ich kann mich nicht mehr erinnern.« Sie grübelte eine Weile. »Wenn ich dir erzählt habe, dass ich vom Highway abgebogen bin und im Wagen geschlafen habe, dann wird es wohl stimmen«, meinte sie schließlich. »Warum sollte ich dir nicht die Wahrheit sagen?«

»Ich glaube nicht, dass es etwas mit *Wahrheit* zu tun hat«, meinte Chad zögernd und legte seiner Frau liebevoll die Hand auf den Arm.

»Sondern?«

»Ich glaube, es hat damit zu tun, was Meghali und ich dir schon früher versucht haben zu erklären, mit einer Veränderung in deiner Vergangenheit. Irgendetwas hat sich verschoben. Deshalb kannst du dich nicht genau erinnern. Vieles ist vage, aber ich glaube, mit ein bisschen Glück wird es sich bald verfestigen.«

Eine Dreiviertelstunde später erreichten sie das Zeremonienhaus der Elk Creek First Nation. Chad parkte das Auto auf dem großen Parkplatz, der zu dem Gebäude gehörte. Es standen nur wenige Autos dort, ein Zeichen dafür, dass an diesem Tag kein großes Stammestreffen stattfand, sondern nur ein Zusammentreffen eines bestimmten Clans.

Gemeinsam betraten sie die Eingangshalle. Niemand war zu sehen, aber sie konnten gedämpfte Stimmen hören, die von irgendwoher zu ihnen herüberdrangen.

Myra sah sich um. Die friedliche, einladende Atmosphäre, die in dem Gebäude herrschte, hatte schon immer einen beruhigenden Einfluss auf sie ausgeübt. Chad und sie waren unzählige Male hier gewesen, um an Veranstaltungen teilzunehmen. Meist war Emma an ihrer Seite gewesen.

Emma. Myra zwang sich, nicht an sie zu denken. Sie waren hier, um einen Weg zu finden, wie sie ihr helfen konnten.

Sie blickte sich genauer um. Das Gebäude war sowohl innen als auch außen ganz aus Zedernholz erbaut. Wunderschöne Schnitzereien, die von verschiedenen Stammesmitgliedern angefertigt worden waren, und zwei kleine Totempfähle schmückten die Eingangshalle mit ihrer hohen Decke. Myra liebte den Geruch des Zedernholzes. Heute allerdings mischte er sich mit dem Duft von frischem Kaffee und warmem Mittagessen.

»Das Treffen findet anscheinend in einem der angrenzenden Konferenzräume statt«, sagte Chad leise und ging, gefolgt von Myra und Meghali, auf eine der angelehnten Türen zu.

Er klopfte kurz und wartete auf eine Antwort. Sobald er aufgefordert worden war einzutreten, bedeutete er den Frauen zu warten, dann ging er allein in den Raum.

Myra und Meghali lauschten seiner tiefen Stimme. Er bat um ein kurzes Gespräch mit Joseph Rock Horse. Kurz darauf begrüßte er den alten Mann herzlich. Dann redeten die beiden so leise miteinander, dass die beiden Frauen nichts mehr verstehen konnten.

Es dauerte eine Weile, aber schließlich steckte Chad den Kopf zur Tür heraus und bedeutete Myra und Meghali, ihm zu folgen. Vorsichtig und leise betraten die beiden Frauen den Raum, in dem das Treffen der Ältesten stattfand. Er war mit Zedernholz verkleidet und gerade groß genug, um den ungefähr fünfzig anwesenden Ältesten Platz zu bieten. Sie saßen an langen hölzernen Tischen und aßen gerade ihren Nachtisch.

»Ich habe mit Joseph gesprochen«, sagte Chad leise. »Er hat zugestimmt, dass ich den Ältesten unser Anliegen vortrage. Jetzt müssen wir abwarten.«

Joseph Rock Horse, ein alter Mann von vielleicht achtzig Jahren mit intelligenten wachen Augen und langem weißen Haar, das er zu einem Zopf geflochten hatte, stellte Chad, Myra und Meghali vor und bat die Anwesenden um ihre Aufmerksamkeit. Dann übergab er das Wort an Chad.

Chad versuchte, den Ältesten in aller Kürze die Einzelheiten zu erläutern, denn er wollte ihnen nicht zu viel von ihrer Zeit stehlen.

Myra war in Gedanken wieder bei Emma und bekam nur die letzten Worte seiner Rede mit.

»... Wir sind uns sehr wohl bewusst, dass es sich bei dem Talisman um ein mystisches, kraftvolles und heiliges Objekt handelt. Und wir wollen ihn nicht für unsere eigenen Zwecke finden, sondern nur, um unserer entführten Tochter zu helfen. Der Entführer denkt, warum auch immer, dass meine Frau weiß, wo der Talisman zu finden ist.«

Chad nickte Joseph Rock Horse zu. Er hatte zu Ende gesprochen.

Joseph Rock Horse bedankte sich für Chads Vertrauen und wandte sich an die Anwesenden.

»Wenn irgendjemand von euch eine Idee hat, wie wir Chad Blue Knife und seiner Familie helfen können, oder wenn irgendjemand sich an Einzelheiten erinnert, die ihnen weiterhelfen könnten, den Talisman zu finden und ihre Tochter zurückzubekommen, dann wendet euch bitte direkt an sie. Sie werden noch eine Weile hierbleiben.« Dann forderte er die Ältesten auf, ein Gebet für die Familie Blue Knife zu sprechen.

Nachdem das Gebet beendet war, bedeutete Joseph

Rock Horse Chad, Myra und Meghali, sich an einen der Tische zu setzen und den Nachtisch mit ihnen zu teilen.

Wieder fühlte Myra, wie Unruhe in ihr aufstieg, und sie hatte Mühe, stillzusitzen. Wie konnte sie hier ruhig warten und mit den Ältesten sprechen, während Emma in der Gewalt von diesem Morris war? Wie hatten sie erwarten können, dass die Ältesten ihnen helfen konnten? Ihre Kopfschmerzen wurden wieder stärker. Nervös knetete sie die Hände im Schoß.

Neben ihr sprach Chad jetzt mit einer alten Dame, die sich zu ihm gesetzt hatte. Sie war eine kleine Frau mit langem weißen Haar, das sie zu einem Pferdeschwanz zusammengebunden hatte, und mit einem freundlichen Gesicht, das mit zahllosen Falten durchzogen war. Sie trug eine Bluse mit auffallend großem Blumenmuster.

»Bist du nicht Heather Blue Knifes Großneffe?« Es war mehr eine Feststellung als eine Frage.

»Richtig«, entgegnete Chad. »Leider erinnere ich mich nicht an Sie ...«

»Heather kennt die alten Geschichten am besten von uns allen. Ihr solltet mit ihr sprechen«, sagte die alte Dame.

»Das wissen wir«, erwiderte Chad gutmütig. »Aber Heathers Erinnerungsvermögen hat in der letzten Zeit leider stark nachgelassen, so dass ihr viele Einzelheiten nicht mehr einfallen.«

Die alte Dame schüttelte traurig den Kopf.

»Irgendwann erreicht jeden von uns die Welle der Zeit.«

Sie musterte Myra.

»Vielleicht solltet ihr um eine besondere Zeremonie bitten«, schlug sie schließlich vor.

»Das war eigentlich unsere Absicht …«, begann Chad.

»Um eine Zeremonie, die deiner Frau hilft, den richtigen Weg zu finden«, fuhr die alte Dame unbeirrt fort. »Schließlich ist der Talisman, von dem ihr sprecht, den alten Legenden zufolge sehr mächtig. Er darf nicht in die falschen Hände geraten. Und wenn ich es richtig verstehe, sind sehr schlechte Männer hinter ihm her …«

»Es geht um unsere Tochter …«, warf Chad vorsichtig ein.

»Es ist ein großes Opfer, das verstehe ich. Aber ihr müsst euch darüber klar sein, was wichtiger ist: eure Tochter oder die ganze Welt.«

Myra starrte die alte Dame fassungslos an.

Meghali drückte Myras Hand.

Chad warf Myra einen besorgten Blick zu, dann wandte er sich wieder an die alte Dame: »Wir hatten eigentlich auf eine Zeremonie gehofft, die uns helfen würde, sowohl den Talisman zu finden als auch unsere Tochter zu retten.«

Noch bevor die alte Dame antworten konnte, brach es aus Myra heraus: »Wie können Sie so etwas sagen! Sie haben wohl keine eigenen Kinder!« Aufgebracht stand sie von ihrem Stuhl auf und setzte, so ruhig es ihr möglich war, hinzu: »Ich habe keine Zeit zu verlieren. Ich muss das Leben meiner Tochter retten!«

Die alte Dame sah sie verwundert an.

»Wenn Heather euch nicht sagen kann, wie oder wo der Talisman zu finden ist, und wenn deine Frau es nicht herausfinden kann, dann ist es sehr wahrscheinlich, dass ihr ihn nicht finden werdet«, stellte die alte Dame bestimmt fest und sah Chad eindringlich an. »Der Talisman steht im Zusammenhang mit vielen alten Geschichten über einige der mächtigsten Schamanen unseres Stammes. Jemand mit geringeren Fähigkeiten wird den Talisman niemals finden können. Er ist mächtiger als der mächtigste Schamane, sagen die alten Geschichten. Deshalb ist er so gut verborgen. Nur eine sehr weise Person kann den Talisman besitzen. Man muss ihn weise gebrauchen. Tut man das nicht, wird der Talisman Schlimmes anrichten auf der Welt.«

Sie warf einen Blick auf Myra.

»Und um ehrlich zu sein, deine Frau macht im Augenblick nicht den Eindruck einer weisen, mächtigen Schamanin.«

Myras Gesicht war rot vor Empörung. Chad und Meghali hatten Mühe, sie aus dem Versammlungsraum zu führen und zum Auto zurückzubringen.

»Es ist die Vergangenheit, Myra. Sie allein hält den Schlüssel zur Lösung unseres Problems bereit!«, rief Chad und packte sie fest an den Schultern, um sie zur Besinnung zu bringen.

»Ich hätte besser zuhören sollen, damals, als Heather mir das erste Mal von der Legende erzählt hat«, stieß Myra hysterisch hervor. »Nun muss ich für meinen Fehler bitterlich bezahlen!«

»Kann das wirklich der einzige Grund dafür sein, dass all diese Dinge jetzt geschehen? Glaubst du das wirklich?«, rief Chad verzweifelt aus. »Wann wirst du Meghali und mir endlich zuhören und unseren Überlegungen Glauben schenken? Nur so wirst du den Talisman finden und Emma zurückbekommen!«

Myra warf Chad und Meghali, die sich bisher ganz aus dem Gespräch herausgehalten hatte, einen solch verzweifelten Blick zu, dass es ihnen Angst machte.

»Ich weiß, dass irgendetwas verkehrt läuft«, brachte Myra unter Tränen hervor. »Ganz und gar verkehrt. Ich spüre es! Aber mein Kopf ist leer, ich kann nicht denken! Ich kann den Talisman nicht finden, ich fühle es! Und Morris wird Emma …«

»Sag es nicht!«, fiel Meghali ihr harsch ins Wort. »Worte sind mächtiger, als du es dir vorstellen kannst. Du beschwörst ein Unglück herauf, wenn du den Satz zu Ende führst!«

»Ich glaube, ich habe eine Idee, wie wir Emma auch ohne den Talisman zurückbekommen können«, warf Chad plötzlich ein.

»Wirklich?« Myra schniefte.

»Es ist ein bisschen gewagt, aber ich sehe keinen anderen Weg, um …«

»Nein, Chad!«, stieß Myra aus und klammerte sich an ihn. »Ich will nicht riskieren, dass auch dir etwas zustößt!«

Aber Chad hörte nicht auf sie, sondern drückte sie stumm auf den Beifahrersitz.

»Komm, Meghali«, sagte er zu der Inderin, »wir müssen uns ein ruhiges Plätzchen suchen, wo wir uns eine Strategie zurechtlegen können.«

Myra schenkte seinen Worten kein Gehör. Ein seltsames Ziehen hatte von ihrem Körper Besitz ergriffen … als versuche etwas, sie aus ihrem Körper herauszuziehen, weit, weit fort – fort von ihrem Selbst.

Kapitel 23

Umzingelt

Das warme Licht des frühen Abends fiel auf den Weg, den Myra im Dickicht gefunden hatte, und auf die Bäume rings um sie herum. Stille lag über der Wildnis. Nur ab und zu wurde sie durch Vogelgezwitscher oder den Schrei eines Raubvogels unterbrochen.

Aber Chad, der wachsam zuhörte, vernahm noch viele andere Geräusche. Er hörte die Streifenhörnchen in den Bäumen umherspringen und den Wind in den großen Zedern, er vernahm einen Bären, der in einiger Entfernung durch den Wald streifte und das Unterholz knacken ließ, und das Fauchen eines Berglöwen.

Es waren jedoch ganz andere Geräusche, auf die er wartete. Er hoffte auf ein Zeichen von Myras Rückkehr, auf ihre Schritte, auf ihre Stimme. Und er konzentrierte sich auf Morris, der sich womöglich leise näherte.

»Chad, haben wir irgendwo noch etwas Essbares?«, hörte er Meghalis warme Stimme. »Heather und ich könnten eine kleine Stärkung gebrauchen.«

Chad sah im Rucksack nach und schüttelte den Kopf. »Tut mir leid, es ist nichts mehr da.«

»Ich hoffe, Myra kommt bald zurück«, meinte Meghali leise. »Ich habe kein gutes Gefühl.«

»Wir müssen hier auf sie warten«, wiederholte Chad. »Es gibt keine andere Möglichkeit. Sonst wird Myra uns nicht finden, wenn sie zurückkommt.« Er blickte sich suchend um. »Aber es wäre vielleicht besser, wenn wir uns ein Plätzchen suchen, das uns besser vor Morris schützt, von dem aus wir jedoch den Weg überblicken und auch Myra sehen können, sobald sie zurückkommt.«

Die Frauen stimmten ihm zu und schauten sich um.

»Vielleicht dort oben«, meinte Chad schließlich und deutete zu einigen großen Zedern und Felsbrocken, die nicht weit entfernt zu ihrer Linken auf einem Hügel standen. »Lasst uns hintereinandergehen, damit wir so wenig Spuren wie möglich hinterlassen.«

Chad half Heather und Meghali den Hügel hinauf, dann ging er zu der Stelle zurück, wo sie eben noch gesessen hatten, und beseitigte alle Spuren, die sie dort und auf dem Weg zu ihrem neuen Versteck hinterlassen hatten.

Danach ließ er sich neben den Frauen nieder, die es sich hinter den Felsbrocken bequem gemacht hatten.

»Was meinst du, wie lange wird sie unterwegs sein?«, fragte Meghali und rieb sich den schmerzenden Rücken.

»Ich weiß es nicht. Bisher haben ihre Reisen zwischen ein paar Stunden und fast drei Tagen gedauert. Wir müssen abwarten.«

»Hauptsache, Morris taucht nicht auf«, sagte Meghali mit sorgenvoller Miene.

»Es tut mir leid, dass wir euch in die Sache reingezogen haben.« Chad blickte die Frauen entschuldigend an. Heather und Meghali hatten sich bisher nicht beklagt, aber er konnte sehen, dass sie hungrig, müde und verängstigt waren.

»Vielleicht sollte ich zum Wagen zurückgehen und Lebensmittel und Decken holen«, überlegte er laut.

»Ich glaube nicht, dass es gut wäre, wenn wir uns trennen«, meinte Heather und warf Chad einen bittenden Blick zu.

»Vielleicht hat Chad recht«, warf Meghali ein. »Wir wissen nicht, wann Myra zurück sein wird, und früher oder später brauchen wir etwas zu essen. Myra wird auch hungrig sein, wenn sie zurückkommt.«

»Ich denke, ihr seid hier sicher, während ich weg bin.« Chad stand auf und zog seinen Revolver aus dem Hosenbund.

»Weiß einer von euch, wie man damit umgeht?«

»Ich kenne mich damit aus«, sagte Meghali mit fester Stimme.

Chad gab ihr den Revolver.

»Die Waffe ist geladen, aber es ist die einzige Munition, die wir haben, also geh sparsam damit um. Ich nehme das Gewehr mit … für alle Fälle.« Dann fügte er hinzu: »Was auch immer passiert, was auch immer ihr hört, verlasst auf keinen Fall euer Versteck, es sei denn, ich fordere euch dazu auf. Versprochen?«

Die Frauen nickten.

»Und wenn Myra inzwischen zurückkommt?«

»Achtet darauf, dass niemand in der Nähe ist, wenn ihr sie in unser Versteck führt.«

»Wie lange wirst du weg sein?«, wollte Meghali wissen.

Chad überlegte. »Es sollte nicht länger als drei Stunden dauern, bis ich zurück bin. Auf jeden Fall vor Einbruch der Dunkelheit.«

Mit diesen Worten verließ er Heather und Meghali. Er verwischte sorgsam seine Spuren, bis er wieder auf dem Weg war, dann ging er mit schnellen Schritten in die Richtung, aus der sie am Morgen gekommen waren.

Besorgt bemerkte Chad, dass ein Unwetter heraufzog, und er war froh, dass Heather und Meghali einen geschützten Platz gefunden hatten.

Dunkle Wolken türmten sich am Himmel, und schon bald fielen die ersten dicken Tropfen. Chad hatte die Stelle erreicht, an der Myra auf wundersame Weise den Weg durch das Dickicht gefunden hatte. Von nun an würde er sich auf sein Orientierungsvermögen verlassen müssen. Er blieb stehen und sah sich um. Der Abhang, über den sie am vergangenen Abend gestürzt waren, konnte nicht mehr weit sein.

Schließlich erspähte Chad einen Trampelpfad. Er war schmal und niedrig und ein bisschen eng, führte aber immerhin durch das dichte Buschwerk.

Der Regen wurde stärker. Er trommelte auf die Bäume und Büsche und verursachte einen gewaltigen Lärm.

Das dichte Buschwerk schützte Chad ein wenig vor dem Regen, und er war dankbar dafür. Trotzdem dauerte es nicht lange und er war vollkommen durchnässt.

Chad hatte nun den Abhang erreicht. Abwartend sah er sich um. Er musste sich unbedingt vergewissern, dass Morris nicht in der Nähe war, bevor er zum Wagen hinüberging. Morris war bewaffnet, und Chad wollte ein direktes Zusammentreffen unbedingt vermeiden.

Aus sicherer Entfernung, versteckt hinter einer großen Zeder, beobachtete Chad aufmerksam die Umgebung, erst dann entschied er sich, zum Wagen zu gehen. Der Regen hatte nachgelassen, aber der Wald schien wie leergefegt. Kein noch so kleines Streifenhörnchen war zu sehen, keine Vogelstimme zu hören. Nur das eintönige Trommeln des Regens auf Bäume, Sträucher und Steine erfüllte die Luft.

Aus der Nähe und bei Tageslicht betrachtet, sah der Wagen schlimmer aus, als Chad angenommen hatte. Er pfiff leise durch die Zähne. Sie hatten wirklich großes Glück gehabt.

Chad vermied es, in das Auto hineinzukriechen, denn dann säße er vielleicht in der Falle. Die Decken und Lebensmittel waren ohnehin im Kofferraum. Also ging er um den Wagen herum und versuchte, die Kofferraumklappe zu öffnen. Erstaunlicherweise sprang sie problemlos auf.

Ohne die Umgebung aus dem Auge zu lassen, stopfte Chad zwei Decken und reichlich Lebensmittel in einen Rucksack. Er schulterte ihn, trat zurück und schloss die Kofferraumklappe so leise wie möglich.

Plötzlich sah er aus dem Augenwinkel, wie ein Schatten hinter einem Baum verschwand.

Morris! Chad sah sich nicht um. Er wollte vermeiden, dass Morris annahm, er hätte etwas bemerkt.

Langsam wandte Chad sich wieder dem Wald zu. Er war bemüht, nach außen hin gelassen zu wirken. In seinem Kopf jedoch überschlugen sich die Gedanken. Er musste eine Möglichkeit finden, Morris zu entkommen.

Wieder sah er einen Schatten hinter einem Baum verschwinden, diesmal jedoch in einer ganz anderen Richtung. Morris konnte unmöglich in so kurzer Zeit und vollkommen lautlos eine solche Strecke im dichten Unterholz zurückgelegt haben! Hatte er Verstärkung bei sich?

Chad überlegte fieberhaft. Was sollte er tun? Morris und wer sich sonst noch hier draußen befand, würden versuchen, ihm zu folgen, um Myra zu finden!

Chad wusste, dass er ihr Versteck so lange wie möglich geheim halten musste, sonst hatte Myra keine Chance, wohlbehalten von ihrer Reise zurückzukehren. Er würde versuchen, seine Verfolger irgendwie abzuhängen.

Zunächst schlug er dieselbe Richtung ein, aus der er gekommen war, für den Fall, dass sie schon beobachtet hatten, auf welchem Weg er hergekommen war. Doch schon nach kurzer Zeit änderte er die Richtung und lenkte seine Verfolger weiter von dem Versteck der Frauen weg.

Chad hatte sich nicht überlegt, *wie* er seine Verfolger abschütteln konnte. Als Erstes galt es herauszufinden, wie viele es tatsächlich waren. Hatte Morris wirklich Verstärkung mitgebracht, oder verfügte er über Fähigkeiten, die ihn es ihm erlaubten, in schneller Folge an verschiedenen Orten aufzutauchen?

Chad wechselte immer wieder die Richtung.

Eine halbe Stunde später war er sich sicher, dass außer Morris noch zwei Männer hinter ihm her waren.

Chad war froh, dass er so oft in der bergigen Wildnis unterwegs war und deshalb eine gute Kondition hatte. Aber drei durchtrainierte, ausgeruhte Männer in diesem dichten Unterholz abzuhängen, noch dazu mit einem schweren Rucksack auf dem Rücken und einem Gewehr in der Hand, ließ selbst seine Kräfte schnell schwinden.

Sollte er Myra und die anderen Frauen im Stich lassen und die Männer ganz von hier weglocken? Würden alle ihm folgen? Es war offensichtlich, dass die Gegner nicht wussten, wo sie nach den Frauen suchen sollten. Doch wie lange würde Chad in diesem Tempo weitergehen können? Sollte er den Rucksack mit Decken und Lebensmitteln zurücklassen, um Kräfte zu sparen?

Schon bald sah Chad ein, dass er so nicht weitermachen konnte. Er musste versuchen, seine Verfolger irgendwie abzufangen und auszuschalten. Und er musste, so schnell es ging, zum Versteck zurückeilen, um Heather und Meghali zu warnen und sie zu beschützen. Allein hatten sie keine Chance gegen Morris.

Chad dachte auch an Myra. Sie könnte in diesem Augenblick schon zurück sein. Sie brauchte ihn.

Plötzlich stieg Wut in Chad auf. Er dachte daran, was den Frauen bevorstand, sollten sie Morris und seinen Männern in die Hände fallen. Er durfte es nicht zulassen! Er musste sofort handeln.

Neue ungeahnte Kräfte durchströmten seinen Körper. Und mit einem Mal wurde er ganz ruhig. Er wusste, was er zu tun hatte. Blitzschnell ließ er sich zu Boden fallen, streifte den Rucksack ab und war wenige Sekunden später im Unterholz verschwunden.

Einer der Männer erreichte die Stelle, wo Chad untergetaucht war, nur einen Augenblick später.

Es handelte sich um einen großen, muskulösen Mann, der wie Morris ganz in Schwarz gekleidet war. Er hatte kurzgeschorene Haare und einen kleinen Kinnbart. Der Mann blickte auf den Rucksack und sah sich suchend um.

Chad bemerkte sofort, dass der Mann zwar kräftig und durchtrainiert war, dass er aber keine Ahnung vom Überleben in der Wildnis hatte. Er hörte nicht auf die Zeichen der Natur, nicht auf die Rufe der Vögel, die ihm hätten sagen können, dass Chad in unmittelbarer Nähe war, sondern ließ sich auf den Knien nieder, um die Fußspuren neben dem Rucksack zu untersuchen.

Chad wartete auf den richtigen Augenblick. Er hatte einen schweren Ast vom Boden aufgehoben und stand verborgen hinter dem nächsten großen Baum, direkt neben den am Boden knienden Mann. Er wusste, er hatte nur diese eine Chance.

Der Schlag an den Kopf traf den anderen Mann mit voller Wucht. Leblos sackte er zu Boden. Eine Blutlache breitete sich unter seinem Kopf aus.

Chad horchte aufmerksam nach Anzeichen der beiden anderen Männer. Nichts. Er schulterte also den Rucksack und wollte sich gerade erneut auf den Weg machen, als er eine Art Sender an der Jacke des toten Mannes entdeckte. Ohne zu zögern, entfernte er ihn und schleuderte ihn in den Wald.

Einer warnenden inneren Stimme folgend, suchte Chad den Toten nach Waffen ab. Eine geladene Pistole und zwei volle Magazine steckten unter dessen Jacke. Er nahm sie an sich. Dann machte er sich auf den Weg und änderte erneut seine Richtung.

Schon bald bemerkte er einen weiteren Verfolger. Gut. Es musste ihm irgendwie gelingen, auch diesen Mann auszuschalten!

Chad würde denselben Trick versuchen. Wieder nahm er den Rucksack ab, ließ ihn auf der Erde liegen und verschwand im Unterholz. Dann griff er nach einem schweren, stabilen Ast und wartete hinter einem dichten Busch.

Der zweite Mann tauchte kurz darauf auf und besah sich verwundert den Rucksack.

Chad war erstaunt über die Ähnlichkeit der Männer. Sie waren von gleicher Statur, trugen die gleiche Kleidung, hatten den gleichen Haarschnitt. Der einzige Unterschied war, dass der erste Mann dunkelhaarig gewesen war und dieser blond.

Auch der Blonde verriet durch seine Körpersprache, dass er sich nicht mit den Gesetzen der Wildnis auskannte. Er trat immer wieder auf trockene Äste, was ein lautes Knacken verursachte, und er versuchte, seine Unsicherheit dadurch zu verbergen, dass er leise mit sich selbst redete. Aber er war umsichtiger als der andere Mann, denn er hatte, sobald er den Rucksack entdeckt hatte, seine Pistole gezogen.

Irgendetwas ließ den Mann plötzlich aufhorchen. Er richtete sich auf und blickte sich wachsam um.

In diesem Augenblick verwarf Chad seinen Plan. Er ließ den Ast fallen, zog die Pistole, die er dem ersten Verfolger abgenommen hatte, und schoss dem Mann instinktiv in schneller Folge in Nacken und Kopf.

Der Mann brach lautlos zusammen.

Chad beugte sich über ihn, entfernte dessen Sender und nahm auch dessen Pistole an sich.

Erschöpft und angespannt schulterte Chad den Rucksack. Dann blickte er sich lauschend um. Er hatte zwar zwei der Verfolger ausschalten können, aber die Schüsse würden Morris auf seine Fährte locken. Er durfte keine Zeit verlieren.

Chad machte wieder einen Umweg. Er wartete auf einen Schatten, der hinter den Bäumen verschwand, auf ein leises Knacken oder auf den Schrei eines Vogels, auf irgendein Anzeichen dafür, dass Morris in der Nähe war.

Nichts.

Eine Viertelstunde später fragte Chad sich, was er als Nächstes tun sollte. Die Dämmerung legte sich unaufhaltsam über die Wildnis und die umliegenden Berge. Er musste unbedingt zurück zum Versteck, bevor es dunkel wurde. Sonst würden die Frauen während der Nacht auf sich allein gestellt sein.

Minuten vergingen, ohne dass sich etwas rührte. Chad wusste, dass Morris nicht so leicht aufgeben würde, und er vermutete, dass er sich noch immer in der Nähe aufhielt. Aber er war sich sicher, dass Morris ihn in diesem Moment nicht beobachtete. Also kehrte er auf einem Umweg zu der Stelle zurück, wo sich am Morgen der Pfad für Myra aufgetan hatte. Er fand den schmalen Weg und atmete auf. Von jetzt an würde er schnell vorankommen. Wenn alles glattging, würde er schon bald bei den Frauen sein.

Eine knappe Stunde später erreichte Chad die kleine Anhöhe, auf der sich ihr Lagerplatz befand. Dämmerung umhüllte Wald und Berge, aber Chad konnte die Umrisse von Heather und Meghali trotzdem deutlich erkennen.

Leise rief er ihre Namen, um sie nicht zu ängstigen.

»Chad! Wir sind so froh, dass du zurück bist!«, antwortete Meghali ebenso leise. »Ist alles in Ordnung?«

Chad schüttelte den Kopf und erzählte den beiden Frauen, was geschehen war.

»Ich konnte Morris einfach nicht in die Finger bekommen«, schloss er. »Der Kerl ist zu gerissen. Aber ich habe das ungute Gefühl, dass er uns dichter auf den Fersen ist, als uns lieb sein kann.«

»Was sollen wir tun?«, fragte Meghali besorgt.

»Wir können nur warten«, erwiderte Chad. »Wir können Myra nicht im Stich lassen. Sie weiß nicht, dass Morris möglicherweise ganz in der Nähe ist. Wir müssen hier sein, um sie zu warnen.«

Kapitel 24

Vergleich

Runas grüne Augen blickten auf das unendliche Blau des Meeres. Sie stand auf einem großen Floß aus Holz, das von acht starken Männern mit tiefschwarzem Haar und glänzender bronzefarbener Haut gesteuert wurde. Die Sonne schien warm und freundlich auf sie herab, und die leichten Wellen des Meeres wiegten das Floß wie eine Mutter ihr Kind.

Der warme Wind blies Runa sachte ins Gesicht. Es erinnerte sie an einen lang vergangenen Augenblick, als sie mit Erdis glücklich am Strand gesessen hatte, beflügelt von dem viel zu voreiligen Gedanken, dass ihre Reise fast vollendet war. Es verging kein Tag, an dem sie nicht an die treue Freundin dachte und sie schmerzlich vermisste. Ihr Herz, dass wusste sie, würde Erdis niemals vergessen.

Es war mehrere Tage nach ihrem Abschied gewesen, als der Schamane der Reitergruppe, die Runa am Strand getroffen hatte, sie mit den großartigen Seglern bekannt gemacht hatte, mit denen sie nun unterwegs war. Es waren Männer unterschiedlichen Alters, allesamt erfahrene Seefahrer, die das Meer zwischen der Küste, an die Runa und Erdis gelangt waren, und dem Festland auf der gegenüberliegenden Seite mit ihren selbstgebauten Flößen befuhren und Tauschhandel betrieben. Runa hatte ihnen von ihrer Aufgabe erzählt.

Glücklicherweise hatte einer der Männer als Junge eine Zeitlang im Haus seiner Tante gelebt, die Schamanin gewesen war. Er hatte die Bedeutung von Runas Reise sofort erkannt und auch wie wichtig es war, dass Runa unversehrt blieb. Auf sein Zureden hatten seine Begleiter gleich zugestimmt, Runa auf die andere Seite des Meeres zu bringen.

Die Männer, die das Floß steuerten, wussten genau um die Winde, die über das Meer wehten, und sie nutzten diese, um vorwärtszugelangen. Sie segelten entlang eines unsichtbaren Kurses von Insel zu Insel. Dort konnten sie ausruhen, vor einem Sturm Schutz finden und ihre Vorräte an Lebensmitteln und frischem Wasser auffüllen.

Anfangs hatte Runa sich auf dem leichten Floß nicht wohl gefühlt. Jetzt aber, nach vielen Wochen auf hoher See, hatte sie sich daran gewöhnt. Auch hatte sie viele Worte in der Sprache der Männer gelernt, und so konnte sie sich mit ihnen verständigen. Auf diese Weise hatte sie erfahren, dass das Floß aus Balsamholz gefertigt war und dass die Männer sich nicht nur der unterschiedlichen Winde bedienten, die über das Meer wehten, um ihr Ziel sicher zu erreichen, sondern dass sie sich auch an den Sternen orientierten. Sie hatten eine unsichtbare Karte im Kopf von allen Inseln, die auf ihrem Weg lagen.

Die Männer hatten ihr auch von dem großen Festland erzählt, das auf der anderen Seite des Meeres auf sie wartete. Die Vorfahren der Männer waren mit ihren Flößen zunächst an der Küste ihres Festlandes auf Fischfang gegangen und waren diese auf und ab gesegelt. Dabei hatten sie sich schließlich immer weiter und weiter von Insel zu Insel vorgewagt, bis sie eines Tages das Festland auf der anderen Seite des Meeres erreicht hatten. Ihr Wissen um Navigation und Seefahrt war unübertroffen. Sie hatten dieses Wissen an ihre Kinder und Kindeskinder weitergegeben, und für die Männer, in dessen Begleitung Runa sich nun befand, gab es nicht viele Gegebenheiten auf dem Meer, die sie aus der Fassung bringen konnten.

An diesem Tag aber spürte Runa eine sonderbare Unruhe unter den Männern, obwohl das Wetter schön war und das Meer ruhig. Ihr Gesicht verfinsterte sich, als sie an den Grund dafür dachte. Am vergangenen Tag waren sie eine kleine Insel angelaufen. Es war eine der Inseln, wo die Männer des Öfteren haltmachten, und bisher hatte es nie Probleme mit den Bewohnern gegeben. Diesmal jedoch hatten die Männer Runa bei sich gehabt, und das hatte alles geändert.

Gleich nach ihrer Ankunft hatte Runa die gierigen Blicke des jungen Häuptlings bemerkt und sich in Acht genommen. Sie hatte nichts getan, um ihn zu ermutigen. Auch die Männer hatten seine Absichten durchschaut und ihm von Runas wichtiger Aufgabe, von ihrer weiten Reise und ihren magischen Fähigkeiten erzählt. Den ganzen Tag über hatten sie Runa nicht aus den Augen gelassen. Vergeblich.

Am Abend hatte der Häuptling ihr einen Heiratsantrag gemacht. Sie hatte abgelehnt.

Ihre Entscheidung hatte nichts mit der Person des Häuptlings zu tun gehabt, sondern allein mit der Wichtigkeit ihrer Aufgabe. Sie hätte auf ihrer Reise schon mehrere Dutzend Mal heiraten können, aber sie hatte es nicht getan. Sie hatte ihre Aufgabe zu erfüllen. Die Männer, in deren Begleitung sie über das Meer fuhr, respektierten ihre Einstellung, und sie behandelten sie wie eine Schwester oder Tochter. Auf der Insel des jungen Häuptlings hatten sie sich schützend vor Runa gestellt, wie eine Familie.

Als der junge Häuptling und seine Männer sie in der Morgendämmerung an der Weiterfahrt hatten hindern wollen, war Runa nichts anderes übriggeblieben, als die von Halvar erhaltene Gabe einzusetzen. Sie hatte ihren Willen dazu benutzt, die Angreifer erstarren zu lassen, bis sie und ihre Begleiter mit dem Floß außer Reichweite waren.

Nun waren sie schon mehrere Stunden von der Insel entfernt. Sie waren auf keinerlei Schwierigkeiten gestoßen, aber die Gesichter ihrer Begleiter blieben trotzdem finster.

»Warum seid ihr heute so still?«, wollte Runa wissen.

Einer der jüngeren Männer antwortete ihr.

»Die Inseln in dieser Gegend werden von mächtigen Schamanen beherrscht. Sie vermögen Kranke zu heilen, und sie besitzen auch die Gabe, Tiere zu ihren Gunsten zu beeinflussen und Kontrolle über das Wetter zu erlangen. Die Männer befürchten, dass der Häuptling die Fähigkeiten seines Schamanen einsetzen wird, um sich an dir zu rächen.«

Runa verstand. Der Gedanke an die Fähigkeiten der Schamanen ängstigte sie nicht. Aber sie wusste, dass Vorsicht geboten war.

Schweigend setzten sie ihre Fahrt fort.

Gegen Mittag fiel Runa eine dunkle Wolke am Horizont auf, die sich ihnen schnell näherte. Auch den wachsamen Augen der Männer war sie nicht entgangen.

»Ein Sturm!«, rief Runa und deutete zum Horizont.

»Der Schamane!«, antworteten die Männer.

»Können wir den Kurs ändern?«, fragte Runa.

Die Männer schüttelten den Kopf.

»Es ist schwer, der Rache eines Schamanen zu entkommen – außer man ist selbst einer.«

Runa musste über dieses Kompliment beinahe lächeln.

Die Wolke wurde größer und größer und kam immer schneller auf sie zu. Runa durfte keine Zeit verlieren. Mit aller Kraft konzentrierte sie sich darauf, die Wolke aufzulösen.

Es gelang ihr nicht. Das Unwetter näherte sich zu schnell. Schon spürte Runa, wie ein starker Wind aufkam und die Wellen höher schlugen. Das Floß hob und senkte sich. Es begann zu regnen.

Runa wusste, sie konnte den Sturm nicht mehr aufhalten. Aber vielleicht konnte sie ihn in eine andere Richtung lenken!

Um sie herum ertönten die Rufe der Männer.

»Das wird ein Taifun!«, rief der eine.

»Wir müssen eine Insel anlaufen!«, schrie ein anderer.

Runa konnte den Männern nicht helfen. All ihre Kraft und Konzentration richtete sie auf den Versuch, den Sturm abzulenken.

Die Wellen schlugen höher und höher. Runa und die Männer waren im Nu völlig durchnässt. Der Himmel war dunkel und bedrohlich, und der Wind heulte wie ein Ungeheuer.

Runa konzentrierte sich noch immer. Es musste ihr einfach gelingen!

Die Minuten verstrichen, ohne dass sie es bemerkte.

Plötzlich stieß das Floß gegen etwas Festes. Runa blickte erschrocken auf. Einer der Männer hielt ihr seine starke Hand entgegen. Sie ergriff sie, und schon wurde sie mit einem Ruck vom Floß hinuntergezogen. Verwirrt schaute sie sich um, als sie Boden unter ihren Füßen spürte. Waren sie nicht mehr auf hoher See?

Durch den Regen, der jetzt beinahe waagerecht durch

die Luft peitschte, und durch die Dunkelheit, die der Sturm mit sich gebracht hatte, beobachtete Runa, wie die Männer mit vereinten Kräften das Floß hoch auf den Strand zogen und es im immergrünen Dickicht versteckten. Dann kamen sie zu ihr zurück und bedeuteten ihr, ihnen zu folgen.

Sie fanden Schutz in dem dichten Buschwerk, das hinter dem Strand wuchs.

Stunden vergingen, bis sich der Sturm endlich legte. Erleichtert atmete Runa auf.

»Gut, dass ihr diese Insel angesteuert habt«, meinte sie. »Ihr seid wirklich ausgezeichnete Seefahrer.«

Die Männer wehrten ab.

»Du bist es gewesen, die den Sturm abgelenkt hat«, erwiderte einer von ihnen. »Ohne deine Hilfe wären wir verloren gewesen.«

»Es war der Schamane dieses verfluchten Häuptlings«, wetterte ein anderer.

»Aber jetzt stecken wir wieder in Schwierigkeiten«, erklärte ein junger Mann.

Runa sah ihn fragend an.

»Durch den Sturm mussten wir von unserer Route abweichen, und wir mussten *diese* Insel anlaufen. Normalerweise meiden wir sie, denn die Bewohner sind Fremden gegenüber feindlich gesinnt.«

»Das stimmt leider«, sagte ein anderer Mann bekräftigend. »Der Stamm, der auf dieser Insel lebt, opfert Menschen, um irgendwelche Rituale zu vollziehen. Und dafür ist ihnen jeder Fremde recht. Deshalb wird die Insel von allen Seefahrern gemieden.«

»Dann lasst uns von hier verschwinden, bevor sie uns entdecken«, entgegnete Runa.

»Das ist nicht so einfach. Die Bewohner haben schnelle Boote. Denen können wir mit unserem Floß niemals entwischen. Außerdem bläst der Wind noch immer in die falsche Richtung. Wenn wir jetzt losfahren, werden wir viele Wochen lang keine andere Insel finden.«

»Wie lange müssen wir warten?«, fragte Runa voller Sorge.

»Noch ein paar Stunden, denke ich.«

Die Krieger des Inselstammes überrumpelten sie, ohne das geringste Geräusch zu verursachen. Sie waren gefangen!

Es waren wild und gefährlich aussehende Männer mit furchterregender bunter Bemalung auf Gesicht und Körper. Sie trugen lange Speere bei sich, die sie nun auf Runa und ihre Begleiter gerichtet hatten. Mit lauten Schreien und finsteren Gesichtern zwangen sie ihre Gefangenen immer tiefer und tiefer hinein in das Innere der Insel.

Runa wehrte sich nicht, denn sie spürte, dass eine wichtige Begegnung vor ihr lag.

Bald darauf erreichten sie eine Lichtung im Wald. Hütten mit Grassoden als Dach standen nebeneinander aufgereiht. Irgendwo brannte ein Feuer. Frauen, Kinder und alte Leute liefen aufgeregt über die Lichtung. Runa konnte nicht erkennen, aus welchem Material ihre Kleidung gefertigt war, aber sie hegte die abscheuliche Vermutung, dass es sich um Fischhäute handelte.

Die Dorfbewohner brachen in Freudengeschrei aus, als sie die Krieger mit ihren Gefangenen entdeckten.

Zu ihrem Entsetzen entdeckte Runa die geschrumpften Überreste von Menschenköpfen. Sie steckten auf langen Holzspießen, die um einen bestimmten Platz in der Mitte des Dorfes aufgereiht waren.

Runas Nackenhaare sträubten sich. Das musste der Ritualplatz des Dorfes sein.

Die wilden Krieger packten Runas Begleiter und banden sie in der Nähe der Schrumpfköpfe an hohe Holzpfähle. Runa sah ihre entsetzten Gesichter. Ihr Herz krampfte sich zusammen. Sie wusste, was man mit ihnen vorhatte.

Als die Krieger Runa festbinden wollten, hob sie stolz den Kopf und streckte abwehrend den Arm aus. Sie musste versuchen, ihre Begleiter zu retten.

Die Krieger lachten nur. Wieder versuchten sie, Runa zu packen, aber es gelang ihnen nicht. Runa hatte ein Energiefeld um sich herum aufgebaut, so dass niemand sie berühren konnte. Mit Handzeichen versuchte sie den Kriegern verständlich zu machen, dass sie mit dem Schamanen des Stammes sprechen wollte.

Die Krieger sahen sie verärgert an. Dann verschwand einer von ihnen in einer der Hütten.

Schon bald kam er mit einer Frau zurück. Sie war etwas kleiner als Runa und hatte langes glänzend schwarzes Haar. Ihre Haut war gebräunt, aber sie hatte nicht den gleichen bronzenen Ton wie die Haut von Runas Begleitern. Ihr stämmiger Oberkörper war nackt. Wie die anderen Dorfbewohner trug auch sie lediglich einen Rock aus getrockneten Fischhäuten.

Die Frau sah Runa mit finsterer Miene an. Dann rief sie einigen Männern irgendwelche Befehle zu. Sofort verschwanden diese in einer Hütte. Kurz darauf kamen sie wieder zurück und trugen eine Frau zwischen sich. Die Frau schien starke Schmerzen zu haben. Sie atmete flach, und ihr schweißnasses Gesicht war blass. Die Krieger legten die Frau vor der Schamanin auf den Boden.

Die Schamanin kniete sich so neben die Frau, dass Runa ihre Handgriffe verfolgen konnte. Dann stimmte sie einen seltsamen, haarsträubenden Gesang an. Dabei ließ sie ihre langen Hände langsam über den Körper der kranken Frau gleiten. Auf einmal schienen ihre Hände an einer Stelle über dem Körper der kranken Frau zu erstarren. Ihr Gesang wurde lauter, und sie legte ihre Hände direkt auf den Körper der Kranken.

Runa bemühte sich, unbeteiligt auszusehen, denn sie war sich sicher, dass die Schamanin versuchte, sie mit ihren Fähigkeiten zu beeindrucken oder gar einzuschüchtern. Schweigend beobachtete sie, wie die Hände der Schamanin in den Körper der Kranken eindrangen, als würden sie darin nach irgendetwas suchen. Das Eindringen der Hände schien der Kranken keine Schmerzen zu verursachen.

Plötzlich zog die Schamanin ihre Hände ruckartig aus dem Körper der Kranken heraus. Triumphierend hielt sie etwas Dunkles in die Höhe.

Die Dorfbewohner brachen in Jubel aus.

Die kranke Frau setzte sich langsam auf. Die Farbe war in ihr Gesicht zurückgekehrt, und es dauerte nicht lange, bis sie aufstehen und ihre Familie begrüßen konnte.

Die Schamanin wandte sich Runa zu und sah sie zufrieden, wenn nicht gar überheblich, an. Ihre Augen verengten sich zu Schlitzen.

Runa stand aufrecht und würdevoll vor ihren Begleitern. Ihr Gesicht war ausdruckslos. Es verriet nicht, was in diesem Augenblick in ihr vorging. Ruhig und ohne dem Blick der Schamanin auszuweichen, wartete sie ab. Sie ahnte, was die Schamanin vorhatte. Sie wollte herausfinden, wie es um Runas magische Fähigkeiten bestellt war und wer von ihnen die Mächtigere war.

Runa wollte sich eigentlich nicht mit der Schamanin messen, denn aus ihrer Sicht war es egoistisch und überheblich, mit den eigenen Fähigkeiten zu prahlen. Schamanen sollten allein im Dienst ihrer Mitmenschen stehen.

Runa blickte ruhig in die Runde. Dann streckte sie den Arm aus und deutete auf einen gesund aussehenden jungen Krieger. Augenblicklich fiel dieser leblos zu Boden.

Die fremde Schamanin forderte einen ihrer Krieger auf, nachzusehen, wie es um den jungen Mann bestellt war.

Der Krieger untersuchte ihn flüchtig und schüttelte entsetzt den Kopf.

Verärgert wandte sich die fremde Schamanin an Runa. Doch diese hob abwehrend die Hand und bedeutete ihr abzuwarten. Noch einmal streckte Runa ihren Arm aus und bewegte die Hand leicht nach oben.

Die Inselbewohner rissen die Augen auf. Der steife, leblose Körper des jungen Mannes bewegte sich in die Höhe und schwebte bald darauf gute zwei Ellenlängen über dem Boden. Dann lief ein Zittern durch seinen Körper. Ganz langsam kippte er, und sobald die Füße den Boden berührt hatten, blieb er stehen. Der junge Mann öffnete die Augen und sah verwirrt um sich.

Die Züge der fremden Schamanin entspannten sich. Runa hatte nicht nur ein Leben genommen, sondern auch Befehlsgewalt über den leblosen Körper gehabt und ihm schließlich neues Leben geschenkt.

Die Schamanin wandte sich mit knappen Worten an die Dorfbewohner. Runa konnte ihre Worte nicht verstehen, aber ihre Begleiter, noch immer an die Pfähle gefesselt, übersetzten sie.

»Vor einigen Wochen hatte ich einen starken Traum«, sprach die Schamanin. »Darin wurde mir gezeigt, dass ein großer Sturm eine mächtige Schamanin zu uns bringen wird, die auf einer wichtigen Reise ist und dabei von einer Gruppe von Männern begleitet wird. Der Traum zeigte mir deutlich, dass weder der Frau noch ihren Begleitern ein Leid zugefügt werden darf.« Sie machte eine Pause, um ihren Worten mehr Gewicht zu verleihen, und zeigte schließlich auf Runa. »Dies ist die Frau, von der mein Traum mir erzählt hat.«

Dann wandte sie sich direkt an Runa. »Sei uns willkommen, Schamanin. Du und deine Begleiter, ihr mögt so lange in unserem Dorf bleiben, wie ihr wollt. Hier wird euch kein Leid zugefügt werden. Ihr seid unsere Gäste.« Sie gab ihren Kriegern Anweisung, Runas Begleiter loszuschneiden, und wartete auf Runas Antwort.

Nachdem ihre Begleiter die Worte der Schamanin übersetzt hatten, fügten sie ein schnelles »Lass uns von hier verschwinden!« hinzu.

Runas Blick ruhte noch immer auf der Schamanin. »Deine Einladung ehrt mich sehr, große Schamanin, aber meine Reise ist sehr wichtig und duldet keinen Aufschub.«

»Dann wünscht ihr, sofort weiterzureisen?«

Runa wechselte ein paar Worte mit ihren Begleitern.

»Wir würden gern bis zur Morgendämmerung bleiben. Der Wind ist uns heute nicht wohlgesonnen.«

Am nächsten Morgen brachte eine feierliche Prozession Runa und die Männer zurück zu der Stelle, wo ihr Floß versteckt lag. Der Sturm hatte sich vollkommen gelegt, und das Meer lag wieder ruhig vor ihnen. Der Himmel war wolkenlos. Als sie den Strand erreichten, ging gerade die Sonne auf. Einen kurzen Augenblick lang waren die Insel und das Meer in das warme, goldene Licht des anbrechenden Morgens getaucht. Dann war die Sonne auch schon aufgegangen und brannte mit gewohnter Kraft vom Himmel.

Die Männer holten das Floß aus dem Dickicht hervor und hievten es hinunter zum Wasser.

Ein paar Frauen traten vor und überreichten Runas Begleitern geflochtene Körbchen, in die sie Beeren und Speisen gelegt hatten.

Die Männer bedankten sich und verstauten die Körbe auf dem Floß. Sie hatten sich schon von den Inselbewohnern verabschiedet.

Runa wollte ihnen folgen, aber die Schamanin klopfte ihr auf die Schulter und forderte sie auf zu warten.

Runa blickte die Frau abwartend an.

Die Schamanin lächelte wissend und nahm Runas Hände in die ihren. So standen sie sich einen Augenblick lang gegenüber, Runas Hände in den Händen der Schamanin.

Plötzlich fühlte Runa ein seltsames Kribbeln in ihren Handflächen. Die Schamanin drückte Runas Hände ein letztes Mal, ließ sie los und strich sachte über den Beutel mit dem Talisman. Runa sah die Schamanin forschend an. Sie hatte den Talisman mit keinem Wort erwähnt.

Runa spürte das Kribbeln in ihren Händen sogar noch, als sie mit wackeligen Beinen auf das Floß stieg und sie sich immer weiter vom Strand entfernten. Sie ließ die Schamanin nicht aus den Augen, bis das Floß schließlich zu weit entfernt war, um die Gestalten am Strand deutlich zu erkennen.

»Geht es dir gut, Runa?«, fragte einer der Männer.

»Ja«, antwortete sie leise. »Aber die Hitze bekommt mir nicht.«

Die Männer warfen sich verwunderte Blicke zu. Die Morgensonne schien warm, aber nicht heiß, und es wehte ein frischer Wind über das Meer.

Runa setzte sich, lehnte sich mit dem Rücken gegen einen der Körbe und schloss die Augen. Ein seltsames Ziehen lief durch ihren Körper …

Kapitel 25

Eile

Sie ist zurück!« Heather weckte die anderen. Sie hatte Chad bei der ersten Dämmerung abgelöst, um Wache zu halten, damit er sich ein wenig ausruhen konnte.

Unterhalb der kleinen Anhöhe sah Myra sich verwundert um. Wo waren die anderen?

»Chad?«, rief sie leise.

»Myra!«, antwortete Chad ebenso leise. Dennoch waren seine Worte in der Stille der Morgendämmerung deutlich zu verstehen. »Warte, wo du bist. Ich komme zu dir.«

Wie aus dem Nichts stand er plötzlich neben ihr auf dem Weg. Sie zuckte zusammen.

»Was ist passiert?«

»Komm mit«, sagte er, »aber sei leise. Ich werde dich zu Heather und Meghali bringen, dort können wir reden.«

Myra folgte Chad durch das unwegsame Unterholz die kleine Anhöhe hinauf und hielt sich dicht hinter ihm. Sie war ein wenig enttäuscht. Kein Kuss, keine Umarmung, kein liebes Wort. Etwas Unvorhergesehenes musste geschehen sein.

Myra fiel auf, dass Chad sich immer wieder umsah und sehr darauf achtete, keine Geräusche zu verursachen. Also bemühte sie sich ebenfalls, leise zu sein.

Als sie das Versteck endlich sicher erreicht hatten,

wurden sie von Heather und Meghali begrüßt. Auch die beiden Frauen sprachen nur im Flüsterton.

»Morris ist uns auf der Spur«, sagte Chad ernst. »Und er hat zwei Komplizen mitgebracht.«

»Wie schrecklich!«, stieß Myra entgeistert aus. »Drei von seiner Sorte!«

»Nicht mehr.« Chad erzählte mit wenigen Worten, was ihn am Wagen erwartet hatte.

»Ich denke, sie haben beschlossen, uns *alle* zu töten«, meinte Meghali. »Nicht nur dich und mich.« Sie saß auf einem Felsbrocken und spielte nervös mit ihrem langen schwarzen Zopf.

»Komm, setz dich«, forderte Chad Myra auf. Dann endlich legte er seinen Arm um sie und zog sie eng an sich. »Erzähl uns, wie es dir ergangen ist.«

»So vieles ist passiert«, sagte Myra.

Als Erstes berichtete sie, wie Runa sich an dem einsamen Strand des fremden Meeres schweren Herzens von Erdis hatte trennen müssen.

»Könnt ihr euch vorstellen, wie Runa sich gefühlt hat, als ihr bewusst wurde, dass ihre Reise doch nicht zu Ende war und dass sie ohne Erdis weitergehen musste?«, fragte Myra aufgewühlt und mit tränenerstickter Stimme. »Es war, als ließe sie ein Stück ihres Herzens an dem einsamen Strand zurück.«

Sie machte eine Pause und sammelte sich.

»Erdis sagte ihr, dass sie sich irgendwann wiedersehen würden, dass nichts sie für immer trennen könne«, schloss Myra leise. Dann wechselte sie schnell das Thema und berichtete von der Zeit, die sie in der Zukunft als ihr älteres Ich verbracht hatte.

»Ich weiß nicht, was für eine Idee du, Chad, in der Zukunft gehabt hast«, sagte Myra, »aber es hat sich gefährlich angehört.« Sie seufzte schwer.

»Mein älteres Ich benimmt sich furchtbar dumm. Du, Meghali, hast versucht zu helfen, aber es hat nichts genützt. Ich war ganz und gar die ältere Myra, mit all ihren Ängsten und all ihrer Verwirrtheit. Ich konnte ihr nichts von meinem jetzigen Wissen mitteilen, um sie zu beruhigen. Es ist zum Verrücktwerden!« Sie sah die anderen entschuldigend an.

»Aber es steht fest, dass Morris in der Zukunft davon überzeugt ist, dass du allein den Talisman finden kannst«, stellte Meghali fest.

»Und das, was Chad und Meghali in der Zukunft vermuten, kommt der Wahrheit verblüffend nahe«, setzte Heather hinzu. »Aber sie können es nicht in die Tat umsetzen, weil Myras älteres Ich das nervlich nicht durchsteht.«

Myra sah schuldbewusst in die Runde. Dann kam ihr ein anderer Gedanke.

»Vielleicht hat sich etwas geändert. Vielleicht haben Morris und seine Helfershelfer selbst einen Weg gefunden, den Talisman zu finden, und wollen uns deshalb aus dem Weg räumen ... Wir wissen zu viel.«

Die anderen schüttelten den Kopf.

»Du musst dir keine Vorwürfe machen, Kind«, meinte Heather sanft und strich Myra übers Haar. »Alles hat seinen Grund, du wirst sehen.«

»Ich denke, Morris hat herausgefunden, dass Myra ihm um Lichtjahre voraus ist, weil die Ahnen ihr auf ihren Reisen in die Geisterwelt all diese besonderen Fähigkeiten schenken«, meinte Meghali.

»Sie schenken sie Runa«, verbesserte Myra abermals.

»Es gibt einen Grund dafür, warum es dir erlaubt ist, die Welt mit Runas Augen zu sehen, Myra. Sie teilt ihre neugewonnenen Fähigkeiten mit dir.«

Jetzt war es Myra, die den Kopf schüttelte.

»Das kann nicht sein«, wiederholte sie. »In der Zukunft habe ich keine der Fähigkeiten, die Runa besitzt.«

»Du reist in eine Zukunft, in der du zwanzig Jahre zuvor nicht in die Geisterwelt gereist bist«, warf Heather ein, »wir haben schon mehrmals darüber gesprochen, erinnerst du dich?«

Myra nickte.

»Ich denke, es verhält sich folgendermaßen«, fuhr Heather fort. »Erfüllst du – als Runa – in der Welt der Ahnen deine Aufgabe, so beeinflusst das unmittelbar unsere Welt im Jetzt. Und es beeinflusst auch deine Persönlichkeit, so dass die Zukunft sich in einer vollkommen neuen Richtung entfalten kann – nicht nur für dich, sondern für viele, sehr viele Menschen.«

»Kann das wirklich wahr sein?«, fragte Myra zweifelnd.

»Ich bin mir sicher.«

»Ich weiß nicht, was ich sagen soll«, erwiderte Myra. »Aber es lässt mich aufatmen. Denn ich kann mein älteres Ich in der Zukunft nicht besonders gut leiden.«

»Es liegt an dir, wie deine Zukunft sich gestalten wird«, betonte Heather. »Du kannst sie jederzeit verändern, indem du in der Gegenwart dich selbst und dein Leben veränderst. Es ist nie zu spät.«

Myra warf ihr einen dankbaren Blick zu und drückte Heathers Hand. Dann erzählte sie von den geübten Seefahrern, mit denen Runa auf einem Floß über das Meer gefahren war.

»Wenn wir berücksichtigen, wie Morris sich im Augenblick verhält, müssen wir davon ausgehen, dass du auf deinen Reisen in die Geisterwelt bestimmten wichtigen Informationen sehr nahe bist«, warf Chad ein.

»Du hast gesagt, dass Runa dabei ist, über ein Meer zu fahren, und dass sie spürt, dass auf der anderen Seite ihr Ziel auf sie wartet.«

»Das Meer muss der Pazifische Ozean sein«, sagte Meghali.

»Das denke ich auch«, pflichtete Myra ihr bei. »Wir wissen durch die *Legende vom Lachen der Kinder,* dass sich Runas endgültiges Ziel irgendwo ganz in unserer Nähe befindet. Und wenn man die Ausschnitte betrachtet, die ich von Runas Reise habe sehen und erleben dürfen, dann ergibt das auch einen Sinn. Runas Dorf liegt an einem Meer, und in der Nähe wächst ein riesiger Wald mit gigantischen Bäumen.«

»Das Nordeuropa der Urzeit«, warf Chad ein.

»Genau. Auf ihrer Wanderung verlässt sie irgendwann den Wald, und eine endlose Steppenlandschaft beginnt. Die begleitet sie, bis sie am Ende die Ausläufer eines Gebirges überquert. Dem Aussehen Xansu Shis und seiner Leute nach zu urteilen, hält Runa sich zu diesem Zeitpunkt irgendwo im Nordosten Asiens auf.«

»Und das Meer, über das sie fährt, ist der Pazifische Ozean«, wiederholte Meghali.

»Richtig«, meinte Myra. »So erreicht sie schließlich den nordamerikanischen Kontinent.«

»Hast du nicht auch gesagt, Runas Begleiter hätten ihr erklärt, dass ihr Volk ursprünglich von dem Küstengebiet in der Mitte des *Großen Festlandes* stammte? Ich habe vor langer Zeit einmal von einem solchen Volk gelesen. Es ging um Menschen aus dem nördlichen Südamerika mit schwarzen Haaren und bronzefarbener Haut, genau wie du sie beschrieben hast, die immer wieder und wieder aufbrachen, um die Küste zu erforschen. Dann wagten sie sich immer weiter vor, und Generationen später waren sie als geübte Seefahrer bekannt, die den Pazifischen Ozean in- und auswendig kannten und ihr Ziel immer erreichten.« Chad blickte triumphierend in die Runde. »Alle Einzelheiten von Runas Reise ergeben einen Sinn.«

»Und überlegt mal, was geschehen wird, wenn Runa auf unserem Kontinent ankommt«, warf Heather ein, die dunklen Augen voller Abenteuerlust.

»Wenn wir wissen, wo Runa ihre Botschaft überbringt und sesshaft wird«, führte Myra Heathers Gedanken zögernd weiter, »dann haben wir einen Anhaltspunkt, wo wir nach dem Talisman suchen müssen.«

»Und das wiederum erklärt Morris' Ungeduld und Eile«, warf Chad ein.

»Wenn ich das, was wir eben besprochen haben, nur an mein älteres Ich weitergeben könnte!«, entfuhr es Myra verzweifelt. »Dann könnte ich ihr vielleicht helfen, Emma zurückzubekommen.«

»Sobald du den Talisman im Jetzt gefunden hast, wird Morris keine Macht mehr haben, und die Geiselsituation in der Zukunft wird nicht eintreten«, berichtigte Heather.

»Ich muss zurück in die Geisterwelt!«, rief Myra lauter als beabsichtigt. »Ich muss sehen, ob Runa mir zeigt, wo der Talisman ist!«

»Immer langsam, Myra«, mahnte Heather in ihrer mütterlichen Art. »Du kannst die Ahnen nicht drängen. Runa wird dir zeigen, was du sehen musst, wenn die Zeit dafür gekommen ist.«

»Ich hoffe sehr, dass es nicht zu spät sein wird. Oh, es darf nicht zu spät sein!«

»Seid still!«, fuhr Chad plötzlich dazwischen.

Die anderen verstummten sofort.

Chad spähte aus ihrem Versteck.

»Morris!«, flüsterte er. »Er hat uns noch nicht gesehen.« Dann wandte er sich an Myra. »Du musst zurück in die Geisterwelt. Sofort. Bleib dort, solange du kannst. Mach dir um uns keine Sorgen!«

»Aber Chad …«

»Morris darf dich nicht in die Finger bekommen, Myra. Runa und du, ihr habt eine wichtige Aufgabe zu erfüllen.«

Als Myra noch immer zögerte, fügte er hinzu: »Geh! Wir werden versuchen, Morris von hier wegzulocken, so dass du sicher zurückkommen kannst. Für den Fall, dass wir keinen Erfolg haben … sei auf der Hut, wenn du wiederkommst.«

»Und dann?«

»Vergiss nicht, dass Runa große Geschenke von den Ahnen erhalten hat, von denen Morris nichts ahnt. Runas Kräfte schlafen auch in dir. Du musst daran glauben und Vertrauen haben. Folge deinem Herzen. Und jetzt … geh!«

Myra umarmte Heather und Meghali und gab Chad einen innigen Kuss. Dann konzentrierte sie sich auf Runa und darauf, zu ihr zurückzukehren.

KAPITEL 26

Falle

Myra saß zusammen mit Meghali auf dem Sofa im Wohnzimmer ihres Hauses und wartete auf Morris' Anruf. Sorge lag auf ihren Gesichtern.

Das Klingeln des Telefons ließ sie aufschrecken.

Chad, der noch immer unruhig auf und ab ging, nickte Myra fast erleichtert zu, als wollte er sagen: *Bringen wir es hinter uns.*

»Morris?«, fragte er, nachdem er den Hörer abgehoben hatte.

»Neuigkeiten?« Es war Morris' kalte Stimme.

»Wir haben den Talisman gefunden«, sagte Chad ruhig. »Wie? ... Nein, wir haben ihn nicht bei uns. Er befindet sich an einem sicheren Ort. Übergabe ist in zwei Stunden am Nordeingang vom Yellow Pine Provincial Park. Und bring Emma mit.«

Chad legte auf und atmete tief durch. »So weit, so gut.«

»Glaubst du wirklich, dass unser Plan funktioniert?«, fragte Myra zaghaft.

Chad ging zum Sofa, strich Myra sanft über die Wange und nahm ihre Hand.

»Es ist unsere einzige Chance.« Er küsste sie zärtlich.

»Kommt schon, ihr zwei, wir haben nur zwei Stunden Zeit!«, rief Meghali entschlossen. »Wir müssen uns beeilen, wenn wir diesen verrückten Plan wirklich in die Tat umsetzen wollen.«

»Sind die Sachen im Auto verstaut?«, fragte Chad.

»Wie du es angeordnet hast«, erwiderte Myra.

Minuten später saßen die drei im Wagen. Chad hielt ein waches Auge auf die Umgebung, aber von Morris war keine Spur zu entdecken.

Der Yellow Pine Provincial Park lag nur ungefähr zehn Kilometer von Myras und Chads Zuhause entfernt. Die Landstraße, die von Boulder Landing aus in Richtung des nächsten kleinen Ortes verlief, führte genau am Nordeingang des Parks vorbei.

Unterwegs begegnete ihnen kein anderes Auto. Die frühe Nachmittagssonne stand hoch am Himmel und tauchte die Wildnis links und rechts der Straße in sommerlichen Glanz. Die Wipfel der hohen Zedern, die dicht an dicht wuchsen, waren vom Licht der Sonne hell erleuchtet. Das Unterholz jedoch, durch den vielen Regen, der in der Region jedes Jahr fiel, dicht und undurchdringlich gewachsen, blieb in fahlem Halbschatten verborgen.

Hinter einer scharfen Kurve, unweit des Parkplatzes, hielt Chad den Wagen an.

Meghali, die auf dem Beifahrersitz saß, blickte in stummem Abschied zu Myra und Chad. Dann sprangen die beiden auch schon aus dem Wagen, nahmen eine große Tasche aus dem Kofferraum und verschwanden im Dickicht des Waldes, der gleich neben der Straße begann.

Myra und Chad hörten, wie Meghali wegfuhr. Das Brummen des Motors wurde leiser und leiser, bis es schließlich von der Wildnis verschluckt wurde.

»Bis jetzt ist alles gut gelaufen«, stellte Chad leise fest und ergriff die Hand seiner Frau. Er spürte, wie sehr sie zitterte. »Hab keine Angst, meine Myra. Du wirst sehen, alles wird gut. Emma und du, ihr seid die wichtigsten Menschen in meinem Leben. Ich werde nicht zulassen, dass euch etwas zustößt.«

Myra wischte sich schnell ein paar Tränen aus dem Gesicht.

»Erinnerst du dich an den Tag, als Emma geboren wurde?«

»Natürlich!« Chad zog sie sanft in seine Arme.

»Wie klein und hilflos sie war«, fuhr Myra fort. »Und ich war überwältigt von dem Gedanken, dass man uns dieses winzige Menschlein tatsächlich einfach so mit nach Hause geben wollte. Ich hatte doch überhaupt keine Erfahrung mit Babys, und ich hatte furchtbare Angst, dass ich etwas falsch mache.« Myra lächelte gedankenversunken. »Gleichzeitig war ich sehr stolz, weil unsere kleine Emma so ein liebes und hübsches Baby war.« Sie hob ihr Gesicht und blickte Chad liebevoll an. Die Angst und die Nervosität waren aus ihren Augen verschwunden. Und einen kurzen Augenblick lang war sie wieder die Frau, die Chad vor so vielen Jahren getroffen und in die er sich sofort verliebt hatte. Er drückte sie fest an sich.

»Jedes Baby ist etwas ganz Besonderes, Chad. Ein kleines Wunder. Der Große Geist ist wirklich allmächtig.«

»*Du* bist etwas ganz Besonderes«, flüsterte Chad mit heiserer Stimme und küsste sie zärtlich.

Eine Welle wohliger Wärme durchflutete sie, und es war gut, dass Myra plötzlich »Emma« sagte und damit den Zauber beendete.

»Lass uns unseren Plan zu Ende bringen«, meinte Chad und räusperte sich. »Es bleibt nicht mehr viel Zeit.«

»Ich könnte es nicht verkraften, einen von euch beiden zu verlieren«, sagte Myra leise.

»Das wirst du auch nicht«, erwiderte Chad mit fester Stimme. »Dies alles ist nicht deine Schuld, Myra. Morris und seine Auftraggeber, die haben uns das eingebrockt. Die Typen sind vollkommen verrückt!« Besorgt stellte er fest, dass die Angst und die Nervosität in Myras Augen zurückgekehrt waren. »Ich verspreche dir, du wirst Emma zurückbekommen«, setzte er hinzu. »Und sollte es das Letzte sein, was ich tue.«

Chad nahm die schwere Tasche hoch, und gemeinsam bahnten sie sich einen Weg durch das Unterholz.

Es dauerte nicht lange, bis sie die Stelle erreichten, die Chad für ihren Plan ausgewählt hatte. Sie kamen oft in den Yellow Pine Provincial Park, um zu wandern, und kannten sich gut aus. Es handelte sich um eine kleine Lichtung, die eigentlich nichts weiter war als eine Öffnung im Dickicht, unweit vom Parkplatz und vom Hauptweg entfernt.

Chad setzte die große Tasche ab und öffnete sie. Er holte zwei Klappspaten hervor und gab einen an Myra weiter.

»Hier«, meinte er und begann mit der Arbeit.

An diesem Tag hatte keiner von beiden ein Ohr für die verlorenen Schreie der Habichte und Adler, die ihre Nester in den hohen Wipfeln der Zedern und auf den umliegenden Bergspitzen hatten, oder für das lustige Geschnatter der Streifenhörnchen. Sie bemerkten auch nicht das feine Spiel der Schatten, das die Sonnenstrahlen bewirkten, während sie sich einen Weg durch das Geäst der Bäume suchten. An diesem Tag hatten Myra und Chad nur Augen und Ohren für andere Besucher des Parks, die vielleicht an dieser Stelle vorbeikamen, bevor sie mit ihrer Arbeit fertig waren.

Sie arbeiteten schnell, aber trotzdem sehr vorsichtig, denn sie durften keine Spuren hinterlassen. Sie hoben eine Grube aus, gerade groß genug, dass ein Mann wie Morris Platz darin fand, und tief genug, dass die Tiere mit ihrer feinen Nase nichts witterten. Die Erde, die sie aushoben, sammelten sie auf Planen.

Schließlich war Chad mit der Grube zufrieden.

»Das reicht.« Er wischte sich den Schweiß von der Stirn. »Komm, hilf mir mit den Planen.«

Sie zogen die Planen mit der ausgehobenen Erde tief ins Dickicht hinein. Dann sammelten sie Zweige und Äste und legten sie über die fertige Grube. Nachdem Chad eine dünne Schicht Erde, Zedernlaub und Moos darauf verteilt hatte, konnte niemand mehr erkennen, dass sich ein tiefes Loch darunter befand. Myra beobachtete, wie Chad nun eine dünne Stahlschnur aus der Tasche nahm und sie dicht am Boden, unmittelbar vor der Grube, zwischen zwei Bäume spannte. Als Letztes verwischte er sorgsam alle Spuren.

»Gib mir den falschen Talisman«, sagte er.

Sie reichte ihm eine etwa zehn Zentimeter große grobgearbeitete Vogelskulptur aus Stein, die sich seit langer Zeit in Chads Besitz befand und die für Morris durchaus als Talisman gelten könnte. Chad ließ sie in seiner Jackentasche verschwinden.

»Nun zum nächsten Teil unseres Plans«, sagte er zufrieden. Er steckte seinen Revolver hinten in den Bund seiner Jeans und ließ seine Jacke darüberfallen. Die Waffe war nicht mehr zu sehen.

»Lass uns alles noch einmal durchgehen«, flüsterte Chad. »Morris kommt mit seinem Auto auf den Parkplatz. Er hat Emma bei sich. Du erwartest sie dort und bringst sie hierher. Ich werde Morris aus der Entfernung unseren falschen Talisman zeigen. Morris ist zufrieden.

Er lässt Emma zu dir gehen, und ihr beiden bringt euch in Sicherheit. Morris macht einen Schritt auf mich zu, um den Talisman in Empfang zu nehmen. Er stolpert über die Schnur und fällt in unsere Grube … Für den Notfall habe ich den Revolver.«

»Oh, Chad!«, flüsterte Myra und strich sich nervös durch das kinnlange Haar. »Ich hoffe, alles läuft so, wie du es sagst.«

»Mach dir keine Gedanken«, meinte Chad zuversichtlich und warf ihr einen letzten liebevollen Blick zu. »Es wird Zeit. Du gehst besser zum Parkplatz. Meghali wird mit unserem Wagen schon dort sein und dir das verabredete Zeichen geben, sobald die Luft rein ist. Warte dort, bis Morris auftaucht.«

»Sei vorsichtig, Chad!« Sie sah ihn flehend an.

»Du auch. Ich liebe dich sehr, Myra.«

»Ich liebe dich auch.«

Dann trennten sie sich. Chad blieb im Dunkel des Waldes zurück, während Myra zum Parkplatz ging.

Der Parkplatz am Nordeingang war nur eine große Lichtung im Wald, auf der ein Schild stand, das auf den Yellow Pine Provincial Park hinwies. Myra blieb am Waldesrand stehen und sah sich vorsichtig um. Nicht weit von ihr entfernt parkte ihr Wagen. Sie konnte Meghalis Gestalt erkennen und atmete erleichtert auf.

Meghali ließ das Seitenfenster hinunter. Das war das verabredete Zeichen. Die Luft war rein!

Myra schlenderte so unbefangen wie möglich zu ihr hinüber und lehnte sich an die Wagentür.

»Alles in Ordnung?«, fragte Meghali.

»Ja«, entgegnete Myra, aber ihre Hände zitterten.

Meghali streckte ihre Hand durch das offene Fenster und legte sie beruhigend auf Myras Arm. Sie sagte kein

Wort, aber irgendetwas an ihrer Geste kam Myra seltsam bekannt vor und ließ sie ruhiger werden. Sie atmete tief durch.

»Es ist Zeit«, sagte Meghali schließlich, nachdem sie einen Blick auf ihre Uhr geworfen hatte. »Sie müssten jeden Augenblick kommen.«

Myras Kopf schien vor Nervosität zu zerspringen. Aber sie hatte keine Zeit für Selbstmitleid, denn in diesem Augenblick rollte Morris' schwarzer Chrysler mit den abgedunkelten Scheiben auf den Parkplatz und hielt an.

Morris stieg auf der Beifahrerseite aus und nahm seine dunkle Sonnenbrille ab.

Den beiden Frauen stockte der Atem. Morris war nicht allein gekommen!

»Mrs Blue Knife!«, rief er zu ihnen herüber. »Ich wusste, dass Sie den Talisman finden würden, wenn Sie sich genügend konzentrieren!«

»Wo ist Emma?«, entgegnete Myra. Sie versuchte, ihre zittrige Stimme unter Kontrolle zu bringen. »Ich will sie sehen!«

»Zuerst will ich sicher sein, dass Sie haben, wonach ich suche«, sagte Morris.

»Und ich muss sicher sein, dass Emma lebt und dass sie bei Ihnen im Wagen ist«, gab Myra zurück.

Morris ging um den Wagen herum. Dann öffnete sich das hintere Seitenfenster.

»Sag deiner Mutter kurz hallo, aber rühr dich nicht von der Stelle!«

Emmas Stimme drang aus dem Wagen. »Mom, es geht mir gut!«

»In Ordnung, mein Schatz. Mach dir keine Gedanken, alles wird gut!«, antwortete Myra mit Tränen in den Augen.

Morris verzog verächtlich das Gesicht. »Also los!«

»Mein Mann hat den Talisman. Er ist gleich dort drüben«, gab Myra zurück.

Morris forderte sie auf, vor ihm herzugehen.

Ein kalter Schauer lief über Myras Körper. Ihr Plan würde nicht aufgehen! Morris war nicht allein gekommen, und er hatte auch nicht vor, Emma aus dem Wagen aussteigen zu lassen.

Nervös ging Myra über den Parkplatz und betrat den schmalen Wanderweg, der, geschützt von den großen Zedern, durch die Wildnis des Parks führte. Der Halbschatten umhüllte sie wie ein Freund.

Myra spürte, dass Morris unmittelbar hinter ihr ging.

Schon bald erreichten sie die Stelle, an der Chad auf sie wartete. Myra verließ den Hauptweg und ging das kurze Stück bis zu der kleinen Lichtung hinüber. Dort trat sie zur Seite, um Morris Gelegenheit zu geben, Chad zu sehen.

Chad stand auf der anderen Seite der verborgenen Grube und wartete.

»Wo ist Emma?«, fragte er.

»Sie wartet in Morris' Wagen. Mindestens ein anderer Mann ist bei ihr. Sie hat mir hallo gesagt.« Myras Stimme zitterte.

»Also gut«, meinte Chad und zog den falschen Talisman aus seiner Jackentasche hervor. »Hier ist er.« Er hielt ihn hoch, damit Morris ihn im Halbschatten der großen Zedern besser sehen konnte. »Bring Emma her.«

Morris betrachtete den Talisman aus der Ferne. Dann wies er über Handy seinen Partner im Wagen an: »Schick das Mädchen her.«

Stille legte sich über die kleine Lichtung.

Wenige Minuten später, die Myra wie eine Ewigkeit vorkamen, vernahmen sie leise Schritte auf dem weichen Waldboden. Sie sah sich um. Dann stockte ihr der Atem. Bilder tauchten vor ihren Augen auf, fremde Bilder. Die Welt um sie herum begann sich zu drehen, und sie geriet ins Schwanken.

»Mom!« Das war Emmas Stimme.

Das Mädchen machte ein paar schnelle Schritte auf seine Mutter zu, um sie aufzufangen.

»Runa«, flüsterte Myra und hielt sich an ihr fest.

Die Tochter wiederzusehen hatte Myra einen Schock versetzt. Sie hatte sich insgeheim schon oft gefragt, woher Emma ihr helles Erscheinungsbild und ihre nordischen Gesichtszüge hatte. Mit Chad als Vater hätten ihre Haut, ihre Haare und ihre Augen viel dunkler und ihre Züge irgendwie indianisch sein müssen.

Jetzt, im Augenblick der Not, konnte Myra dieses Rätsel lösen. Sie wusste nicht, woher sie das Wissen auf einmal nahm. Es war einfach da. Emma war Runas Ebenbild. Diese Tatsache und die Bilder, die vor ihren Augen aufgetaucht waren, reichten aus, um Myra zu versichern, wer Runa war. Niemand brauchte es ihr zu erklären. Es war so, als erkenne sie jemanden wieder, den sie vor langer Zeit einmal sehr gut gekannt hatte. Sofort fühlte sie eine innige Verbundenheit.

In diesem Augenblick wusste Myra von allem: von Runas Stärke und Glaubenskraft, ihrem Vertrauen, ihrer langen Reise, ihrem Wissen und ihren Fähigkeiten. Sollte Emma auch nur einen Bruchteil dieser Eigenschaften von Runa geerbt haben, so wären ihre Fähigkeiten den des Talismans zumindest ebenbürtig.

Morris darf nichts davon erfahren!, schoss es Myra durch den Kopf. *Sonst ist Emmas Schicksal besiegelt. Ich muss sie schützen, koste es, was es wolle!* Sie drückte ihre Tochter fest an sich. »Du musst leben …«, flüsterte sie.

Aus dem Augenwinkel beobachtete Myra, wie Meghali den Hauptweg entlanghuschte, einen entsetzten Ausdruck auf ihrem Gesicht.

Myra wandte den Kopf, um Meghali besser sehen zu können, doch irgendetwas stimmte nicht. Sie konnte Meghali nicht klar erkennen, ihre Umrisse waren verschwommen. Fast gleichzeitig überkam Myra ein seltsames Ziehen, als versuche irgendetwas, sie aus ihrem Körper herauszuziehen – fort von Emma und der Lichtung, fort von ihrem Selbst.

Kapitel 27

Landung

Runa saß neben einem klaren, gurgelnden Bachlauf im sattgrünen Sommergras und flocht ihr langes Haar. Neben ihr grasten friedlich zwei Pferde. Die Sonne schien warm auf die unberührte Wildnis herab, und am Himmel tummelten sich ein paar kleine weiße Wolken. Es war ein wunderbarer Morgen.

Liebevoll beobachtete Runa die kastanienbraune Stute und ihr niedliches fuchsrotes Fohlen, die nun schon seit einiger Zeit ihre Begleiter waren, und lächelte. Ihr Herz war an diesem Morgen besonders leicht, denn sie spürte, dass sie ihrem Ziel sehr nahe war.

Wochen waren vergangen, seit sie das Floß mit seinen tüchtigen Seefahrern verlassen hatte. Die Fahrt über das große Wasser hatte viele Monde gedauert. Als sie die felsige Küste endlich erreicht hatten, wollte Runa es kaum glauben.

Dort, an dem einsamen kühlen Strand, hatte sie sich von ihren Begleitern verabschiedet. Sie wusste, dass sie von nun an auf sich allein gestellt sein würde, aber dieser Gedanke hatte ihr keine Angst gemacht. Im Gegenteil, sie fühlte sich beinahe so, als sei sie nach Hause zurückgekehrt. Denn auch an dieser unbekannten Küste wuchsen riesige, majestätische Bäume, genau wie in dem Wald, in dessen Nähe Runa aufgewachsen war. Die Bäume waren ihre Freunde. So lange hatte Runa sie vermisst, dass ihr Herz bei ihrem Anblick zu singen begann.

Entlang der fremden Küste zog sich eine hohe Gebirgskette. Statt diese zu überqueren, hatte Runa sich dazu entschlossen, einem breiten Fjord landeinwärts zu folgen. Sie hatte ihre Wanderung durch den beeindruckenden Wald mit den riesigen Bäumen sehr genossen. Alles hier erinnerte sie an ihre Heimat, sogar die Luft, in der sich das Salz des Meeres mit dem herben Duft des Waldes vermischte. Die wilden Tiere, wie die schwerfälligen Braunbären, die anmutigen Hirsche und die geschmeidigen Berglöwen, auf die sie unterwegs traf, wurden schnell ihre Freunde.

Runa war glücklich.

Nach einigen Tagen hatte sich der Wald gelichtet, und vor ihr lag eine weitläufige Graslandschaft, nach allen Seiten umgrenzt von hohen Gebirgsketten mit schroffen Gipfeln. Hier war Runa auf eine Herde wilder Pferde gestoßen.

Welch ein Anblick das gewesen war!

Ein wohliger Schauer war Runa über den Körper gelaufen, als die Tiere über die weite Ebene stürmten. Wie eine wogende lebendige Welle.

Runa fühlte sich zu einem der Tiere besonders hingezogen. Es war eine kastanienbraune Stute mit sanften großen Augen, die ein fuchsrotes Fohlen bei sich hatte, das nur ein paar Monate alt sein konnte.

Runa hatte mit der Stute gesprochen und ihr erklärt, dass sie eine Weggefährtin brauche. Sie hatte die Stute gebeten, sie ein Stück weit auf ihrer langen Reise zu begleiten und sie zu tragen. Und sie hatte ihr und ihrem Fohlen versprochen, dass sie nach Ende der Reise zu ihrer Herde zurückkehren dürften.

Die Stute hatte Runa lange angesehen und ihren Geruch eingesogen. Schließlich hatte sie den Kopf gebeugt und Runa leicht angestoßen. Sie waren zu einem Einverständnis gekommen.

In den darauffolgenden Wochen hatten Runa und die Stute die von flachen Hügeln durchzogene Hochebene, auf der die Herde zu Hause war, durchquert und waren einem breiten Fluss gen Süden gefolgt. Auf die grasbewachsene Ebene folgte ein schwierigeres Gelände, so dass Runa nicht mehr so schnell vorwärtskam. Der Fluss hatte sich seinen Weg durch eine bewaldete Gebirgskette gesucht, und an beiden Ufern wuchsen steile Berghänge gen Himmel. Runa und der Stute war nichts anderes übriggeblieben, als dem Flussbett durch den tiefen Canyon zu folgen.

Einige Tage später folgten sie einem engen, gewundenen Seitental, durch das sich ein Gebirgsbach schlängelte.

Am Ufer dieses Baches saß Runa, und ihr Herz war schwer geworden. Am Abend zuvor hatte sie die nähere Umgebung erkundet und festgestellt, dass sich der Bach über einen hohen Wasserfall in ein Tal ergoss, durch das sich ein anderer breiter Fluss zog. Sie würde es nicht schaffen, die Pferde den steilen Berghang hinunterzubringen. Sie würde ihr Ziel allein erreichen müssen.

Die Erkenntnis hatte Runa einen wehmütigen Stich ins Herz versetzt, und sie hatte sich dazu entschlossen, die letzten Stunden mit der Stute und ihrem Fohlen zu verbringen. So saß sie also lächelnd im hohen Gras und beobachtete das Tier, das sie mit großer Ausdauer und Umsicht auf seinem Rücken getragen hatte, mit liebevoller Dankbarkeit.

Als sich die Sonne ihrem höchsten Stand näherte, erhob Runa sich. Die Zeit der Trennung war gekommen.

Sie schlang ihre schlanken Arme um den Hals des langbeinigen Fohlens.

»Ich danke dir, kleiner Freund. Möge sich ein langes und unbeschwertes Leben vor dir entfalten.« Sie küsste das Fohlen zärtlich.

Dann umarmte sie die treue Stute, die längst ein Teil von ihr geworden war, und presste ihr Gesicht in das weiche Fell des Tieres. Tränen traten ihr in die Augen, und sie wurde beinahe ärgerlich. Sie hatte sich in den vergangenen Jahren von so vielem trennen müssen, von so vielen Menschen, die ihr lieb waren, Abschied nehmen müssen. Was würde sie noch durchstehen müssen, bevor ihre Reise endlich zu Ende war?

Dann fing sie sich wieder.

»Ich kann meinen Dank nicht in Worte fassen«, flüsterte sie. »Mögen die Geistwesen dich beschützen, wohin auch immer du gehst.«

Runa löste sich von der Stute und gab ihr einen Klaps.

»Lauf! Kehre zurück zu deiner Herde!«

Sie wandte sich ab und schritt entschlossen auf den Wasserfall zu.

Tief unter ihr breitete sich ein weites Tal aus, zu allen Seiten von hohen schroffen Bergen umringt. Es war meist dichtbewaldet, aber hier und da fanden sich sattgrüne Grasflächen. Es war wundervoll!

Runas Blick glitt den Abhang hinunter, denn sie hielt Ausschau nach einer Stelle, die sich für einen Abstieg eignete. Was sie entdeckte, ließ ihr den Atem stocken. Glatte schwarze Felswände fielen steil ab bis hinunter ins Tal. Die Sonne spiegelte sich darauf, und Runa konnte die Wärme fühlen, die von dem Gestein ausströmte.

Wie sollte sie an einer solchen Felswand hinunterklettern?

Dann entdeckte Runa etwas anderes, und das ließ ihr Herz schneller schlagen. Weit entfernt stiegen Rauchsäulen zum Himmel empor. Sie sah genauer hin, und schließlich konnte sie einige dunkle Punkte ausmachen.

Ein Dorf! Und nicht nur irgendein Dorf. Runas Herz wusste – es war das Dorf, in dem sie ihre Reise vollenden würde.

Leichten Herzens wandte sie sich um, weil sie ihren Freunden ein letztes Mal zuwinken wollte. Erschrocken entdeckte sie, dass die Stute und ihr Fohlen direkt hinter ihr standen.

Zärtlich strich sie dem Pferd über die Nase.

»Es ist gut, meine treue Gefährtin«, flüsterte sie. »Du hast genug getan. Du kannst mir nicht mehr helfen. Deine Herde wartet auf dich. Und ich, ich muss allein weitergehen.«

Die Stute schnaubte leise, rührte sich aber nicht.

Runa drehte sich entschlossen um und machte noch einen Schritt auf den glatten schwarzen Abhang zu.

Die Stute und ihr Fohlen folgten ihr.

»Nein!«, rief Runa entsetzt und breitete die Arme aus, um die Tiere aufzuhalten. »Ihr *müsst* stehen bleiben!«

Aber die Tiere schienen sie nicht zu hören. Sie kamen immer näher.

Aus Angst um ihre treuen Gefährten machte Runa einen unachtsamen Schritt nach hinten und verlor das Gleichgewicht.

Es gab keine Möglichkeit, sich an der glatten Felswand festzuhalten. Runa schlitterte den felsigen Abhang hinunter, immer schneller und schneller.

Das geflochtene Körbchen mit Kräutern wurde von ihrem Gürtel gerissen, und der raue Fels zerfetzte ihre Kleidung. Sie konnte keinen klaren Gedanken fassen.

Alles, was ihr blieb, war, das geschehen zu lassen, was geschehen sollte.

Und es geschah – ein Wunder! Ihr geschundener Körper fand sich plötzlich im Sand neben dem Fluss wieder. Vorsichtig öffnete sie die Augen.

Sie lebte!

Ungläubig blickte sie die schwarz glänzende Felswand empor und dankte den Geistwesen aus tiefstem Herzen. All ihre Glieder schmerzten. Runa tastete vorsichtig über ihren Körper. Nichts schien gebrochen. Die Haut an Armen und Beinen und ihrem Rücken war unversehrt. Ihre Kleidung hingegen war vollkommen zerrissen und hing in losen Fetzen um ihren Leib. Nur ihr Gürtel war heil geblieben und hielt noch immer das Flintmesser.

Eine schreckliche Ahnung überkam sie. Sie fühlte an ihrem Gürtel entlang. Nichts. Der Beutel mit dem Talisman war verschwunden!

Vorsichtig und mit rasendem Pulsschlag setzte Runa sich auf und suchte die nähere Umgebung ab.

Vergeblich.

Sie war auf einem schmalen Stück Land gelandet, das sich zwischen dem steilen Felsabhang und dem Fluss erstreckte. Der Fluss machte an dieser Stelle eine enge Biegung um die Felsen, so dass Runa an drei Seiten von Wasser umgeben war. Hinter ihr ragte die steile Felswand in die Höhe. Der Boden, auf dem sie saß, war mit feinem Sand bedeckt, und das Flussufer war üppig mit Schilf bewachsen. Eine einsame Zeder wuchs beinahe waagerecht aus dem Fels und bog sich über dem Fluss der Sonne entgegen. Eine mannshohe Felssäule stand verlassen im seichten Uferwasser.

Der breite Fluss strömte schnell an Runa vorbei und zeigte kein Mitleid mit ihr. Der Talisman aber war und blieb verschwunden.

Runa saß im Sand und überlegte fieberhaft. Was sollte sie ohne den Talisman tun? Warum war ihr alles genommen worden? Jetzt, wo sie sich ihrem Ziel so nahe fühlte, waren ihr nicht einmal mehr die Kleider an ihrem Körper geblieben.

Zum ersten Mal seit dem Beginn ihrer langen, langen Reise verließen Runa der Mut und das Vertrauen in den Beistand der Geister. Hilflos ließ sie sich in den warmen Sand sinken, und sie begann, bitterlich zu weinen. All die Anspannung der vergangenen Jahre, der Verlust ihrer Familie und ihrer Freunde, die Trennung von Erdis, die Gefahren, denen sie, ohne zu zögern, entgegengetreten war, das Alleinsein – all das brach aus ihr heraus.

Runa weinte, bis sie nicht mehr weinen konnte. Dann schlief sie erschöpft auf dem weichen Sand ein.

Irgendwann wurde sie unsanft von einem kleinen Streifenhörnchen geweckt, das über ihren schmerzenden Rücken hüpfte. Irritiert scheuchte sie das Tier weg. Aber es kam gleich darauf zurück und tanzte vor ihrem Gesicht auf und ab. Runa streckte ihre Hand aus, um das Tierchen zu vertreiben, aber ihr Arm war nicht lang genug. Schließlich erhob sie sich und kroch auf allen vieren hinter dem Streifenhörnchen her, das laut rufend in Richtung der krummen Zeder verschwand.

Plötzlich überkam Runa ein ungutes Gefühl, eine unbestimmte Dringlichkeit. Sie folgte dem Tier, so schnell sie konnte, und kletterte auf den Teil des Zedernstammes, der über das Wasser ragte. Vorsichtig spähte sie durch die Äste und das hohe Schilf auf den Fluss hinaus.

Sie konnte nichts entdecken.

Sie wollte sich schon zurück in den warmen Sand begeben, als ein leises Geräusch sie aufhorchen ließ. Sie wandte den Kopf in die Richtung, aus der das Geräusch gekommen war, und – erstarrte.

Hinter der Biegung des Flusses kamen drei große Kanus zum Vorschein. Jedes schien aus dem Stamm eines riesigen Baumes gefertigt zu sein. Die schlanken Kanus bewegten sich flink über das Wasser. Und in jedem saßen zehn kräftige Krieger!

Runa genügte ein Blick auf die angsteinflößende Bemalung auf den Gesichtern und Körpern der Krieger, um zu wissen, dass sie auf einem Raubzug waren. Die Männer hatten ihre Gesichter und nackten Oberkörper mit Fett eingerieben, was ihrer Haut einen düsteren, bedrohlichen Glanz verlieh. Quer über der Brust verlief ein breiter roter Streifen. Das lange schwarze Haar hatten sie am Scheitel kurz geschoren und ebenfalls mit roter Farbe bemalt. Mit kräftigen Armstößen bewegten sie ihre Kanus vorwärts.

Runa wusste sofort, welches Ziel die Männer hatten: das Dorf, dessen Rauch sie vom Berghang aus gesehen hatte. Es lag nur ein kurzes Stück weiter flussaufwärts!

Runas Herz begann, schneller zu schlagen. Es war *ihr* Dorf, das diese Krieger überfallen wollten! Das Dorf, in dem sie ihre Botschaft überbringen sollte. Sie war sich ganz sicher!

Wut erfasste sie und strömte durch ihren geschundenen Körper. Sollten die Krieger das Dorf zerstören, dann würde sie ihre Botschaft womöglich niemals überbringen können. Ihre Reise und alle Gefahren, die sie ausgestanden hatte, und alle Opfer, die sie erbracht hatte, würden vergebens sein. Das durfte sie nicht zulassen. Sie musste die Krieger aufhalten!

Runa sammelte all ihre Kraft. Sie dachte nicht mehr an den verlorengegangenen Talisman und an ihre schmerzenden Glieder. Es musste einen Weg geben, das Dorf zu schützen.

Kurzentschlossen riss sie die letzten Fetzen ihrer Kleidung vom Körper, griff nach ihrem Flintmesser und glitt ins Wasser. Dann schnitt sie ein dickes Schilfrohr ab und steckte ihr Messer zurück in den Gürtel.

Im Schilf versteckt, beobachtete sie die drei Kanus. Sie fuhren jetzt langsamer und hielten schließlich an. Die Krieger sprachen leise miteinander.

Runa erkannte ihre Chance. Sie steckte das Schilfrohr zu ihrem Flintmesser in den Gürtel und begann, zu der Stelle des Flusses hinüberzutauchen, wo die Kanus sich befanden. Als die Luft knapp wurde, zog sie das Schilfrohr hervor und benutzte es zum Atmen. Sie war schon seit ihrer Kindheit eine gute Schwimmerin, und die schnelle Strömung des Flusses ängstigte sie nicht.

Das Wasser war kühl. Welche Wohltat für Runas schmerzenden Körper! Hatte sie sich am Strand nur mit Mühe und unter Schmerzen bewegen können, so fühlte sie sich im Wasser wie neugeboren.

Es dauerte nicht lange, bis Runa die schmalen Boote erreicht hatte. Sie hatte sich keine Gedanken gemacht, *wie* sie die Krieger aufhalten wollte. Sie wusste nur, dass sie es irgendwie schaffen musste! Nach ihrem Sturz war sie so verzweifelt gewesen und nach dem Auftauchen der Krieger so entsetzt, dass sie ganz vergaß, Angst zu haben. Und sie hatte einen entscheidenden Vorteil, denn die Männer ahnten nicht, dass sie in ihrer Nähe war.

Runa sah den Umriss eines der Boote jetzt deutlich über sich. Die Verzweiflung verlieh ihr geradezu unheimliche Kräfte. Mit beiden Händen riss sie ein Büschel der algenartigen Pflanzen aus, die auf dem Grund des Flusses wuchsen, und rieb sie in ihr Haar. Dann schwamm sie mit kräftigen Zügen zur Oberfläche, schoss aus dem Wasser, ergriff den Rand des Kanus und zog so heftig daran, dass das Boot kippte.

Blitzschnell tauchte sie zum nächsten Kanu und

brachte es zum Kentern. Wenige Augenblicke später folgte das dritte Kanu, und im Nu befanden sich alle Krieger im tiefen, schnell dahinströmenden Wasser des Flusses. Entsetzen lag auf ihren Gesichtern, denn die Geschichten ihres Volkes erzählten von furchteinflößenden Wesen, die in den Tiefen des Flusses lebten und Boote und Menschen zu sich auf den Grund zogen. Ihre Bestürzung war so groß, dass sie vergaßen, ans rettende Ufer zu schwimmen.

Runa hingegen schwamm flink wie ein Otter zwischen den Kriegern umher, tauchte auf und wieder unter und stach mit ihrem Flintmesser auf jeden Krieger ein, der nach ihr greifen wollte.

Laute Schreckensschreie ließen sie innehalten. Sie blickte sich um und sah, dass die Strömung sie auf einen mächtigen Strudel zutrieb, der die ersten Männer schon gnadenlos mit sich in die Tiefe gerissen hatte!

Runa zögerte keinen Augenblick. Sie tauchte unter und schwamm, so schnell wie sie konnte, von den Männern und dem gefährlichen Strudel fort.

Es kostete sie all ihre Kraft, gegen die Strömung des Flusses anzuschwimmen und dem Schicksal der Krieger zu entkommen.

Runa schwamm auf das Ufer zu, fand jedoch keine Möglichkeit, an Land zu gehen. Glatte schwarze Felsen ragten steil am Ufer auf, und so blieb ihr nichts anderes übrig, als am Ufer entlangzuschwimmen, zurück zu der Stelle, an der sie nach ihrem Sturz gelandet war.

Mit letzter Kraft erreichte sie das flache Ufer und zog ihren Körper aus dem Wasser. Erschöpft fiel sie in den weichen Sand und schloss die Augen.

Irgendwann erwachte sie wieder, weil sie das Gefühl hatte, beobachtet zu werden.

Runas Herz schlug schneller, und ihre Hände wurden

kalt. Sie setzte sich auf und sah sich aufmerksam um. Nichts. Sie blickte auf den Fluss hinaus, aber kein Krieger war zu sehen. Sie konnte nichts Ungewöhnliches entdecken.

Schließlich fiel Runas Blick auf den mannshohen Felsen, der nahe dem Ufer aus dem Wasser ragte. Eine Gänsehaut lief ihr über den Rücken. Dieser Felsen strahlte etwas Besonderes aus.

Runa wandte ihren Blick kurz ab. Als sie wieder hinschaute, war der Felsen verschwunden. Stattdessen stand dort im Wasser ein Wesen von außerordentlicher Schönheit!

Runa starrte es ehrfürchtig an. Nie zuvor hatte sie so etwas gesehen. Der Körper des Wesens war eindeutig der einer Frau, einer wohlgeformten, sehr weiblichen Frau. Ihr Gesicht jedoch war halb verdeckt von einer Art Tiermaske. Bei genauerem Hinsehen stellte Runa fest, dass es sich um den Schnabel und Kopf eines riesigen Vogels handelte, der den Kopf und die obere Gesichtshälfte der Frau bedeckte. Ein dichtes Kleid aus langen weißen Federn umhüllte das Wesen wie ein majestätischer Umhang, und Wasser tropfte von seinen Enden, als sei es eben erst dem Fluss entstiegen.

Runa fühlte den Blick der Weißen Vogelfrau auf sich ruhen, und eine heiße Welle strömte durch ihren Körper. Sie kniete nieder, senkte den Kopf und wartete ergeben auf das Urteil dieses machtvollen Wesens.

»Du hast sehr mutig und tapfer gehandelt, Tochter aus weiter Ferne«, sagte die Vogelfrau.

Runa blickte erstaunt auf, als sie die Worte der Vogelfrau vernahm. Sie musste blinzeln, und Tränen stiegen ihr in die Augen, denn ein grelles Licht ging von dem Wesen aus. Die Stimme jedoch war wie ein wunderbares Lied. Was Runa aber am meisten beeindruckte und ihr einen Stich ins Herz versetzte, war, dass die Weiße Vogelfrau in Runas Sprache gesprochen hatte.

Demut erfüllte sie, als ihr bewusst wurde, dass dieses beeindruckend schöne Wesen alle Sprachen der Welt beherrschte. Ihre Macht war grenzenlos.

»Dies ist für dich.« Die Vogelfrau holte etwas unter ihrem schimmernden weißen Federkleid hervor und hielt es Runa entgegen.

Runa stockte der Atem, als sie erkannte, worum es sich handelte.

Der Talisman!

Das grelle Licht, das von der Vogelfrau ausging, sprang nun auf den Talisman über, und einen Augenblick lang lag er, umhüllt von einem Kranz aus hellen Strahlen, in ihren Händen.

Runa streckte zögernd ihre Hand aus und nahm den Talisman vorsichtig entgegen. Ihre Hand schloss sich fest um den glatten Stein, und sie lächelte das machtvolle Wesen dankbar an.

Die Weiße Vogelfrau trat zu Runa und strich ihr eine nasse Haarsträhne aus dem Gesicht.

»Du besitzt viele wertvolle Gaben, Tochter. Aber diese fehlen dir noch: grenzenlose Heilung aller Wesen und Schutz vor jeglichen Angreifern. Auch diese Gaben darfst du nun dein Eigen nennen.« Sie legte ihre Hand auf Runas Haupt. »Mögen Weisheit, Frieden und Liebe dich begleiten, solange du lebst.«

Die Weiße Vogelfrau wandte sich um und kehrte in den Fluss zurück. Das Wasser bewegte sich nicht, als sie es durchschritt. Kurz darauf stand sie wieder an der Stelle, wo Runa sie entdeckt hatte und wo eigentlich der mannshohe Fels hätte stehen sollen.

Kapitel 28

Botschaft

Runa vernahm den leisen Schlag eines Paddels und löste ihren Blick von der Weißen Vogelfrau. Sie erspähte eine Gestalt in einem Kanu, das von der Mitte des Flusses aus auf sie zusteuerte.

Gerade wollte Runa ein warnendes Wort an die Weiße Vogelfrau richten, als sie lächelnd feststellte, dass diese verschwunden war. An der Stelle im Wasser stand wieder der mannshohe Felsen.

Runas Herz empfand eine seltsame Leere. Gleichzeitig fühlte sie sich wie neugeboren. Die Begegnung mit der Weißen Vogelfrau hatte ihr Zuversicht und neue Energie geschenkt. Sie hatte ihr Ziel fast erreicht. Sie hatte den Talisman zurückbekommen. Sie hatte das Dorf vor den Angreifern geschützt. Sie saß zwar noch immer hier, auf der anderen Seite des Flusses, ohne Kleidung und Nahrung, aber auch diese Hürde würde sie irgendwie nehmen.

Runa blickte dem Kanu ruhig und gelassen entgegen. Sie wusste, dass die Person sie längst entdeckt hatte. Um wen mochte es sich handeln?

Es blieb Runa nichts anderes übrig, als abzuwarten. Sie setzte sich auf den Sand und schlang ihre schlanken Arme um die Knie. Ihr langes, inzwischen halbgetrocknetes Haar fiel ihr wirr um die Schultern. Aufmerksam beobachtete sie das schnell näher kommende Boot.

Schon bald konnte Runa erkennen, dass es sich bei der Gestalt um eine alte Frau handelte, und sie entspannte sich ein wenig.

Der Sand knirschte, als das Boot das Ufer erreichte. Runa sah, dass die alte Frau, die es steuerte, sie freundlich anlächelte.

Runa stand auf und hob grüßend die Hand.

Die alte Frau erwiderte den Gruß, stieg aus und zog ihr Kanu aus dem Wasser auf den kleinen Strand. Runa bemerkte, dass es genauso gefertigt war wie die Boote der Krieger, es war nur viel kleiner.

Runa blickte wieder auf die alte Frau. Sie trug einen geflochtenen Rock und einen passenden Umhang. Runa konnte nicht erkennen, aus welchem Material sie hergestellt waren, sie war sich aber sicher, dass es sich weder um Wolle noch um Leder handelte.

Runa wünschte sich, dass sie selbst auch wenigstens einen Rock trüge, um nicht den Eindruck völliger Mittellosigkeit zu vermitteln. Aber die Geister hatten es anders geplant. Also straffte sie den Rücken und hob das Kinn. Ihr Stolz war alles, was ihr geblieben war.

Die fremde Frau musste sehr alt sein. Das markante Gesicht mit den hohen Wangenknochen war von unzähligen Falten bedeckt, und ihr langes Haar, das sie offen trug, war weiß und dünn. Doch ihre Haltung verriet Stolz und Zähigkeit, und ihre Augen strahlten Respekt, Freundschaft und Weisheit aus.

»Ay'mut«, sagte die alte Frau und deutete auf sich.

»Runa«, entgegnete Runa und legte eine Hand auf ihre Brust.

»Willkommen, Runa«, sagte Ay'mut, und Runa war überrascht, dass sie sie verstand. Der Dialekt, den Ay'mut sprach, war dem der Seefahrer, mit denen Runa über das Meer gefahren war, sehr ähnlich.

»Ich fühle mich geehrt«, antwortete sie.

Ay'mut lächelte freundlich.

»Ich habe auf dich gewartet«, sagte sie. »Seit langer, langer Zeit. Aber zuerst ...« Sie beugte sich über das Kanu und holte etwas daraus hervor. »Das ist für dich.« Sie hielt Runa einen geflochtenen Rock entgegen, der ihrem eigenen glich.

»Ich danke dir«, antwortete Runa und legte das Kleidungsstück an. Der Rock fühlte sich weich an auf ihrer Haut und sehr geschmeidig, genau wie Wolle oder Leder.

»Woraus ist er gemacht?«, fragte sie.

Ay'mut deutete auf den krummen Baum, der auf das Wasser hinausragte. »Aus der inneren Rinde der Zedern«, erwiderte sie. »Warte einen Augenblick«, setzte sie hinzu und holte einen Korb aus dem Kanu, der auch aus Zedernrinde gefertigt und mit einem Deckel verschlossen war. Sie ließ sich im Sand nieder.

»Setz dich zu mir.« Sie sah Runa aufmerksam an. »Ich wusste, dass ich dich heute hier finden würde«, sagte sie schließlich. »Ich hatte einen Traum, der mir von deiner Ankunft erzählt hat.«

»Von oben, vom Wasserfall aus, habe ich in der Ferne die Feuer eines Dorfes gesehen. Stammst du aus diesem Dorf?«, wollte Runa wissen. Sie versuchte, sich ihre Aufregung nicht anmerken zu lassen.

»Ja, ich bin die Medizinfrau des Dorfes«, erwiderte Ay'mut mit sanfter Stimme. »Ich bin heute Morgen mit dem Kanu aufgebrochen, um dich zu holen.«

»Ich habe euch eine Botschaft zu überbringen«, sagte Runa.

»Ich verstehe«, entgegnete Ay'mut. »Wir werden bald aufbrechen. Aber vorher gibt es noch etwas, das getan werden muss.« Sie hielt kurz inne. »Als Medizinfrau unseres Stammes wurde mir dies«, sie hielt den Korb hoch, den sie aus dem Kanu geholt hatte, »vor sehr langer Zeit von den Ältesten anvertraut, damit ich es aufbewahre. Es ist etwas sehr Kostbares, sehr Machtvolles, und es ist seit langer Zeit nicht mehr gebraucht worden. Schon meine Vorfahren, die längst zu den Ahnen gegangen sind, haben es verwahrt und auf die Person gewartet, die es einmal tragen würde. Niemand ist gekommen. Auch ich habe gewartet, und ich habe schon gedacht, ich werde es nicht erleben, die Person kennenzulernen, für die dies bestimmt ist.« Sie lächelte. »Mein Traum hat mich eines Besseren belehrt. Er hat mir nicht nur gezeigt, dass ich dich heute hier finden würde. Er hat mir auch verraten, dass das, was sich in diesem Korb befindet, dir gehören soll.«

Ay'mut stand auf, öffnete mit ihren runzligen Fingern den Korb und zog etwas so Wundervolles daraus hervor, dass es Runa die Sprache verschlug.

Es war ein weiter Umhang, kunstvoll gefertigt aus langen, breiten, glänzend schwarzen Federn.

»Ich habe gesehen, dass du die Weiße Rabenfrau getroffen hast«, sagte Ay'mut mit wissendem Blick. »Sie ist ein sehr machtvolles Wesen, das der Welt der Geister entstammt. Dieser Umhang«, sie deutete auf das schwarze Gewand in ihren Händen, »war einst der Umhang einer mächtigen Medizinfrau, die sich mit Liebe um ihr Volk gekümmert hat. Wir nennen sie die Schwarze Rabenfrau. Ihre Kräfte entstammen unserer Mutter Erde und ergänzen in vollkommener Harmonie die Kräfte der Weißen Rabenfrau. In ihrem Auftrag habe ich den schwarzen Rabenumhang aufbewahrt.« Sie hielt inne. »Lange Zeit hat er auf eine neue, würdige Besitzerin gewartet. Nun gehört er dir. Steh auf.«

Runa gehorchte. Voller Respekt blickte sie zu Ay'mut.

Die alte Frau legte den Umhang um Runas Schultern. Geschmeidig und federleicht umhüllte er ihren zierlichen Körper und fiel bis auf den Boden herab. Runa konnte die Kraft und die Energie, die von dem Umhang ausgingen, bis in die Fingerspitzen fühlen. Sie wollte etwas sagen, aber Ay'mut kam ihr zuvor.

»Sag nichts, mein Kind. Ich weiß, dass du eine würdige Besitzerin des Umhanges sein wirst ... Ich habe die Krieger in den Kanus gesehen«, fügte sie mit leuchtenden Augen hinzu. »Und auch deinen Kampf gegen sie. Du bist sehr mutig.«

Runa senkte geehrt den Kopf.

Ay'mut holte einen aus Holz gefertigten Kamm aus dem Korb hervor.

»Auch dieser Kamm«, sagte sie mit ihrer weichen Stimme, »hat der Medizinfrau aus vergangenen Zeiten gehört. Bevor sie dem Ruf eines Kranken folgte, benutzte sie – so wird es überliefert – jedes Mal diesen Kamm, um ihr Haar zu glätten. Die Menschen unseres Volkes legen sehr viel Wert auf ihr Haar, aber für die Medizinfrau war er nicht nur dazu da, sich schön zu machen, sondern er war auch ein wichtiger Teil ihres spirituellen Reinigungsrituals, das sie vor jeder wichtigen Heilungszeremonie durchführte.« Die alte Frau machte eine Pause. »Nachdem sie ihr Haar mit dem Kamm geglättet hatte, steckte sie ihn am Hinterkopf fest, so dass sie ihn während der Zeremonie trug. In den Kamm sind die Umrisse eines Panthers geschnitzt.« Ay'mut zeigte Runa die feine Schnitzerei. »Durch die Schnitzerei war der Geist des Panthers mit all seiner Furchtlosigkeit bei ihr und half ihr, Krankheit und böse Geister abzuwehren.« Ay'mut machte wieder eine Pause. »Lass mich dein

Haar mit diesem Kamm glätten und schmücken«, bat sie, »so dass du mit all deiner neuerworbenen Kraft in unser Dorf einziehen kannst.«

Runa nickte dankbar, und Ay'mut begann mit sanften Händen, das Haar der jungen Frau von den Algen zu befreien. Dann glättete sie es vorsichtig mit dem hölzernen Kamm der verstorbenen Medizinfrau. Während sie arbeitete, summte sie leise eine Melodie. Runas hellblondes Haar bildete einen solch wunderschönen Kontrast zu den glänzend schwarzen Federn des Umhanges, dass Ay'mut vor lauter Bewunderung einen Augenblick lang die Hände sinken ließ.

Runa hatte sich schon lange nicht mehr so umsorgt gefühlt. Ay'muts sanfte Striche mit dem Kamm entspannten sie ganz und gar und erinnerten sie daran, dass ihre lange, lange Reise schon bald zu Ende sein würde.

»Komm«, forderte Ay'mut sie auf, als sie ihre Arbeit beendet hatte. »Ich werde dich in unser Dorf bringen.«

Runa schritt vorsichtig hinter Ay'mut her, immer darauf bedacht, den Umhang nicht zu beschädigen. Den Talisman hielt sie fest in ihrer Hand.

Sie kletterte in das schmale Kanu, das Ay'mut schon vom Sand ins seichte Wasser des Ufers geschoben hatte. Sie wollte gerade zu einem der Paddel greifen, die auf dem Boden des Bootes lagen, doch Ay'mut wehrte ab.

»Ich mache das«, sagte sie entschieden.

Runa willigte ein und saß still am vorderen Ende des Kanus. Nur einmal drehte sie sich um.

»Was ist das für ein Vogel, aus dessen Federn dieser Umhang gefertigt ist?«

»Ein Rabe«, gab Ay'mut stolz zurück.

Es dauerte eine gute Stunde, bis sie das Dorf erreichten. Schon von weitem fielen Runa die vielen mannshohen

Felssäulen auf, die entlang des Ufers im seichten Wasser standen. Als sie Ay'mut darauf ansprach, lächelte die alte Frau wissend.

»Du hast recht, Runa«, sagte sie mit ihrer weichen Stimme, »bei uns gibt es sehr viele dieser besonderen Felsen. Ich weiß, du kennst das Geheimnis des Felsens, in dessen Nähe ich dich getroffen habe.« Sie machte eine ausholende Armbewegung. »All diese Felsen teilen ein ähnliches Geheimnis. Sie sind ein wichtiger Bestandteil unseres Lebens. Wir nennen sie *Felsenmenschen*. Es gibt viele alte Legenden darüber, wie sie in die Felsen hineingekommen sind. Wichtig für dich ist, zu wissen, dass es sich bei ihnen um mächtige Geistwesen, weise Medizinmänner oder -frauen, angesehene Anführer und andere Wesen handelt, die vor langer, langer Zeit einmal unter uns gelebt haben und unserem Stamm so sehr verbunden waren, dass sie ihm und allen Menschen, die einmal an diesem Ort zu Hause sein werden, auf ewige Zeiten mit Rat beistehen wollten. Dies tun sie – als *Felsenmenschen*. Alles, was wir tun müssen, ist, unser Herz für ihre Worte zu öffnen.«

Sie hatten das mit Gras bewachsene Ufer erreicht, wo schon viele Menschen gespannt auf die Rückkehr ihrer Medizinfrau warteten. Ay'mut zog das Kanu an Land und wurde sofort von einer Menschentraube umringt.

Runa verstand die Worte der Stammesmitglieder nicht. Sie sprachen einen anderen Dialekt als den, den Ay'mut ihr gegenüber benutzt hatte.

Unvermittelt brachte die alte Frau die Menge mit einer knappen Handbewegung zum Schweigen und forderte Runa höflich auf, auszusteigen und ihr zu folgen.

Die Menge teilte sich voller Respekt und folgte den Frauen in gebührendem Abstand.

Runa sah sich vorsichtig um. Die Frauen und Männer trugen Röcke, die dem von Ay'mut und von ihr selbst sehr ähnlich waren. Das schwarze Haar der Frauen war lang, während das der Männer auf Schulterhöhe gekürzt war. Manche trugen einen Umhang, wieder andere hatten einen spitzen Hut auf dem Kopf. Beide Kleidungsstücke waren, wie die Röcke, aus Zedernrinde gefertigt.

Sie erreichten die Unterkünfte der Menschen, die ein Stück entfernt vom Ufer des Flusses aufgebaut waren. Runa schritt an kleineren Hütten aus Zedernrinde vorbei, die überall verstreut im Dorf standen. Aber es waren vor allem die beeindruckenden großen, langgestreckten Gebäude, deren massive Pfosten und dicken Planken aus Zedernholz gearbeitet waren, die Runas Aufmerksamkeit auf sich zogen. Die starken Pfosten waren über und über mit Schnitzereien bedeckt, die an einem der Gebäude sogar schwarz, weiß und rot bemalt waren. Runa blieb staunend vor einem der Pfosten stehen. Nie zuvor hatte sie solch großartige Häuser gesehen. Trotzdem kamen ihr die Gebäude seltsam bekannt vor … Vor langer Zeit hatte sie sie in dem Traum gesehen, der ihr die verschlüsselte Botschaft überbracht und sie auf ihre lange Reise geschickt hatte.

Ay'mut drehte sich suchend nach ihr um.

»Runa, hier entlang.«

Plötzlich verfinsterte sich das Gesicht der alten Frau. Zwei junge Männer waren von Runas hellhäutiger Schönheit angelockt worden. Sie sprangen um die junge Frau herum, versuchten, sie am Haar und an den Armen zu greifen und sie mit sich fortzuziehen.

Ay'mut wollte schon einschreiten, doch dann sah sie, dass Runas Blick sich fest auf die beiden Männer richtete. Sie stand ganz still.

»Fasst mich nicht an«, befahl sie, ohne ihre Stimme zu erheben.

Die Männer lachten und hörten nicht auf ihre Worte.

Runa bewegte sich nicht, sie sah die Angreifer nur eindringlich an.

Die Männer streckten ihre Hände nach ihr aus und packten sie gleichzeitig an den Armen. Sofort gefror das Lachen auf ihren Gesichtern.

Runa schüttelte traurig den Kopf. Warum hörten die Menschen nicht auf Warnungen?

Die beiden Männer erstarrten, und schon im nächsten Augenblick war nichts mehr von ihnen zu sehen – bis auf zwei Häufchen Asche zu Runas Füßen.

Ein Raunen ging durch die Versammelten.

Ay'mut hingegen verzog keine Miene.

»Die beiden waren unbelehrbar und haben immer wieder für Probleme im Dorf gesorgt. Sie haben ihre verdiente Strafe bekommen.«

Dann nahm sie Runa bei der Hand und wandte sich einem der Langhäuser zu, vor dem ein stolzer junger Mann stand.

Die beiden Frauen gingen zu dem Mann, und Ay'mut stellte Runa vor.

»Te'culum, ich bringe dir Runa, von deren Ankunft mir im Traum berichtet wurde und über die ich am Morgen mit dir gesprochen habe.« Dann wandte sie sich an Runa. »Runa, dies ist Te'culum, Nachfolger unseres ehrwürdigen Anführers, der vor kurzem zu den Ahnen gerufen wurde. In seiner Obhut wird es dir an nichts fehlen.«

»Sei willkommen, Runa«, sagte Te'culum mit tiefer, wohlklingender Stimme. »Deine Ankunft ehrt uns.«

Runa war überrascht, dass sie seine Worte verstand.

Te'culum beherrschte denselben Dialekt wie Ay'mut, wenn sie mit ihr sprach. Erleichtert musterte sie den jungen Mann. Weder durch seine Kleidung noch durch sein Haar unterschied er sich von den anderen Männern. Er war von mittlerer Größe und schlanker, aufrechter Gestalt. Runa hatte auf ihrer Reise viele Männer kennengelernt, und sie ließ sich niemals vom ersten Eindruck täuschen. Es waren seine Augen und seine Stimme, die ihr verrieten, dass er ein aufrichtiger, gerechter und trotz seines jungen Alters weiser Mann war.

»Ich habe eine Botschaft zu überbringen«, sagte sie mit fester Stimme und erhobenem Haupt. »Ich weiß nicht, was sie bedeutet, denn sie ist mir nicht in meiner Muttersprache übermittelt worden, sondern in einer Sprache, die mir fremd ist. Die Botschaft wurde mir in einem Traum offenbart, und es wurde mir auferlegt, sie dorthin zu bringen, wo sie verstanden wird. Ich habe eine lange, eine sehr lange Reise hinter mir. Ich habe mein Heimatdorf und meine Familie seit mehreren Sommern nicht gesehen. Jetzt hoffe ich, dass ich mein Ziel erreicht habe.«

»Sag uns deine Botschaft«, forderte Te'culum Runa auf, seine braunen Augen aufrichtig und fest auf sie gerichtet.

»Mahmele Leeyem.« So lauteten die Worte, die ihr vor scheinbar unendlich langer Zeit im Traum zugeflüstert worden waren.

Ay'mut und Te'culum starrten sie an.

Runa blickte verwirrt von einem zum anderen.

Dann fing Ay'mut an zu lachen, und auch auf Te'culums Gesicht erschien ein Lächeln.

»Du hast dein Ziel erreicht«, sagte Ay'mut erfreut.

»Ihr könnt die Worte verstehen?«, brach es aus Runa

hervor. Wie erleichtert sie war! Wie lange hatte sie auf diesen Augenblick gewartet!

»Was bedeuten sie?«

Te'culum deutete auf eine Gruppe von Kindern, die unweit von ihnen unbefangen spielten und lachten.

»Das Lachen der Kinder«, sagte er in sanftem Ton. »Deine Botschaft bedeutet: Das Lachen der Kinder.«

Tränen traten in Runas Augen, als sie die spielenden Kinder erblickte, und ein befreiendes Lachen löste sich aus ihrer Kehle.

»Das Lachen der Kinder«, wiederholte sie bewegt. »Das ist wirklich die wichtigste – und die schönste – Sache auf der Welt!«

Ay'mut sah sie lange an.

»Da hast du recht«, sagte sie schließlich. »Ich will dir eine Geschichte erzählen. Es ist die Geschichte unseres Volkes ...« Sie überlegte einen Augenblick lang. »Wir haben nicht immer hier gelebt. Vor vielen Generationen sind wir von weit her gekommen, aus dem tiefen Süden, um der Versklavung zu entgehen.« Ay'mut tauchte ganz in die alten Geschichten ihres Volkes ein. »Unsere Vorfahren flüchteten auf leichten hölzernen Flößen nach Norden. Sie brachten nicht nur ihre Familien mit, sondern auch ihre Nahrung, wie die Kartoffel, die wir heute noch anpflanzen, und, wie man an unseren schönen Plankenhäusern sehen kann, ihre ganz besondere Bauweise. Unser Volk ist damals der Versklavung entkommen. Heute müssen wir uns nur vor den Plünderern schützen, die immer wieder von der Küste aus den Fluss zu uns heraufkommen.«

Eine Gänsehaut lief Runa über den Rücken, als sie an die Kanus mit den wild aussehenden Kriegern dachte.

Ay'mut wechselte schnell ein paar Worte mit Te'culum. Seine Augen weiteten sich vor Erstaunen. Runa ahnte, dass Ay'mut ihm von ihrem Kampf gegen die angreifenden Krieger berichtete.

»Wir sind dir zu großem Dank verpflichtet«, sagte Te'culum zu Runa. »Die Krieger, die uns dank deiner mutigen Tat nicht überfallen konnten, gehören zu einem Stamm, der an der Küste lebt. Sie kommen oft den Fluss herauf und plündern die nahe am Ufer gelegenen Dörfer. Sie rauben Vorräte, stehlen Frauen und Kinder und setzen die Dörfer in Brand.« Ein Schatten fiel über sein edles Gesicht.

»Lass mich bei euch bleiben, und euer Dorf wird für lange Zeit von Raubzügen verschont bleiben«, bat Runa mit fester Stimme. Entschlossen sah sie Te'culum an.

Das Lächeln, das er ihr daraufhin schenkte, ließ einen heißen Schauer über ihren Rücken laufen. Röte stieg ihr ins Gesicht. Und es verriet ihr, dass der junge Mann sie auch ohne ihr Angebot aufgefordert hätte zu bleiben.

»Es wäre uns eine Ehre, wenn du bei uns bleiben würdest«, sagte er. »Und bei mir.«

Eine behagliche Flut aus Wärme, Liebe und Dankbarkeit überkam Runa. Sie sah verlegen zu Boden und strich sich eine Haarsträhne aus dem Gesicht.

»Ohne Runas Einsatz würden unsere Kinder jetzt nicht mehr lachen«, betonte Ay'mut mit fester Stimme. »Aber was geschieht mit unseren Kindeskindern? Im Traum habe ich die ferne Zukunft derer gesehen, die nach uns kommen werden. Überall herrschen Unglück und Versklavung. Und das Unglück ist noch viel größer, weil die Menschen ihre Versklavung nicht spüren. Das Lachen der Kinder ist verstummt. Denn wo Versklavung regiert, gibt es keinen Platz mehr für unbeschwertes Kinderlachen …«

Einige Stammesmitglieder waren stehen geblieben

und hatten den Worten ihrer Medizinfrau gelauscht. Ein Raunen ging durch die Menge.

Ay'mut wandte sich direkt an die Umstehenden.

»Einige von euch mögen das Lachen der Kinder nicht als das Wichtigste empfinden. Das sind die, die wir die *Namenlosen* nennen. Diejenigen, die keinen Namen verdienen, weil sie keine Opfer erbringen, weil sie sich nicht um andere kümmern – nur um sich selbst. Deshalb haben sie keine eigenen Kinder, ihre Selbstbezogenheit lässt das nicht zu.« Sie sah einen nach dem anderen forschend an. »Kinder zu haben kostet viel Kraft und bringt viel Arbeit mit sich. Es erfordert Opferbereitschaft. Ist man dazu nicht bereit, zieht man keine Kinder groß, dann wird auch niemand da sein, um die Kindeskinder großzuziehen – die Menschheit wird bald aussterben.« Sie suchte nach den richtigen Worten. »Versteht doch! Das Lachen der Kinder *ist* der wichtigste Besitz der Menschen. Geht es verloren, so geht jegliches Leben verloren. Ist das Lachen der Kinder verstummt und vergessen, dann beherrschen Eigennutz und Krankheit unser Volk.« Ay'mut warf einen warnenden Blick in die Runde. »Erinnert euch an meine Worte. Erzählt euren Kindern und Kindeskindern von der beschwerlichen Reise, die Runa auf sich genommen hat, weil sie ihr durch einen Traum von den Geistwesen auferlegt wurde, und erinnert euch immer an die Botschaft, die sie euch heute überbracht hat. Möge ihre Geschichte euren Kindeskindern helfen, das Grauen zu besiegen, das ich in meinem Traum gesehen habe.«

Tief berührt von Ay'muts Worten, schloss Runa die Augen.

Kapitel 29

Gefunden

Chad, Heather und Meghali warteten schon seit sechs Stunden in ihrem provisorischen Lager auf Myras Rückkehr. Es war jetzt früher Nachmittag. Die Sonne stand hoch am Himmel, aber unter den hohen dicht wachsenden Zedern und Fichten war es kühl. Es fiel den dreien sehr schwer, einfach nur dazusitzen und zu warten, erst recht, weil Morris in der Nähe war.

Chad streckte seine müden Glieder. Er hatte die Umgebung sorgfältig beobachtet, seit Morris am Morgen unterhalb ihres Verstecks aufgetaucht war. Vergebens. Wie schon zuvor am abgestürzten Wagen, als es Chad gelungen war, Morris' Begleiter auszuschalten, war Morris selbst auch jetzt wieder spurlos verschwunden. Dennoch hatte Chad das untrügliche Gefühl, dass Morris noch immer in ihrer Nähe war.

Chad wollte nicht wagen, die Frauen allein zu lassen, schon gar nicht Myra, wann immer sie zurückkehrte. Zu schlafen wagte er auch nicht. Deshalb saß er auf der Erde, den Rücken gegen einen großen Felsbrocken gelehnt, und wartete schweigend.

Heather hatte ihren müden Körper auf den duftenden Waldboden gebettet und schlief ein wenig, eine Jacke als Kissenersatz unter dem Kopf.

Meghali war wach. In ihrer würdevollen Art saß sie neben Chad. Auch sie schwieg. Ihre dunklen Augen beobachteten aufmerksam die Umgebung. Nur ihre Finger, die mit einer langen Haarsträhne spielten, verrieten ihre innere Anspannung.

»Kannst du irgendetwas erkennen?«, fragte sie flüsternd, um die lastende Stille zu unterbrechen.

»Nein«, erwiderte Chad leise. »Alles ist ruhig. Viel zu ruhig«, setzte er hinzu.

»Myra wird zurückkommen«, sagte Meghali mit einfühlsamer Stimme und warf Chad einen aufmunternden Blick zu.

»Das ist es ja gerade, was mir Sorgen bereitet«, antwortete er. »Ich spüre deutlich, dass Morris irgendwo in der Nähe ist, ich kann nur nicht herausfinden, wo. Wenn ich ihn bloß in die Finger kriegen könnte, dann wäre Myra sicher …« Seine Stimme verriet seine Wut.

»Wir können nur abwarten«, meinte Meghali besänftigend.

Wieder legte sich Schweigen über das Lager.

Chad versuchte, ihre Lage einzuschätzen. In der Stadt konnte man die Illusion hegen, dass die Polizei einem helfen würde, wenn man in Not war. In der Wildnis jedoch blieb einem nichts anderes übrig, als sich der rauen Wirklichkeit zu stellen: Man war auf sich allein gestellt – immer. Und so war es auch jetzt.

Chad betrachtete die nähere Umgebung. Es gab viele Erhebungen und Senken. Große Zedern und Fichten wuchsen dicht beieinander, und Felsbrocken und dichtes Unterholz überwucherten den Boden und machten es beinahe unmöglich, schnell voranzukommen oder sich in der weiteren Umgebung zu orientieren. Niemand konnte weiter sehen als ein paar Schritte. Ein Bär konnte hinter dem nächsten Baum stehen, und man würde es nicht bemerken, weil das Unterholz zu dicht war. Man wusste nicht einmal, wo genau man selbst sich befand. Dazu müsste man ein Adler sein und hoch über die Bäume hinweggleiten – oder aber die Gegend so gut kennen, wie Chad es tat. Morris war zwar ein findiger Gegner, aber er kannte sich in der Wildnis nicht aus. Das bedeutete, dass es durchaus denkbar war, dass Morris sie erst viel später oder vielleicht sogar überhaupt nicht finden würde – auch wenn er ihrem Lager sehr nahe war.

Dann schweiften Chads Gedanken zu Myra. Er hatte sie erst vor kurzem kennengelernt und durch ihre Reisen in die Geisterwelt viel weniger Zeit mit ihr verbracht als die vierzehn Tage, die seit ihrem ersten Treffen verstrichen waren. Er konnte sich nicht erklären, woher die starken Gefühle kamen, die er für sie empfand. Er wusste nur eines, dass er sein Leben für sie hingeben würde. Ja, er war bereit zu sterben, um Myra zu retten. Das wurde ihm in diesem Augenblick bewusst.

Plötzlich knackte es leise im Unterholz. Sofort griff Chad nach seinem Revolver, der neben ihm auf dem Boden lag.

»Meghali, Heather. Jemand kommt!«

»Myra ...«, begann Meghali, aber Chad schüttelte den Kopf und bedeutete ihr, leise zu sein.

Heather erwachte und setzte sich auf.

Wieder knackte es leise.

»Versteckt euch«, flüsterte Chad den Frauen zu. »Ich werde versuchen, ihn zu überrumpeln.« Lautlos verschwand er im dichten Unterholz.

Auch Meghali und Heather verloren keine Zeit. Leise und vorsichtig krochen sie zwischen die schroffen Felsbrocken, die das Lager umgaben, und kauerten sich auf den Boden. Nichts geschah. Die Minuten schienen sich endlos hinzuziehen. Eine unheimliche Stille hatte sich über die Wildnis und das kleine Lager gelegt.

Plötzlich spürte Meghali, wie ein harter Gegenstand sich in ihren Rücken bohrte. Ihr Atem stockte. Morris!

»Hier drüben, Chad!«, schrie sie, um ihn zu warnen.

Morris stieß ein Knurren aus und schlug ihr hart gegen den Kopf. Meghali sackte zu Boden.

»Halt den Mund!«, zischte Morris. Er zog sie brutal auf die Beine und presste ihr wieder seine Pistole in den Rücken. Dann hielt er ihr eine dünne Schnur hin.

»Fessle die Alte.«

Meghalis Herz raste. Wo blieb Chad nur?

Mit zitternden Händen tat sie, was Morris von ihr verlangte.

»Schneller!«, rief Morris ungeduldig.

Kaum hatte Meghali Heathers Hände zusammengebunden, gab es ein leises Knacken im Unterholz, und Morris fuhr herum. Über ihm, auf einem der Felsen, stand Chad, sprungbereit, den Revolver in der Hand.

Blitzschnell zog Morris Meghali schützend vor sich und presste ihr den Lauf seiner Pistole an die Schläfe.

»Keine Faxen, Blue Knife!«, schrie er zu Chad hinauf. »Lass den Revolver fallen!«

Chad zögerte.

»Sofort!«, schrie Morris.

Chad gehorchte widerwillig.

»Komm runter, aber langsam.«

Chad ließ sich von dem Felsen gleiten.

»Fessle ihn!«, knurrte Morris und stieß Meghali von sich. Die Waffe hatte er auf Chad gerichtet. »Fest!«

Meghali ergriff das freie Ende der Schnur und tat wie ihr geheißen. Dann legte Morris auch ihr Fesseln an.

Meghali verzog schmerzhaft das Gesicht. Die Fesseln schnitten ihr ins Fleisch.

»Bewegt euch!«, rief Morris barsch. »Auf die Lichtung.«

Mühsam kletterten die drei über die schroffen Felsbrocken.

Als sie auf dem kleinen Lagerplatz angekommen waren, sah Morris sich suchend um, während er mit der Pistole vor den Gesichtern seiner Gefangenen herumfuchtelte.

»Morgenstern, du kommst besser auch raus, sonst wird es deinen Freunden schlecht ergehen!«, rief er.

»Sie ist nicht bei uns!«, zischte Chad.

»Myra Morgenstern!«, donnerte Morris. »Wo ist sie? Sie war mit euch im Wagen, ich habe es selbst gesehen!«

Chad sah Morris verächtlich an.

»Wir haben sie im Wald aus den Augen verloren«, sagte er mit finsterem Blick. »Dann haben wir uns verirrt. Deshalb haben wir dieses Lager aufgeschlagen.«

»Du, ein Indianer, verirrst dich im Busch? Du gibst auf? Erzähl mir keine Märchen!«

»Nicht jeder Indianer ist ein Geronimo«, erwiderte Chad ruhig. Er hatte nichts mehr zu verlieren. Morris hatte sie in seiner Gewalt. Das Einzige, was es zu retten galt, war Myras Leben – und dafür musste er Zeit gewinnen.

»Du hast meine Männer ausgeschaltet!«, zischte Morris.

»Sie haben sich wahrscheinlich auch verirrt«, gab Chad gelassen zurück.

Morris' Gesicht wurde zuerst feuerrot, dann kreidebleich.

Meghali und Heather gefror das Blut in den Adern.

Ein beißender Geruch breitete sich im Lager aus, ein Geruch, der von Morris auszugehen schien.

Der sprang auf Chad zu und drückte ihm seine Pistole unter das Kinn. »Myra Morgenstern ist im Reich der Ahnen«, donnerte er. »Im Reich, das ihr Indianer Geisterwelt nennt!« Er fuchtelte mit der Pistole wild durch die Luft. »Was meinst du, warum habe ich so großes Interesse an ihr? Wegen ihrem süßen Gesicht?«

Chad bewegte sich nicht.

»Sie hat Zugang zu der vollkommensten und mächtigsten Bibliothek der Welt! Zu einer lebenden Bibliothek! Das gesamte Wissen aus Jahrtausenden, die schamanistischen Fähigkeiten der Ahnen und all ihre Geheimnisse ... die Pyramiden, die Steinkugeln von Costa Rica, die unglaublichen Bauten Südamerikas ... Kennt man ihre Geheimnisse, dann besitzt man die Macht, die Welt zu beherrschen!«

»Hol dir deine Informationen selbst!«, rief Meghali wütend.

Morris warf ihr einen hasserfüllten Blick zu.

»Als Zeitreisender ist man immer ein Außenseiter, niemals ein Eingeweihter. Hat man aber Zugang zur Geisterwelt, dann schreitet man Seite an Seite mit den Ahnen als einer von ihnen ...« Morris' Züge verzerrten sich und spiegelten seine Gier nach einer solchen Gelegenheit.

Heather und Meghali hielten den Atem an. Morris war wahnsinnig, und sie waren ihm hilflos ausgeliefert!

»Es ist nett, dass du uns das alles erzählst, Morris«, sagte Chad so gelassen wie möglich. »Aber Myra wollte einfach nichts mehr mit dir zu tun haben und hat sich in die Wildnis abgesetzt.«

»Wir werden ja sehen«, zischte Morris. »Auf die Erde!«, befahl er.

Chad, Meghali und Heather gehorchten wortlos.

Morris durchsuchte das Lager nach Waffen. Er fand sowohl Chads Gewehr als auch die beiden Pistolen, die Chad den Komplizen von Morris im Wald abgenommen hatte. Morris versteckte die Waffen im Gebüsch, kehrte ins Lager zurück und bediente sich an den Lebensmittelvorräten seiner Gefangenen.

Die Stunden verstrichen. Chad, Meghali und Heather lehnten sich aneinander, um sich zu stützen. Die Frauen ließen voller Verzweiflung den Kopf hängen. Sie sahen keinen Ausweg aus ihrer lebensbedrohlichen Lage. Und irgendwann würde Myra aus der Geisterwelt zurückkehren …

Mit Einbruch der Dämmerung wurde es kühler. Chad, Heather und Meghali drängten sich enger zusammen, aber es half wenig. Sie froren, während Morris sich in ihre warmen Decken gehüllt hatte.

Plötzlich drangen leise Schritte an Chads Ohr. Er hielt den Atem an, während er verzweifelt daran dachte, was nun unweigerlich folgen würde.

Myra war zurück.

Kapitel 30

Antworten

Myra fand sich in der Wildnis wieder, und zwar an genau der Stelle, wo sie sich vor scheinbar unendlich langer Zeit von Chad verabschiedet hatte.

Dämmerung legte sich über die Berge, und abendliche Stille umhüllte die Wildnis und alle Lebewesen, die sich darin aufhielten.

Myra blickte sich suchend um. Niemand war zu sehen. Dann fielen ihr Chads warnende Worte zum Abschied wieder ein, und sie entschloss sich, nicht nach ihm zu rufen. Stattdessen stieg sie vorsichtig und so leise sie konnte, die kleine Anhöhe hinauf, auf der sich ihr Lagerplatz befand.

Ein ungutes Gefühl überkam sie. Myra wusste, dass Chad sie eigentlich hören müsste, und es wunderte sie, warum er ihr nicht entgegenkam.

Dann endlich hörte sie eine leise Stimme, und sie atmete erleichtert auf.

»Myra, bist du es?«

Es war Heather.

»Ja«, flüsterte sie.

»Die Luft ist rein«, entgegnete Heather. Aber sie war nirgendwo zu sehen.

Myra wurde argwöhnisch. Warum wartete Chad nicht auf sie? Das hatte er doch bisher immer getan, wenn sie zurückkam … Sie ging langsamer und beschloss, das Lager auszukundschaften, bevor sie sich zeigte.

Vorsichtig spähte sie um einen der großen Felsbrocken, die das Lager umgaben, und ... blickte direkt in den Lauf von Morris' Pistole!

Ehe sie sich von dem Schock erholen konnte, hatte Morris sie am Arm gepackt und hinter dem Felsen hervorgezogen. Gleich darauf versetzte er ihr einen heftigen Stoß in den Rücken, so dass sie in der Mitte des Lagerplatzes zu Boden fiel.

»Chad!«, stieß Myra verzweifelt aus. Sie hatte sich den Kopf derart angestoßen, dass sie im ersten Augenblick nur verschwommen sehen konnte. Als ihre Sicht endlich wieder klar wurde, entdeckte sie im fahlen Licht der Dämmerung Heather, Meghali und ... Chad! Alle waren gefesselt!

»Warum ...?« Ihr Blick richtete sich anklagend auf Heather.

»Er hatte seine Pistole an Chads Kopf ...« Heather begann zu schluchzen.

»Sag nichts!«, rief Chad Myra zu. Morris schlug ihm hart ins Gesicht.

»Was geht hier vor?«, rief Myra verärgert aus und richtete sich auf.

»Genau das will ich von dir wissen, Morgenstern«, fiel Morris ihr ins Wort. »Ich denke, es ist höchste Zeit, dass wir uns ein bisschen unterhalten. Und keine Tricks.«

Myra tat so, als würde sie kein Wort verstehen.

»Worüber denn?« Sie wusste nur zu gut, was Morris von ihr wollte. Aber hier ging es nicht nur um sie. Es ging auch um das Leben ihrer Freunde. Sie musste unbedingt Zeit gewinnen.

»Denkt ihr alle, ich wäre ein Idiot?«, explodierte

Morris. Sein Kopf lief rot an, und Spucke flog in hohem Bogen über den Lagerplatz. Dann atmete er ein paarmal tief durch und beruhigte sich wieder.

»Natürlich geht es um den Talisman, Morgenstern. Um das Reisen in die Geisterwelt, um die Geheimnisse und die Macht der Ahnen … Sag *du* es mir, *du* warst dort!«

Myras Augen weiteten sich vor Erstaunen, und sie zuckte mit den Schultern.

»Ich? Ich habe nur einen kleinen Abendspaziergang in der Wildnis gemacht und …«

Mit einem katzengleichen Sprung war Morris an ihrer Seite. Er packte sie am Kinn und drückte den Lauf seiner Pistole an ihre Schläfe.

»Ich warne dich! Die Spielchen sind vorbei! Fang an zu erzählen! Los!«

Myra kniff die Lippen zusammen und warf einen flüchtigen Blick auf ihre Freunde.

Chad sah sie eindringlich an und schüttelte fast unmerklich den Kopf.

»Lass mich los, sonst werde ich dir gar nichts erzählen und mein Wissen mit ins Grab nehmen!«, zischte Myra.

Morris lockerte den Griff.

»Fang schon an!«, forderte er sie mit harscher Stimme auf.

»Vorher erzählst du mir, für wen du arbeitest und was du mit dem Wissen machen willst«, entgegnete Myra kühl.

Morris lachte höhnisch auf und schüttelte den Kopf.

»Warum sollte ich das tun?« Er überlegte kurz. »Aber warum eigentlich nicht? … Außer euch wird es sowieso niemand erfahren.« Er lachte über seinen Scherz. »Die Firma, für die ich arbeite, will Macht, weltumspannende Macht ... und natürlich Weltfrieden.« Wieder ertönte sein bellendes Lachen. »Aber natürlich nicht mit diesem Menschenpack, das unseren Planeten bevölkert ... Wir werden ein Versklavungssystem ins Leben rufen, das uns die Dinge verschafft, die wir zum Leben benötigen. Der Rest von euch ...« Er zeigte auf die Gefangenen. »Ihr alle seid dann überflüssig!« Er lachte amüsiert auf. »Na, vielleicht haben wir Verwendung für jemanden wie dich, Morgenstern. Mit deinem hübschen Gesicht ...«

Myra starrte ihn ungläubig an. »Dieser kleine Plan hat schon im Mittelalter nicht funktioniert«, stellte sie trocken fest. »Erinnerst du dich? Die Pest raffte die Hälfte der Bevölkerung dahin, und die Adligen hatten niemanden, der die Arbeit für sie erledigte. Das gab den Menschen die Möglichkeit, Arbeitskonditionen und Löhne zu bestimmen.«

»So ein Problem wird bei uns gar nicht erst auftreten«, gab Morris gelangweilt zurück.

»Man kann nicht alles im Voraus planen, Morris, vergiss das nicht«, zischte Myra angewidert. »Oft kommt einem etwas Unerwartetes dazwischen, das alle Pläne zunichtemacht.«

»Wir haben uns abgesichert«, meinte Morris lediglich.

»Von welcher *Firma* sprechen wir hier eigentlich?«

Morris machte eine ausladende Handbewegung.

»Sie hat tausend Namen und gleichzeitig keinen einzigen ...«, erwiderte er überheblich. »Wusstest du, dass man nur zehn, höchstens zwölf Menschen benötigt, um ein ganzes Land zu regieren? ... Um die ganze Welt zu beherrschen? Und *ich* werde einer dieser Auserwählten sein.« Seine Augen glänzten vor Begierde.

Myra sah in kopfschüttelnd an.

»Du und deine Freunde, ihr müsst sehr ängstliche Menschen sein. Wovor habt ihr solche Angst?«

»Angst?«

»Ja. Nur Menschen, die von Angst und Selbstzweifeln aufgefressen werden, sehen keine andere Lösung, als ihre Mitstreiter umzubringen.«

»Du hast ja keine Ahnung!«, spie Morris verächtlich aus.

»Ihr habt Angst, dass die Menschen herausfinden, welche Fähigkeiten in jedem Einzelnen von ihnen schlummern, wer sie wirklich sind!«, rief Heather mit furchtloser Stimme durch das Lager. »Denn dann würden sie sich gegen dich und deinesgleichen zur Wehr setzen, und ihr wäret gezwungen, endlich einmal in den Spiegel zu schauen und eure eigenen Schwächen zu erkennen.«

Morris richtete seine Pistole auf Heather.

»Halt den Mund, alte Frau! Du weißt gar nichts!«, donnerte er.

Heather senkte schweigend den Kopf, ein wissendes Lächeln auf dem Gesicht.

»Woher willst du wissen, dass deine *Firma* dich nicht auch entsorgt, sobald du ihr das gebracht hast, wonach sie sucht?«, sagte Myra, um Morris von Heather abzulenken.

»Ich bin zu schlau, um mich austricksen zu lassen«, entgegnete Morris überlegen, und der gierige Blick kehrte in seine Augen zurück. »Mit der Technologie von morgen und der Vielschichtigkeit unserer Kultur werden wir die höchstentwickeltste Menschengruppe sein, die es je auf diesem Planeten gegeben hat!«

»Nachdem ihr Milliarden von Menschen umgebracht habt!«, warf Myra trocken ein. »Wahrhaftig, sehr hochentwickelt! Das ist nichts Neues, das hört sich irgendwie sehr bekannt an.«

Morris verzog das Gesicht.

»Was weißt du denn schon!«, zischte er.

»Oh, ich weiß zum Beispiel, dass Kulturen nicht die *Technologie von morgen* benötigen, um vielschichtig und hochentwickelt zu sein«, fuhr Myra angewidert auf. »Hochentwickelte Völker können sehr einfach leben und trotzdem – oder gerade deshalb – glücklich sein. Ich habe es selbst gesehen.«

»Was uns zu unserem Ausgangspunkt zurückbringt«, stellte Morris selbstzufrieden fest. »Es ist Zeit, dass du mir erklärst, wie du es anstellst, in die Geisterwelt zu reisen, Morgenstern ... *Dass* du es tust, daran besteht kein Zweifel ... Dann können wir die Sache ein für alle Mal zu Ende bringen«, fügte er ungeduldig hinzu.

Die Sache zu Ende bringen, dachte Myra. *Das bedeutet für Morris, uns vier umzubringen.* Laut sagte sie: »Ich werde es dir zeigen, wenn du es unbedingt wissen willst. Aber vorher habe ich noch eine letzte Frage.«

»Was denn noch?«, fuhr Morris auf.

»Wie hast du es geschafft, uns andauernd aufzuspüren? Hast du bei irgendjemandem von uns einen Sender oder etwas Ähnliches versteckt?«

Morris lachte auf.

»Meine Liebe, ich weiß wirklich nicht, wie du es schaffst, in die Geisterwelt zu reisen, wenn du noch nicht einmal *das* herausfinden konntest ... Aber ich will mal nicht so sein. Es stimmt, ich hatte euch einen Sender zugesteckt. Er war in die Visitenkarte eingebaut, die ich dir gegeben habe und die du leider sofort in den Müll geworfen hast. Daher musste ich mich einer anderen Methode bedienen, um euch folgen zu können.« Er machte eine kurze Pause. »Es war eure DNA, die mich zu euch geführt hat«, erklärte er triumphierend.

»Unsere DNA?«, wiederholte Myra ungläubig. Ein kalter Schauer lief ihr über den Rücken.

»Meine Firma hat – zwanzig Jahre in der Zukunft – eine Methode entwickelt, Personen mit Hilfe ihrer DNA ausfindig zu machen, egal, wo auf der Welt sie sich aufhalten oder in welcher Zeit sie sich befinden. Das funktioniert in etwa so wie ein GPS-Gerät, nur dass wir statt bestimmter Punkte auf der Erdoberfläche bestimmte Personen ausfindig machen können«, dozierte er mit vor Begeisterung glänzenden Augen. »Die Methode hat allerdings einige Nachteile: Man braucht sehr lange, um die Informationen zu verarbeiten, und der Standort der gewünschten Person und die Zeit, wann sie sich dort aufhält, sind nur ungefähr angegeben. Deshalb bin ich manchmal leider etwas zu früh oder zu spät an den Orten gewesen, an denen ihr euch aufgehalten habt. Mit dem Sender wäre es schneller und exakter gegangen.«

»Woher hast du unsere DNA-Daten?«, fragte Myra entsetzt.

»Wir haben einen winzig kleinen Chip in meine Handfläche implantiert. Wenn ich jemandem die Hand gebe, werden seine DNA-Daten aus Schweiß und mikroskopisch kleinen Hautpartikeln von dem Chip gespeichert. So einfach ist das.« Der selbstzufriedene Ausdruck war auf Morris' Gesicht zurückgekehrt.

»Wir haben uns nie die Hand gegeben«, sagte Myra zögernd.

»Nicht in der Gegenwart«, erwiderte Morris überheblich. »Aber in der Zukunft. Die DNA verändert sich ja nicht, also ist es mir gleich, aus welcher Zeit die Daten stammen.«

»Wenn du in die Zukunft reisen kannst, warum dann nicht auch in die Vergangenheit? Wofür brauchst du mich?«

»Erstens *reise* ich nicht in die Zukunft, ich *stamme* aus der Zukunft. Meine Gegenwart ist eure Zukunft. In zwanzig Jahren. Die von uns entwickelte Methode, an der ich intensiv mitgearbeitet habe«, ein Schimmer von Wahn erschien auf seinem Gesicht, »erlaubt es uns leider nicht, weit in die Zukunft zu reisen. Reisen in die Vergangenheit sind dagegen möglich, aber sie sind noch stark begrenzt. Bisher gelingt es uns nur, zehn bis zwanzig Jahre zurückzugehen. Um den Talisman zu finden, müsste man jedoch weit in die Vergangenheit zurückreisen, Tausende von Jahren, und viel Zeit mit den Ahnen verbringen, oder man müsste seinen jetzigen Aufenthaltsort kennen. Ich habe alles versucht, den Talisman in der mir zur Verfügung stehenden Zeitspanne ausfindig zu machen. Vergebens. Darum ist es mir so wichtig, herauszufinden, wie du in die Welt der Geister reist und wie du von ihren Geheimnissen erfährst.«

»Ich verstehe«, meinte Myra nachdenklich. »Aber wie kommst du selbst von der Zukunft hierher in unsere Gegenwart?«

»Das ist so genial, das konnte nur mir einfallen!«, rief Morris wie in einem Siegesrausch.

Myra sah ihn herausfordernd an.

»Also gut«, meinte er kühl. »Mein Geheimnis wird diese Lichtung ohnehin nicht verlassen. Ich versuche, es möglichst einfach auszudrücken.« Er räusperte sich wichtigtuerisch. »Die Methode, die ich entwickelt habe, basiert ebenfalls auf den genetischen Informationen eines Menschen. Es ist nicht notwendig, dass ich meinen Körper durch Zeit und Raum schicke. Es reicht, wenn ich meine genetischen Informationen sende und diese auf einen vorher sorgfältig ausgewählten Gastkörper übertrage.«

Die Art und Weise, wie Morris *Gastkörper* sagte, ließ Myra erschauern.

»Der Gastkörper nimmt dann meine Körperform und mein Wesen an, mein Wissen und meine Erinnerung eingeschlossen. Manchmal gibt es unerhebliche Abweichungen«, stellte er wie nebenbei fest, »weil ein kleiner Teil der ursprünglichen DNA erhalten bleibt, aber das ist nicht von Belang.«

Deshalb siehst du jedes Mal irgendwie anders aus, dachte Myra. *Ich habe es bemerkt, konnte aber nie genau sagen, was wirklich anders war.*

»Ich wähle also einen Menschen aus, von dem ich weiß, dass er sich in der Zeit, in die ich reisen möchte, nahe dem Ort aufhält, an den ich gelangen möchte. Das lässt sich aufgrund der DNA-/GPS-Suche einfach feststellen. Ich brauche nur unsere riesige Datenbank nach einer geeigneten Person zu durchsuchen. Diese Person dient als Leitfaden durch Zeit und Raum und ermöglicht es mir, meine genetische Struktur zu senden. Diese zerstört die genetische Struktur des Gastkörpers, und er nimmt mein Erscheinungsbild an. Ganz einfach.«

Wieder blitzte der Wahnsinn in Morris' Augen auf, und Myra gefror das Blut in den Adern. Leise und erfüllt von einer schrecklichen Vorahnung, fragte sie: »Was passiert mit den Gastkörpern – mit den *Menschen,* in deren Körper du eindringst –, wenn du in deine Zeit zurückkehrst?«

Morris machte eine wegwerfende Handbewegung.

»Der Gastkörper löst sich in eine Wolke aus Staub auf und wird nie wieder gesehen«, erwiderte er kaltherzig.

Ein Schauer des Entsetzens lief Myra über den Rücken.

»Jedes Mal wenn du in die Vergangenheit reist und in deine Gegenwart zurückkehrst, stirbt und verschwindet ein Mensch in der Zeit, die du besucht hast«, stellte sie mit leiser Stimme fest. Mit Grauen dachte sie an all die spurlos verschwundenen Menschen, nicht nur aus ihrer Umgebung, sondern überall auf der Welt, besonders aber an die erst vor kurzem verschwundene Tochter von Susie Standing Bear.

»Sie haben keine Schmerzen.« Das war alles, was Morris dazu zu sagen hatte.

Myras Gedanken überschlugen sich.

»Warum hast du nicht einfach uns als Gastkörper ausgewählt?«, wollte sie plötzlich wissen. »Du willst uns sowieso töten ... Was wäre einfacher gewesen?«

»Gar nicht so dumm«, entgegnete Morris. »Natürlich ist mir dieser Gedanke auch gekommen. Aber irgendetwas hat nicht funktioniert. Bei euch sind wir auf eine Art Sperre gestoßen, und so konnten wir keinen von euch erfolgreich als Gastkörper verwenden«, meinte er verärgert. »Ich denke, es hat irgendetwas mit deinen Reisen in die Geisterwelt zu tun«, setzte er grimmig hinzu und sah Myra missmutig an.

Der Talisman, ging es Myra durch den Kopf, *er hat nicht nur Runa und Erdis beschützt, sondern auch uns!*

Morris war mit seiner Geduld am Ende.

»Genug davon. Jetzt bist du dran. Du hast vierundzwanzig Stunden Zeit, um den Talisman zu beschaffen. Keine Sekunde länger. Hältst du dich nicht daran, werde ich deine Freunde töten.«

Myra sah ihn mit finsterer Miene an.

»Ich kann nicht beeinflussen, *wo* ich auf meinen Reisen in die Geisterwelt lande, *was* mir gezeigt wird oder *wann* ich zurückkehre. Ich habe keine Ahnung, wo der Talisman sich befindet! Lass die anderen gehen und gib mir mehr Zeit!«

Morris lachte höhnisch auf.

»Das würde dir so passen! Lass dir etwas einfallen, die Zeit läuft …«

»Also gut«, entgegnete Myra kühl und versuchte, ihre Wut zu unterdrücken. Sie warf Chad einen kurzen Blick zu, versuchte, ihm wortlos zu verstehen zu geben, dass es keinen anderen Ausweg gab. Sie musste es versuchen.

Myra schloss die Augen und bemühte sich, alle Gedanken aus ihrem Kopf zu verdrängen. Gleich darauf setzte das seltsame Ziehen in ihrem Körper ein, und schon im nächsten Augenblick war Myra aus dem Lager verschwunden!

Kapitel 31

Täuschung

»Ihr habt eure Tochter, jetzt bring mir den Talisman!«, donnerte Morris und zog eine Pistole unter dem Jackett hervor.

Sein harscher Ton hallte in Myras Ohren wider. Ihre Sicht klärte sich, und das seltsame Ziehen ließ nach. Der Wechsel war vollzogen.

»Schon gut, schon gut!«, rief Chad. »Keine Gewalt! Wir wollen den Talisman nicht! Wir wollen nur Emma.« Die Gedanken in Chads Kopf wirbelten durcheinander. Morris wollte, dass er den Talisman zu ihm brachte. Morris selbst würde stehen bleiben und nicht in die Grube stürzen. Ihr Plan würde nicht aufgehen! Wieso hatte er diese Möglichkeit nicht bedacht?

Langsam, um Zeit zu gewinnen, ging Chad auf Morris zu, den Talisman in der ausgestreckten Hand. Die Grube lag genau zwischen ihnen. Noch zwei Schritte, und Chad würde in ihre eigene Falle laufen oder aber er würde, indem er auswich, Morris zu erkennen geben, dass etwas nicht stimmte. Er warf Myra einen Blick zu. Sie hielt Emma umschlungen, das Gesicht kreidebleich. Sie sah ihn entsetzt an. Sie wusste, warum er zögerte.

»Mach schon!«, rief Morris ungeduldig.

Chad tat einen weiteren Schritt auf ihn zu.

Myra suchte verzweifelt nach einem Ausweg. Aber was sollte sie tun?

Es muss einen Ausweg geben, flüsterte sie wieder und wieder. *Es muss!*

Plötzlich stolperte Chad. Myra konnte an seinem entsetzten Gesichtsausdruck ablesen, dass es keine Absicht gewesen war. Der gefälschte Talisman flog in hohem Bogen durch die Luft und schien eine kleine Ewigkeit lang über ihnen zu schweben.

Habe ich das durch meine Gedanken geschehen lassen?, ging es Myra durch den Kopf.

Chad prallte unsanft auf dem Boden auf.

Morris sah den Talisman durch die Luft fliegen. Er sprang hoch, um das wertvolle Stück zu retten. Dann rollte er sich gekonnt am Boden ab.

Chad witterte seine Chance. Rasch zog er seinen Revolver aus dem Hosenbund. Aber Morris war schneller. Er richtete seine Pistole auf Chad. In der anderen Hand hielt er den Talisman.

»Lass den Revolver fallen!«, schrie er.

Chad zögerte.

»Los!«, schrie Morris wieder, die Hand fest um den falschen Talisman geschlossen.

Chad wusste, sie hatten verloren. Morris hatte den Talisman, er würde sie nicht gehen lassen. Es gab nur einen Ausweg.

Chad sah Myra entschlossen an.

»Nein!«, schrie sie, als sie seine Absicht erkannte, und ließ Emma los.

Chad sprang auf Morris zu, ohne sich um die Konsequenzen zu kümmern. Sein Revolver fiel ihm aus der Hand. Die Männer stürzten zu Boden.

Verbissen kämpfte Chad um sein Leben und damit zugleich um das von Myra und Emma. Mehrmals löste sich ein Schuss aus Morris' Pistole und peitschte durch die Wildnis.

»Chad!« Myra hatte das Gefühl, ihr Körper wäre schwer wie Blei.

Plötzlich streifte eine Kugel Emma am Arm. Das Mädchen schrie auf.

»Oh, Gott!«, stieß Myra entsetzt aus. Sie musste ihre Tochter in Sicherheit bringen! Sie drehte sich um und zog sie aus der Lichtung hinaus.

Da wurden Schritte laut. *Meghali,* schoss es ihr durch den Kopf.

Doch schon im nächsten Augenblick war ihre Hoffnung zerstört. Es war der Mann, der mit Emma im Wagen gewartet hatte. Wie Morris trug er einen schwarzen Anzug, und auch er hielt eine Pistole in der Hand. Der Mann stürmte an Myra und Emma vorbei, die wie angewurzelt stehen geblieben waren, und zielte auf Chad.

Myra hielt entsetzt den Atem an.

Ein jäher Schuss ertönte durch den Wald. Der Unbekannte sackte reglos zu Boden.

Myra sah sich erstaunt um und entdeckte Meghali, die das Gestrüpp, das die kleine Lichtung umgab, auseinanderschob, Chads Revolver in der Hand.

Myra beobachtete, wie Meghali verzweifelt versuchte, Chad zu helfen. Immer wieder zielte sie auf Morris, drückte aber nicht ab. Sie konnte es einfach nicht riskieren, Chad zu treffen!

Abermals löste sich ein Schuss aus Morris' Pistole, gefolgt von einem metallischen Klicken. Das Magazin war leer. Chad schöpfte neue Kraft.

Doch dann hallten Schreie durch den Wald. Chad erkannte Myras Stimme und sah sich um.

Sofort riss Morris seine Hand los und schlug Chad hart ins Gesicht. Mit einem überlegenen Grinsen wälzte er sich zur Seite, ergriff den am Boden liegenden falschen Talisman und drückte einige Sekunden lang auf den blauen Siegelring, den er auch heute an seiner rechten Hand trug. Im nächsten Augenblick hing eine große Staubwolke über der Stelle, an der Morris eben noch gelegen hatte. Morris selbst war verschwunden.

Chad stand mühsam auf. Die Wunde an der Schulter, die Morris ihm auf dem Parkplatz von Squalath zugefügt hatte, brannte wie Feuer, und sein Kiefer schmerzte.

»Chad, schnell!«, schrie Meghali, die stets so sanfte Stimme schrill vor Entsetzen, und sprang hinter dem Gebüsch hervor. »Es ist Myra!«

»Dad! Dad! Mom braucht Hilfe!« Emmas verzweifelte Stimme drang durch die Stille der Wildnis. Sie kniete neben ihrer Mutter, die Hände blutverschmiert.

Chads Herz krampfte sich zusammen. So schnell er konnte, lief er zu seiner Frau hinüber.

Myra lag am Boden. Ihr Pullover war blutgetränkt, ihr Gesicht blass und schmerzverzerrt. Sie hatte die Augen geschlossen. Ihr Brustkorb hob und senkte sich in unregelmäßigen Abständen. Emma und Meghali waren über sie gebeugt.

»Morris' letzte Kugel hat Myra in die Brust getroffen«, schluchzte Meghali mit tränenerstickter Stimme. Sie sah Chad hilfesuchend an.

Chad fiel neben Myra auf die Knie, das Gesicht starr vor Entsetzen.

»Nein!« Chads markerschütternder Schrei echote durch die Wildnis.

Myra öffnete langsam die Augen.

Chad ergriff ihre Hand und blickte sie flehend an.

»Myra«, hauchte er.

Aber Myras Blick ruhte nur einen kurzen Augenblick auf Chad. Dann schweifte er suchend umher, bis er Meghali fand.

»Erdis!«, flüsterte sie aufgeregt. »Du musst Runa schützen!« Sie nahm Emmas Hand und legte sie in Meghalis. »Sie weiß, wo der Talisman ist. Du musst ihr helfen, ihn zu hüten!«

Eine Welle des Schmerzes überkam Myra, und sie schloss die Augen. Als sie sie wieder öffnete, suchte sie Chads Blick.

»Ich habe diese Bilder gesehen«, hauchte sie. »Eine mächtige Schamanin aus längst vergangener Zeit ... Sie ist die Hüterin des Talismans ... Emma ist ihr Ebenbild und ...« Ihre Stimme brach, und ihre Augen schlossen sich.

Tränen liefen über Chads Gesicht. Liebevoll strich er Myra das schweißnasse Haar aus der kalten Stirn.

»Wir brauchen einen Arzt!«, rief er.

Meghali nahm ihr Handy und drückte mit zitternden Händen auf die Tasten. Sie ging ein paar Schritte zur Seite, um Myra nicht unnötig zu beunruhigen. Chad hörte, wie sie einen Notarzt anforderte.

Myra atmete schwer. Sie fühlte den Schmerz in jedem Teil ihres Körpers. Die Kugel, die sie nahe am Herzen getroffen hatte, schien ihr alle Kraft zu rauben. Sie spürte, ihr blieb nicht mehr viel Zeit. Sie versuchte zu sprechen, aber es gelang ihr nicht. Sie hustete, und Blut quoll zwischen ihren Lippen hervor.

»Mom!«, schrie Emma entsetzt auf.

»Emma«, flüsterte Myra. »Dein Arm ...?«

Emma beugte sich über ihre Mutter. Tränen liefen ihr über die Wangen und benetzten Myras Haar.

»Nur ein Streifschuss, Mom«, antwortete das Mädchen mit bebender Stimme. »Mach dir keine Sorgen.«

Mit letzter Kraft hob Myra die Hand und legte sie auf Emmas verletzten Arm. Das Mädchen zuckte zusammen, hielt jedoch still. Ein seltsames Kribbeln zog durch ihren Arm.

Myra lächelte sie aufmunternd an. Dann sank ihre Hand zu Boden.

»Dad!« Emma sah ihren Vater sprachlos an. Von der Wunde war nichts mehr zu sehen. Nur ihr Shirt wies einen Riss auf.

»Meine liebste Myra«, flüsterte Chad mit tränenerstickter Stimme und strich liebevoll über ihr kleines vertrautes Gesicht. »Es ist nicht Emma, die besondere Kräfte besitzt. *Du* bist es.« Er musste sich räuspern, um weitersprechen zu können. »Ich habe es geahnt … Ich hätte es verhindern sollen …«

Die geliebten Stimmen von Chad und Emma schienen immer leiser zu werden. Myra bemühte sich, sie zu verstehen, aber es gelang ihr nicht.

Schließlich gab sie auf und schloss die Augen. Die Schmerzen kamen nicht mehr in Wellen, sie waren jetzt immer da. Das Atmen fiel ihr schwerer und schwerer, und ihr war, als sinke sie tiefer und tiefer in eine dunkle See.

»Mama, bleib bei uns!«, schrie Emma verzweifelt auf.

Myra spürte, wie jemand ihr die eigene Hand auf ihre Wunde legte. Einen Augenblick lang ließ der Schmerz nach, und sie konnte besser atmen. Aber sie wusste, dass es nur vorübergehend sein würde. Sie war zu schwach, um sich selbst heilen zu können.

»Es hat keinen Zweck, Emma«, verzagte Chad. »Sie ist zu schwach.«

Myra spürte, wie Chad ihre Hand ergriff und sie fest drückte. Emma tat das Gleiche mit der anderen Hand. Myra fühlte sich besser. Sie war nicht allein in der dunklen See.

Mit letzter Kraft öffnete sie ihre braungrünen Augen, aus denen der Glanz erloschen war, und suchte Chads geliebtes Gesicht.

»Ich liebe dich«, hauchte sie.

»Und ich liebe dich«, flüsterte Chad.

Myra schloss die Augen. Der Schmerz wich.

Stille und Frieden umgaben sie.

Sie lächelte.

Kapitel 32

Der Kreis schließt sich

Runa öffnete die Augen. Die Stille des frühen Morgens und der herrliche Duft des Frühsommers strömten in die geräumige Hütte aus Zedernplanken, die nun seit vielen, vielen Jahren ihr Zuhause war. Das fahle Licht der Morgendämmerung fiel auf Te'culum, der friedlich neben ihr schlief.

Liebevoll betrachtete Runa sein Gesicht. Wie viele Jahre waren vergangen, seit sie das Dorf zum ersten Mal betreten hatte! Bilder längst vergangener Tage zogen vor ihrem geistigen Auge vorbei. Am Ende ihrer langen Reise, nachdem sie das Dorf ihrer Geburt hatte zurücklassen müssen, ihre Familie und Freunde, insbesondere Erdis, hatte sie hier, in diesem kleinen Dorf in diesem fremden, aber wunderschönen Land, ein neues Zuhause, ein neues Leben gefunden – und Liebe.

Sie dachte an ihre Begegnung mit der Weißen Vogelfrau am Ufer des Flusses, als ihr nichts geblieben war außer ihrem Glauben und ihr Vertrauen in die Geister.

Dann schweiften ihre Gedanken zu Ay'mut, die sie damals mit dem Kanu am Fuß der schwarzen Felsen abgeholt und ihr den Umhang aus Rabenfedern überreicht hatte. Ay'mut … Schon so viele Jahre waren vergangen, seit die weise Medizinfrau die lange Reise zu den Ahnen angetreten hatte. Vorher aber hatte sie dafür gesorgt, dass Runa sich in der Dorfgemeinschaft wohl fühlte. Sie hatte ihr geholfen, die Sprache des Stammes zu erlernen und sich eine angesehene Stellung unter den Menschen des Dorfes zu verschaffen.

Runa selbst, still und demütig, wie es ihrem Wesen entsprach, hatte ihre Fähigkeiten eingesetzt, um den Menschen, mit denen sie lebte, zu helfen. Die Dorfbewohner schätzten ihre schamanistischen Fähigkeiten und ihr Vertrauen in die Geisterwesen. Runa hatte den Menschen des Dorfes verschiedene neue Zeremonien gezeigt, die ihnen halfen, gesund und glücklich zu bleiben und sich vor dunklen Mächten zu schützen. Und mit jedem Tag war der Respekt vor Runa gewachsen. Schließlich hatte sie den jungen Häuptling Te'culum geheiratet, der ihr durch seine Güte und seine Stärke schon am ersten Tag im Dorf aufgefallen war.

Noch vor ihrem Abschied aus dem Dorf ihrer Geburt auf der anderen Seite des großen Wassers hatte Runa sich gewünscht, die alten Sitten beibehalten zu können und von den Veränderungen, die der Wandel zur Sesshaftigkeit und Landwirtschaft mit sich brachte – wie dem Gebrauch von Metall –, verschont zu bleiben. Durch ihre lange Reise über Land und Meer bis hin zu dem fremden Kontinent und durch die Ankunft in dem kleinen Dorf am Ufer des mächtigen Flusses war ihr dieser Wunsch schließlich erfüllt worden. Te'culums Dorf war gegen äußere Einflüsse abgeschirmt, und die Menschen, die dort lebten, folgten den alten Lebensweisen. Sie waren Fischer, Sammler und Jäger und wussten nichts von Waffen oder Werkzeugen aus Metall. Es war ein Leben, wie Runa es liebte, und sie genoss es sehr.

Ganz besonders aber war ihr Herz erfüllt von Dankbarkeit für Te'culum. Denn ohne ihn oder ihre vielen gemeinsamen Kinder hätte ihrem Leben das Wichtigste gefehlt.

Runas Kinder waren nun erwachsen und hatten längst selbst Kinder und Enkelkinder. Und Te'culums Haar war seit langer Zeit nicht mehr schwarz, sondern silberweiß. Trotzdem hatte er seine Lebenskraft und seine schlanke, muskulöse Figur behalten. Runa lächelte im grauen Licht der Morgendämmerung. Ihr eigenes Haar war auch längst nicht mehr hellblond. Irgendwann hatte die Farbe von *Mondlicht* zu *Licht* gewechselt. Ihr Gesicht war inzwischen über und über mit Falten bedeckt, und ihr Körper ermüdete schnell. Aber wahre Schönheit leuchtete von innen, und die Bewohner des Dorfes sahen dieses innere Leuchten jedes Mal, wenn sie ihrer weisen Schamanin begegneten.

In letzter Zeit wurde Runa jedoch oft von Träumen heimgesucht. Es waren Träume von ihrem alten Begleiter, dem Talisman. An diesem Morgen war sie mit dem Gefühl aufgewacht, irgendetwas Wichtiges würde geschehen, und sie spürte eine unerklärliche Unruhe.

Nun, nachdem sie ihr Leben noch einmal in Gedanken durchschritten hatte, wusste sie, was zu tun war. Sie strich Te'culum liebevoll über die Schulter und weckte ihn vorsichtig.

»Ich lasse dich nicht gern allein, aber ich habe heute etwas Wichtiges im Wald zu tun«, sagte sie sanft.

Te'culum gähnte und streckte sich.

»Ich verstehe«, entgegnete er mit seiner tiefen, wohlklingenden Stimme, die in Runa noch immer Herzklopfen hervorrief. »Mach dir keine Gedanken, meine Liebste. Wir werden immer zusammen sein, du wirst sehen ... Küss mich zum Abschied, und sei vorsichtig.«

Runa musste lächeln. Sie beugte sich zu ihm hinunter und küsste ihn zärtlich. Eine Zeitlang saß sie noch neben ihm, hielt seine Hand und betrachtete liebevoll sein vertrautes Gesicht mit den stolzen, edlen Zügen. Schließlich stand sie ruckartig auf, nahm ihren Medizinbeutel und trat hinaus in den klaren, frischen Morgen.

Tränen traten Runa in die Augen, denn sie wusste, sie hatte soeben das letzte Mal von der Liebe ihres Lebens Abschied genommen. Sie würde Te'culum nicht wiedersehen.

Nicht in dieser Welt.

Runa wanderte einige Tage lang durch den Wald landeinwärts. Es gab keinen Weg durch die Wildnis, und so folgte Runa einem inneren Kompass, der ihr Ziel genau kannte. Sie selbst wusste nicht, wohin die Geistwesen sie führen würden. Sie folgte einfach.

Runa legte ihre runzelige schlanke Hand auf den Talisman, um sich zu vergewissern, dass er noch an seinem Platz an ihrem Gürtel war. Daneben war ihr Medizinbeutel befestigt, und auf dem Rücken trug sie ein Bündel, das den Umhang aus Rabenfedern barg. Sonst hatte sie nichts mitgenommen.

Sonnenlicht fiel durch die dichten Zweige der immergrünen Bäume und ließ den Waldboden leuchten. Der würzige Duft der Zedern erfüllte die Luft und ließ Runas Herz leichter werden. Die mächtigen Zedern und üppigen Farne schenkten ihr tagsüber kühlen Schatten und gaben ihr Schutz während der Nacht. Sie waren wie alte Freunde. Runa hatte seit ihrer Ankunft im Dorf vor so vielen Jahren unzählige Tage und Nächte in den wilden Wäldern verbracht, die sich rings um das Dorf erstreckten. Doch obwohl sie noch immer bei guter Gesundheit war, wurde ihr Körper nun schneller müde, und es fiel ihr schwerer, über große Baumwurzeln und lose Felsbrocken zu steigen.

Runa war keinem Menschen begegnet, seit sie das Dorf verlassen hatte, aber sie sprach, wie sie es immer tat, leise mit den Tieren und Pflanzen im Wald. Sie fühlte sich nicht allein.

Am Morgen des neunten Tages teilte sich der Wald aus dicht gewachsenen majestätischen Zedern und gab den Blick auf ein steiles Felsmassiv frei, das sich aus der Wildnis erhob. Der raue sandfarbene Felsenhang war nur spärlich mit Bäumen bewachsen. Runas Herz begann, schneller zu schlagen, als sie spürte, dass sie am Ziel ihrer Wanderung angekommen war. Sie hielt inne und ließ den Anblick auf sich wirken. Dann folgte sie ihrer inneren Stimme und begann den beschwerlichen Aufstieg.

Es war ein gefährlicher Weg, der von Runa viel Aufmerksamkeit und Kraft verlangte, denn der Boden bestand aus nichts anderem als bröckeligen Felsen. Runa benötigte den ganzen restlichen Tag, um die Felswand zu erklimmen.

Die Sonne ging schon unter, als Runa, müde und erschöpft, die Spitze des Berghanges erreichte. Sie wandte sich dem Sonnenuntergang zu. Eine warme, sanfte Brise strich ihr über das faltendurchzogene Gesicht und den gealterten Körper. Mit einem Stich im Herzen und einem Lächeln auf den Lippen genoss sie den atemberaubenden Ausblick, der sich vor ihr ausbreitete.

Die abgeflachte Spitze des Felsmassivs erhob sich mehr als tausend Meter hoch über der Wildnis, die sie in den vergangenen Tagen durchschritten hatte. Zedern, Fichten und Kiefern bedeckten das Land schier endlos in alle Himmelsrichtungen. Weit dahinter glitzerte das Wasser eines Flusses in der untergehenden Sonne. Runa erspähte andere Berge, die sich, wenn auch nicht so hoch wie der, auf dem sie stand, aber immerhin von stattlicher Größe, gleich einer Kette Richtung Osten erstreckten. Zarte Wolken zogen am Horizont entlang und leuchteten in den warmen rosa- und orangefarbenen Tönen, die den Himmel am Abend manchmal so unvergesslich schön machten.

Runas Herz wusste, dass dies der Ort war, den sie gesucht hatte. Sie versuchte, sich jede Einzelheit, jede Besonderheit der Umgebung einzuprägen. Sie wusste nicht, warum. Normalerweise nahm sie Dinge immer als ein Ganzes auf, als ein lebendiges Wesen mit vielen einzigartigen Besonderheiten – etwa so, als betrachte sie ein Kind: hier eine Nase wie eine Erhebung, dort ein Auge wie eine Vertiefung und dort langes Haar wie ein Wald –, und es bestand keine Notwendigkeit, sich auf Einzelheiten zu beschränken, denn alles zusammen ergab für sie ein unverwechselbares Bild.

Schließlich hatte sie genug gesehen. Sie legte das Bündel mit dem Umhang aus schwarzen Rabenfedern ab, nahm einen kleinen Beutel von ihrem Gürtel, der eine leichte kalte Abendmahlzeit enthielt, und ließ sich auf dem felsigen Boden nieder.

Als die ersten Sterne am Himmel erschienen, legte sie sich zur Ruhe – im Einklang mit sich selbst und mit der Natur, die sie umgab.

Am nächsten Morgen bereitete Runa sich auf die wichtigste Zeremonie ihres Lebens vor. Sie wusste, seit sie an jenem Morgen vor zehn Tagen in ihrer Zedernhütte neben Te'culum aufgewacht war, dass die Ahnen sie sehr bald zu sich rufen würden, und sie musste Vorbereitungen dafür treffen.

Die heiligen Objekte eines Medizinmannes oder einer Medizinfrau, die zu zeremoniellen Zwecken benutzt wurden, wie zum Beispiel Medizinbeutel, Trommel und Rasseln, aber auch Runas magischer Umhang aus schwarzen Rabenfedern und der Talisman, der ihr vor so langer Zeit in ihrem Heimatdorf von Halvar anvertraut worden war, waren sehr mächtig und trugen die Fähigkeiten des Medizinmannes oder der Medizinfrau in sich. Sie durften nicht in die Hände eines Unwissenden gelangen. Deshalb wurden sie nach alter Tradition zusammen mit dem Medizinmann oder der Medizinfrau begraben oder aber verbrannt, wenn diese sich auf ihre Reise zu den Ahnen begaben.

Runa wusste dies nur allzu gut, und sie wollte niemanden mit dieser schweren Aufgabe belasten. Daher hatte sie sich, wie schon Ay'mut vor ihr, allein auf den Weg zu ihrer letzten Ruhestätte gemacht.

An diesem ihrem letzten Morgen war Runa mit der aufgehenden Sonne aufgestanden und hatte den Geistern für den neuen Tag gedankt.

Mit Hilfe eines Hirschgeweihs grub sie als Nächstes ein Loch zwischen den Wurzeln einer großen Zeder, groß genug für ihre Trommel, ihre Rasseln und ihren Medizinbeutel.

Es dauerte eine Weile, bis sie mit ihrer Arbeit zufrieden war.

Nun musste sie den Talisman vorbereiten. Er war sehr mächtig, und Runa mochte nicht daran denken, was geschehen würde, sollte er in falsche Hände geraten. Der Talisman musste für immer mit ihr verbunden sein, und er durfte für niemanden sonst seine Kräfte entfalten – außer ihre Seele ließ es zu. Runa ließ sich auf dem Boden nieder, nahm den Talisman vorsichtig aus seinem Lederbeutel und legte ihn vor sich. Dann ergriff sie ihre Trommel und stimmte ein Lied an. Es war ein Medizinlied, das ihr vor langer Zeit während einer spirituellen Suche von den Geistern anvertraut worden war und dessen Melodie und Worte nur sie allein kannte. Es war ein sehr langes Lied, aber Runa erinnerte sich mühelos an jeden Ton und an jedes Wort.

Der Gesang, begleitet von den rhythmischen Schlägen ihrer Trommel, half Runa, einen Bewusstseinszustand zu erlangen, der es ihr ermöglichte, Kontakt mit den Geistwesen aufzunehmen.

Runas klare Stimme und die steten Trommelschläge hallten weit hinaus durch die Stille des frühen Morgens und brachten so viele Geistwesen der unterschiedlichsten Art herbei, dass es unmöglich gewesen wäre, sie zu zählen. Sie kamen aus allen Richtungen über die Bergspitzen und Täler zu ihr, wie eine lebendige Welle. An Runas letztem Morgen fanden sich die Geistwesen so zahlreich ein wie die Sterne an einem klaren dunklen Nachthimmel. Lautlos bewegten sie sich gegen den Uhrzeigersinn um die singende Schamanin herum.

Als der Gesang und die Trommelschläge schließlich verstummten, verabschiedeten sich die Geistwesen wieder.

Wortlos legte Runa die Trommel nieder, nahm den Talisman behutsam auf und segnete ihn.

Sie saß noch eine Weile still da, die frühe Morgensonne im Gesicht, betrachtete den Talisman und flüsterte Dankgebete an die Geistwesen. Dann stand sie auf und trug den Talisman zu einer Felswand, die zwischen mehreren kleinwüchsigen Kiefern hervorragte.

Zielstrebig schritt Runa auf einen Spalt in der Felswand zu. Auf der anderen Seite öffnete sich eine kleine Höhle, in der es feucht und kühl war. Eine Fledermaus flatterte aufgebracht an ihrem Kopf vorbei und zum Höhleneingang hinaus. Runa schritt tiefer in die Höhle hinein, bis das schwache Licht, das durch den Spalt fiel, nicht mehr ausreichte, um etwas zu erkennen. Dort berührte sie mit ihrer alten, runzeligen Hand behutsam den rauen, feuchten Fels der Höhlenwand und wartete geduldig.

Plötzlich fühlte Runa, wie der Fels unter ihrer Hand zuerst warm und dann weich wurde, wie weicher Ton. Darauf hatte sie gewartet. Sie hob den Talisman zu der Stelle hoch, an der ihre Hand eben noch geruht hatte, und drückte ihn so weit in den weichen Fels hinein, bis er vollständig darin versunken war. Dann zog sie ihre Hand zurück und legte sie ein zweites Mal behutsam auf die Felswand. Runa spürte, wie der Fels sich allmählich wieder festigte. Sie wartete so lange, bis nur noch die Oberfläche weich war. Dann drückte sie ihre Hand leicht in den Felsen. Wenig später war die Oberfläche wieder ganz hart. Runas Handabdruck befand sich nun für alle Zeiten in der Höhlenwand.

Zufrieden lächelnd verließ sie die Höhle und kehrte zu dem Platz zurück, wo sie das Loch für ihre Instrumente vorbereitet hatte. Erschöpft ließ sie sich nieder. Die Zeremonie verlangte ihrem alten Körper viel Kraft ab.

Runas wacher Blick schweifte über die wilde Natur, und ihr Herz füllte sich mit Freude und Dankbarkeit. Sie hatte es geschafft. Sie war dem Wunsch der Geister gefolgt und hatte die Botschaft überbracht – genau so, wie es ihr auferlegt worden war. Auf ihrem Weg hatte sie die Segnungen und Gaben, die ihr von den Schamanen und den Geistwesen angeboten worden waren, angenommen und war schließlich selbst eine Medizinfrau geworden. Es war nicht immer einfach gewesen, aber sie durfte auf ein reiches Leben voller Liebe zurückblicken.

Erst in diesem Augenblick erkannte Runa, dass die Reise, die sie vor so langer Zeit als junge Frau im Dorf ihrer Ahnen begonnen hatte, nie wirklich zu Ende gewesen war. Bis zu diesem Tag.

Der Talisman war mit ihr in Fähigkeiten und Kräften

gewachsen. Nun war er in Sicherheit. Runa spürte einen leichten Stich in ihrem Herzen. Es war erst das zweite Mal, seit sie ihn von Halvar überreicht bekommen hatte, dass sie den Talisman nicht bei sich hatte, und sie vermisste ihn. Er war ein Teil von ihr.

In diesem Moment der Trennung erkannte sie die ganze Bedeutung des Talismans. Die zwei Raben standen nicht nur für das Geben und Nehmen, für Schatten und Licht, für Leben und Tod. Sie hatte sich in ihrem Leben stets bemüht, diese Harmonie zu erhalten. Ohne sie wäre ein Leben auf Erden nicht denkbar. Man konnte nicht nur nehmen, sondern musste auch geben, viel mehr, als man erhielt – und zwar ohne etwas dafür zurückzuverlangen. Jedes Ungleichgewicht, jede Störung würde ins Unglück führen – für Menschen, Tiere, Pflanzen und Geistwesen zugleich.

Aber der Talisman hütete noch ein anderes Geheimnis. Ein Schauer lief Runa über den Rücken, als sie es erkannte. Wer auch immer den Talisman besaß, war beschützt vor allen bösen Mächten. Und dieser Schutz ermöglichte es dem Menschen, sich die Freiheit zu nehmen, die Wahrheit zu sehen. Solange man im Besitz des Talismans war, konnte man weder durch Angst noch durch äußeren Druck in eine Situation gebracht werden, in der man sich willenlos unterwarf. Der Talisman gab einem die Kraft, Dinge zu sehen, wie sie wirklich waren, die Motive anderer zu durchschauen und seine Entscheidungen ohne Angst vor negativen Mächten zu treffen.

Der Talisman war noch viel mächtiger, als Runa es all die Jahre über angenommen hatte.

Du musst die zwei Raben zusammenbringen, hatte Erdis ihr vor langer, langer Zeit einmal gesagt. Runa wusste nun, was die Freundin damit gemeint hatte.

Eine Weile saß sie still und in sich gekehrt da, ein Lächeln auf den faltigen, aber immer noch feingeformten Lippen. Dann stand sie entschlossen auf und stimmte, begleitet von ihrer Trommel, ein letztes Mal ihr Medizinlied an.

Sobald der letzte Ton verklungen war, trug Runa die Trommel, ihre Rasseln und ihren Medizinbeutel zu dem vorbereiteten Loch hinüber und legte sie hinein. Sie kniete nieder und bedeckte das Loch mit Erde, bis es sich nicht mehr von dem angrenzenden Boden unterschied. Dann ritzte sie mit einem Stock Symbole in die Erde. Es waren sieben Kreise, und jeder dieser Kreise trug ein gleichschenkliges Kreuz in sich. Sieben sogenannte *Medizinräder*. Sie kennzeichneten die Stelle, an der Runas weltliche Besitztümer begraben lagen. Runa hatte keine Verwendung mehr für sie.

Runa war erschöpft, aber ihre Arbeit war noch nicht vollendet. Sie holte den Umhang aus schwarzen Rabenfedern hervor, legte ihn an und atmete tief ein. Ein letztes Mal sog sie die Schönheit der Wildnis und den würzigen Duft des Waldes in sich auf. Die Sonne senkte sich am Horizont und tauchte das Land und die alte Medizinfrau in ein warmes goldenes Licht. Runa prägte sich jede noch so kleine Einzelheit ein. Dann hallten ihre letzten Gebete über die scheinbar grenzenlosen Wälder.

»Danke, ihr Geister, für eure Weisheit. Danke, dass ich meine Aufgabe erfüllen durfte. Danke für die Liebe und für den Reichtum meines Lebens. Gesegnet seien all die, die mir geholfen und mein Leben geteilt haben, im Großen wie im Kleinen … Danke, dass der Talisman in Sicherheit ist.«

Ihren letzten Atemzug tat Runa ganz bewusst. Dann befahl sie ihrem Körper, so wie Xansu Shi es ihr vor langer Zeit gezeigt hatte, das Atmen einzustellen.

In dem Augenblick, in dem die Seele Runas Körper verließ, erspähte Myra für den Bruchteil einer Sekunde einen großen schwarzen Vogel, der auf der Spitze des Berges seine Schwingen ausbreitete und in die untergehende Sonne flog. Der Platz, an dem Runa eben noch gesessen hatte, war leer …

Ein Schauer lief Myra über den Rücken, dann drehte sich alles in ihrem Kopf, und sie musste sich festhalten. Irgendetwas begann, an ihr zu ziehen, begann, sie fortzuziehen, weiter und weiter – fort von ihrem Selbst.

Kapitel 33

Aufgelöst

Myra blinzelte. Wo war sie?

»Das war eine eindrucksvolle Demonstration«, sagte eine kalte Stimme neben ihr.

Myra sah sich verwirrt um. Sie war zurück in dem provisorischen Lager auf der kleinen Anhöhe mitten in der Wildnis, an genau derselben Stelle, an der sie gestanden hatte, als sie in die Geisterwelt gereist war.

»Auf die Minute genau!«, donnerte Morris. »Nur einen Moment länger, und ich hätte unsere Abmachung in die Tat umgesetzt.«

Myra wandte sich langsam zu Morris um. Er hockte neben der erschöpften Heather, die Pistole schussbereit an ihre Schläfe gepresst.

»Hast du unser kleines Problem gelöst?«

Myra sah ihn fragend und ein wenig verwirrt an. Ihre Gedanken wirbelten noch immer durcheinander und schienen sich nicht beruhigen zu wollen.

»Der Talisman!«, fuhr Morris sie an.

Myra schüttelte den Kopf. Sie konnte die Geschehnisse noch immer nicht begreifen. War sie tatsächlich rechtzeitig zurückgekehrt? In Runas Welt war mehr als eine Woche vergangen, und diese Zeitspanne hätte wie üblich auch in Myras Jetzt verstreichen sollen. In Wirklichkeit aber schienen in der Gegenwart nur die von Morris bewilligten vierundzwanzig Stunden vergangen zu sein.

Plötzlich weiteten sich Myras Augen. Sie erkannte, dass Runas Tod sie von dem zeitgleichen Ablauf befreit hatte. Myra konnte nun willentlich wählen, in welche Zeit sie reisen wollte. In diesem Fall hatte ihr Wille sie dorthin reisen lassen, wo sie das Leben ihrer Freunde retten konnte. Es war unglaublich!

»Wir haben befürchtet, dass du für immer drüben bleibst«, flüsterte Meghali.

Myra sah die junge Inderin kopfschüttelnd an. Sie lächelte wehmütig, weil sie an Erdis' Worte denken musste. *Eines Tages werden wir uns wiedersehen.* Wie recht sie gehabt hatte!

»Ich würde euch nie im Stich lassen«, sagte sie leise.

Ein Husten riss Myra endgültig in die Gegenwart zurück. Sie blickte sich verwundert um. Chad, Meghali und Heather waren noch immer gefesselt. Myras Blick blieb an der alten Dame hängen. Sie hatte sich anscheinend erkältet und fieberte stark. Schweißtropfen standen auf ihrer Stirn, obwohl es an diesem Tag alles andere als heiß war. Ihr Atem ging stockend, und ein rasselnder Husten schüttelte ihren Körper.

Myra musterte Meghali. Auch sie sah erschöpft aus.

Die körperliche Verfassung ihrer Freunde und die leeren Plastikverpackungen der Lebensmittel verrieten Myra, dass Morris sich in den vergangenen vierundzwanzig Stunden den Bauch vollgeschlagen hatte und die anderen hatte hungern und frieren lassen.

Myra musste etwas unternehmen! Doch die letzten Reisen in der Geisterwelt hatten ihre Gefühle durcheinandergewirbelt, und sie konnte sich noch immer nicht konzentrieren.

Zuerst hatte sie ihren eigenen Tod durchleben müssen, dann hatte sie die selbstlose und spirituelle Weise erlebt, mit der die weise Runa ihren eigenen Tod zum

Wohle aller Menschen fern von ihrer Familie und von allem, was sie liebte, in der Wildnis vorbereitet und vollzogen hatte.

Der Gedanke an Runa ließ Myra Tränen in die Augen treten. Ihr wurde erst jetzt bewusst, wie sehr sie sich mit Runa und dem Talisman verbunden gefühlt hatte – und nun waren sie nicht mehr da. Runas Tod hatte eine schmerzende Leere in Myras Herz hinterlassen.

»Setz dich dort drüben hin, Morgenstern«, knurrte Morris. Er ging ruhelos hin und her und fuchtelte dabei mit seiner Pistole herum.

Myra befolgte seine Worte. In Gedanken war sie jedoch nicht in dem Lager auf der kleinen Anhöhe, sondern bei den Ereignissen während ihrer letzten Besuche in der Geisterwelt.

Runa hat meine Anwesenheit gespürt, ging es ihr durch den Kopf. *Die Essenz meines Selbst war bei ihr, und sie hat es gewusst … Wenn ich nur deine Fähigkeiten hätte, Runa! Ich würde Morris in die Hölle schicken und die anderen sicher nach Hause bringen!* Dann fiel Myra etwas Entscheidendes ein. *Runa hat zumindest einen Teil ihrer Gaben an mein älteres Ich weitergegeben. Wenn ich als mein älteres Ich diese Fähigkeiten besitze, dann müsste ich sie auch jetzt besitzen … Aber wie kann es mir gelingen, sie zu nutzen?*

Verzagt schloss sie die Augen und fuhr sich mit der Hand über die Stirn. Sie versuchte sich auf Morris zu konzentrieren, darauf, dass er sich von seiner Pistole löste.

Nichts passierte. Morris schritt noch immer grübelnd auf und ab, die Pistole fest in der Hand.

Wie, Runa, wie?, flehte Myra verzweifelt.

»Komm hierher!« Morris' kalte Stimme durchschnitt die Stille.

Myra, noch immer in Gedanken versunken, folgte seinem Befehl.

»Nimm die Schaufel und fang an zu graben«, befahl er. »Wir brauchen ein Loch, ungefähr einen Meter achtzig mal achtzig Zentimeter und gut zwei Meter tief.«

Myra starrte ihn finster an. Die Idee kam ihr auf makabre Weise bekannt vor.

»Ich soll ein Grab schaufeln«, sagte sie tonlos.

Morris grinste.

»Nun, es muss keins werden«, erwiderte er höhnisch. »Du hast die Möglichkeit, mir zu sagen, wie ich in die Geisterwelt gelangen kann, bevor das Loch fertig ist. Ziehst du es vor, dein Geheimnis für dich zu behalten … Nun, du hast es selbst gesagt: Dann werden weder du noch deine Freunde diesen Ort je verlassen.«

Myra rührte sich nicht, sondern blickte starr in die Ferne.

»Fang an zu graben!«, schrie Morris wütend. Mit einem Satz war er bei Chad und drückte die Pistole brutal unter dessen Kinn.

Chad verzog keine Miene. Der Anblick jedoch ließ Myra zusammenzucken. Ihre Stimme überschlug sich fast, als sie Morris antwortete.

»Lass ihn in Ruhe! Ich kann dir nicht sagen, wie ich in die Geisterwelt reise. Ich weiß es selbst nicht genau! Es passiert einfach.«

»Netter Versuch«, gab Morris zurück. »Aber ich muss schon etwas Besseres zu hören bekommen, bevor ich meine Absicht ändere.«

Myra wechselte einen kurzen Blick mit Chad. Dieser schüttelte fast unmerklich den Kopf. Sie wusste, was er ihr mitteilen wollte: *Sag nichts!*

»Ich glaube, es war mir erlaubt, in die Geisterwelt zu reisen, weil ich etwas sehen musste …«, begann sie.

»Hör auf, mir Märchen zu erzählen. Ich will wissen, wo der Talisman ist!«, fiel Morris ihr ins Wort.

Myras Gesicht verfinsterte sich, und sie presste die Lippen so fest aufeinander, dass sie kaum noch zu sehen waren. Sie fühlte, wie ihr das Blut ins Gesicht schoss. Ihr Atem ging schneller. Wut breitete sich in ihrem Körper aus. Schweigend begann sie zu graben.

Morris ging zu ihr, stellte sich höhnisch lächelnd neben sie, die Pistole in der Hand, und beobachtete jede ihrer Bewegungen.

Chad versuchte derweil, das Seil, das ihn fesselte, zu lockern, ohne dass Morris etwas bemerkte. Irgendwie musste er sich befreien und Myra helfen!

Myra grub und grub. Bald war ihr Gesicht schweißbedeckt.

Je tiefer sie grub, desto wütender wurde sie.

Plötzlich verdunkelte sich der Himmel. Große schwarze Wolken zogen auf. Sie schienen Myras düstere Stimmung widerzuspiegeln.

Morris blickte überrascht nach oben. Auch Chad, Meghali und Heather sahen nach oben, doch statt Überraschung lag Hoffnung in ihren Blicken.

Myra grub weiter. Und wurde immer wütender.

Wie aus dem Nichts schoss ein heller Blitz vom Himmel. Myra fiel reglos zu Boden.

»Keine Tricks, Morgenstern!«, rief Morris.

Myra bewegte sich nicht.

Morris ging vorsichtig zu ihr und stieß mit dem Fuß gegen ihren Körper. Sie rührte sich noch immer nicht. Er kniete sich neben sie und fühlte ihren Puls.

»Sie ist tot!«, brüllte er wütend. Fluchend stand er auf und wandte sich den anderen zu.

Heather und Meghali sahen sich, zuerst entsetzt, dann überrascht, an. Chad hingegen richtete seinen Blick erwartungsvoll auf Myra. Sollte sie wirklich … Oder war es möglich, dass … Sollte sie wie Runa tatsächlich fähig sein, so etwas zu vollbringen?

Chads Augen weiteten sich. Myras Körper begann sich zu heben, und schon bald schwebte er waagerecht über dem Boden!

Morris schüttelte den Kopf. Er schien nicht glauben zu können, was er sah. Immer wieder öffnete er den Mund, konnte jedoch keinen Laut hervorbringen.

Ein Zittern durchlief Myras Körper, und schon im nächsten Augenblick stand sie wieder auf den Füßen. Geschmeidig und schnell wie ein Panther sprang sie auf Morris zu.

Ihr Angriff traf den Gegner so unerwartet, dass er nicht rechtzeitig reagieren konnte. Mit wenigen gekonnten Hieben schlug Myra ihm die Pistole aus der Hand und streckte ihn zu Boden.

Chad schüttelte ungläubig den Kopf.

Morris kauerte stumm am Boden und wagte nicht, sich zu rühren.

Myra nahm seine Pistole vom Boden auf und steckte sie hinten in ihren Hosenbund. Sie wusste, sie durfte keine Zeit verlieren.

»Du wolltest in die Geisterwelt reisen, richtig?« Ihre Stimme war ruhig und kühl. »Nun, dann mach dich bereit!« Sie machte eine ausladende Handbewegung.

Wie aus dem Nichts erschienen die schwarz glänzenden Felssäulen, zwischen denen Myra so oft hindurchgeschritten war, um in die Geisterwelt zu gelangen. Das Licht der Abenddämmerung ließ sie seltsam schimmern und verlieh ihnen einen unheimlichen Glanz. Diesmal waren die Felssäulen nicht nur für Myra und Chad zu sehen, sondern für alle anderen auch.

»Unglaublich!«, entfuhr es Meghali ehrfurchtsvoll.

»Bei allen guten Geistern«, flüsterte Heather und musste sofort wieder husten.

Morris hob vorsichtig den Kopf, und auch er starrte auf die Felssäulen.

»Steh auf!«, forderte Myra ihn auf. Ihre Stimme klang seltsam fremd in ihren Ohren. »Um in die Geisterwelt zu gelangen, musst du durch diese Felssäulen hindurchschreiten. Beweg dich, bevor ich es mir anders überlege!«

Morris sah sie verwirrt an. Er stand langsam auf und machte vorsichtig ein paar Schritte auf die Säulen zu.

»Weiter! Los!«, befahl Myra ungeduldig.

Morris ging weiter, bis er genau zwischen den Felssäulen stand.

Keiner konnte erkennen, was sich auf der anderen Seite der Säulen befand. Das Flimmern, das Myra so gut kannte, versperrte ihnen die Sicht.

Morris drehte sich zögernd um.

»Na los!«, rief Myra verärgert. »Du wolltest die Geisterwelt doch unbedingt sehen! Geh weiter!«

Morris öffnete den Mund, sagte aber kein Wort. Stumm wandte er sich wieder um und machte einen weiteren Schritt.

In diesem Augenblick verdunkelte sich der Himmel noch mehr. Ein greller Blitz schoss aus den dunklen Wolken hervor, teilte sich über den Felssäulen und schlug kurz darauf gleichzeitig in beide Säulen ein.

Die Felssäulen begannen zu schwanken.

Morris sah entsetzt nach oben, bewegte sich jedoch nicht vom Fleck. Er schien wie festgewurzelt.

Plötzlich kippten die Felssäulen. Tonnen von Gestein stürzten auf Morris hinab!

Seine dumpfen Schreie ertönten durch die Wildnis.

Seltsamerweise verursachten die fallenden Felsbrocken weder Staub noch Geräusche.

Schließlich war auch Morris' Stimme nicht mehr zu hören.

Die Felssäulen, oder besser das, was noch von ihnen übrig war, verschwanden genauso plötzlich und lautlos, wie sie erschienen waren. Zurück blieb Morris' zerquetschter Körper, der genau an der Stelle lag, wo sich eben noch die Trümmer der Felssäulen aufgetürmt hatten.

Myra, Chad, Meghali und Heather waren wieder allein in ihrem kleinen Lager mitten in der Wildnis.

Myra trat einen Schritt zurück, die Augen vor Erstaunen weit aufgerissen.

»Ist Morris wirklich tot?«, fragte Meghali.

»Er wird nie mehr zurückkehren«, sagte Myra bestimmt.

»Myra!« Chads tiefe Stimme ließ sie herumfahren. »Könntest du vielleicht …?« Er hielt ihr seine gefesselten Hände entgegen.

»Oh!«, rief Myra. »Verzeih!« Sie zog ein Messer aus dem Rucksack und durchschnitt die Fesseln ihrer Freunde.

»Heather geht es nicht sehr gut.« Sofort war Chad an der Seite seiner alten Großtante.

»Ich weiß«, erwiderte Myra und kniete sich neben sie. »Es tut mir unendlich leid, dass du wegen mir derart leiden musstest.« Lächelnd strich sie Heather über die schweißnasse Stirn.

Wieder wurde die alte Frau von einem schlimmen Hustenanfall geschüttelt. Myra legte Heather die Hände auf die Brust.

»Keine Angst, Heather«, sagte sie mit fester Stimme. »Alles wird gut werden.«

Heathers Atem ging sogleich wieder ruhiger, und ein entspanntes Lächeln erschien auf ihrem Gesicht. Dankbar drückte sie Myras schmale Hand.

Chad und Meghali tauschten vielsagende Blicke.

Myra bekam nichts davon mit. Sie kniete neben Heather, die Hände noch immer auf deren Brust, und starrte gedankenverloren in den Wald, ein Lächeln auf den Lippen. Immer neue Wellen von Wärme strömten durch ihre Hände und drangen tief in Heathers Körper ein. Gleichzeitig gaben sie auch Myra selbst neue Kraft.

Heather schwitzte nicht mehr, und der warme Glanz kehrte in ihre weisen dunklen Augen zurück. Der rasselnde Husten legte sich, und ein wohliges Gefühl von Müdigkeit durchströmte ihren Körper.

Chad beugte sich zu seiner alten Großtante hinunter und fühlte ihre Stirn.

»Myra, sieh dir Heather an!«, rief er erstaunt aus. »Das Fieber ist gesunken.«

Meghali kniete sich neben Myra und Heather.

»Du hast ein kleines Wunder vollbracht, Myra.« Ihre dunklen Augen richteten sich auf die Freundin.

»Danke«, flüsterte Heather und drückte Myras Hände.

»Ich habe nichts getan«, sagte Myra lächelnd. »Es ist Runa, der wir zu danken haben.«

Chad war erleichtert. Er stand auf, zog Myra fest in seine Arme und küsste sie zärtlich. Dann schob er sie ein Stück von sich und sah ihr in die Augen.

Ein wohliger Schauer lief Myra über den Rücken.

»Ich hatte Angst, ich würde nie wieder in deinen Armen sein«, flüsterte sie mit heiserer Stimme.

Chad lächelte.

»Hast du es noch nicht gemerkt?«, fragte er leise und

strich ihr zärtlich über die Wange. »Wir werden immer zusammen sein.«

Myras Herz machte einen Sprung.

»Te'culum«, hauchte sie tief berührt.

Chad sah sie verwirrt an. Aber Myras Aufmerksamkeit hatte sich bereits auf Meghali gerichtet. Sie löste sich aus Chads Umarmung und kniete sich neben sie.

»Erdis hat Runa vor langer Zeit einmal gesagt, dass sie sich irgendwann einmal wiedersehen würden«, sagte Myra mit stockender Stimme. Sie sah forschend in Meghalis dunkle Augen. »Du hast mir einmal gesagt, dass unsere Schicksale miteinander verknüpft sind.« Ein Lächeln legte sich auf ihr Gesicht. »Runas Seele hat Erdis nach langer Zeit wiedergefunden. Erdis ist gekommen, um ihr in ihrer schweren Stunde beizustehen ...«

Freudentränen liefen Meghali über die Wangen. Ihre Hand zitterte, als sie sie nach Myra ausstreckte. Dann lagen sich die beiden Frauen in den Armen.

»Ich danke dir«, flüsterte Myra. »Für alles.«

»Ich habe dich vermisst«, flüsterte Meghali.

Myra fühlte sich erschöpft. Sie suchte sich einen Platz, wo der schroffe Fels mit weichem Waldboden bedeckt war, ließ sich dort nieder und atmete tief durch. Es gab so vieles zu erzählen.

Chad, Meghali und Heather setzten sich zu ihr. Mit leisen, bedächtigen Worten berichtete Myra den anderen von Runas letztem Weg und ihrem großen Opfer und von dem Tod der älteren Myra.

»Mein älteres Ich hat nicht verstanden, dass Runa einen Teil ihrer Fähigkeiten an sie und nicht an Emma weitergegeben hat. Emma war nur der Auslöser, damit mein älteres Ich die Bilder sehen konnte, die notwendig waren, um Runas Fähigkeiten auf sie zu übertragen.« Myra seufzte. »Es hat so lange gedauert, dieses Bewusstsein von Runa an mein älteres Ich weiterzuleiten.« Sie schlang die Arme um ihre Knie und blickte aufmerksam in die Runde. »Ich glaube, dass nur deshalb all diese Dinge geschehen sind: dass ich *zufällig* in eure Zeremonie hineingeplatzt bin, dass ich die lange Reise mit Runa teilen und mein älteres Ich auf ihrer Suche begleiten durfte ... um Dinge frühzeitig geschehen zu lassen ... um die Zukunft für uns alle zum Besseren zu wenden.«

»Runa hat dich auserwählt, um ihre Fähigkeiten weiterleben zu lassen«, sagte Heather mit ihrer warmen, freundlichen Stimme. Sie fühlte sich wieder ganz gesund. »Aber da ist noch etwas anderes: Runa hat nicht nur einen Teil ihrer selbst an *dich* weitergegeben. Ich bin mir sicher, dass du in gleicher Weise etwas an *sie* gegeben hast.« Sie machte eine kurze Pause. »Ich meine, sie hat dich in unserer Welt, in unserer Gegenwart dadurch am Leben erhalten, dass sie dir ihre Fähigkeiten übertragen hat. Und du hast ihr dadurch, dass du an bestimmten Punkten ihrer Reise bei ihr warst, die Wichtigkeit und die Dringlichkeit dieser Reise für unsere Welt vermitteln können, so dass sie niemals aufgegeben hat und am Ende der Reise ihre Botschaft überbringen konnte.« Heather sah Myra liebevoll an.

»Ich glaube fest daran, dass Runa meine Anwesenheit gespürt hat«, sagte Myra mit stockender Stimme. »Zumindest auf ihrem letzten Weg. Darum ist sie so langsam gegangen, darum hat sie sich die Landschaft so genau angesehen. Sie hätte das nicht machen müssen. Sie selbst brauchte nicht so genau zu schauen. Ihr Blick war ein besonderer. Sie hat alles als eine Einheit verstanden, als ein *Ganzes, ein lebendiges Ganzes* ...« Tränen traten ihr in die Augen.

»Was für eine einzigartige Einweihung«, bemerkte Heather und drückte anerkennend Myras Hand.

»Einweihung?«, wiederholte diese mit tränenschwerer Stimme.

Heather nickte. »Du bist von den Geistern gerufen worden, und Runa hat sich dir als Lehrerin angeboten, um es dir leichter zu machen. Du bist ihr gefolgt und hast von ihr gelernt, und am Schluss hat sie ihre Fähigkeiten an dich weitergegeben. Für mich steht damit fest, dass auch du nun eine Medizinfrau bist.«

Myra warf ihr einen ungläubigen Blick zu. Dann senkte sie demütig das Haupt, genauso wie Runa es getan hätte.

»Du hast deine Aufgabe erfüllt, Myra«, fügte Meghali hinzu und sah sie stolz an. »Morris ist ausgeschaltet, und seine Auftraggeber werden fürs Erste keine Möglichkeit mehr haben, die Weltmacht an sich zu reißen. Der Talisman ist in Sicherheit. Runa und du, ihr habt es geschafft. Eure Kraft und euer Mut haben es möglich gemacht!«

Chad legte zärtlich den Arm um Myra und hauchte ihr einen Kuss auf die Wange.

»Es war meinem älteren Ich unmöglich, den Talisman zu finden«, stellte Myra fest. »Selbst wenn sie die richtige Höhle gefunden hätte, den Talisman selbst hätte sie niemals finden können. Runa hat ihn im Inneren der Höhle in der massiven Felswand versteckt!« Mit tiefbewegter Stimme, den Blick bittend auf Chad gerichtet, fügte sie hinzu: »Ich würde diesen besonderen Ort, den Ort, den Runa als ihre letzte Ruhestätte ausgewählt hat, gern besuchen. Ich habe Runa so lange auf ihrer Reise begleitet, ich fühle mich ihr so nahe … und ich vermisse sie sehr. Meinst du, wir könnten den Ort finden, Chad?«

Hand auf Hand

Myra ließ sich erschöpft auf einem verwitterten, bemoosten Baumstamm nieder, der quer über dem Pfad lag, und wischte sich das schweißnasse lange Haar aus der Stirn. Es war Hochsommer, und trotz des Schattens, den die großen Zedern und Fichten spendeten, war es sehr heiß.

»Wir sind seit Tagen unterwegs, Chad, und haben nichts gefunden. Vielleicht sollten wir die Suche abbrechen.«

Chad, der schon über den Baumstamm hinübergeklettert war, blieb stehen und drehte sich um.

»Ist das dein Ernst?«, fragte er und sah Myra fest an. »Ich dachte, du wolltest den Platz finden, an dem Runa ihre letzten Stunden verbracht hat. Du wolltest ihr nahe sein. Hat sich das geändert?«

»Nein.«

»Dann gib nicht so schnell auf.« Er strich ihr zärtlich über die Wange und setzte sich neben sie. Dann zog er eine Landkarte aus dem Rucksack hervor, auf der per Hand mehrere Eintragungen vorgenommen worden waren.

»Lass uns die Informationen, die wir zusammengetragen haben, noch einmal durchgehen«, schlug er vor. »Also, wenn wir davon ausgehen, dass die Wissenschaftler, die wir befragt haben, recht haben, befindet sich das Dorf, in dem Runa Ay'mut und Te'culum getroffen hat und in dem sie den Rest ihres Lebens verbracht hat, mindestens zweihundert Kilometer westlich der jetzigen Küstenlinie und liegt somit heute unerreichbar auf dem Grund des Meeres.«

Myra nickte nur.

»Anhand der Entfernungen, die Runa deinen Angaben zufolge auf ihrer letzten Wanderung täglich zurückgelegt hat«, fuhr Chad fort und drückte aufmunternd ihre Hand, »liegt der Ort, an dem sie ihre letzte Ruhestätte gefunden hat, ungefähr zweihundertfünfzig Kilometer vom Dorf entfernt.«

»Das stimmt.«

»Die Lage des Dorfes können wir natürlich nicht genau bestimmen«, fügte er hinzu. »Runa erreichte die Küste entlang einer Kette von Inseln. Wir sind uns einig, dass das höchstwahrscheinlich die Aleuten gewesen sind. Von dort aus ist sie landeinwärts gewandert, bis sie auf einer Hochebene, die von riesigen Bergketten umgeben war, auf eine Herde von Wildpferden gestoßen ist. Die Chilcotin-Indianer erzählen, dass Wildpferde seit Urzeiten in ihrem Stammesgebiet leben. Dieser Indianerstamm fühlt sich seit jeher stark mit den Wildpferden verbunden. Sie besaßen schon Reitpferde, als die ersten Weißen in ihr Gebiet kamen und damit rechneten, dass die Indianer über ihre mitgebrachten Pferde staunen würden. Das passt zusammen.« Er machte eine kurze Pause und studierte die Karte. »Dann führte Runas Reise entlang eines großen Flusses, hinaus aus der Hochebene und bis zu einer Stelle, wo das Gelände sehr unwegsam wurde. Bei dem Fluss kann es sich nur um den Fraser handeln. Und das unwegsame Gelände kann sehr gut diese Stelle hier sein.« Er deutete mit dem Finger auf die Karte. »Sieh her. Hier führt ein enges Tal durch die Berge gen Westen, genau wie du es beschrieben hast.«

»Den Wasserfall und den großen Fluss, an dem das Dorf lag, können wir natürlich heute nicht mehr wiederfinden«, seufzte Myra, »denn die Wissenschaftler gehen davon aus, dass die Küstenlinie sich während der vergangenen Jahrtausende um mehrere hundert Kilometer nach Osten verschoben hat. Aber wir wissen, in welche Richtung Runa gewandert ist und wie lange ihre Wanderung gedauert hat, und beides bringt uns ungefähr an diesen Ort.« Sie deutete auf eine Stelle im Pazifik. »Ich weiß, dass unsere Annahmen durchaus einen Sinn ergeben, Chad. Aber das bringt uns unserem Ziel nicht näher ...«

»Sag mir noch einmal, in welche Richtung Runa gegangen ist, als sie das Dorf verlassen hat«, forderte Chad sie auf.

»Zuerst ... Aber das liegt nun alles unter Wasser ... Immer gen Osten, aber nicht auf demselben Weg, auf dem sie ins Dorf gekommen ist. Mehr nördlich.«

»Nordöstlich also, ungefähr zweihundertfünfzig Kilometer«, grübelte Chad und starrte auf die Karte. Dann deutete er auf einen Punkt, der mit rotem Filzstift eingekreist war. »Ungefähr dorthin, wo wir uns jetzt befinden.«

»Gib es zu, Chad, es kann überall sein! Und ich kann den Weg niemals anhand einer Landkarte finden!« Myra ließ die Schultern hängen.

»Ich habe angenommen, du würdest den Weg wiedererkennen«, warf Chad ein.

»Ich auch«, gab Myra mit leiser Stimme zu. »Aber Runa stand hoch oben auf der Spitze eines Berges, als sie sich umsah und die Einzelheiten der Landschaft in sich aufnahm. Wir dagegen sind mitten in einem

Wald, in dem man keine zwanzig Schritte weit sehen kann.«

Der Schrei eines großen Vogels durchbrach die Stille. Myra blickte auf. Sie entdeckte ihn schließlich hoch über den Wipfeln der Bäume, wo er majestätisch seine Kreise zog. Immer wieder ertönten seine verlorenen Schreie durch die Wildnis.

Plötzlich weiteten sich Myras Augen.

»Wie konnte ich nur so dumm sein!«, stieß sie aus. »Als Runa ihre Reise zu den Ahnen antrat, sah ich einen winzigen Augenblick lang einen riesigen schwarzen Vogel von der Spitze des Berges fliegen – und Runas Platz war leer.« Sie sprang auf und sah Chad aufgeregt an. »Der Vogel dort oben weiß, welchen Ort wir suchen! Er sieht die Welt von oben, so wie Runa es von ihrer letzten Ruhestätte aus getan hat. Er will uns den Weg zeigen!«

Myra schulterte ihren Rucksack. »Komm!«, forderte sie Chad ungeduldig auf und zog ihn am Arm.

»Vielleicht ist es besser, wenn du allein weitergehst«, überlegte er und warf ihr einen vielsagenden Blick zu.

Myra sah ihn überrascht an. »Unsere Leben sind auf wundersame Weise miteinander verbunden – und unsere Seelen auch. Du bist ein Teil von mir, mehr als jeder andere Mensch auf dieser Welt. Du musst unbedingt mitkommen.«

Chad lächelte sie zärtlich an und drückte liebevoll ihre Hand.

»Also gut«, sagte er. »Lass uns die Suche gemeinsam beenden.«

Myra und Chad bahnten sich ihren Weg durch das dichte Unterholz, die Blicke immer wieder nach oben gerichtet, um den Vogel, dem sie folgten und den sie nur ab und zu durch die dichten Zweige der Zedern und Fichten erspähen konnten, nicht aus den Augen zu verlieren.

»Der Vogel, ist es ein Adler?«, fragte Myra.

»Nein«, antwortete Chad. »Ein Adler ist es auf keinen Fall.« Dann fügte er murmelnd hinzu: »Er sieht eher aus wie ein Rabe. Aber ich habe noch nie einen so riesigen Raben gesehen …«

Er ging weiter, den Blick noch immer auf den Vogel gerichtet, der über ihnen kreiste, und stieß gegen Myra, die unerwartet stehen geblieben war.

»Dies ist der Berghang, den Runa hinaufgeklettert ist!«, rief Myra aufgeregt und zeigte nach oben.

Chads Blick folgte ihrem ausgestreckten Arm. Der dichte Wald gab unvermittelt den Blick auf ein steiles Felsmassiv frei, das sich direkt vor ihnen aus der Wildnis erhob.

»Das wird kein leichter Aufstieg werden«, sagte er. »Und es wird einige Stunden dauern, bis wir die Spitze erreicht haben.«

»Ist es für heute schon zu spät?«, fragte Myra gespannt.

Chad schüttelte lächelnd den Kopf.

»Keine Angst, wir werden, wenn alles gutgeht, am späten Nachmittag oben sein.«

Wieder klang der Schrei des Vogels durch die Wildnis. Myra blickte zu ihm hoch.

»Danke, dass du uns den Weg gezeigt hast!«

Einige Stunden später, nach einem ermüdenden Aufstieg in der heißen Nachmittagssonne, erreichten Myra und Chad den Gipfel des Felsmassivs.

Erschöpft nahm Myra den Rucksack ab. Sie schirmte ihre Augen mit der Hand vor der tiefstehenden Sonne und blickte mit wild klopfendem Herzen auf die Schönheit der Wildnis, die sich vor ihr ausbreitete.

»Dies ist die Stelle, an der Runa gestanden hat. Hier hat sie sich alle Einzelheiten der Umgebung eingeprägt – für mich«, flüsterte sie unter Tränen und ergriff Chads Hand. »Ich bin mir sicher.« Sie sah sich um. »Schau, dort, in der Ferne, erkennt man den großen Fluss. Und dort drüben ziehen sich die Bergketten bis zum Horizont. Und alles ist umgeben von unendlichen Wäldern – obwohl die Bäume heute viel, viel kleiner sind als damals«, fügte sie seufzend hinzu.

Sie ließen sich auf dem felsigen Boden nieder und blickten schweigend über das Land. Myras Herz krampfte sich zusammen, als sie an die letzten Stunden dachte, die Runa einsam hier oben verbracht hatte. Es kam Myra vor, als sei es erst gestern gewesen, so frisch war der Schmerz des Verlustes. Doch in Wirklichkeit waren unzählige Generationen gekommen und gegangen, seit Runas Herz aufgehört hatte zu schlagen.

Der große schwarze Vogel näherte sich und ließ seinen Schrei über den Wäldern erschallen. Er zog seine Kreise nun direkt über Myra und Chad.

Chad musterte das Tier.

»Es *ist* ein riesiger Rabe«, stieß er überrascht aus.

»Ein Rabe?« Myra hob den Kopf und starrte das Tier an. »Runa!«, hauchte sie. Dann rief sie mit lauter, freudiger Stimme: »Sei gegrüßt, Runa! Alles ist in Ordnung! Der Talisman ist und bleibt in Sicherheit!«

Der Rabe sauste nieder, flog dicht über ihre Köpfe hinweg und schwang sich danach in die Höhe. Myra und Chad beobachteten, wie der Vogel noch einmal seine großen Kreise am Himmel zog. Dann war er plötzlich entschwunden.

Myra blinzelte. Nichts. Wohin war der Rabe so schnell verschwunden?

»Warte einen Augenblick«, sagte sie zu Chad. »Es gibt etwas, das ich gern tun würde. Es wird nicht lange dauern.«

Myra stand auf und sah sich sorgfältig um. Dann ging sie zielstrebig auf eine Gruppe von Felsen zu.

Sie fand die schmale Öffnung in der Felswand sofort. Ehrfürchtig betrat sie die kleine Höhle, die sich dahinter öffnete. Die feuchtkühle Luft im Inneren kam ihr seltsam bekannt vor. Sie erschauerte.

Myra wartete, bis ihre Augen sich an das fahle Licht gewöhnt hatten. Dann ging sie vorsichtig weiter bis zu der Stelle, wo das Licht von außen so schwach wurde, dass sie nichts mehr erkennen konnte. Vorsichtig streckte sie ihre Hand aus und ließ sie behutsam über die raue Felswand gleiten.

Da war es!

Ihre Hand hatte den Abdruck gefunden, den Runas Hand vor so langer Zeit in der Felswand hinterlassen hatte.

Tränen traten ihr in die Augen.

»Runa«, hauchte sie und legte ihre Hand liebevoll auf deren Handabdruck in der Wand.

Sofort spürte Myra, dass Runa hier war, sie spürte Runas Geist, Runas Kraft – und eine unbestimmte Wärme, die schnell stärker wurde. Schnell löste Myra ihre Hand von der Wand. Sie erkannte, was vor sich ging. Ihre Augen weiteten sich vor Erstaunen, und ihr Herz klopfte schnell.

Myra wusste nun bestimmt, dass der Fels sich in derselben Weise für sie verändern würde, wie er es damals für Runa getan hatte. Sie musste ihre Hand nur lange genug auf dem Abdruck belassen. Sie konnte den Talisman jederzeit aus seinem Versteck holen! Es war, als hätte der Abdruck in der Felswand all die Jahre nur darauf gewartet, dass sie ihn fand.

In diesem besonderen Augenblick fühlte Myra sich Runa so nahe, wie sie es nur während ihrer Reisen in die Geisterwelt getan hatte. Und für einen kurzen Augenblick kehrte sie zu Runa zurück. Frieden durchflutete Myras Körper und ließ ihr Herz leicht werden.

»Lebe wohl, Runa«, flüsterte sie schließlich. Dann ging sie zurück ans Tageslicht.

✧

Chad saß noch immer an derselben Stelle und genoss die Schönheit und Wildheit der Natur, die ihn umgab.

Als er Myra hörte, drehte er sich zu ihr um. Erstaunt stellte er fest, dass sie nicht allein war. Ein Wesen von unvergleichlicher Schönheit stand an ihrer Seite. Es hatte den Körper einer jungen Frau, und es trug eine Vogelkopfmaske, die die Hälfte des Gesichts bedeckte, und einen Umhang aus strahlend weißen Federn, der vom Kopf bis hinunter auf den Boden reichte. Er war triefend nass, als sei das Wesen gerade erst dem Wasser entstiegen.

Respektvoll senkte Chad sein dunkles Haupt. Er kannte dieses mächtige mythische Wesen nicht nur aus Myras Erzählung über Runas Erlebnisse am Fuße der schwarzen Felswand, kurz bevor sie das Dorf erreichte, sondern auch aus den uralten überlieferten Geschichten seines Stammes und vieler anderer Stämme an der Nordwestküste Kanadas, in denen der Weiße Rabe den Menschen nicht nur Hilfe und Heilung brachte, sondern gleichzeitig Frieden und einen neuen Anfang.

✧

Myra hatte Chad schon fast erreicht, als sie rechts von sich eine leichte Bewegung wahrnahm. Sie sah genauer hin, überzeugt, dass es sich um irgendein kleines Tier handelte, vielleicht um einen Vogel, denn die Bewegung hatte keinerlei Geräusch verursacht. Doch es war jemand ganz anderes. Die Weiße Vogelfrau – Myra nannte sie noch immer bei diesem Namen, weil Runa und Ay'mut es getan hatten – stand plötzlich am Eingang der Höhle, genau dort, wo Myra eben noch vorbeigegangen war und nichts weiter als Felsen gesehen hatte!

Ihr Herz begann zu rasen.

Die Weiße Vogelfrau sah genauso aus, wie sie sie von ihrer Begegnung als Runa in Erinnerung hatte. Und genauso wie Runa ließ auch Myra sich auf die Knie fallen, senkte den Kopf und wartete demütig auf die Worte des magischen Wesens.

»Steh auf, Myra, und sieh mich an«, sagte die Weiße Vogelfrau mit ihrer lieblichen Stimme. Die Worte klangen in Myras Ohren wie die schönste Musik. Zitternd, aber ohne zu zögern, gehorchte sie.

»Du sollst nicht vor mir knien. Du bist mir nicht untertan. Ich habe den Talisman vor langer Zeit aus dem Felsen geschaffen, in dem ich oft weile. Er ist ein Teil von mir. Aber nur zur Hälfte. Die andere Hälfte habe ich meiner Schwester, der Schwarzen Rabenfrau, geschenkt. Geistwesen und Mutter Erde – zusammen verkörpern wir vollkommene Harmonie, zusammen bilden wir ein machtvolles Ganzes. Du, Myra, hast weise und mutig gehandelt. Die Kraft des schwarzen Raben, die Runa vor so langer Zeit anvertraut wurde, ruht nun in dir.«

Myra nahm ihre Worte dankbar auf.

»Vergiss nie die zwei Raben«, fuhr die Weiße Vogelfrau fort, »und die Harmonie, die sie verkörpern …

Das Gleichgewicht *muss* bewahrt werden. Es gibt keinen anderen Weg. Eure Welt hat dieses Gleichgewicht verloren. Wenn die Zeit gekommen ist, wird der Talisman helfen, das Gleichgewicht wiederherzustellen und die Erde mit allen ihren Wesen zu retten. Wird er zu früh von seinem Platz entfernt, so wird er das Ungleichgewicht um ein Vielfaches verschlimmern. Die Zeit ist noch nicht reif. Ich werde euch als Zeichen einen weißen Raben schicken. Bis dahin müsst ihr Geduld und Vertrauen haben …« Sie hielt kurz inne. »Hüte den Talisman, beschütze ihn, und zweifle niemals an seinen Kräften. Wenn seine Zeit gekommen ist, wird der Talisman die Menschen in eine Zeit führen, in der das Lachen der Kinder wieder der wichtigste Lebensquell zwischen dem endlosen Blau des Himmels und den grünen Hügeln unserer Erde ist … Du, Myra, hast seine Kräfte gesehen. Der Frieden wird seinen Preis haben, aber er wird kommen … Es dauert nicht mehr lang … Bis dahin lebe dein Leben im Zeichen der zwei Raben, und vergiss nicht: Der Schlüssel zu Harmonie, Liebe und Freiheit steckt hier …« Die Weiße Vogelfrau streckte ihre Hand aus und berührte, leicht wie eine Feder, Myras Herz.

Ein Kribbeln durchflutete Myras Körper. Gleichzeitig verspürte sie eine wohlige Wärme, wie bei der liebevollen Umarmung einer Mutter. Sie konnte ihre Gefühle nicht beschreiben. Unendliche Liebe und höchster Respekt waren die Worte, die ihnen am nächsten kamen.

Überwältigt von dem unerwarteten Ansturm dieser Gefühle, den Blick noch immer auf die Weiße Vogelfrau gerichtet, spürte Myra, dass sich etwas veränderte. Die Konturen der Felswand, vor der die Vogelfrau stand, traten immer deutlicher hervor, während die Gestalt der Weißen Vogelfrau gleichzeitig immer mehr verblasste.

Schließlich war nur noch die Felswand um den Höhleneingang zu sehen.

Myra blickte sich suchend um. Sie entdeckte jedoch nur Chad, der zu ihr herüberblickte.

Langsam ging sie zu ihm.

»Hast du sie gesehen?«, flüsterte sie bewegt.

Er nickte nur.

»Hast du ihre Worte gehört?«

Chad schwieg. Als er schließlich antwortete, lag Ehrfurcht in seiner Stimme.

»Ja, ich habe ihre Worte vernommen.« Er ergriff Myras Hände und blickte ihr tief in die Augen. »Es ist nicht wichtig, wie viel Zeit uns bleibt, ich werde mein Bestes tun, um das Gleichgewicht zu bewahren, von dem die zwei Raben sprechen. Es ist nie zu spät.«

»Wenn sich immer mehr Menschen an das erinnern, was die zwei Raben uns sagen wollen«, fügte Myra mit stockender Stimme hinzu, »dass sie sich selbst nicht so wichtig nehmen sollen, dass ihnen das Wohl des Nächsten am Herzen liegen soll, dass sie nicht immer nur nach mehr verlangen, sondern mehr zu geben bereit sind, dann vielleicht darf der Talisman für immer an seinem geheimen Platz bleiben, weil er nicht gebraucht wird … weil die Menschen das von ihnen verursachte Ungleichgewicht selbst wieder ins Lot bringen …«

»Wir müssen es versuchen«, sagte Chad entschlossen. »Jeder von uns.«

»Wenigstens wissen wir, wo der Talisman zu finden ist und können seine Kräfte nutzen, sobald die Zeit kommt«, sagte Myra. »Denn irgendwie spüre ich, dass der weiße Rabe nicht lange auf sich warten lassen wird.«

Chad nahm sie in seine Arme und zog sie behutsam an sich.

Myra schmiegte sich an ihn, spürte seine Kraft und seine Liebe. Was immer die Zukunft ihnen beiden bringen würde, gemeinsam würden sie alle Schwierigkeiten meistern. Sie fühlte es tief in ihrem Herzen.

Chad beugte sich zu ihr hinunter und küsste sie zärtlich.

Dann lösten sie sich voneinander. Arm in Arm sahen sie hinaus auf die Bergspitzen und die endlosen Wälder, die sich in ihrer wilden Schönheit bis zum Horizont erstreckten.

Es war genau in diesem Augenblick des vollkommenen Glücklichseins, als Myra plötzlich Trommelschläge und Gesang vernahm. Ihr Herz begann im selben Rhythmus zu schlagen, denn die Melodie war ihr vertraut. Es war Runas Medizinlied, das sie an jenem ihrem letzten Tag vor vielen, vielen Jahren auf ebendieser Bergspitze angestimmt hatte.

Dieses Lied gehörte nun Myra.

Erst jetzt erkannte sie, wie einzigartig, wie machtvoll Runa in Wirklichkeit gewesen war. Sie hatte der Welt mit dem Talisman nicht nur ein magisches Symbol hinterlassen, sie selbst war eines geworden. Und ihr Lied war nie verstummt. Es schwebte noch immer über den Bergen, Wäldern, Flüssen und Seen der Wildnis, und es lud jeden, der ein offenes Ohr hatte, dazu ein, seinem Ruf zu folgen.